高万隆 ⊙ 著

婚恋·女权·小说

哈代与劳伦斯小说的主题研究

中国社会科学出版社

图书在版编目（CIP）数据

婚恋·女权·小说：哈代与劳伦斯小说的主题研究/高万隆
著. —北京：中国社会科学出版社，2009.4
　　ISBN 978-7-5004-7698-6

　　Ⅰ.婚… 　Ⅱ.高… 　Ⅲ.①哈代，T.（1840～1928）—小
说—文学研究②劳伦斯，D. H.（1885～1930）—小说—文学
研究　Ⅳ.I561.074

中国版本图书馆 CIP 数据核字（2009）第 045551 号

责任编辑　罗　莉
责任校对　郭　娟
封面设计　王　华
技术编辑　李　建

出版发行　中国社会科学出版社
社　　址　北京鼓楼西大街甲 158 号　　　邮　编　100720
电　　话　010—84029450（邮购）
网　　址　http://www.csspw.cn
经　　销　新华书店
印　　刷　北京新魏印刷厂　　　　　　装　订　丰华装订厂
版　　次　2009 年 4 月第 1 版　　　　印　次　2009 年 4 月第 1 次印刷
开　　本　880×1230　1/32
印　　张　10　　　　　　　　　　　　插　页　2
字　　数　223 千字
定　　价　25.00 元

总　序

"全球化"境遇与比较文学

蒋承勇

　　当今时代，不管从哪一个角度看，"全球化"已是客观存在的事实，是一种难以抗拒的时代潮流，人类的生存已处在全球化的境遇中。然而，"全球化"在人的不同的生存领域，其趋势和影响的程度是不同的，尤其在文化领域更有其复杂性。

　　"全球化"首先是在经济领域出现的，从这一层面看，全球化的过程是全球"市场化"的过程；"市场化"的过程，又往往是经济规则一体化的过程。人类"进入 80 年代以来，世界资本主义经历了一番结构性的调整和发展。在以高科技和信息技术为龙头的当代科学技术上升到一个新的台阶之后，商业资本的跨国运作，大型金融财团、企业集团和经贸集团的不断兼并，尤其是信息高速公路的开通，不仅使得经济、金融、科技的'全球化'在物质技术层面成为可能，而且的确很大程度上变成了一种社会现实。越来越多的国家加入到一个联系越来越密切的世界经济体系之中，国际货币基金组织、世界贸易组织等世界性经贸联合体实行统一的政策目标，各国的税收政策、就业政策等逐步统一化，技术、金融、会计报表、国民统计、环境保护等，也都实行相对的标准"。①这说明，全球化时代的人类经济生活，追求的是经济活动规则的一体化与统一化。所以，由于"全球化"的概念来自于经济领域，而经济领域的"全球化"又以一体化或统一化为追求目标和基本特征，因而，"全球化"这一概念与生俱来就与"一体化"联结在一起，或者说它一开始就隐含着"一体化"的意义。

在信息化的 21 世纪，伴随经济全球化而来的是金融全球化、科技全球化、传媒全球化，由此又必然产生人类价值观念的震荡与重构，这就是文化层面的全球化趋势。因此，经济的全球化必然会带来文化领域的变革，这是历史发展的规律。然而，文化的演变虽然受经济的制约，但它的变革方式与方向因其自身的独特性而不至于像经济等物质、技术形态那样呈一体化特征。因此，简单地说经济全球化必然带来文化全球化是不恰当的；或者说，笼统地讲文化全球化也像经济全球化那样走"一体化"之路，是不恰当的。在经济大浪潮的冲击下，西方经济强国的文化（主要是美国的）价值理念不同程度地渗透到经济弱国的社会文化机体中，使其本土文化在吸收外来文化因素后产生变革与重构。这从单向渗透的角度看，是经济强国的文化向经济弱国的文化的扩张，是后者向前者的趋同，其间有"一体化"的倾向。然而，文化之相对于经济的独特性在于：不同种类、不同质的文化形态的价值与性质并不取决于它所依存的经济形态的价值；文化价值的标准不像经济价值标准那样具有普适性，相反，它具有相对性。因此，在经济全球化、一体化的过程中，不同的文化形态在趋同的同时，依然呈多元共

① 盛宁：《世纪末·"全球化"·文化操守》，见《外国文学评论》2000 年第 1 期。

存的态势，文化的趋同性与多元性是统一的。在经济全球化的过程中，经济弱国的文化价值观念同时也反向渗透到经济强国的文化机体之中，这是文化趋同或"文化全球化"的另一层含义。所以，在谈论经济全球化背景下的文化全球化趋势时，我们既反对任何一种文化形态以超文化的姿态取代其他不同质文化的价值体系，也反对文化上的相对主义、民族主义和保守主义。我们认为，文化上的全球化，既不是抹煞异质文化的个性，也不能制造异质文化之间的彼此隔绝，而应当在不同文化形态保持个性的同时，对其他文化形态取开放认同的态度，使不同质的文化形态在对话、交流、认同的过程中，在趋同性与本土化的互动过程中既关注与重构人类文化的普适性价值理念，体现对人类自身的终极关怀，又尊重并重构各种异质文化的个性，从而创造一种普适性与相对性辩证统一、富有生命力而又丰富多彩的"世界文化"。在此，"世界文化"是一种包含了相对性的普适文化，是一种既包容了不同文化形态，同时又以人类普遍的、永恒的价值作为理想的人类新文化。因此，我们认为，经济和物质、技术领域的全球化，并不必然导致同等意义上的文化的"全球化"，即文化的"一体化"，而是文化的趋同化与本土化互动，普适性与多元化辩证统一的时代。所以，在严格的意义上，"全球化"仅限于经济领域。至少，在全球化的初期阶段是如此。

　　但是，不管怎么说，经济全球化的过程，人类文化无可抗拒地走向变革与重构，文学作为文化的一部分，也不可避免地处于变革与重构的境遇中。现实的情形是，在 20 世纪 90 年代以降，经济的全球化和文化的信息化、大众化，把文学逼入了边缘状态，使之失去了先前的轰动与辉煌，J. 希利斯·米勒则宣告了文学时代的"终结"。他说："新的电信时代正在通过改变文学存在的前提和共生因素（concomitans）而把它引向终结。"① 相应地，"文学研究的时代已经过去。再也不会出现这样一个时代——为了文学自身的目的，撇开理论的或政治方面的思考而单纯地去研究文学。那样做不合时宜"②。米勒的预言虽然在今天看来有些危言耸听，或者言过其实，但它也让人们注意到文学的衰退与沉落，文学工作者显然很有必要正视文学的这种现实和趋势。对文学的这种命运是否有可拯救之法，笔者无力解答，也无意于去解答。但我认为，在全球化的境遇中，文学研究者很有必要在研究的理论与方法上有所革新。也许，这样做无所谓是为了不让"文学研究的时代"成为"过去"，而是为了适应这个文化大变革的时代，适应这个"全球化"的时代。

文学的研究应该跳出本土文化的阈限，进而拥有世界的、全球的眼光，这样的呼声如果说以前一直就有，而且不少研究者早都以付诸实践，那么，在全球化境遇中，文学研究者对全球意识与世界眼光则更需有一种自觉意识。在这种意义上，比较文学及其方法有更值得文学研究者重视与借鉴的必要。比较文学本身就是站在世界文学的基点上对文学进行跨民族、跨文化、跨学科研究的，它与生俱来拥有一种世界的、全球的和人类的眼光与视野。正如美国耶鲁大学比较文学教授理查德·布劳德海德所说："比较文学中获得的任何有趣的东西都来自外域思想的交流基于一种真正的开放式的、多边的理解之上，我们将拥有即将到来的交流的最珍贵的变体：如果我们愿意像坚持我们自己的概念是优

---

① J. 希利斯·米勒：《全球化时代文学研究还会继续吗?》，见《文学评论》2001 年第 1 期。

② 同上。

秀的一样承认外国概念的力量的话，如果我们像乐于教授别人一样地愿意去学习的话。"① 因此，在全球化境遇中，比较文学在文学研究中无疑拥有显著的功用和更强的生命力；比较文学的理论与方法应该是文学研究的基本理论与方法之一。

不仅如此，在全球化的境遇中，比较文学对文化的变革与重构，对促进异质文化间的交流、对话和互补、认同，对推动文化的趋同化与本土化的互动都有特殊的、积极的作用。比较文学之本质属性是文学的跨文化研究，这种研究至少在两种异质文化之间展开。比较文学的研究可以增进不同文化背景下的文学的理解与交流，促进异质文化环境中文学的发展，进而推动人类总体文学的发展。尤其是，比较文学可以通过异质文化背景下的文学的研究，促进异质文化的理解、对话与交流、认同。因此，比较文学不仅以异质文化视野为研究的前提，而且以异质文化的互认、互补为终极目的，它有助于异质文化间的交流，使之在互认的基础上达到互补共存，使人类文化处于普适性与多元化的良性生存状态。所以，比较文学在本质上又是一种文化的比较研究，比较文学与比较文化——也即比较文学与文化，是天然地联为一体的。也许，正是把比较文学置身于人类文化的大背景、大视野，正是把文学研究置身于人类文化的大背景、大视野，才有可能使全球化境遇中的文学研究找到了一个新的生长点，使文学研究获得一种顺应文化变革与重构浪潮的生机，而且，文学和比较文学研究也就有可能在 21 世纪的全球化境遇中，在人类文化的变革与重构的大舞台里找到自己的用武之地。

正是基于上述一些想法，我们编撰这套"比较文学与文化"

---

① ［美］理查德·布劳德海德：《比较文学的全球化》，见王宁编《全球化与文化：西方与中国》，第 235 页。

丛书。我们试图把文学置于人类文化的大背景中，从不同的层面
展开研究，对异质文化背景下的文学做出新的阐释与体认，为中
外文学的研究，为 21 世纪中外文化的交流与互补作点微薄的
贡献。

2008 年春节

目　录

前　言

　　19 世纪末，许多英国小说家将目光转向那一时期最重要的问题之一"女性问题"，包括女性的婚姻问题。在这些作家看来，婚姻不再是一种令女性向往和追求的幸福结局。那一时期的许多小说不只是审视婚姻和性爱，更重要的是，从女性的视角来写它们。值得注意的是，这类小说中，最著名的大都是由男性作家写的，而对这些小说抨击最为猛烈的则来自女性。格兰特·阿伦的《做了这件事的女人》和哈代的《无名的裘德》都是深入探讨女性问题的重要小说，然而女小说家玛格丽特·奥利芬特在题为《反婚姻同盟》一文中，对这两部小说不仅毫无赞赏之意，反而抨击这两位作家在小说中鼓吹两性自由结合。到 19 世纪后期，女小说家有了一定勇气去写"女性问题"，然而她们的态度则有所节制和保留。正如梅林·威廉斯所说，那些在 19 世纪下半期走红的女性小说家，对女性的角色和义务，几乎都持有传统的看法。[1]

　　在 19 世纪上半期的英国，已婚女性的权利非常有限。结婚

---

　　[1]　William, Merry, *Women in the English Novel 1800 — 1900*, London：Macmillan, 1984, p. 165.

后，女人便成了丈夫的私有财产。根据法律，她们必须完全听命于丈夫。如果她们碰巧富有，那么丈夫有权支配她们的钱财，而她们要使用这些钱财则需丈夫的同意。正因如此，中上阶层的婚姻可以被视为一种交易安排。有评论家这样描述道，在19世纪70年代，一对新婚夫妇进出教堂是那么"冷淡，就像做买卖似的，他们似乎为购买一头驴或一辆漂亮的手推车已经付了押金，而现在他们要同他们的见证人走进教堂，去完成那桩买卖"①。父母们，尤其是那些有许多子女的父母们，都渴望通过吸引富有体面的男人而将他们的女儿嫁出去。同样，对一位中产阶级的男子来说，只有当他有足够能力供养妻子、佣人和几个孩子时，才考虑结婚。如果还得供养母亲和妹妹们，他就得推迟婚姻，直到他经济上有了保障。的确，订婚是一桩非常严肃的事。安东尼·特罗洛普在小说《尤斯达丝的钻石》第76章中写道："毫无夸张地说，许多男人无法为爱情而结婚，因为他们挣的钱尚不足以养活他们自己。"② 为了金钱和利益而结姻的确构成了19世纪中期英国小说的中心主题之一。

英国小说家也提出了性道德方面双重标准的问题。根据这种双重标准，要求女人在婚前贞洁而不要求男人婚前操守，一个"堕落女性"必然会成为社会舆论责难的对象。于是，女权主义思想家和作家开始越来越猛烈地抨击这种强加于女性身上的双重标准和苛求。在《德伯家的苔丝》中，哈代对"堕落女性"的艰难处境给予了极大的关注，对女主人公苔丝给予了深切的同情和

---

① Lewis, Jane, *Women in Enland 1870 — 1950: Sexual Division and Social Change*, Sussex: Wheataheaf Books, Bloomington: Indiana University Press, 1984, p. 8.

② Trollope, Anthony, *The Eustace Diamonds*, Chapel Hill: University of North Carolina Press, 1972.

宽容。即使她失去了少女贞操，哈代仍然视她为"一个纯洁的女人"。19世纪90年代，许多评论家在评论苔丝时，更倾向于指责安玑·克莱离弃妻子的行为，尤其认为他丝毫也不比他的妻子更贞洁。不过，哈代在接受雷蒙德·布拉斯维特采访时强调说："不少男人写信给我说，如果是他们的话，他们肯定也会像克莱那样去做的。"①

尽管越来越多的维多利亚小说家愿意像哈代那样，谅解失贞女性，并怀着同情之心去描写她们，但是他们当中仍然有许多人缺少为自己越轨的妻子进行辩护的勇气。只有少数作家具有超越他们时代的目光和勇气，质疑同时代人的道德态度。在《无名的裘德》中，哈代不仅抨击了因循守旧的社会，而且也质疑了整个婚姻制度及其重要性。他审视了当人们在婚姻问题上发生了选择错误时的情境，审视了婚姻破裂后他们的行为取向。一种解决办法就是离婚，更为极端的解决办法就是废除婚姻，代之以自由恋爱。哈代认为，应改变僵硬的婚姻法律，使它变得更具弹性，以便给予丈夫和妻子双方更大的自由。为了支持自己的看法，他提出需经过两个阶段：首先，不应该将女性当作男性的财产，既然婚姻只是一种赋予男性对女性支配权的制度，那么他决心反对这种婚姻制度。其次，由于婚姻是丈夫和妻子之间一生的法律承诺和信守，那么当离婚不可能或代价太大时，当生活在世纪之交的人们，不需要婚姻也能幸福地生活在一起时，他看不出婚姻对这些人来说还有什么意义。

然而，即使到了20世纪初，英国小说家仍然不能随心所欲地去写他们想要写的东西。1915年，劳伦斯的《虹》的出版受

---

① Blathwayt, Raymond, "Chat with the Author of *Tess*", *Black and White*, 27 August, 1982.

到压制；1928 年，《查特莱夫人的情人》出版遭禁（直到 1960
年，该小说的未删节本才获准出版）。不过，这并不是说，该时
期的作家的创作自由还不如维多利亚时期的作家。相反，他们能
够比较直率地表述婚姻内外的性关系。失贞女性和越轨妻子不再
是社会禁忌；她们成为某些著名小说中新的女主人公。例如，在
《两姊妹》中，劳伦斯给读者详细地描述了三代人的婚姻，显示
了女性如何才能变得更具独立性和主动性。尽管社会历史方面的
内容在劳伦斯的小说中占有重要位置，但是准确地说，劳伦斯的
兴趣主要在性爱和心理方面。此外，他也相信，遗传和双亲对一
个人的性格和性爱的形成具有举足轻重的影响。他认为，不具性
和谐的婚姻决不是成功的婚姻，因此他立志在此方面探索人类心
理机制的真实。在《查特莱夫人的情人》中，劳伦斯充分探索了
这一主旨，并决心在该小说的第三版中探讨性对婚姻的重要性。

　　第一次世界大战后，劳伦斯坚信，人类在性关系方面发生了
巨大变化，男性的性优势已退变为劣势。舍伊拉·马克莱欧德在
《劳伦斯的男人和女人》一书的结论部分强调指出：劳伦斯不仅
看到了由西方文明的衰落而引起的男女的社会角色互换，而且也
看到了为了追求高层次理性的自我而对低层次感觉的自我的漠视
和压抑。[①] 对劳伦斯来说，男女之间要在相互理解中生活得完
满，那么首先必须承认两性之间不仅相异而且还相反和相斥，而
后在婚姻中寻求协调与和解。两性关系具有两面性：在自我的低
层次上交会和融合，在自我的高层次上保持距离。这是劳伦斯在
婚姻和小说方面的终极目标。这一目标似乎只在《查特莱夫人的
情人》中得以实现。哈代通过他的小说不断设法消解婚姻，而劳

---

① Macleod, Sheila, *Lawrence's Men and Women*, London: Heinemann, 1985,
pp. 226—228.

伦斯却反之，则希望在新的男女平等的基础上重建婚姻。

因此，本研究的目的就是，从社会学和心理学的角度，尤其是历史的角度，探讨托马斯·哈代和 D. H. 劳伦斯小说中的婚姻主题。本研究关注的重心是作者本人对婚姻的理解和看法，首先从传记角度探讨两位作家生活中的婚姻问题，主要关注他们与女性的关系，显示他们对婚姻问题重要性的深刻理解，因为在他们看来，婚姻问题已从个人的窘境发展为一个普遍的社会问题。笔者认为，这两位小说家有关婚姻的看法，从外部来看（从社会学方面来看），受到了传统的父权制观念的影响，尤其受到那些以此试图改变女性的观念影响；从内部来看（从心理学方面来看），一方面受到他们母亲俄狄浦斯式抚养和教育的影响，另一方面则受到他们妻子争夺支配权的影响。在这两位作家看来，如果社会对于女性的严苛观点不改变，那么婚姻就不太可能从教会和国家僵硬的法律的管制下的传统建制激烈地转变为主要受直觉和性需要所支配的一种自由结合。

正是据此，对哈代和劳伦斯的小说进行比较性研究。此外，笔者也拟从历史观点出发将婚姻问题同女权主义问题联系起来考察。希拉里·辛普森在《劳伦斯和女权主义》（1982）中强调指出："虽然女权主义文学批评也可以独立运作，但是妇女历史的文献资料丰富完备，能够为文学分析提供新的根据。"① 笔者也将论证这两方面问题的关联性及其对要讨论的小说的影响。本研究目标也是要追溯特定时期（1870—1930）的婚姻主体，验证考文垂·帕特莫在 1887 年表明的预见："1987 年的学生，如果想要真的全面了解我们，只有通过我们的小说家，而不是通过我们

---

① Simpson, Hilary, *D. H. Lawrence and Feminism*, DeKalb: Northern Illinois University Press, 1982, p. 4.

时代的诗人、哲学家或议会辩论。"①

　　为了这项研究，选择托马斯·哈代（1840—1928）和 D. H. 劳伦斯（1885—1930）作为研究对象，理由是他们之间存在着重要的相似性和文学的关联性。劳伦斯在《托马斯·哈代研究》中已清楚地表明了这一切。婚姻在他们的创作中不仅是重要主题，而且也是一面镜子；通过这面镜子，我们可以看到英国社会和政治的变迁。就笔者所知，目前国内尚无类似的专门研究，即将两位作家联系起来，专门研究他们创作中的婚姻问题。许多学者和学生的确或多或少地探讨过这一课题，但是尚无一人对此做过系统、全面、深入的比较研究。哈代和劳伦斯在小说和诗歌创作方面都是多产作家，不过，本研究将聚焦于他们的长篇小说。对他们的长篇小说的选择首先是那些重要性已被公认的经典之作，其次是它们在婚姻问题方面的重要性和文献性，因为这种文献性构成了一种社会、作家和作品相互关联的进展模式，能够反映作家个人的生活和当时的社会。此外也有必要涉及这两位作家的其他一些次中心的作品。例如，从主要方面来看，《卡斯特桥市长》和《阿伦的拐杖》并不属于婚姻小说，但由于它们提出了与婚姻相关的问题，因此也在本研究考虑范围内。

　　此外，在处理像婚姻这样复杂的问题时，必然要涉及其他一些与之相关的话题，如爱、性和女人等，因为婚姻毕竟不可能避开这些问题。在解释婚姻时，劳伦斯写道："只有与血性相一致的婚姻才是婚姻。"② 然而，既然这些问题已经有了大量的研究，那么我只将它们作为我的主要研究课题——婚姻问题的副主题，

---

　　① Cox, R. G. , *Thomas Hardy*: *Critical Heritage*, New York: Barnes and Noble Inc. , 1970, p. 147.

　　② Roberts, W. & Moore, H. T. , *Phoenix II*: *Uncollected*, *Unpublished and Other Prose Works*, London: Heinemann, 1968, p. 505.

以丰富和加强我的论点。因此，本研究将研究哈代和劳伦斯小说中的婚姻，将把女性不断变化的意识与婚姻和女权主义联系起来加以考虑。

本研究除了具有比较性外，也具有补充性和发展性。将哈代视为劳伦斯的前辈，而将劳伦斯视为哈代的继承者的评论已不足为奇。因此，本研究旨在表明，哈代和劳伦斯小说所呈现的性爱和婚姻，在人的历史方面，不仅构成了一种旋梯式的递进，而且也构成了完整的一章。正是从他们的小说中，人们可以看到英国社会在婚姻及其他生活方面从传统向现代的发展。随着社会阶段的发展，婚姻及其处理方式也从外部的社会问题（如财产、阶级、教育和就业等）发展为内在的心理问题（如性欲和个性等）。这一发展表明，从 1870 年到 1930 年，即从哈代小说创作生涯的开始到劳伦斯小说创作生涯的结束，从达尔文到弗洛伊德，不仅英国社会思想发生了巨大变化，而且英国小说也发生了巨大的变化。

罗洛·梅在《爱与意志》（1969）中就指出了在性爱和婚姻关系方面的两种变化：一是在过去一向被视为原动力的爱，在今天的社会里陷入分裂，突出表现在性与爱的分裂和冲突中；二是今天夫妇不再视性为邪恶，而视性为快感与欢愉的源泉，意识到两性关系中真正的恶是相互控制。由于他们达到了维多利亚时代的人绝不可能达到的自由程度，他们可以探索种种方式，使他们的关系更加充实。即使离婚率日益增高，也具有积极的心理效果：它使夫妇们越来越难以彼此不可拆散的信条为口实，把他们不幸的婚姻合理化。① 哈代和劳伦斯敏锐地捕捉到这种变化，以

————————

　　① 罗洛·梅著：《爱与意志》，冯川译，国际文化出版公司 1987 年版，第 2—4 页。

承启和发展的方式反映在各自的小说创作之中。

这里值得一提的是，哈代在其小说中只表明了对婚恋问题的态度，并没有明确阐明其哲学思想；而劳伦斯则利用了大量的时兴理论，将他的性爱描写哲学化，将两性关系的调整作为解决生命和再生的钥匙①。在《生活》中，哈代写道："我的一个朋友写信给我反对他所说的'我的哲学'，尽管我并没有什么哲学——仅仅是对我的一堆混乱印象时常作出的解释，这些印象就像孩子观看魔术表演后感到困惑而作出的解释。"② 在《无名的裘德》的序言中，哈代也明确否认自己有什么哲学："就像我以前写的作品，《无名的裘德》也不过是将一连串的表面的和个人的印象整合成形的尝试罢了。"然而，相比之下，劳伦斯在《无意识幻想曲》的序言中说，他的哲学来自小说和诗歌，因为小说和诗歌纯粹是激情体验的产物。为此，笔者将参考劳伦斯的哲学，论述男女在平等和相异的基础上相遇相知。在此过程中，男女双方有必要先获得各自的个性，而后在平等的相异基础上相结合。

劳伦斯在其全部小说中，试图利用他的理论，协调男女之间的相异，重建婚姻。在《虹》中，他发展了"二合一"理论。该理论声称，男人和女人在彼此结合的过程中是两个不同的存在，他们必须将自我奉献给"圣灵"而不是彼此相互奉献。正因如此，伯金既宣扬"星际均衡"哲学，同时也坚持将杰尔拉德的友情当作他与厄休拉的婚姻的补充。在其主要的小说中，劳伦斯提出，男女关系，除非层级之分，否则将不会起作用。"一上一下"

---

① 冯季庆著：《劳伦斯评传》，上海文艺出版社1995年版，第2页。

② Hardy, Florence Emily, *The Life of Thomas Hardy 1840—1928*, London: Macmillan, 1962, p. 410.

不仅是一种婚姻理论，而且也是一种政治哲学。在此，劳伦斯强调，女人为了获得激情必须依从男人，而这个男人为了获得指导必须依从一个更大的男人。直到创作了《查特莱夫人的情人》，劳伦斯才最终能够协调男女关系，让他们在平等的基础上相互依从，同时又保持完整的自我。这一理论就是"温柔"和"接触的民主"。

第一章

婚 姻 与 女 权

　　19世纪上半期，女性在财产所有权方面处于劣势，在教育和就业机会方面受到很大限制，在婚姻方面处于从属地位。中产阶级女性的作用通常限于家务活动。她们要么是百依百顺的妻子，要么是无所事事的贞洁玩偶。爱德华·卡蓬特曾这样描述他的家庭："家里有六七个佣人，我的六个姐妹绝对无所事事，只是偶尔朝大房间瞧瞧，看那里会有什么事。清扫、做饭、缝纫、织补等所有轻松的家务活早就做完了。由于男人越来越少，婚姻变得越来越难。她们不止一次对我说，她们的生活很不幸，无所事事。"① 她们感到苦恼和沮丧。这是维多利亚社会中遭受压抑的中产阶级女性的典型写照。这样的女性被视为二等公民，被剥夺了普通人的需求和平等权利。维多利亚时期的女权主义者利蒂亚·贝克把中产阶级妇女同工人阶级和上等阶级妇女进行比较："我最希望看到的是中产阶级的已婚女性能具有工人阶级和上层贵族阶级女性那样的地位。上层贵族妇女和工厂女工都是独立的

---

　　① Carpenter, Edward, *My Days and Dream*, London：Allen & Unwin, 1916, p. 31.

个人，而中产阶级女性则什么都不是。如果她们自行其是，那么她们就会失去地位。"① 本研究主要关注中产阶级女性，原因有二：首先，女权主义最初产生于中产阶级运动，该运动提出的问题主要是在受过教育的中产阶级女性中展开争论的，而工人阶级女性尽管不断意识到自己受压迫的境况，可很少参与这种争论，一是由于经济原因，二是由于缺乏教育。其次，虽然女性因所处社会阶层不同其女性意识也有所不同，但就性观念而言，大致相同。既然像苔丝、克拉拉·道斯和莫瑞尔太太或嫁给了中产阶级，或嫁给了工人阶级，那么这类女性也被作为中产阶级妇女的代表成为本研究主要的探讨对象。几乎所有维多利亚后期和 20 世纪初的敏锐作家都或多或少地对女性及其对平等权利的争取怀有同情。女权主义者关注的首要问题是教育和就业问题，该时期大多数作家，甚至那些后来对女权主义持反对态度的作家，如乔治·盖辛和亨利·詹姆斯，在他们的小说和文章中也承认这些权利。论及维多利亚和爱德华时期的婚姻，必然要涉及女权主义问题，因为妇女解放是与婚恋观念的发展齐头并进的。因此，本章首先追溯 19 世纪 50 年代以来女权主义作为一种社会运动的发展状况，探讨它与婚姻的内在联系。而后着重研究维多利亚社会中女性的"性质"和性观念，研究女权主义者是如何努力重新诠释和修正它们的。最后则致力于研究女权主义运动的发展，阐释女权主义运动在改变传统女性形象方面所做的尝试。值得强调的是，尽管维多利亚时期并不算太长，但是它却迅速改变了人们的行为方式以及对待婚姻和女人的性之类重要问题的态度。

---

① Lewis, Jane, *Women in Enland 1870 - 1950*：*Sexual Diivision and Social Change*，Sussex：Wheataheaf Books, Bloomington：Indiana University Press, 1984, p. 78.

虽然女权主义在英国早已存在，但是今天的妇女解放则可以追溯到 18 世纪末尤其是法国大革命时的某些革命思想。当时的女权主义并不属于有组织的运动，而是一些知识女性个人努力的结果。她们对受家长制社会压迫的妇女深有体会，努力维护她们的自由。尽管法国大革命对法国的妇女解放影响不大，但是却激发了英美两国妇女对妇女从属地位的质疑，并开始寻求改变现状的方式和途径。玛丽·沃尔斯通克拉夫特（1759—1797）就是其中的佼佼者。她的《为女性权力辩护》（1792）是一篇重要的女权主义文献。

然而，玛丽·沃尔斯通克拉夫特并非最早为妇女呐喊，抗议社会成见的英国女性，汉娜·乌利和拔书亚·马金就是 17 世纪致力于女权主义的杰出女性。简而言之，妇女，无论她们的阶级地位和生活目标有何不同，都意识到她们遭受歧视，然而直到维多利亚中期，她们才能够有效地着手解决这些问题。例如，在美国，妇女运动是与 19 世纪三四十年代的反蓄奴制运动联系在一起的，因为当时许多妇女是支持黑人争取自由斗争的。这两个运动的共同点，都是为摆脱压迫，争取自由和平等而奋斗。了解两者之间的联系有助于理解女性对压迫的深切感受。

1856 年，由巴巴拉·雷·史密斯和贝茜·雷诺·帕克斯发起，形成了第一个有组织的女权主义运动，妇女们比以前任何时候都更加团结，坚定地为她们的平等权利而斗争。不久，她们就迫使国会讨论了已婚妇女财产法案。1858 年，她们创办了《英国妇女杂志》，用以推动有关妇女问题的讨论。1859 年，该运动建立了一个协会，用以推动妇女就业，讨论女性高等教育、儿童监护权和已婚妇女法定地位的可能性。1857 年通过的离婚法，在一定程度上保护了妇女的权益，但其中的某些条款仍含有歧视性。正如《林地居民》中所写得那样，只有富人才有权同其通奸的妻子离婚，女方则不仅要证明丈夫犯有通奸罪，而且还要证明他同时犯有其他侵害，如施虐和抛弃。直到三十多年后，她们才最终获得离婚权。至于已婚妇女的财产和收入，直到经过多次运动，法律才于1882年承认她们婚姻内外的财产权和个人收入。

政治上所取得的这些成就都反映在那一时期的小说中，哈代的小说也不例外。虽然当时社会通过创造更多的就业机会承认了妇女受教育和经济独立的权利，但是在选修课程和谋职方面仍存在着对妇女的歧视，男性垄断某些职业的状况并未改变。人们同情女性，鼓励她们接受男人挑选后剩下的工作。与此同时，某些改革者继续限制女性，让她们选修某些特别的课程，为将来做妻子和母亲作准备。推动这项运动的是福音派基督徒，他们的宗教态度对妇女解放构成了威胁。与此不同的是，女权主义者渴望独立，渴望男女平等。她们试图废除传统的家庭观念，根据男女平等的观念重塑社会。福音派与鼓吹平等权利的女权主义者之间的观念冲突促使社会主义者以更为积极和敏感的态度对待"女性问题"。

社会主义女权主义者并非如某些人认为的那样根源于马克思主义，而是根源于更早的由社群主义倡导的社会主义。不过，他们的信条大都取自法国的圣西门运动。该运动对传统家庭的抨击引起了女权主义者的关注。在这方面，重要的一点是，哲学家和平等权利运动倡导者威廉·福克斯和约翰·斯图尔特·穆勒对女权主义的看法，与那些社会主义女权主义者的看法几乎完全一致。这两者之间的不同主要在于经济信条。社会主义者想用合作原则代替竞争原则，主张妇女要获得真正解放首先必须将她们从繁琐的家务中解放出来，让她们参与生产过程。换句话说，妇女问题，虽然与阶级斗争问题密不可分，但总是第二位的，在发展社会主义进程中是后期性的问题。

就婚姻问题而言，社会主义者认为，在资本主义制度下，婚姻是财产制度的一部分，妇女或者被合法买卖，或者被迫非法卖身。例如，在《无名的裘德》中，裘德把淑与费劳孙的婚姻称作"一种狂热的卖身"。要反抗这种婚姻就要宣传另外一种选择——"自由恋爱"，呼吁废除私有财产和传统家庭模式。根据这一解释，婚姻是一种自由结合，是建立在相互吸引和真诚相爱的平等基础之上的。该社会主义运动领导人把爱情看作婚姻的基础。查尔斯·傅立叶（1772—1837）就是其中的代表人物。他是法国人，但他的社群主义及其对性的悲观态度使他在英美两国颇具影响。他的观点很简单：既然社会习俗允许男人爱他们所爱，那么女人也应该有自由构建她们想要的性关系。

值得一提的是，傅立叶在《人类灵魂的激情》一书中对爱与激情的评论大大影响了哈代的想象力，促使他创建了自己的爱情哲学和人类情感的心理理论。同样重要的是约翰·斯图尔特·穆勒（1806—1873）的《女性的服从》（1869）。该书的出版不仅是妇女解放历史的重要标志，而且也是哈代研究的必读书之一，因为该书对《无名的裘德》有深刻的影响。像社会主义者那样，穆勒认为，婚姻中的双方有一方要求离婚，那么婚姻就应该解体。他也认为，在过去，严格控制离婚有利于保护女性，而现在，强化永久婚姻则不利于女性，因为它增加了妻子对丈夫的依赖性。

社会主义传统似乎与穆勒代表的平等权利女权主义者的理念不谋而合，然而随着时间的发展，两者之间的分歧便逐渐显现出来。爱德华·埃文林在一本小册子中说道，马克思的女儿埃利诺·马克思并不赞同平等权利女权主义者的目标，尤其是有关选举权和高等教育的目标，她认为，只有社会主义掌握了政权，只有社会主义理念被完全接受，妇女的地位才会获得改进。一般而言，女权主义者对支持妇女事业的新创举总是赞赏的，但是在他

们看来，马克思者在维多利亚后期鼓吹"自由恋爱"和其他社群
主义原则则显得过于激进。

在 19 世纪影响女权主义运动的三种原则中，社会主义原则
在理论上是最具女权主义色彩的，但在实践上却未能吸引更多的
人，因为该原则主张首先要实现社会主义，而后才有可能实现妇
女解放。福音派基督教原则虽然在许多方面并不符合女权主义的
理念，但是事实上它却谋求女性受教育和工作的基本权利。该运
动的主要局限在于其传统的信念：家和家庭对女性来说是自然的
所在。如果女性受过教育，那么既有利于她们的家庭，也有助于
她们找到像教书之类的"适合女性的"工作。无论女孩子们做什
么，人们都期望她们将婚姻当作最终目标。在这些极端思潮之
间，平等权利传统是比较实际的一种观念，它的解放要求是令人
信服的。正是由于这一传统，妇女选举权运动到 19 世纪末获得
很大的发展。

说到 19 世纪的妇女运动，就不能不说到维多利亚时期人们
的性意识和当时对女性"性质"的看法。社会习俗将女性两极化
为贞洁与堕落、处女与婊子两类，将女性的道德分裂成两个极
端，剥夺其他选择的可能性。例如，像《德伯家的苔丝》中苔丝
这样的女性注定要遭受生存的痛苦，因为她被夹在两种性道德之
间而无法解脱。既然她不是一个处女，那么在安玑·克莱看来，
她就是一个堕落女性，一个婊子。直到 19 世纪 70 年代，福音派
女权主义者约瑟芬·巴特勒（1828—1906）发起反传染病法案的
运动，才引起社会关注并公开讨论妇女性行为问题，尤其是妓女
问题，并将这些问题同女权主义有关男女关系的观点联系起来。
女权主义者有关性问题的争论出现于报纸、文章、小说、法庭、
议会、公众和私人聚会以及女权运动"总部"等。聚会通常会引
起对现状的普遍谴责，要求结束对女性的性偏见，要求平等对待

两性关系。

要求终结有关性道德的双重标准并不一定意味着男性已经享有的机会同样对女性也开放，然而它要求男人应该停止对女人的性利用。这对两性之间道德平等问题的提出肯定具有重要影响，因为女性并不期望自己突破规矩，违反性传统，除非她们甘愿作出牺牲。当有人抨击卖淫时，像约瑟芬·巴特勒这样的女性就争论道，卖淫主要是由于女性找不到工作或收入太低所致。政府并未像女权主义者所期望的那样解决女性的就业和工资问题，而是决定将卖淫合法化，由此导致更多的十二三岁的女孩为钱而涉足卖淫行业。直到1885年和威廉·斯代德运动之后，政府才同意将准许卖淫的年龄由12岁提高到16岁。

对女权主义者来说，卖淫本身就是一个极其关键和颇具争论的问题。根据当时的习俗，男人淫乱可以不受惩罚，而女人则被期望恪守习俗，对不忠实的丈夫要尽义务。这种歧视一方面导致了《传染病法案》支持者与反女权主义者的联系，另一方面也导致了纯洁运动者与女权主义者的联系。虽然纯洁运动者在福音派基督徒中占少数，但是他们对女权主义产生了一定的影响。他们不仅强调男性贞洁的重要性，而且也揭示了女性的性本能。婚姻内外爱与欲的区别使纯洁运动者相信，女性的性欲不强，然而他们却自相矛盾地强调，女性要成为贞洁并受人尊敬的人，那么她们就应该学会压制自己和她们丈夫的性感觉。纯洁运动者中有人进一步争论道，性应该限于生育，男人不应该太经常与妻子做爱，以免给她们造成负担。因此，性快乐在婚姻内被否定，于是男人不得不寻求婚外性满足。

在那一时期描写卖淫和性病的主要作家中，威廉·埃克顿一直被认为是最有代表性的。在一段支持纯洁运动者有关女性的性问题的声明中，埃克顿说："一般来说，一个谦卑的女人很少渴望自身的性满足。她顺从丈夫，不只是要让丈夫快乐，而且也要满足母性的欲望，宁肯摆脱丈夫对她的关注。"① 如果埃克顿的看法在当时具有普遍性的话，那么哈代和劳伦斯在他们的文章中讨论性的问题并在他们的小说中探索女人的性也就不足为怪了。因此，劳伦斯对性的探索实际上是为了澄清人们对女性的性质的误解。对女性的误解不仅对占地球人口一半的女性给予了错误的表现，而且也导致了人类两性关系的错乱，而这种错乱的两性关系只能带给人类痛苦和毁灭。

19 世纪女权主义运动的贡献，在于它不遗余力地迫使社会重新诠释女性的地位和她们的世俗行为。不过，该运动未能理解的是避孕问题与女权主义之间的关系。它对计划生育的敌视态度显示出女权主义者的短视及其对性的保守态度。避孕作为一个新问题的提出引起女权主义者内部的意见分歧。有的人认为，要求妇女避孕是不道德的，因为这无异于将妇女贬低为一种没有结果的性工具。有的人，像选举权运动推动者米利森特·加勒特·福西特，则认为，避孕使女性争取选举权和其他社会改革的努力处于危险境地。只有少数女权主义者同情女性，尤其是那些拥有许多家庭成员的工人阶级女性，因为这些女性相信，避孕能使妇女减轻生儿育女的负担，而这种负担会把妇女沦变成一个生育机器。像《虹》中安娜·布朗文这样的女性，如果在当时有条件考虑采取节育措施的话，那么她在同丈夫威尔·布朗文所进行的女权主义斗争中就不会失利，也不会沦为九个孩子的母亲。避孕由于违反基督教道德或有可能伤害身体而遭到当时医学界的批评和

---

① Acton, William, *The Fuction and Disorders of Reproductive Organs in Childhood*, *Youth*, *Adult Age and Advanced Life Considered in Their Physicilogical Social and Moral Relations*, Sixth edition, London: J. A. Churchill, 1857, pp. 101 – 102.

责难。詹姆斯·穆勒、查尔斯·布拉德劳夫和安妮·贝桑特都曾因散发有关节育的宣传材料而遭到监禁或审判。令人惊讶的是，女权主义者对他们的遭遇却置若罔闻。

尽管避孕问题直到世纪之交才被接受，不过它却唤起了人们对另外一个重要问题的关注。长久以来，即使时至今日，人们对女性的解释仍然只是依据她们的书和性，而很少或根本就没有关注她们的智力才能。对女性的这种态度是很难改变的，除非像19世纪女权主义者认为的那样，女性们携起手来重新诠释婚恋的概念。过去，主要在小说中，婚姻常常被认为是一切妇女问题完美的解决方案。这正是19世纪小说中的婚姻和幸福结局深受读者欢迎的原因。在19世纪最后十几年中，小说家和女权主义者都意识到这样一个事实：对女性来说，婚姻不再是她们所梦想的人间乐园；相反，却把婚姻看作妇女解放的主要障碍。

19世纪婚姻的主要问题是丈夫对妻子的单方面的性要求。既然女性在很大程度上被看成是性工具，那么男人便会感到对妻子实施性虐待是自然而然的事。正如凯瑟琳·麦金侬所认为的那样，婚姻与强奸无异，因为在婚姻关系中，女方的意愿受到漠视，"自愿"和"同意"已失去意义。[①] 女权主义者所要改变的正是这种女性形象。为此，他们坚持女性控制自己身体的权利，不上丈夫的床。《无名的裘德》就充分探索了丈夫和妻子之间性要求和性服从的问题。淑拒绝结婚，因为她不想服从丈夫的性要求，因为法律赋予丈夫这种予取予求的性要求的权利。拒绝结婚就意味着获得自由。

既然从过度的性要求到性暴力只有一步之遥，那么有的男人会毫不犹豫地使用强力来对付敢于抗拒他们的妻子。美国著名的

---

① 鲍晓兰主编：《西方女性主义研究评介》，三联书店1995年版，第9页。

女权主义者伊丽莎白·布莱克威尔认为："女性缺乏性回应并非自然发生的，而是担心生育和先前痛苦的性经历的结果。"[①] 直到 1991 年，即在女权主义者讨论该问题后的一百年，英国法律才将丈夫对妻子实施性暴力定性为犯罪。如今在英国，婚姻强奸被认定为犯罪。婚姻不仅引起女性对经常性和暴力性性交以及怀孕的恐惧，而且引起她们对传染性病的忧虑。约瑟芬·巴特勒在批评《传染病法案》时指出："只惩罚淫乱行为的受害一方而让实施者一方逍遥法外，这太不公平了。"[②] 而且在《严厉的鞭笞以及如何结束它》(1913) 中，克里斯塔贝尔·潘克赫斯特声称，百分之七十五至百分之八十的男人有淋病，或患梅毒的也不在少数。[③] 为此原因，到世纪末时，女权主义者鼓励单身，并将此视为一种生活方式（潘克赫斯特的口号"让女性有投票权"应该暗含着另一种要求"让男性保持贞洁"）。19 世纪八九十年代的某些小说，包括哈代和亨利·詹姆斯的小说，成功地描写了女权主义的这一倾向。在这些小说中，女主人公变得无性化，在反对男性和婚姻方面，更具智性。英国护理学先驱弗洛伦斯·南丁格尔 (1820—1910) 就是这类女性人物。

在某些人看来，婚姻并不是主要问题，而女性的经济独立才是女性解放的根本问题。如果女性能够经济上独立，不必靠性吸引力来操控男性，那么婚姻就不会成为问题。在那些相信女性的经济独立是其摆脱寄生依赖状态的唯一出路的女权主义者当中，

---

① Banks, Oliver, *Faces and Feminism: A Study of Feminism as a Social Movement*, Oxford: Basil Blackwell, 1981, pp. 74—75.

② Reise, Ema, *The Rights and Duties of English Women: A Study in Law and Public Opinion*, Manchester: St Ann's Press, 1934, p. 165.

③ Pankhurst, Christabel, *The Great Scourge and How to End it*, London: Lincoln's Inn House, 1913, p. vi.

南非女作家奥利弗·施赖纳的《一个非洲农场的故事》（1883）现在被认为是女权主义的经典文本。她抨击婚姻，因为婚姻使女性处于羞辱地位而使男性占有优势，她把教育和就业看作妇女解放的拯救之路。因此，从女性独立日程中的优先问题来看，就能够清楚地辨明这两组女权主义者的观点：第一组女权主义者把婚姻看作主要问题，要求离婚和孩子抚养上的平等权利，鼓励单身和女性友谊，鼓吹男女享有平等的性自由。第二组女权主义者则把经济独立看作主要问题，要给女性更好的教育、更多的就业机会、同工同酬和选举权。

　　相比之下，对女权主义者来说，选举问题要复杂得多。早在1832年，一份请愿书被提交给国会，要求将选举权给予所有具有资格的已婚妇女，然而国会却用了八年的时间才同意妇女享有选举权。这种拖延并未受到政府的责难，因为政府各部门都是非常勉强地支持妇女选举权运动，甚至连某些女权主义者的态度也是如此。直到19世纪90年代和20世纪初，争取选举权的女性才获得女权主义者的坚定支持，并在1918年获得了选举权（英国妇女直到1928年才获得成人选举权）。在这方面，奥利弗·班克斯说："这主要是当时形势下两种新因素发生作用的结果：女性支持妇女选举权的人数不断增加和英国政治中劳工运动的日趋重要。"她还得出结论："投票曾将不同社会背景的女性团结起来，为选举权而奋斗，但是一旦获得选举权，投票很快又将她们再次分离开来。"①

　　争取选举权的女性一旦实现了她们预期的目标，不仅减少了对男性的依赖，而且也对男性的优越性产生了疑问。由于争取选

----

① Banks, Oliver, *Faces and Feminism*: *A Study of Feminism as a Social Movement*, Oxford: Basil Blackwell, 1981, p. 121.

举权的女性来自不同的背景，她们常常重视自我和党派利益而非女权主义事业。事实上，大多数女性都卷入了女权主义。20世纪二三十年代，当她们获得了选举权后，发现自己仍然要依靠她们的同盟者来支持她们的运动，然而这些同盟者大都为男性，结果就使许多女性开始重视投票权。

获得选举权后的时期对突显劳伦斯的女权主义是尤为重要的。1920年至1950年之间，19世纪女权主义的许多中心问题，如教育、就业和离婚等权利问题，几乎已经不复存在。许多女权主义者认为，她们的斗争使命已经完成。结果，许多女性转而参加某些福利活动，如从事争取母亲的福利、孩子抚养和财产权的活动。这正是"福利女权主义"名称的由来。既然在女权主义议程上，已无其他可以为之斗争之事，那么女权主义者便热心捍卫妇女的福利权益，为工人阶级女性争取保护性立法。具有讽刺意味的事，这种争取并非基于先前那样的两性之间的平等，而是基于在传统的框架内女性的特殊需要。妇女在19世纪要求与男人享有平等的工作机会和同工同酬，而现在则要求免除夜班、重体力工作和减少工作时间。对女性权利的要求也包括了母亲的特殊待遇和家庭补助。从某种意义上说，妇女在退却，她们的问题集中于传统的家庭观点上。

其结果，女权主义者似乎背离了在争取权利平等的战场上同男性的抗争，而回归于传统的男女有别的观念。因此，"福利女权主义者"更接近福音派女权主义的立场。后者赞同传统的家庭观念和形态，即在家庭中，男人是养家糊口的人，而女人，即使受过教育或有正式工作，仍然扮演母亲和家庭主妇的角色。在《骄横的女人和懦弱的男人》一文中，劳伦斯探讨了这些观点。他不仅抨击那种设法改变其"性质"的女人，也抨击了那种不能维持男性气质的男人。在《母权制》中，他也对那种坚持女性

"性质"以及坚持对子女和社会的责任的女人的重要品质给予了肯定："让女人充分独立，让她承担起独立后的全部责任。这是再度满足女人要求的唯一方式：让她们完全独立并承担起做母亲和一家之长的全部责任。当子女使用母姓后，母亲就会悉心照料具有该姓氏的家庭成员。"①

劳伦斯和福利女权主义者都认为，独立不应该改变女人的"性质"，无论一个女人获得何种程度的解放，她都不要忘记自己首先应该是一个母亲。最近的激进女权主义者质疑了这种看法。例如，舒拉史密斯·法尔斯通将女性遭受压迫归因于再生育。她争辩道，只有当人工生育在技术上成为可能，妇女的屈从地位才会被彻底改变。② 她所希望改变的不是观念，而是女人的"性质"。这种极端激进的主张正是劳伦斯和福利女权主义者所反对的。

激进女权主义作为一个有组织的运动只出现在 20 世纪 60 年代末。既然激进女权主义者仍然将婚姻看作是造成女性屈从地位的核心因素，那么她们就号召废除婚姻，公开鼓吹用女性同性恋和独身来取代异性关系。与 19 世纪和 20 世纪初的性观念不同，自由恋爱和自由结合不再被视为解放性的，因为它们仍然有助于男性支配的观念。在此语境中，女性同性恋不再被视为一种性取向，而是被视为一种根植于女权制和女性优越观中的政治观念。

因此，历史上各种各样的女权主义运动主要是通过它们对婚恋的态度来区分的。这里不仅强调了女权主义与婚姻之间的紧密联系，也强调了女权主义者在重新诠释女性形象及其性观念方面所起的作用。首先，如果说福音派基督教具有强烈母亲制信念，

---

① Lawrence, D. H., *Phoenix II: Uncollected, Unpublished and Other Prose Works*, London: Heinemann, 1968, p. 552.

② Firestone, Shulasmith, *The Dialectic of Sex: The Case for a Feminists Revolution*, London: Jonathan Cape, 1971, p. 229.

强调传统的婚姻，那么激进女权主义运动则全然反对婚姻或任何异性关系。其次，社会主义或马克思主义的女权主义，虽然赞同自由恋爱和非传统婚姻，然而却将阶级和经济问题视为首要问题，而将妇女解放视为次要问题。最后，一直被讲求实际的女性视为女权主义运动核心的权利平等运动认为，男女平等的原则不仅应体现在婚姻问题上，也应体现在教育、就业、民权、离婚和性观念等生活的各方面。该运动不断从其他传统中吸取许多思想因素，并发展它们，探索如何在平等的基础上协调男性和女性的权利。

如前所述，就 20 世纪初女权主义运动来说，许多文献也记载了，尽管妇女运动参加者的看法不尽相同，但为了某些原因，她们还是携起手来，发起并推动了一场统一的妇女运动。也就是在这一时期，劳伦斯作为伟大的小说家出现了。虽然威尔斯对女性的描写具有传统色彩，但他仍然被认为是一位女权主义者。他对自由恋爱发表的看法引起了保守人士的批评。然而他没像劳伦斯那样坚持自己的观点，而是面对批评和抨击让步了，声称人们误解了他的意思。阿诺德·班奈特也是如此。他自认为是女权主义的拥护者，尤其是女性选举权的支持者，可他的其他看法却与女权主义概念有冲突，如他认为女人主要是世俗生活中的配偶。这种矛盾不仅体现在他的小说中，也是那一时期文学的主要特征之一。

另一方面，班奈特认为，"顺从不公正是了不起的成就"。[①]这种悲观哲学，更准确地说，这种失败哲学，在某种程度上，为哈代所认同，然而也成就了哈代的伟大和他在女权主义者中的显著地位。哈代的《德伯家的苔丝》和班奈特的《老妇们的故事》

---

① Bennett, Arnold, *These Twain*, London: Methuen, 1916, p. 505.

都探索了这样一些思想：抗议徒劳无益的思想；如果一个人想要在传统社会的限制内安然生存，那么经历就是代价昂贵的必修课。既然班奈特笔下的女性一般来说都没有要改变社会或为自己的平等权利而斗争的雄心壮志，那么她们自然会接受婚姻是最终生活目标的传统观念。两姐妹康斯坦丝和索菲亚的生活经历就印证了这一点。

班奈特的女权主义观念有点混乱。一方面，他支持女性在教育和经济独立方面的权利；而另一方面，他又认为她们不可能获得平等权利。如果她们处于不平等的地位，那么他认为，她们同男性具有一种互补心理，在这方面，男性具有进取性而女性具有柔顺性。班奈特的二元观点更接近劳伦斯。劳伦斯相信男女之间存在着心理和哲学方面的差别，但他认为这一半对一半的异性之间仍然会产生纯洁的火花。

班奈特虽然与劳伦斯生活在同一时代，可是他并没有获得劳伦斯那样的成就。他缺少劳伦斯那样的勇气和精神去探索像女人的性与婚姻这类未被探索过的主题。因此，在读者的眼中，他更像一个维多利亚时期的人而不像一位现代小说家，而许多批评家认为，哈代则是一位生活在维多利亚时代的现代作家。就女权主义而言，班奈特的重要性在于他对女性及其家庭责任的自相矛盾的说法。在他的散文集《我们的女人》（1920）中，班奈特一反他先前的信念，攻击女人为"劣等人"："在创造、综合、批评和纯智力方面，女人，即使那些最不寻常和最受青睐的女人，从未达到过男人成就的高度。"[1]

不止如此，他还攻击工人阶级女性，要求她们为战后回归的

---

[1] Bennett, Arnold, *Our Women: Chapters on the Sex Discord*, London: Cassell and Company Ltd., 1920, p. 104.

斗士而让出工作，回到她们所属的家中，而这正是政府所希望的。同样，劳伦斯在写《阿伦的拐杖》以及像《骄横的女人和懦弱的男人》、《母权制》之类的论文期间，也将矛头指向女性。当时，女权主义运动和福利女权主义也号召妇女承担起传统家庭中的角色，表现出对家庭生活的狂热崇尚。那么究竟是什么使女权主义者在第一次世界大战后的一段时间内一反他们的原则，写出这类将矛头指向女性的作品？

1914 年，第一次世界大战爆发，男人不得不丢下工作，参军打仗。于是，妇女们获得了难得的工作机遇。她们不仅成了教师、护士和医生，也成了店主、电话接线员，甚至卡车司机。这一经济革命使妇女解放的梦想变成现实。当战争结束时，返回的军人不满女人占据了他们的工作，号召她们返回自己的家中（在《狐狸》中，劳伦斯深入探讨了这一现实）。像劳伦斯和班奈特这样敏感的作家对这种现实深感失望。因此，他们不应该被看成反女权主义的，因为当时整个社会，包括政府和女权主义运动本身都反对妇女占据男人的位置和地位。他们的写作并非旨在反女权主义，相反，则是着眼于协调社会中两性之间关系。

在那一时期，劳伦斯所抨击的对象事实上并非女性而是男性，因为这些男性已不再保持他们长期以来受到赞扬的品质，开始变质和变坏，如《虹》（1915）里的斯克利本斯基、《恋爱中的女人》（1920）里的杰尔拉德·克里奇、《狐狸》（1922）里的亨利·格林菲尔、《袋鼠》（1923）里的萨莫斯、《圣莫尔》（1925）里的莱寇和《查特莱夫人的情人》（1928）里的克利福德爵士都表明了劳伦斯在这方面的批评态度。

与本研究相关的还包括女权主义历史与小说的关系。正是对婚姻的不同表现将维多利亚初期小说同维多利亚后期小说区分开来。就叙述而言，结婚作为所有女性问题的解决常常出现于故事的结尾。这种美好的解决出现在大多数维多利亚初期和中期的小说当中，其中包括夏绿蒂·勃朗特和盖斯凯尔夫人的小说。艾米莉·勃朗特的《呼啸山庄》则是个例外。《呼啸山庄》是哈代之前拒绝在女主人公的困境与社会习俗要求之间进行妥协的一部杰作。在这方面，帕特立夏·斯达波司写道：“如果小说家超越常规模式，探究结婚自然幸福和女性命运完满的假想，肯定会引起震动。”① 顺从地接受社会习俗和对传统女性的描写依然可以将维多利亚中期的许多小说家称为女权主义者。尽管勃朗特姐妹、盖斯凯尔夫人、萨克雷、乔治·艾略特，甚至狄更斯等以传统的方式表现女性，可依然有评论者称他们为女权主义者。不过，在这方面应该强调的是，女权主义尽管其含义宽泛，但在本质上却是与时空因素有关的思潮。换言之，这是一种发展变化的观念，需要根据时空的因素予以准确的界定。就维多利亚时期一位女权主义者的立场来说，如果按照时下的观念来考察它，也许不适用于今天的女权主义立场。例如，如果狄更斯在他那一时代对女性的描写被认为是女权主义的，那么在今天甚至在劳伦斯或哈代的时代就很难被认为是女权主义的，因为时空变了，意识形态也随之变了。

在维多利亚下半期，更准确地说，在 19 世纪八九十年代，小说的显著特征不是将婚姻作为女性和女权主义者的主要问题，而是拒绝将婚姻当作幸福的结局。萨克雷被认为是第一位这么做的小说家，但在表现婚姻方面肯定与哈代不同。斯达波司在将哈代、麦瑞狄斯和莫尔这样的现实主义小说家同女权主义者进行比较时指出：“现实主义者的努力就是试图重新解释现存的社会的

---

① Stubbs, Patricia, *Women and Fiction: Feminism and the Novel 1880－1920*, Brighton: The Harvester Press, 1979, p. 26.

和性的现实，而不像女权主义者那样寻求改变它们。"① 可以肯定，小说家不是政治上的女权主义者。为了理解斯达波司的看法，我们首先需要问女权主义小说的目的是什么。小说是用来改变社会的工具吗？或者小说只是一面反映各种变化的镜子？回答在这两方面都是肯定的，因为小说就像今天的大众媒体，它不仅表现当时的社会，而且也寻求发展和改变现存的社会"现实"。然而，在 19 世纪，小说被认为几乎是唯一的娱乐工具，公众通过小说进行自我教育。苔丝在被诱奸后问母亲："你为什么不事先告诉我与男人相处应该预防什么呢？"② 不识字的人聚在一起听别人读小说，既为了娱乐，也为了学习或了解什么，这在当时是一种比较普遍的现象。《德伯家的苔丝》就是为了寻求改变社会对失身女性的偏见。《查特莱夫人的情人》也是为了要改变人们对女性的性观念，因为在这方面人们一直存有误解。

斯达波司本人也承认，尽管小说也许不是政治性的，但它能够唤起大众的政治反应。《简·爱》和《无名的裘德》就是好的例证。她写道："几乎所有的例证都表明，小说家都走在那些反对讨论性的女权主义者的前面。"③ 准确地说，她的这一说法同她早先的说法并不矛盾，而是进一步表明，像哈代和劳伦斯这样的小说家不仅重新解释了现存的社会现实，而且也预示了某种改变，因为他们常常走在他们时代的前面，并在一定程度上引导了女权主义者的解放斗争。在《艾塞尔伯塔之手》的序言中，哈代

---

① Stubbs, Patricia, *Women and Fiction: Feminism and the Novel 1880—1920*, Brighton: The Harvester Press, 1979, p. 54.

② Hardy, Thomas, *Tess of the d'Urbervilles*, Hertfordshire: Wordsworth Editions Ltd., 1992, p. 100. 本书中的作品引文主要依据原著并参照其中译本由笔者译出。所参照的中译本见本书中的参考文献。

③ Stubbs, Patricia, *Women and Fiction: Feminism and the Novel 1880—1920*, Brighton: The Harvester Press, 1979, p. 135.

说，他的小说要早于时代三四十年。在《无名的裘德》中，裘德抱怨道："对我们来说，时代还不成熟！我们的想法在五十年后才对我们有利。"① 《查特莱特夫人的情人》也早了三十二年问世，直到 1960 年，该作品才赢得官司，得以出版非删节本。这些事实证明了小说作为社会文献的重要性，它记载了那一岁月中婚姻观念的变化和女权主义的发展。

还值得一提的是，从 19 世纪 90 年代到 20 世纪 20 年代这段时期见证了英国社会生活中所有主要方面的变化。这些变化加速了英国从乡村社会向工业化社会的转型。在此期间，许多学者开始探讨性的问题，尤其是女性的性问题。在他们当中，除了劳伦斯外，西格蒙德·弗洛伊德、左拉、易卜生、哈维洛克·埃里斯（《男人和女人》）和爱德华·卡彭特（《爱时代的到来》）影响了许多人。虽然承认女性的性并不会让作家们成为女权主义者，但是正是由于哈代和劳伦斯描写了女性在婚姻内外性行为的解放及其对性伴侣的选择，才引起评论者不断争论他们的女权主义问题。

①　Hardy, Thomas, *Jude the Obscure*, London: Penguin Group, 1978, p. 482.

第二章

作家与女性

　　哈代和劳伦斯虽然属于不同的时代，个人的经历也不相同，但是在对女性的描写和态度方面却有某些相似性。有评论指出：他们对女性问题和女性心理的理解给人留下深刻印象。难怪有人在评论《远离尘嚣》和《白孔雀》时将他们说成是女性小说家。就此而言，人们也许要问：哈代和劳伦斯何以那么关注女性？何以能够以女性的观点出色地描写她们？这些女性为何会让他们这么关注和着迷？究竟是什么让他们对女性的感情和问题具有如此非凡的透视力？

　　本章旨在论证，哈代和劳伦斯最初受到他们的妻子和其他女性的影响和塑造。为此，首先需要辨明和探讨哈代生活中重要的女性，而后再转向劳伦斯，集中探讨他与女性的关系，由此表明，女性在哈代和劳伦斯思想的形成方面起着主要的作用，推动了他们对"女性问题"，尤其是对"婚恋"看法及态度的形成。

一　哈代与女性

　　就哈代和劳伦斯的个人生活而言，他们的区别在于：劳伦斯在写作中，尤其在书信中，总是明确表露自己，而哈代则对自己生活的一般细节常常守口如瓶，更不用说那些重要细节了。即使他想揭示自己生活中某些个人化的东西，也是极其小心翼翼，那还是在他感到人们只对他的写作而不是对他的个人生活和个性感兴趣的时候。两位哈代传记作家罗伯特·基廷斯和麦克尔·米尔给特在叙述哈代与女性关系时便遭遇过这样的问题。基廷斯说："哈代从 16 岁到 29 岁期间与女性没有任何联系。"① 这一说法也许符合生活事实，但是如果认为哈代对自己生活中有意秘而不宣的那些部分都与性秘密和私人秘密有关，这肯定也是不合道理的，因为势利和社会阶层也是人们不愿对自己的私生活开诚布公的两个重要原因。另一方面，米尔给特则常常通过参考哈代的小说和诗歌来填补哈代对自己生活表述方面的空白并以此来解释哈代。例如，哈代的母亲在哈代生活中占有重要位置，但是哈代对她及其去世的描述都是相当简略的。由于彼此缺乏通信（只留下了一张哈代寄给母亲的明信片），要重建他们之间的关系并非易事。

　　同劳伦斯一样，哈代生来孱弱，最初是个不受欢迎的婴儿。他出生时，父母才结婚五个月。起初，他们认为这孩子会死的，但很快他活了过来，恢复了生命。由于病弱，哈代享受到了特殊的母爱。这种母爱不仅来自母亲杰敏玛，也来自祖母玛丽·哈代和他的姨妈玛丽·汉德。玛丽姨妈住在哈代家照料这个孱弱的婴儿直到 1847 年。就像莫瑞尔太太，杰敏玛具有一种强势个性。她的举止也许是有礼有节的，但是她的观点却让人难以容忍，有时她的管制相当专制。哈代常常将博克汉姆敦的住处当作他母亲的家而不是当作他父亲的家。虽然从社会

① Gittings, Robert, *Young Thomas Hardy*, London: Heinemann, 1975, p. 3.

关系来说，母亲逊于父亲（根据哈代的说法，父亲声称与著名的海军上将哈代有亲缘关系），而在智力上，母亲要比父亲优越得多。她几乎读了所有她能够找到的书，她还唱歌，讲述哈代父亲和祖父的故事，这些歌和故事成了哈代灵感的来源，也激发了他的创作冲动和思想。

而且，杰敏玛不仅极为关注孩子们的教育，激励他们要在这个世界上出人头地，建树家族的荣耀，而且也设法说服他们不要问津婚姻。为了维持家族的整体性和子女之间的相互依存，她要他们成双成对地生活在一起，如让一个儿子和一个女儿结伴生活。这也许是哈代在《无名的裘德》中描写了一个不适合结婚的家族的原因。他对婚姻制度的不断抨击，虽然在一定程度上是由他本人紧张的婚姻关系和当时的法律所引起的，然而却表露了他满足母亲占有之爱和服从她的信念的潜意识愿望。

尽管哈代试图抑制自己的感情，掩饰自己依恋母亲的事实，但他同母亲的关系，就像劳伦斯同他母亲的关系那样，应该说是一种俄狄浦斯式的关系。虽然对于他自己是否清楚这一问题并没有文字记载（就像劳伦斯那样），但是他肯定意识到了母亲对自己的那种占有性的爱，因为他在小说《还乡》和某些诗歌中对母与子关系的探索就表明了这一点。哈代曾宣称，如果他在童年时就失去母亲的话，那么他的"一生将会全然不同"。也不难理解哈代在说到《还乡》中克林和他母亲姚伯太太之间关系时所作的暗示：克林是"她的一部分"，他们之间的交谈"就像同一个身体上左右手之间的"的交谈。

心理学家，包括劳伦斯都指出，童年是教育孩子和培养孩子个性的最重要的阶段。露西·杰斯纳在《母亲在家庭中的角色》一文中强调指出："精神病学和人类学研究表明，教养孩子的质量，尤其是母亲的态度，在个性发展中是一个决定性因素。"①
戈尔·卢宾特别强调，恋母情结对孩子的性角色确认和个性发展
具有重要影响，指出：如果孩子顺利完成自己的角色确认，危机
随之结束，反之，危机将伴随终生。② 根据哈代夫人弗罗伦斯在
《托马斯·哈代的生活》中的描述，哈代，就像他笔下的人物裘
德，并不想长大承担成年人的责任。受母亲控制性的爱和父亲的
被动性的影响，哈代直到 25 岁才形成自己的独立个性，直到 50
岁左右才变成一个真正意义上的成年人。

　　围绕在童年哈代身旁的几乎全是成年女性（男性人物仅限于
他的父亲和几位亲戚），哈代更可能发展成一种混乱的个性和性
晚熟。他要么可能认同他身边的那个与众不同的女性人物（就像
劳伦斯那样），变得更加女性化，要么相反，承担起男子汉的角
色。在这两种倾向之间进行妥协是不可能的，尤其是当母亲在场
之时（劳伦斯象征性地杀了母亲就是为了解放自己那颗被羁押的
灵魂）。在此方面，基廷斯曾讲述了哈代的一次性梦。在梦中，
他发现自己站在梯子上正设法将一个婴孩从草阁楼的边缘推下，
当时乔治·麦瑞迪斯和奥古斯塔斯·约翰——当时最有名的两个
性象征人物——在一边观看。基廷斯表明，在性方面，哈代"即
使的确有所发展，那也是很晚的事"。③

　　如果基廷斯的说法是真实的，那么可以看到，哈代与劳伦斯
两人不仅在性发展方面，而且在性情方面是多么的相近和相似，
因为两人都是母亲感情控制下的儿子。正如劳伦斯在小说创作中
选择与自己类似的性人物借以履行回复本我的使命那样，哈代也

---

①　Liebman, Samuel (ed.), *Emotional Forces in the Family*, Philadelphia: Lippincott, 1959, p. 21.

②　鲍晓兰主编：《西方女性主义研究评介》，三联书店 1995 年版，第 7 页。

③　Gittings, Robert, *Young Thomas Hardy*, London: Heinemann, 1975, p. 29.

在自己的小说创作中选择智力型的人物，借以贯彻他的主旨，因为性对哈代来说，就像对他笔下的人物皮尔斯顿、安玑·克莱和亨察德等来说，几乎是不存在的。就触摸而言，哈代讨厌被触摸，不像劳伦斯那样将触摸感视为振作和安慰的一种手段，哈代总是宁愿与自己亲近的人保持距离。从少年直到去世，哈代走路时常常不在意擦身而过的车辆，倒是很在意避免碰到正在行走的路人。他要求佣人决不要帮他穿外套。许多熟人都注意到他这种怪僻，这种怪僻很可能是由于他小时不能与其他人（大多是他的长辈）有身体接触的经历造成的心理倾向。害羞和病弱也许影响了他健全的情感，使他难以与同龄的孩子们接触，由此难以与他们发展为一种亲密的朋友关系。

　　情感意识和身体或性接触之间的分裂似乎是哈代个性的核心。劳伦斯在其一生中，不断地进行自我斗争，实现了冲突情感的调和，而哈代却很少意识到这方面的问题，虽然在他后期的小说中有意无意地涉及这方面的问题。这种分裂的原因一方面是由他母亲那种压迫性的爱造成的，另一方面也是由于他对比他年长许多的安古斯塔·马丁夫人的超乎寻常的依恋造成的。马丁夫人是一位庄园主，膝下无子，常常将年少的哈代抱在膝头。《托马斯·哈代的生活》一书中写道，比起母亲来，哈代更愿意与马丁夫人在一起。哈代写道："虽然当时他只有九岁或十岁而她想必已经四十岁了，可是他对她的感情几乎就像对一个恋人的感情。"[1]

　　值得注意的是，虽然哈代对马丁夫人的爱只是一种浪漫的依恋，但是与《儿子与情人》中的情形相类似，这种依恋引起了杰

---

[1]　Hardy, Florence Emily, *The Life of Thomas Hardy 1840－1928*, London: Macmillan, 1962, p. 19.

敏玛的妒忌，就像莫瑞尔太太嫉妒米丽安那样。也许这可以解释何以杰敏玛在特定时期（1848—1849）将哈代弄到自己身边，与在赫特福德郡的亲戚住在一起，后来，还将哈代从在斯廷斯福德的马丁夫人的学校转到位于道彻斯特的一所学校。尽管有关性的问题在此不可能提出，但是在后来他却梦想过它。在这里，人们不难推测出，哈代对女性的性依恋，如劳伦斯在《无意识幻想曲》中所描述的那样，在很大程度上是由于哈代处在一个关键的发展阶段。

希利斯·米勒的《托马斯·哈代：距离和欲望》（1970）在这方面是很有启发性的。它不仅赞成作为小说特征的"距离"和"欲望"的双重形态，而且正如 T. R. 赖特的《哈代和性爱》（1989）所说的，设法描述哈代在性方面的自相矛盾的性质。这可以从《意中人》中的皮尔斯顿这个自传性人物看出来。也许这种性质清楚地表示出哈代一再发生的问题，即哈代对死亡之爱的迷恋。哈代首先在《远离尘嚣》中触及了这一问题。小说中，范妮·罗宾死后，特洛伊军士对这个已故的女性的爱超过了她活着的时候。哈代也是如此，在他的妻子爱玛和堂妹特立菲娜死后，他对她们的爱胜过她们生前。这形象地说明了哈代对距离和欲望问题关注的程度。

除了受到母亲和马丁夫人的影响外，哈代也受到了他的妹妹玛丽的影响。他曾经说过，她是他的终生的伴侣和挚友。至于玛丽对他影响的程度，现已难以准确的推断。只知道她是哈代童年时期的挚友，不过某些暗示表明，在激发哈代的文学创作的梦想方面，她起了重要的作用。哈代和玛丽，就像华兹华斯和他的妹妹多萝西、兰姆和他的妹妹玛丽，彼此相濡以沫。玛丽不仅在年龄和性情上与哈代相近，而且在兴趣、爱好、热情和同情心方面更为接近。像哈代那样，玛丽对音乐、文学和绘画兴趣浓厚。更重要的是，他们俩亲近母亲而对父亲敬而远之。与父亲在一起时，他们的才华和热情受到抑制。1915 年，玛丽去世后，哈代写了大量的诗歌，描写她以及他们的童年的回忆。玛丽也许影响了哈代在《无名的裘德》中对淑的塑造，因为玛丽和淑都是学校教师，两者都对性感到羞怯，表情和举止缺乏魅力（哈代给这个人物取名为"淑·弗劳伦斯·玛丽·布莱德赫德"）。

不要认为哈代在其早年的生活中只受到女性的影响，尤其是他母亲的影响。尽管哈代对父亲敬而远之，但是父亲对他的影响也是显而易见的。就像劳伦斯的父亲以擅长跳舞而出名（正是由于他出色的舞姿吸引了劳伦斯的母亲利迪娅），哈代的父亲除了是一位石匠外，还是一位音乐高手。由哈代祖父、父亲和叔父组建的斯廷斯福德唱诗班被认为是那一地区最优秀的唱诗班。当然这影响了哈代对音乐和舞蹈的终生喜爱。除此之外，哈代也从父亲那里学到了如何与女性打交道。

哈代父亲年轻时，就以善于追求女性而闻名。他的职业使他有大量的机会去追求异性。虽然哈代非常不善于追求女性，但是在其一生中女性的魅力总是容易触动他，他总是为此作出积极的回应。在学校，他不与男孩子交往，一放学，便避开他们，匆匆赶回家。14 岁时，他便开始对女孩子怀有了理想化的兴趣。他最初的这种罗曼蒂克式的依恋对象是他在道塞特郡的沙思·沃克见到的一个完全不相识的女孩。为了这个陌生的女孩，他害病卧床了一个星期。直到后来看到那个女孩与一个年轻男人在一起时，他才放弃幻想，从单相恋中解脱出来。49 年以后，哈代在《意中人》中准确而详细地描写了这件往事。应该强调的是，哈代对女性的依恋是高度理想化的，因此，他的爱慕由于无缘接近这些女性而受到制约。他曾经爱慕许多女性，然而由于种种原因，而无法进一步与她们接触。1862 年，他向玛丽·赖特求婚遭拒绝。19 世纪 70 年代初期，他已经与艾玛订婚了，可是他却同时与两位女性产生了特殊的"浪漫"关系，一位是通俗小说家安妮·萨克雷，另一位是《远离尘嚣》的插图作者海伦·帕特森。

《托马斯·哈代的生活》中对这些女性及其他女性大都避而不谈。在这部著作中，哈代的女性似乎看不清面部特征，似乎失去了色彩。哈代曾视为恋人的两姐妹尼考尔斯和斯帕克斯也不例外，尽管比起其他女性，他用了更多的笔墨来写她们。从 1863 年到 1867 年，哈代爱上了艾利莎·尼考尔斯，或许可以说与她正式订了婚，从而这位女性成为哈代早期情感生活中最重要的人物。就像杰茜·钱伯斯对劳伦斯那样，艾利莎的宗教真诚和文学爱好重新唤醒了哈代的文学梦想，使他由建筑转向了文学。哈代的文学生涯可以说是从 1863 年开始的。当时他受到艾利莎的鼓励，阅读了莎士比亚等人的作品。当哈代喜欢上她更年轻和漂亮的妹妹简·尼考尔斯时，他与艾利莎之间的关系也就结束了。不过，简·尼考尔斯后来看到与哈代结婚无望，便很快抛弃了哈代，爱上了其他人。艾利莎一直未婚，1912 年，哈代的妻子艾玛病故时，她曾去找过哈代，希望嫁给他，可是她却发现哈代已经与弗劳伦斯·杜格代尔订了婚，而且两人很快就要举行婚礼了。《她，对他》和《中间调》等诗歌也许就是他们这种关系的结果。在许多方面，艾利莎也融入了哈代小说《穷人和淑女》和《非常手段》的女主人公之中。

此外，哈代对在普德莱堂的表姐妹的爱慕也是一个重要的转折。正如罗伯特·基廷斯和彼得·卡萨格兰德指出的那样，哈代，就像《意中人》中的皮尔斯顿一样，"一次又一次为同一类型的女性——他母亲的复制品所吸引，其突出的特征为所有手工家庭所共有。"① 19世纪50年代中期，哈代追求比他大11岁的表姐瑞贝卡·斯帕克斯，但是遭到了她母亲玛丽亚·斯帕克斯的反对。玛丽亚担心在他们之间会发生性爱方面的流言蜚语。于是，哈代不得已将爱情转向了玛丽亚的三女儿马莎。和艾利莎一样，马莎也是在伦敦的一位贵夫人家里做女仆，在那里，她接受了上流社会言谈举止的教育。人们认为，早先在普德莱堂的一次彩排中，哈代曾与马莎调情，其情形令人生厌。可以肯定，60年代初期，哈代有很多机会在伦敦与马莎会面。他曾认真考虑过娶她，然而再一次遭到马莎母亲的反对，理由是表兄妹结婚违反教会法规。

1868年，马莎的母亲玛丽亚·斯帕克斯去世。哈代本来是有希望与马莎结合的，然而并未如此，因为那时哈代又喜欢上了最小的也是最漂亮的表妹特利菲娜·斯帕克斯。时过近百年，罗伊斯·第肯和特里·库尔曼才在1966年出版的《上帝与哈代先生》中首先关注了哈代与特利菲娜的关系。尽管这本书相当有趣，但并不被人看好，因为它缺乏坚实的证据来支持他们这样一种异乎寻常的看法：哈代是特利菲娜的私生子的父亲（他们认为，特利菲娜是在1867年生了那个孩子），也缺乏足够的证据来支持他们的另一个看法：特利菲娜不是哈代的表妹而是他的外甥女，因而他们无法结婚。哈代同特利菲娜的关系似乎不断升温，而后便奇怪地逐渐冷却下来，两人故意回避对方。特利菲娜在追求教学生涯和保持经济独立方面充满了热情和渴望，因此较之哈代，她对婚姻兴趣不大，尤其那时她才十六七岁而哈代则快二十岁了。

特利菲娜的姐姐马莎怀孕后，丢了工作，不得不结婚。同马

---

① Gittings, Robert, *Young Thomas Hardy*, London: Heinemann, 1975, p. 114.

莎一样，1868年，特利菲娜也被学校解雇，原因不甚明了。难道也是因为怀孕吗？没有人能给予肯定的回答。明白无误的是，她对哈代的生活影响很大。1890年，当哈代听到特利菲娜去世的消息时，他写下了《想菲娜，当听说她死时》的头四行至六行（《我失去了奖励》）。在这首诗中，他表达了对于特利菲娜未能成为他的妻子而深感惋惜的心情。他在1895年为《无名的裘德》写的序言中说，1890年一位女性的死亡似乎向我暗示了特利菲娜有可能发生不测。《无名的裘德》中的淑、《绿林荫下》中的范茜、《远离尘嚣》中的范妮多少是根据特利菲娜这个原型塑造的。如果《远离尘嚣》是在特利菲娜死后写的，那么可以肯定范妮·罗宾的原型就是特利菲娜，因为这两位女性有着惊人的相似性（这表明哈代笔下的女性与他生活中的女性是多么接近）。哈代和主人公特洛伊都曾分别向特利菲娜和范妮求过婚，并与她们订了婚，可是由于某种原因，最终并未与她们缔结姻缘。而在她们死后，这两个男人对她们的爱胜过她们活着的时候。由此不难看出哈代的小说与他生活之间联系的密切程度。

此外，尽管哈代一再否认他的生活与他的小说之间有任何关联，但是《意中人》在某种程度上就是一部伪装的自传。就像哈代那样，主人公皮尔斯顿爱上了体貌特征极其相似的三代少女，然而似乎无意履行自己对她们当中任何一位的承诺。斯帕克斯姐妹，年龄相差很大，看上去就像三代人。例如，最大的瑞贝卡比最小的特利菲娜要大21岁。人们从哈代生活中寻找到的例证越多，就越发相信哈代的小说世界与他的现实世界之间存在着密切的关联。

哈代对自己向第一个妻子求婚并与之结婚之事也是缄口不言的。《生活》对他们的初次相见、相恋和结婚只做了简要的叙述。从《一双湛蓝的眼睛》和《当我动身前往里翁尼斯的时候》中大致可以了解到：1870 年 3 月，哈代出差去康沃尔，为修缮朱立特教堂估价，在那里他初次见到艾玛·拉维尼亚·葛里福特。艾玛当时是教区长的儿媳，她接待了哈代。艾玛后来写道，她"立即被他那熟悉的容貌所吸引，就仿佛我在梦里见过他"。[①] 或许哈代对艾玛也具有相同的感觉，即一见钟情。一见钟情，作为一种典型的行为模式，在他的生活中并不鲜见，也在自己的小说中给予了探索。哈代被艾玛所吸引有两个主要原因：一是艾玛能够将哈代从母亲控制中吸引到自己身上，就像弗丽达吸引劳伦斯那样。她能做到这一点，并不是因为她与哈代的母亲具有某种相似性（这是哈代设法追寻的一种不可能的理想），而是她已替代母亲的角色，能够给予哈代一种情感支持，而这种情感是哈代从他母亲和家人那里无法获得的。二是艾玛对哈代表现在《穷人和淑女》中那种浪漫幻想的直接回应。《穷人和淑女》写于哈代与艾玛初次相见的前两年。根据埃德蒙·戈西的说法，这部小说是写一个农民家庭出身的年轻建筑师（显而易见，是根据哈代本人经历创作的）爱上了一位乡绅的女儿，但是由于社会地位的差异而遭到乡绅的反对，因此这一对青年男女便私下结了婚。哈代一生都具有强烈的阶级意识。显然，艾玛的社会背景给他留下了深刻印象。艾玛，就像后来的弗丽达·劳伦斯那样，不仅出身于上等阶级的家庭，而且也出身于"一个知识分子家庭"。艾玛说，在这样的家庭里，唱歌、阅读和讨论是通常的活动。当哈代得知这一切时，便立意娶她为妻。有传言说，艾玛常提醒哈代，他娶的是一个有身份的女士。虽然事实已经证明这只是一种讹传，不过传说多少表明在哈代与艾玛之间存在着阶级差别。

---

① Hardy, Florence Emily, *The Life of Thomas Hardy 1840 – 1928*, London: Macmillan, 1962, p. 70.

因此，《穷人和淑女》的主题让哈代和劳伦斯如此着迷，以致他们在许多小说中一再表现它，而且他们的生活也深受其影响，他们的婚姻也不例外。哈代是否对劳伦斯有直接影响还是个值得商榷的问题，但是在他们两者之间有某种相似之处则是肯定的。首先，虽然他们的母亲在社交方面不如他们的父亲，但是哈代和劳伦斯都声称，她们至少在智力方面优于他们的父亲；这样一种模式影响了小说中的男女关系。其次，他们都出身于工人阶级，然而他们先是通过文学创作的成功而后通过"幸运的婚姻"，提升了他们的社会地位。最后，他们都认为，社会差别将社会分裂成敌对的群体，剥夺了社会下层的平等权利（如受教育的权利），但是这一问题可以通过男女双方或"贫穷的男人"和"有身份的女人"双方在婚姻方面的协调与和解而获得顺利解决。

在这方面，就婚姻而言，哈代和劳伦斯之间的不同在于，劳伦斯出于其心理需要，对弗丽达进行了妥协，而哈代并不愿意对艾玛做任何妥协，因为他对她的爱仍然受到他母亲感情控制的影响。这在一定程度上说明了为什么人们会发现劳伦斯对婚姻的探索是建设性的而哈代的探索则是破坏性的原因。

哈代的第二任妻子声称，哈代中了那个教区长一家所设计的婚姻圈套。人们无法完全接受这一说法。如果这一说法属实，那么哈代就不会等到四年之后即 1874 年《远离尘嚣》获得成功之后才与艾玛结婚。然而，也有一种观点认为，艾玛，就像是《一双湛蓝的眼睛》里的艾尔弗瑞德和《还乡》中的游苔莎一样，有可能鼓励哈代娶她，因为艾玛已对那位无法带她离开一个沉闷和偏僻的教区而走向一种具有高雅文化氛围的光明未来的丈夫深感绝望。不管怎样，其结果是，哈代与艾玛于 1874 年 9 月悄悄地举行了婚礼，参加婚礼的人寥寥无几。

尽管哈代和艾玛是一见钟情，志趣相投，但是在婚姻问题上，他们两人还是受到各自幻想的欺骗。由于双方都未能真正了解对方，因此他们婚姻的失败似乎在所难免。哈代沮丧地发现艾玛并非他心中的理想伴侣，因为她无法证明自己具有更高的智性和更好的社会关系。艾玛也对哈代的社会背景和职业成就感到失望，因为她曾天真地将哈代的社会背景和职业成就同伦敦及其更大的世界联系在一起。这一情境成为哈代小说《一双湛蓝的眼睛》和《还乡》的主题。艾玛努力通过接受自己的命运来克服自己的沮丧，而哈代则对自己的失望发现表现出愤怒。此外，孩子问题也越来越让哈代感到焦虑。他们结婚太晚，错过了要孩子的最佳年龄。当时艾玛已 34 岁，生孩子既有困难也有风险。到1876 年，她几乎失去了要孩子的希望，因此更加关注她丈夫的成功。

　　总的来看，哈代的婚姻是失败的，尽管他们都提到他们早期在斯德米尼斯特·牛顿的日子是最美好的时光（《一首两年的牧歌》）。那时，他们有着相同的志趣，一起参加各种活动，分享着彼此的快乐。就像《还乡》中的克林一样，哈代无法摆脱母亲的感情控制，也无法克服母亲与妻子之间的冲突。哈代与艾玛结婚后，家庭不和很快出现，尤其在母亲与妻子之间出现了敌意。事实上，杰敏玛根本就不想让哈代娶艾玛，将她看作"一个既不年轻富有，也不会操持家务，更无道塞特郡背景的闯入者"①。在《还乡》中，姚伯太太（根据杰敏玛塑造）得知儿子娶了游苔莎时表达了相同的看法："一想到我的儿子要结婚，我就气得要死！我宁愿死掉，也不愿看到这种事发生。我无法承受——做梦都不

---

① Millgate, Michael, *Thomas Hardy：A Biography*, Oxford：Oxford University Press, 1982, p. 130.

会想到这种事。"① 因此已至中年的哈代，就像二十来岁的保罗·莫瑞尔一样，看到生命流逝而自己却无力阻挡，深感沮丧和失望。

哈代的忧郁和挫折催发了他潜在的创造力。假如他对自己的婚姻感到满足和幸福，那么他就可能无法将其婚姻问题小说化，从而创作出 19 世纪最出色的婚姻小说。当他抨击婚姻制度时，实际上是在暗示，他抗议的是自己的婚姻。他虽然最终没有成为母亲的俄狄浦斯式之爱的牺牲品，但是却像劳伦斯那样，沦为严格的婚姻法的牺牲品。正如他的小说《林地居民》和《无名的裘德》所描写的那样，在婚姻中，如果一方不冒犯另一方，要想离婚几乎是不可能的。在《无名的裘德》里，艾拉白拉无法与前夫离婚而与裘德结婚，犯了重婚罪；而费劳孙因同意淑不受婚约的约束而丢了工作。当费劳孙最后不得已与淑离婚时，淑无法将自己看成是一个离婚的女人，因为如果费劳孙不愿意，她既不能与他人同居，也不能抛弃她的丈夫。因此根据法律，她的离婚是无效的。哈代在 1911 年 10 月 3 日写给汉尼克夫人的信中明确地表达了自己对婚姻的看法："你知道，我已经思考多年了：婚姻不应该违拗自然。违拗自然的婚姻不是真正的婚姻。因此，有关的法律契约应该尽快取消。唯有如此，人类生活的半数不幸便会消失。"② 在 1912 年发表的《我们如何解决离婚问题?》一文中，他几乎逐词逐句地重复他这一看法。六年后，哈代仍然坚持这一看法。在写于 1918 年 10 月 27 日的一封信中，他对汉尼克夫人说，在妇女解放和人们可以公开谈性的时期，假如他是个女性，

---

① Hardy, Thomas, *Return the Native*, London: Macmillan, 1958, p. 262.

② Boulton, James, et al (eds.), *The Letters of D. H. Lawrence*, Vol. 4, Cambridge: Cambridge University Press, 1979—1989, p. 177.

对于结婚，他会三思而后行。① 毫无疑问，除非对现行的婚姻法
进行修改，否则废除婚姻制度是他的最终目标。

　　虽然哈代对汉尼克夫人、艾格尼丝·格罗夫夫人和弗劳伦
斯·杜格代尔等这样一些抱负不凡的女士搞文学创作鼓励有加，
但是尚无记载表明哈代对艾玛的诗歌和散文写作有过帮助，至少
对她不像对上述女性那么主动热切。艾玛的短篇小说《岸上的少
女》如果能得到哈代的指点和修改的话，本来是能够发表的。艾
玛发表的文章如《赞美加来》和《埃及宠物》以及她的诗集《巷
道》都表明她的文学天分至少高于弗劳伦斯·杜格代尔。除此之
外，艾玛也影响了哈代的生活和创作。她，像弗丽达·劳伦斯那
样，成为许多小说中女主人公的原型。除了《一双湛蓝的眼睛》
中的艾尔弗瑞德和《还乡》中的游苔莎外，她也影响了《无名的
裘德》中艾拉白拉和淑的塑造。她的去世和私人笔记激发了哈代
创作《情境的讽刺》（1914）。时至今日，《情境的讽刺》也被认
为是哈代写过的最感人的诗集。最重要的是，艾玛让哈代获得了
对一个女人的体验。哈代重复利用这一体验，发展了自己对女性
的理解。

　　1912 年艾玛去世时，哈代与弗劳伦斯·杜格代尔的关系已
非同一般。很快她就成了哈代的第二位夫人。至于哈代和弗劳伦
斯两人是何时和如何初次相见的，现在已难以查考。不过，可以
肯定的是，他们的相互吸引有许多原因。除了出身于相同的社会
阶层和生长于相似的环境之外，他们都注重自修，具有抱负，气
质相似。当时，哈代正在是从事建筑业还是从事文学创作之间进
行选择，而弗劳伦斯也处在类似的情境之中，即正在是从事教学

---

　　①　Boulton，James，et al（eds.），*The Letters of D. H. Lawrence*，Vol. 5，Cam-
bridge：Cambridge University Press，1979—1989，p. 283.

还是写作之间进行选择。到哈代与弗劳伦斯相见（推定是在 1905 年）时，弗劳伦斯已经成为一个实习作家，为当地一家出版社投稿，为小学编书，把一些故事改编成补充读物。由于经历过出版书的难处，哈代很同情她的困难处境，愿认真帮助她实现自己的文学抱负（对艾玛却没有如此）。为此，他几乎写信给他所认识的每一位编辑和出版商，建议他们雇用她或考虑发表她的作品。

尽管弗劳伦斯并未放弃教学工作，可她开始寻求杂志社的工作，以求在经济上独立。也许正是由于这种热情和坚持，当汉尼克夫人在 1910 年见到她时，立即写了一个关于"一个现代解放的年轻城市女性"的短篇小说。这篇小说或多或少是根据弗劳伦斯写成的。对哈代来说，弗劳伦斯是"到目前为止这个世界为吸引男人目光而提供的最令人感兴趣的女人类型"[1]。尽管没有证据表明哈代为弗劳伦斯找到了工作，但是他的确说服了杂志《玉米山》的编辑雷金纳德·史密斯在 1908 年 6 月出版了她的短篇小说《荡女颂》。在此之前，哈代曾劝说史密斯出版过艾格尼丝·格罗夫夫人的《社会迷恋》。1911 年 2 月，哈代不仅为弗劳伦斯写了《沮丧的吉米：盗马贼》，而且也设法让这篇短篇小说以弗劳伦斯的名字发表。哈代这一举动颇令人意外，因为他从不会为他的其他文学门生这么做。出了写作外，弗劳伦斯也对公共演讲感兴趣。1901 年，她在恩费尔德对当地的文学协会宣读了一篇论哈代及其新诗集《时光的笑柄》的文章。《恩费尔德观察》评论说，她的宣读"饶有兴趣"。

弗劳伦斯的第一位爱慕者威廉·桑利·斯多克爵士送给她一

---

[1] Purdy, Richard & Millgate, Michael (eds.), *The Collected Letters of Thomas Hardy*, Oxford: The Clarendon Press, 1978—1988, Vol. 4, p. 154.

台打字机（在当时，这是一份贵重的礼物），于是弗劳伦斯喜欢
上了秘书工作。在伦敦，她自称是哈代的私人秘书，并以此而为
众人所知。做哈代的私人秘书让利修姆俱乐部的那些文学女士们
羡慕不已。当哈代于 1909 年或 1910 年在马克斯门第一次把弗劳
伦斯介绍给艾玛时，哈代已经背着艾玛在伦敦或别处与她相见两
三年了。弗劳伦斯清楚地知道，如果她想要维持与哈代的关系，
就必须好好对待艾玛。正是在马克斯门，弗劳伦斯对哈代有了自
己的判断。与热心肠的艾玛相见改变了她对哈代的看法。她发现
哈代对自己的妻子很不公平："他是一位了不起的作家，但却不
是一个了不起的人。"①

　　如果弗劳伦斯的文学渴望已经使她成了哈代的替代姐妹的
话，那么她的年轻、单纯和温柔毫无疑问使她成了他的妻子。就
像小说《意中人》中所写的皮尔斯顿最后的爱那样，弗劳伦斯比
哈代年轻近 40 岁，体貌特征突出。在这方面，米尔给特将她同
汉尼克夫人和格罗夫夫人进行比较，写道："不像她们，她既不
漂亮，也没有个性，也没有社会地位优越感，因此，她对这样的
呵护并未表示不满，也无意要求自己的独立。"② 也许她最吸引
人之处就是她的非传统性，这给哈代带来了青春气息和快乐。她
不仅像哈代本人那样强烈排斥宗教，也强烈排斥女性身上的一切
正统观念。这些因素，再加上其他因素，当然也包括艾玛的死，
使哈代在 74 岁时娶了弗劳伦斯，而那时弗劳伦斯只有 35 岁。这
的确是一桩水到渠成的事。

　　弗劳伦斯对哈代晚年生活的影响是巨大的。除了给哈代带来

---

①　Millgate, Michael, *Thomas Hardy: A Biography*, Oxford: Oxford University Press, 1982, p. 469.

②　Ibid., p. 465.

了幸福和生活的理由外，她也激发了哈代的灵感，使他创作出了许多令人难忘的诗歌，如《在离别的站台上》，同时她也帮哈代校对和修订了《列王》第三部。正如她似乎是哈代的短篇小说《沮丧的吉米》真正的作者，两卷本的《托马斯·哈代的生活》虽然署名为弗劳伦斯，但实际上却是哈代本人以第三人称写的自传手稿。1928 年，哈代去世后，弗劳伦斯编辑这部手稿，以自己名义出版了它。如果她真的不是《托马斯·哈代的生活》的作者，那么可以肯定，在审核和处理某些有关哈代生活的段落尤其那些叙述他的情爱和性关系的段落并确定其基调方面，她起了主要作用。她想必出于妒嫉或其他原因，杜撰、编造和曲解了某些事件，如艾玛发疯并退避阁楼之事。

随着哈代对漂亮女性的依恋的故事的继续，在他与艾玛的婚姻变得紧张之后，同某些贵妇人的调情事件也浮出水面。普斯茅斯夫人便是这些贵妇人中的一位。她是"我愿为之献身"的伯爵夫人，"一位才华出众的女性"。让哈代动情的还有一些女演员，如玛丽·司格特-西登斯。她穿紧身衣裙的样子给哈代留下深刻印象，为此他专门写了两首十四行诗赞美她；而海伦·马修斯和格特鲁德·巴格勒则成为哈代塑造苔丝所依据的理想形象。此外，也有不少文学女性吸引了哈代。她们当中有罗莎蒙德·汤姆森、艾格尼丝·鲁滨逊、艾格尼丝·格罗夫；其中首要的是弗劳伦斯·汉尼克。哈代曾考虑同弗劳伦斯·汉尼克一起私奔。艾玛对此虽然感到痛苦，但并未太在意，然而她从未信任过她们，尤其是那些她曾一度信任的伦敦名流。她说："她们是毒药，而我是解毒药。"①

这些受到哈代青睐的文学女性有某些共同之处。她们都是伦

---

① Gittings, Robert, *The Older Hardy*, London：Heinemann, 1978, p. 63.

敦社交界的名流，富有魅力，思想解放，藐视传统。对她们身上的这些特征，哈代总是深感兴趣。汤姆森夫人的文学成就（她在29 岁就出版了第一部诗集《鸟新娘》）和体貌魅力吸引了哈代，因此，哈代将她视为自己的理想的解放女性。过去，汤姆森夫人或艾格尼丝·鲁滨逊都曾公开宣称哈代是她的倾慕者，批评家对此曾有争议。不过，现在对于哈代是汤姆森夫人的倾慕者的说法已没有争议了。尽管如此，比起前面提到的女人来，艾格尼丝·格罗夫和弗劳伦斯·汉尼克更显得精力充沛、富有才智。《托马斯·哈代的生活》中对哈代的这些感情之事大都避而不谈，但是哈代的信却透露了他对这两位女性的感情。在《托马斯·哈代书信选》（1893—1901）第二卷中，诺尔曼·佩吉写道：“主要的收信者有汉尼克夫人、埃德蒙·戈西、克莱门特·道格拉斯……令人惊讶的是，几乎三分之一发给汉尼克夫人的信是在他们交友的第一年写的。”[①] 值得注意的是，哈代写给格罗夫夫人和汉尼克夫人的信都是由衷而发的，对于爱情、婚姻和男女关系等充分表达了“开放”的观点。1892 年 5 月 19 日，哈代在拜访汉尼克夫人的兄弟，即后来的豪夫敦爵士的儿子、爱尔兰总督时，初次见到汉尼克夫人。汉尼克夫人立刻给哈代留下了这样的深刻印象：“显而易见是一位富有魅力和直觉的女人。”当时，弗劳伦斯·汉尼克夫人已经 38 岁，是三部小说的作者和阿瑟·亨利·汉尼克上校的妻子。哈代与她的关系立即热络起来，开始了频繁的书信往来（1893 年，几乎每周一封信）。他们在一起去剧院观看易卜生的戏剧后，哈代不仅表达了对汉尼克夫人的爱慕之情，而且很快在 1893 年 6 月 10 日写信给她说：“我真诚地希望你成为我生

---

① Page, Norman, "The Collected Letters of Thomas Hardy, Volume Ⅱ", *Thomas Hardy Annual*, No. 3. 1982, p. 183.

活中最有价值的朋友。"① 而且，哈代也采取认真步骤推进她的
文学生涯。哈代与她合作短篇小说《现实的幽灵》。此外，他也
成了她的顾问，提出建议，并为她修改手稿。在一封信中，哈代
称赞她为作家，而后写道："如果我要就我的小说的某一点请教
某位女性，那么那位女性就是你——我对你的见解和你的赞同的
信赖感不断增强。"② 在另一封信中，他写道："你对约翰·斯图
尔特·穆勒的书的解读，我相当惊讶，更让我惊讶的是你对他所
有看法的赞同。"③ 除了哈代本人不幸的婚姻，约翰·斯图尔
特·穆勒的《女人的屈服》（1869）和汉尼克夫人的个性都为
《无名的裘德》提供了背景。汉尼克夫人不仅影响了哈代对该小
说中淑·布莱德赫德的塑造，也激发哈代创作了许多爱情诗，如
《分裂之死》和《在小旅馆》等。

　　1895 年 9 月，哈代初次见到艾格尼丝·格罗夫时，她三十
岁出头，漂亮、优雅，极力拥护妇女选举权运动。像弗劳伦斯·
杜格代尔那样，她对新闻业深感兴趣，这种兴趣体现在她的文集
《社会迷恋》（1907）中。她把这部文集题献给哈代，她对哈代的
迷恋完全不是出自理性，因为她也是一位自由和解放的女性。哈
代在 1895 年 9 月 11 日写给汉尼克夫人的一封信中说到，他在拉
什莫尔与格罗夫夫人见面后不久，便向她倾吐了自己的感情。他
将那段经历描写为"自我去都柏林访问你以来我所度过的最浪漫
的时光"。④ 1926 年，格罗夫夫人去世后，哈代写了一首有关她
的诗，名为《艾格尼丝》。在这首诗歌里，他回忆了初次与格罗

---

①　Purdy, Richard &. Millgate, Michael（eds.）, *The Collected Letters of
Thomas Hardy*, Oxford: The Clarendon Press, 1978—1988, Vol. 2, p. 87.

②　Ibid., p. 18.

③　Ibid., p. 86.

④　Ibid., p. 87.

夫夫人相见并跳舞的那个夜晚。

如果说哈代从小就养成了对女人见一个爱一个的习惯，也许并不言过其实。尤其对那些在体貌、地位或才能等方面与众不同的女性，不管她是青春少女，还是 50 岁甚至 80 岁的年长女性，总是能够引起哈代的兴趣。无论是在城里乘火车或汽车还是散步，哈代总是能够一眼就能强烈感受到年轻女性的魅力。例如，他 28 岁那年，在从维茅斯至拉尔沃斯的轮船上看到了一位不知姓名的女人，他痛苦地写下了自己对她的倾慕之情："这是一位随时都会与之结婚的女人，不过结果很可能是灾难性的。"① 从他后来的笔记中可以了解到，哈代将这位女性同另一个来自肯顿·曼德维尔的少女融合在一起，打算使之成为诗歌《见过的女人》的题材。48 岁时，哈代见到了一个年轻女子，"一个亚马逊式的女子，更像一个阿塔兰特式的女子，准确地说，是一个浮士德式的女子。抽烟，漂亮，有着冷酷的小口，是那种让人害怕与之结婚的却又令人感兴趣的女人"②。一年后，也就是 1889 年，他又在公车上被一个年轻女子吸引住了，她具有"惊人的美貌，这样的美貌只会在街上偶然看到，而不会在你的朋友中看到……这样一些女人来自何方？谁娶了她们？谁认识她们？"③

这样的问题几乎是无须回答的，因为哈代对女性的感情主要来自他的幻想天性，受到他所爱的女性的拒绝和否定的制约。他曾说过："爱靠接近而活，因接触而死。"④ 这一看法影响了哈代

---

① Millgate, Michael, *Thomas Hardy: A Biography*, Oxford: Oxford University Press, 1982, pp. 112—113.

② Hardy, Florence Emily, *The Life of Thomas Hardy 1840—1928*, London: Macmillan, 1962, p. 212.

③ Ibid. , p. 220.

④ Ibid. .

对女人兴趣的持续性。不过，他似乎能够在小说中把自己的幻想同现实协调在一起。在《意中人》里，哈代不仅反省式地分析了皮尔斯顿（他笔下的自传性主人公）的个性，也显示了对通过去除皮尔斯顿身上的诅咒来疗救自己的深刻理解："他不再是过去的那个他了。他已摆脱了那种害人的狂热或经历，或两者，而以别的取而代之。"① 也就从那时起，皮尔斯顿恢复了"常态"，与玛西娅·本考姆结婚并安居下来。

简而言之，哈代从小就对女性感兴趣。像劳伦斯那样，他对女性的感情受到他母亲的俄狄浦斯式影响的制约，这导致了他人格的分裂，即灵与肉的分裂。观其一生，哈代主要为两类女性所吸引：一类是在外形和秉性方面像他母亲那样的女性，如斯帕克斯姐妹；另一类是那种自由解放的、与他兴趣相投的女性，如弗劳伦斯·杜格代尔和汉尼克夫人。总的来说，将所有这些女性纳入哈代的情感范畴，并非由于她们之间的相似性，而是因为她们都拒绝接受那种"意中人"的幻想，而这正是哈代追求女性时所具有的虚幻。

二 劳伦斯与女性

有争论说，劳伦斯面临如何处理正常的两性关系的困境。正如劳伦斯在《无意识幻想曲》中所阐述的和在《儿子与情人》中所探索的那样，由于对母亲的特别依恋，他被迫发展为一种心理不定的个性。现在许多批评家都承认，他性格上的双重性是他创

---

① Hardy, Thomas, *The Well-Beloved*, Oxford: Oxford University Press, 1986, p. 197.

作和生活中的一个显著特征。杰茜的家人钱伯斯说："劳伦斯是裹着男人皮肤的女人，只有女人们才会对他有恻隐之心。从小时候，他就讨厌男性友伴。"①

劳伦斯本人认为，他内在的性特质是双重的；在他身上，男性因素和女性因素不是平衡的而是相互冲突的。在《托马斯·哈代研究》中，他首先发展了他本人双重性的心理概念，写道："每个男人就其本身而言都是由男性和女性因素构成的。男性因素总是设法争取优势。同样，一个女人也是男性因素和女性因素构成的，也在争取女性优势。"② 从生物学的角度而言，这种说法是成立的。代尔斯基在其研究著作《叉形火焰》（1965）中肯定了这一看法："我的论点是，劳伦斯虽然坚信自己是男性，但是他基本上被辨明为女性原则，就像他本人在论哈代论文中解释的那样……我认为，劳伦斯最初竭力协调自己身上男性因素和女性因素，但是他身上的女性因素比男性因素更强。他对这种协调无能为力。"③

雌雄同体性已经成为 20 世纪的一个现代特征。劳伦斯身上雌雄同体的特性在他的一生当中有着明显的体现。在他的小说中，如《虹》中的厄休拉的塑造就是根据他本人的经历，《恋爱中的女人》中的自传性主人公伯金也是一个典型的例证。在劳伦斯的传记中，有许多证据表明，他年轻时就有点"女子气"，这种"女子气"大概一直维持到生命的终结。就像孩提时代的哈代，劳伦斯在户外做游戏时，喜欢以女性为伴而不愿以阳刚气十

---

① Nehls, Edward (ed.), *D. H. Lawrence: A Composite Biography*, Vol. 3, Madison: University of Wisconsin Press, 1957—1959, p. 548.

② 劳伦斯著：《劳伦斯读书随笔》，陈庆勋译，上海三联社 1999 年版，第 87 页。

③ Daleski, H. M., *The Forked Flame: A Study of D. H. Lawrence*, London: Faber and Faber, 1965, p. 13.

足的男性为伴。他的一位老师回忆道，他"在场时，是一个出色的男孩……他留给我深刻印象，尽管比起他的兄弟来，他女子气很明显"。① 然而，常常引人注意的是，他小时候体弱多病（与哈代有着惊人的相似），成年时也是如此。这使他承担了一个女性角色，其结果他先是完全依赖母亲，而后则完全依赖弗丽达。

成年后，劳伦斯常常提及他对家庭主妇所做的事情如做饭、缝纫、擦洗等很感兴趣。他在写给玛丽·柯南的一封信中兴奋地说："我做了一些非常漂亮的巧克力蛋糕，却掉在了地上，烫了我的手指——也做了精致的岩皮饼，可里面却忘了加脂肪!"② 从这些或其他的暗示中，人们可以推断出，劳伦斯的确具有女性化特征。他自己意识到了这一点，例如，《查特莱夫人的情人》中的梅乐士就是根据作者本人塑造出来的人物。梅乐士说："他们过去常常对我说，我身上有太多的女人气。"③ 在《袋鼠》中，另一个以劳伦斯为原型的人物本·库里被描写成不可能有配偶的男人："他像凤凰那样是单性的……在其种类中没有母袋鼠。"④ 他对潜意识的深入探索不仅是一种现代方法和写作形式，更准确地讲，也是对他内在自我的探索，对自己性特征真实的寻求。他对女性的亲和力毫无疑问拓展了他对女性心理和问题，主要是婚恋问题的理解。但是，他的内在冲突肯定更会使他把男女之间的性关系看成为支配而不是为和谐而进行的一场无休止的战斗。这种战斗增加了对两性融合的担心。

---

① Meyers, Jeffrey, *D. H. Lawrence: A Biography*, London: Macmillan, 1990, p. 23.

② Boulton, James, et al (eds.), *The Letters of D. H. Lawrence*, Vol. 3, Cambridge: Cambridge University Press, 1979—1989, p. 637.

③ Lawrence, D. H., *Lady Chatterley's Lover*, Harmondsworth: Penguin, 1988, p. 287.

④ Lawrence, D. H., *Kangaroo*, Harmondsworth: Penguin, 1988, p. 117.

虽然劳伦斯的小说是对一种圆满的男女关系的探索，尤其是圆满的婚姻关系的探索和寻求，然而就其生活而言，更准确地展示了某些难以直面和具有争议的方面，如他与女性的关系等。他在此方面的感知和理解构成了他在自己的生活和小说中对恋爱和婚姻的态度。通过探讨劳伦斯同女性尤其是同他母亲的关系，探讨他婚前的恋爱，探讨他同弗丽达的私奔和婚姻，探讨他同其他女性的友情，以期研究他对爱情和婚姻态度的发展和变化。

观其一生，劳伦斯，就像哈代那样，对自己周围的女性有着敏感的意识。他不仅爱她们，同情她们的困境，而且也看重她们的才华，乐于接受她们的影响。他曾在一封信里写道："我认为，男人要做的一件事就是有勇气接近女性，向她们展示自己，让她们改变自己。"[1] 此话用在劳伦斯身上真是再贴切不过了。正是在女性身上，他投入了自己的激情，使他的婚恋思想变得更加敏锐。他把男女之间的关系看作存在的中心。在写给辛西娅·阿斯奎思的一封信，他强调指出："生活的全部症结在于男女之间的关系，在于亚当和夏娃之间的关系。我们处在这种关系中，或者生或者死。"[2] 这实际上就是他所有小说的构想，因为在小说中，他总是设法在一种健康的婚姻关系中寻求男人和女人之间的和解。1912 年 12 月 23 日，他也写信给萨利耶·霍普金："终有一天，我会写一部关于爱情胜利的小说。我要为女性写作，这强于选举权之类的事情。"[3] 两天后，他又写道："我一生的写作就

---

[1] Boulton, James, et al (eds.), *The Letters of D. H. Lawrence*, Vol. 2, Cambridge: Cambridge University Press, 1979—1989, p. 181.

[2] Boulton, James, et al (eds.), *The Letters of D. H. Lawrence*, Vol. 3, Cambridge: Cambridge University Press, 1979—1989, p. 27.

[3] Boulton, James, et al (eds.), *The Letters of D. H. Lawrence*, Vol. 1, Cambridge: Cambridge University Press, 1979—1989, p. 490.

是紧紧围绕着男女之间的爱情……我将永远成为宣讲爱的牧师，而现在我就是一位快乐的牧师。"①

除了肩负着预言性使命外，劳伦斯还努力诊断两性之间存在的性问题，也设法辨明其性质和模式，主要是辨明长期以来遭到否定的女人性问题的性质和模式。劳伦斯曾替弗丽达辩护，对一位朋友说："一个女人并不是一个具有不同性别的男人。她是一个不同的世界。"② 而在另一封信中，他将《两姊妹》说成是一部关于具有鲜明个性、自负责任和积极主动的女性的小说。③ 如果综合考虑劳伦斯的这些话，似乎很清楚，劳伦斯对女性的理解是相当深刻的。他的理解深深植根于自己的生活土壤，来自他广泛接触过的、真爱的现实女性，是他个人经历和体验的综合产物。

在这些女性中，首当其冲的是他的母亲利迪娅·博得萨尔。就像哈代的母亲杰敏玛，利迪娅具有一种支配性个性，要求严苛，自认优越；此外，她阅读广泛，爱好写诗，热衷严肃话题的讨论。人们是否接受她对丈夫自认的优越感，这有待讨论，但是就劳伦斯和他姐妹看来，尽管他们父母结婚之时，父亲亚瑟·劳伦斯在社会地位上与母亲利迪娅旗鼓相当，但可以肯定，在智性方面，父亲要比母亲逊色不少。他们婚姻之初，个性差异就很明显。也许这种个性差异正是铸成他们婚姻的因素之一。不管怎样，彼此的个性冲突和缺乏理解注定了他们婚姻的失败。正如《儿子与情人》描写的那样，利迪娅对婚姻失望后，便将情感转向儿子们，先后选择他们作为自己的恋人。由于缺乏父亲和男性

---

① Boulton, James, et al (eds.), *The Letters of D. H. Lawrence*, Vol. 1, Cambridge: Cambridge University Press, 1979—1989, p. 490.

② Dix, Carol, *D. H.*, *Lawrence and Women*, London: Macmillan, 1980, p. 33.

③ Boulton, James, et al (eds.), *The Letters of D. H. Lawrence*, Vol. 1, Cambridge: Cambridge University Press, 1979—1989, p. 155.

人物的影响，儿子在其成长的关键阶段无法辨明自己的性取向，造成了性心理的紊乱。在写给诗人雷克尔·泰勒的一封信中说，"我只有单亲"，而在另一封信中说："我生就仇恨父亲。我最早的记忆是，当他触摸我时，我就恐怖得发抖。在我出生前，他就是个非常糟糕的人。"①

劳伦斯个性中女性化的一面使他对女性具有一种与众不同的观察力和透视力，从而使他成功地塑造了一系列醒人眼目的女性人物。然而，他对女性的了解，虽然惠及了他的小说创作，但由于他无法调谐自己生活中相互冲突的情感，却也给他本人造成不小的失意和痛苦。在写给杰茜·钱伯斯的一封信里，他表达了这样的烦恼："我一向认为，是女性在生活中付出代价。然而，我现在发现，是男人而不是女人付出代价。"② 此时，劳伦斯想必联想到哈代的看法，因为在他之前，哈代就认为女人总是受害者。事实上，劳伦斯的话是对《德伯家的苔丝》里的"女人付出"这句话的回应。不过，劳伦斯的话后半句则直指他本人与母亲的俄狄浦斯式关系。只要读他的那部半自传体小说《儿子与情人》就能够了解劳伦斯的性困境和母亲对他的深刻影响。

难怪许多评论认为，劳伦斯在其青春期的重要阶段只受到他母亲的影响，而他父亲的影响则微不足道。为了支持这种看法，劳伦斯传记作者爱弥儿·狄拉维内写道："在劳伦斯个性形成的那几年，他父亲的影响是不存在的或者是完全消极的。"③ 一般说来，这种说法有其真实的一面，但仍有偏颇之处。更准确地

---

① Boulton, James, et al (eds.), *The Letters of D. H. Lawrence*, Vol. 1, Cambridge: Cambridge University Press, 1979—1989, p. 181.

② Ibid., p. 190.

③ Delavenay, Emile, *D. H. Lawrence: The Man and His Work*, London, 1972, p. 8.

说，劳伦斯事实上受到其双亲的影响，但是由于母亲的控制性影响，他难以表现或发展从他父亲那儿继承的品质，直到他母亲死后，这种情形才有了根本的改变。就如此前为了认同母亲而拒绝父亲并否定自己男性品质一样，现在为了认同父亲而压抑那些来自母亲的特性。

事实上，劳伦斯在其一生中曾两次设法平衡男性和女性之间的关系。第一次是在第一次世界大战期间他写《恋爱中的女人》的时候。在这部小说中，他不仅在伯金和厄休拉这两个主要人物身上体现了自传性，而且在伯金身上呈现了自己那种雌雄同体的特性。伯金从内部来说被分裂为男性和女性，从外部来说分裂为厄休拉（弗丽达）和杰尔拉德·克里奇（马瑞）。第二次平衡两性关系的努力发生在他创作《查特莱夫人的情人》的时候。在这部小说里，他成功地实现了自己相互冲突的情感之间的最后和解。在他最后的这部小说中，劳伦斯的难点是寻求他的性特征以发现他自身的平衡。

尽管劳伦斯在孩提时代依顺母亲，但是他也非常敏感，意识到自己周围发生的一切。就像哈代那样，他熟悉他所居住的那个区域的每一个变化，主要是那些与煤矿相关的变化，也熟悉发生在世纪之交的社会和道德方面的迅速改变。他曾经根据自己的观察写道："我母亲那一代女人是第一代具有自我意识的工人阶级的母亲。她们至少在精神上挣脱了丈夫的支配。而后，她们成为一种强有力的群体，成为一种性格塑造的力量，成为我这一代人的母亲。可以肯定地说，我们这一代中有百分之九十的男人的性格是由母亲塑造的。"① 对他而言，母亲不止是其自然的改造者，

① MacDonald, Edward D. (ed.), *Phoenix: The Posthumous Papers of D. H. Lawrence*, London: Heinemann, 1936, p. 188.

也是其精神上的引路人。

劳伦斯的创作生涯经历了女权主义运动史上最重要的时期。希拉里·辛普森在《劳伦斯和女权主义》（1982）中指出，劳伦斯认为女权主义过于看重男女平等的政治要求，而对妇女的性解放却讳莫如深，而这是他最关心的问题。[①] 可以说这几位具有时代色彩的女性人物对劳伦斯的创作都产生了深刻影响。劳伦斯同她们的情爱和性爱关系成为他的小说关注并加以表现的重要主题。在劳伦斯的后半生中，他至少热恋过五位不同的少女：杰茜·钱伯斯、爱丽丝·达克斯、艾格尼丝·郝尔特、海伦·考克和路易·巴鲁斯。这些女性的共同点是，根据当时对"女权主义"一词的通行解释，她们都是女权主义者。就像劳伦斯的母亲是当时妇女合作协会的活跃分子一样，她们都与妇女选举权运动或社会主义运动有关。虽然她们一步一步变得解放起来，但是她们的性爱自由并不是那一时代的主要特征（爱丽丝·达克斯大概属于首批性解放的女性）。

劳伦斯与杰茜·钱伯斯之间的亲密关系，他们之间的初恋，是劳伦斯一生中最重要的经历之一。杰茜10岁时被迫辍学，其后因缺乏教育而受到她兄弟们的羞辱，因此她得出结论："除非我获得教育方面的某种学位，不然我还是不要出生在这个世界上为好。"[②] 她渴望求学，渴望在海格斯农场家庭中获得平等地位，引起了劳伦斯的关注。他理解了她的心态，开始教她学习。最后，她获准回校读书，成了一名小学教师。杰茜是劳伦斯教过的人当中的第一位。她不仅是劳伦斯教学的理想接受者，也是对劳

---

① 蒋炳贤编选：《劳伦斯评论集》，上海文艺出版社1995年版，第9页。

② Chambers，Jessie，*D. H. Lawrence：A Personal Record*，London：Frank Caves and Co.，1935，p. 29.

伦斯性格形成及其文学生涯具有影响的人物。除了在一起阅读和讨论外，他们也决定一起从事写作："他说，他想试着写一部小说，也要我试着写一部小说，以便我们能够相互比较。"① 可是，尚无证据表明杰茜写过小说，然而她肯定曾敦促过劳伦斯发表他的诗歌。劳伦斯回忆说，她"抄了我的一些诗，没告诉我一声，便将那些诗歌寄给了杂志《英语评论》"。② 此外，杰茜既是劳伦斯小说的第一位读者，也是劳伦斯笔下女主人公（如《儿子与情人》中的米丽安和《白孔雀》中的爱米丽）的第一位原型人物。最重要的是，她是第一个让劳伦斯意识到自己与母亲之间感情冲突并激发他创作了第一部主要作品的人。

杰茜除了对劳伦斯具有深刻影响外，还在构成劳伦斯的性意识方面起了重要的作用。由于他们俩都是在严格的清教思想氛围中成长的，因此最初他们彼此之间没有任何生理上欲望。正如《儿子与情人》里所描写的那样，她一想到婚前要同他睡觉就惧怕不已。虽然她最后顺从了他的性要求，但他对此并不十分满意。这倒不是由于彼此合不来，而是因为他对母亲的依恋削弱了他对她的感情：他无法去爱他渴望性爱的人，同时他又无法对其所爱之人渴望性爱。正如《儿子与情人》所表明的那样，劳伦斯意识到这个问题，但却无力改变母亲对他感情上的控制。他曾对杰茜说："我一直爱着母亲……就像一个恋人那样爱着她。这就是无法去爱你的原因。"③ 在写给路易·巴鲁斯的一封信里他写

---

① Chambers, Jessie, *D. H. Lawrence: A Personal Record*, London: Frank Caves and Co., 1935, p. 103.

② Lawrence, D. H., *Phoenix: The Posthumous Papers of D. H. Lawrence*, London: Heinemann, 1936, p. 593.

③ Chambers, Jessie, *D. H. Lawrence: A Personal Record*, London: Frank Caves and Co., 1935, p. 184.

道："你知道，我母亲异乎寻常地爱着我，嫉妒心非常强。她讨厌杰茜。即使她死了，也会从坟墓里出来阻止我同她结婚。"①这既表明了母亲对他的深爱，也表露出在母亲死后他与杰茜结婚的勉强态度。如果说母亲的存在毁了他们的关系，那么母亲的死却让他们从此分道扬镳。

在《儿子与情人》中，如果说杰茜被表现为一位精神型女性的话，那么毫无疑问爱丽丝·达克斯则被描写成一位性欲型女性。夹在这两种女性之间，就像夹在自己对母亲的冲突情感之间，劳伦斯最后选择了爱丽丝·达克斯，选择了一种新的生活体验。爱丽丝·达克斯不仅唤醒了他的性欲望，打破了劳伦斯的情感障碍，而且也还劝他与杰茜做爱。如《儿子与情人》中所显示，主要依据爱丽丝塑造的克拉拉·道斯对保罗·莫瑞尔说，他对米丽安（杰茜）的感情一无所知，对自己的感情也一无所知；他应该挣脱母亲的控制，去追求米丽安。米丽安"并不需要你做她的精神伴侣。那是你的想象。她需要的是你"。②事实上，对劳伦斯来说，性是一种长期被否定的新体验。爱丽丝是他的第一位性引导者。爱丽丝曾经对劳伦斯妻子说："萨丽，我让波特（劳伦斯昵称）跟我做爱了。我必须这么做。他来到我家，苦苦地构思一首诗而无法完成，于是我把他带到楼上，与他做爱。而后，他来到楼下，完成了那首诗。"③

这种性爱关系对他们两人来说十分关键，一方面斩断了童贞的劳伦斯同他母亲的情感纠葛，从而使他的创造力喷薄而出，另

① Boulton, James, et al (eds.), *The Letters of D. H. Lawrence*, Vol. 1, Cambridge: Cambridge University Press, 1979—1989, p. 197.

② Lawrence, D. H., *Sons and Lovers*, New York: Bantam Books, 1985, p. 276.

③ Moore, Harry T., *Priest of Love: A Life of D. H. Lawrence*, Harmondsworth: Penguin, 1974, p. 149.

一方面也使爱丽丝获得了新生，促使她与丈夫重归于好。与弗洛伊德不同，劳伦斯把性看作一种能够产生创作冲动、激发想象力的建设性过程。只有当男女双方获得性满足时，他们才能在生活中发挥自己的潜能和创造性的作用。由于这种体验，爱丽丝对劳伦斯充满了激情之爱，希望她随后生的孩子是劳伦斯的，不过，她并未如愿。

除了性爱关系外，爱丽丝也对劳伦斯的思想产生了重要影响。爱丽丝是一位坚定的女权主义者。她对妇女权利、自由恋爱和妇女选举权等问题，观点鲜明，立场坚定；她也热衷于社会改革，挑战传统习俗。当时，她与男性进行思想观念上的辩论，指出他们的观点的矛盾之处，纠正他们言论中不当之辞。艾尼德·希尔顿曾写道："爱丽丝·达克斯和我母亲走在她们时代的前面（这也许正是她吸引劳伦斯之处）。她们两人阅读广泛，在服饰、观念和房屋装饰等方面都是超前的。她和我母亲一起从事妇女事业。我记得母亲常常带我参加在诺丁汉举行的'会议'……在会上，爱丽丝·达克斯几乎总是将她的想法表述得淋漓尽致。她渐渐地成了那一地区的名人。"① 就像所有的女权主义者那样，爱丽丝·达克斯立意改变对妇女的现存社会看法。她声称自己的不是一个性物，而是一个能够为推动妇女事业而贡献一切的、具有"男子气概"的女性。在她的物品中，人们能够看到，"除了许多整洁的书以外，她只保留着几张画、一块小地毯，没有搜集的小摆设，也没有漂亮的和吸引人的物品。"②

除了引导劳伦斯见识了性爱、拓展了他对女性和女权主义的

---

① Moore, Harry T., *Priest of Love: A Life of D. H. Lawrence*, Harmondsworth: Penguin, 1974, pp. 155—156.

② Ibid., p. 155.

视野外，爱丽丝对劳伦斯的影响也体现在，是她让劳伦斯接触了爱德华·卡彭特的著作。对于这种影响，虽然劳伦斯并未提及，但是有足够的证据表明，他实际上通读了卡彭特的著作，只是没有公开谈及此事罢了。证据之一就是卡彭特的著作与劳伦斯在1912年和1914年间的写作之间在思想、词汇和比喻方面有着惊人的相似。除此之外，另一个强有力的证据就是爱丽丝的影响。爱丽丝是卡彭特的门生，卡彭特是诺丁汉议会的杰出成员。劳伦斯是否见过卡彭特还不得而知，但是根据杰茜的叙述，劳伦斯肯定对卡彭特的书有所了解。1935年，杰茜说，爱丽丝收藏了所有卡彭特的书。劳伦斯作为爱丽丝家的常客，有可能阅读了爱丽丝的藏书，即使没有全部阅读，也是阅读了大部分。杰茜本人也常常从爱丽丝那里借书，并与劳伦斯讨论这些书。在这些书中，就有卡彭特的《爱的成熟》。这本书是杰茜于1909年至1910年的冬天从卡彭特那里借的。

爱德华·卡彭特不仅对英国爱德华时期的社会有着重要影响，也对20世纪初的许多现代作家有着重要影响。他的思想大都是超前的，主要在同性恋和性自由等具有争议的方面具有创见和影响。爱弥儿·狄拉维内指出，劳伦斯受到了卡彭特的直接影响。其中一个共同的因素是他们公开表达对同性恋和妇女性问题的看法，而这种公开表达在当时被认为是有悖于传统道德的。他们的革命性的写作使他们成为启蒙和教育公众对性和婚姻采取更为自由的态度的先锋人物。

在克罗伊顿，劳伦斯与杰茜和爱丽丝会面的同时，也与另外三个女人有染。令人惊讶的是，这些女人彼此相识相知。其中最引人注目的是艾格尼丝·郝尔特。杰茜于1909年11月经人介绍与艾格尼丝相识。根据杰茜的说法，劳伦斯本打算在1909年圣诞节前与艾格尼丝结婚，可是后来改变了主意，因为他觉得他们之间的婚姻会是一个错误。他在写给他的知己朋友布兰彻·杰宁斯的一封信里解释道："她太无知了，也太守旧了。真的是这样。尽管她在伦敦读过大学，教过几年书，可是她仍然用维多利亚中期的标准来判定一切，把自己裹在不合时宜的罗曼司的厚重的外罩里……她虚假极了，装模作样。我没办法改变她。她害怕改变。我现在讨厌她。她说她喜欢我，其实并非如此。"① 虽然劳伦斯指责她虚假和装模作样，但是可以断定，最初劳伦斯肯定为她的美貌和独立言行所吸引。

　　这几位伦敦女性中，海伦·考克也是非常吸引人的。她比劳伦斯大一些。经朋友艾格尼丝·梅森的介绍，她结识了劳伦斯，此后便越来越倾心于劳伦斯。在艺术、音乐和文学等方面，他们有着共同的爱好。他们相互交流图书，分享阅读心得，散步时讨论它们。这些讨论常常激发了劳伦斯的创作灵感。一天，他们一起参观塔特画廊，相互交流看法，随后便立刻写下了他的诗《考洛特》。劳伦斯意识到了这种影响。他曾对海伦说："无论何时，你的看法总能让我感受到自己处于一种文思若泉涌的良好状态。"② 她也协助劳伦斯完成了《白孔雀》的定稿，同时也为他创作《逾矩的罪人》和《海伦》组诗提供了灵感。

　　海伦·考克除了在文学上对劳伦斯有影响外，在劳伦斯的性发展方面也起了重要作用。正如《逾矩的罪人》和她的自传性小说《中间地带》(1933) 表明的那样，个人的不幸遭遇从情感上摧毁了她。1910 年夏天，她成了她的小提琴老师赫伯特·麦卡尼的情妇。后来赫伯特因婚姻痛苦而引颈自杀。也就在那时，劳伦斯

---

① Boulton, James, et al (eds.), *The Letters of D. H. Lawrence*, Vol. 1, Cambridge：Cambridge University Press, 1979—1989, p. 153.

② Corke, Helen, *In Our Infancy：An Autobiography Part One：1883 — 1912*, Cambridge：Cambridge University Press, 1975, p. 178.

与海伦成为密友。虽然他重新燃起了她对生活的热情，可他没能让她成为他的恋人。在 1968 年的一次电视采访中，当被问及劳伦斯当年是否有可能成为她的恋人时，她回答说："我几乎没这么想过，因为……他也许会成为我的恋人，但是也许我们不该成为恋人。我对他感情很深。"① 事实上，海伦对杰茜的依恋胜过了对劳伦斯的依恋。海伦的性取向是否成为她与麦卡尼的私情的一个因素，尚不清楚，但是可以肯定的是，在麦卡尼自杀后，她变成了一个同性恋者。对此，她直言不讳。海伦无意与劳伦斯结婚，对劳伦斯再三的性要求也无动于衷。劳伦斯曾威胁说，要自贱去找妓女。1911 年 6 月，劳伦斯写信给海伦说，他再也不会对她有性要求了，他无法忍受他们之间的那种性紧张。② 劳伦斯当时遭受的性挫折（见他的诗歌《遭拒》和《爱的冷淡》）和海伦的冷淡可见于《虹》中对同性恋不满和指责的描写。

由于在追求杰茜、艾格尼丝和海伦方面遭受到性挫折，也由于他对教书的厌倦和母亲的病逝，劳伦斯在火车上突然向路易·巴鲁斯求婚。尽管劳伦斯当时对这次求婚感到高兴，但不久便另有所想。他对杰茜说："星期六，我同路易一起乘火车，我突然要她嫁给我，其实这并非我的本意。但是她接受了我的求婚。我将信守我的求婚。我已经写信给她父亲了。"③ 路易，就像劳伦斯的其他女友，也是一位吸引人的、富有激情的少女。她 12 岁时，劳伦斯就认识了她和她的家人。直到他在 1910 年放弃了小

---

① Page, Norman, ed. , *D. H. Lawrence: Interview and Recollections*, Vol. 1, London: Macmillan, 1981, p. 82.

② Boulton, James, et al (eds.), *The Letters of D. H. Lawrence*, Vol. 1, Cambridge: Cambridge University Press, 1979—1989, p. 286.

③ Chambers, Jessie, *D. H. Lawrence: A Personal Record*, London: Frank Caves and Co. , 1935, p. 183.

学教师的工作，他才与她有了恋爱关系。与劳伦斯订婚四个月后，路易就像其他女孩一样，无法从精神上和生理上满足劳伦斯。虽然他对她仍怀有性爱，但他还是抛弃了她，因为她不具杰茜的那种精神的丰富性（这是另一极端），还没有成熟到可以满足他的精神需求。

1912 年 2 月 4 日，劳伦斯最后同路易解除了婚约，理由是医生告诉他，他不适合结婚，至少在相当长的时间不该结婚。他放弃了教书的工作，也就难以养家糊口："我不想拖延婚约——因此我请你解除我们的婚约。我想，我们俩结婚并不合适。"① 实际上，正如劳伦斯本人在其后来的小说中探索的那样，当时他真正寻求的是一个能够取代他母亲同时又能满足他的性和精神需求的成熟女性。就像杰茜那样，路易深受伤害。她曾于 1930 年两次凭吊劳伦斯的墓地，终其一生，对劳伦斯真情不渝。毫无疑问，她对劳伦斯的创作有着重要影响。她除了是《虹》中厄休拉的原型之一外，也激发了劳伦斯创作了他早期最好的爱情诗，如《金鱼草》、《火车上的吻》和《订婚者的双手》，同时也影响了劳伦斯的情感发展。

过去，劳伦斯陷入爱德华时期英国的性冲突之中而不能自拔，如今他又深受这些教育良好和观念开放的女性的影响。与此同时，他也影响了这些女性。爱丽丝·达克斯和海伦·考克都不愿与劳伦斯结婚，其他女性虽然渴望与劳伦斯结婚，却无法满足他的期望。所有这些女性都程度不同地爱着劳伦斯。海伦终身未嫁，直到她 96 岁去世时还一直心恋劳伦斯。杰茜和路易因与劳伦斯分手而深受伤害。她们分别于 1915 年和 1940

---

① Boulton, James, et al (eds.), *The Letters of D. H. Lawrence*, Vol. 1, Cambridge: Cambridge University Press, 1979—1989, p. 361.

年与他人结婚，没有子女。艾格尼丝与劳伦斯分手后，毁掉了所有劳伦斯的信，并从此立意绝不与其他男人同床共眠，即使她的丈夫也不例外。显然，在此阶段，由于对母亲的依恋，劳伦斯（就像《意中人》里的皮尔斯顿）未能同任何一位女性保持一种永久性关系。直到见到了弗丽达，劳伦斯才与之建立了一种终其一生的关系。

弗丽达·劳伦斯（1879—1956）出生于德国的一个贵族家庭，是一位相貌出众的女性。她母亲安·马奎耶，就像劳伦斯母亲那样，瞧不起她的丈夫，这倒不是因为她丈夫像莫瑞尔那样酗酒和粗暴，而是因为他的女性化和嗜赌。父母婚姻的失败深深影响了弗丽达和她的两个姐姐，其结果，她们奋起反抗当时支配德国社会生活的普鲁士军国强权主义的家长式统治。马丁·格林在《凡·里奇索芬姐妹》（1974）一书中说，弗丽达的世界是一个"女家长式的世界；她创造了自己周围的这个影响生活和爱情的世界"，并进一步说明了这个世界的性爱的维度："这一性爱运动……支撑了凡·里奇索芬姐妹一时，却支撑了弗丽达全部的生活……最引人注目的是她在巴伐利亚和慕尼黑时期的生活。通过理想化众神之母玛格那玛特或艺妓海特拉的作用，唤起一种母权式的反叛。她们的作用让女人虔诚地感到，能够拥有许多恋人，生许多孩子，而不必服从丈夫/父亲/主人。这种母权式反叛是该性爱运动最具特色的表现形式。"[1]

劳伦斯是在 1912 年拜访他的老师厄恩斯特·威克利教授时与他的妻子弗丽达一见钟情。劳伦斯完全不顾弗丽达已婚的事实，不顾一切地迷恋上了她。弗丽达也是如此，完全不介意

---

[1] Green Martin, *The Von Richthofen*, *Sisters*: *The Triumphant and the Tragic Modes of Love*, London: Weidenfeld and Nicholson, 1974, p. 15, p. 10.

劳伦斯社会地位不高，也没有工作。不难推断，他们的一见钟情是自然而然产生的，因为他们都是母权控制下的产物。他们彼此相知不是基于本能而是基于理智。劳伦斯在感觉到她婚姻不幸后不久，便冲动地写信给她："你是全英格兰最不寻常的女性。"就在他们那次见面几天后，她突然承认自己是爱他的，并大胆提议，他们可以成为恋人。① 她需要私情，而他需要结婚。

劳伦斯对弗丽达的爱，除了她与他母亲在举止和支配性方面相似之外，也是由于她的观念解放。在他们私奔前，他写信给爱德华·加耐特吐露了他被弗丽达吸引的背后原因："她是凡·里奇索芬男爵的女儿，是有名的里奇索芬古老世家的后代——可是她却非常出色，她真的非常……威克利夫人完全是非传统的，不过无论从哪方面来看，她真的不错。她是一个值得终身相与的女人。"② 劳伦斯对她评价是对的，因为不像其他女性，她毫无顾虑地想与他同居。当他提议私奔时，她不假思索地就应允了他的要求。此外，弗丽达也许是劳伦斯所爱的女人中唯一的一位能够压倒他母亲并取而代之的强势女性。只在母亲死后，他才对弗丽达坦言："假如我母亲还活着，我就根本无法去爱你。她不会让我去爱别人的。"③

与劳伦斯私奔前，弗丽达就已经与诺丁汉大学学院语言教授厄恩斯特·威克利结婚 13 年了（1899—1912）。他们的婚姻从一开始就是一个失败，因为他们之间毫无共同之处。尽管他

---

① Lawrence, Frieda, *"Not I but the Wind..."*, London: William Heinemann, 1935, pp. 4—6.

② Boulton, James, et al (eds.), *The Letters of D. H. Lawrence*, Vol. 1, Cambridge: Cambridge University Press, 1979—1989, p. 348.

③ Ibid., p. 52.

们已经有了三个孩子，并一起生活了很久，可是他们仍然无法解决他们在性情和期望方面存在的基本差异。威克利过于抑制，还有点苛刻。奥尔德斯·赫胥利称他为"可能是西半球最沉闷无趣的教授"。他教育程度高，智力超人，可是从不让他夫人接触英国学术界。相反，他却在智性发展上处处限制和压抑她。正如他们的儿子蒙塔格强调的那样："这是一桩极其不协调的婚姻，从一开始就毫无希望。现在回头来看，我看到他们的婚姻持续下去毫无前景……我父亲举止过于学究气，呆板得很。他总设法让她恪守本分。"① 尽管如此，弗丽达还是忍耐了十余年了。

另一方面，弗丽达同劳伦斯的关系并非一种幸福和完满的关系。纵观他们的一生，无休止争吵，并将之当作他们性爱的前奏。劳伦斯曾将弗丽达与杰茜·钱伯斯加以比较以证明他与弗丽达的婚姻合理性。他对威利·霍普金说过："我的某些熟人似乎认为我与弗丽达不合适。对我来说，她是一种可能的选择，因为我必须具有某种与她相异的方面——某种引发争吵的方面，不然我就会变得唯命是从……而与杰茜结婚将会是致命的一步。那样的话，我将过得很安逸，一切随我所愿，而我的天赋就会被毁掉。"② 这就是劳伦斯所称的相异婚姻的意思。他真正需要的是挑战和斗争，而不是女人的唯命是从。

对弗丽达来说，似乎乐于这种争斗。她不仅常常蓄意激恼劳伦斯，以此作为在婚姻中突显自己的一种手段，而且也似乎喜欢劳伦斯的这种抵触情绪。难免人们会猜疑，劳伦斯对女性的无礼

---

① Meyers, Jeffrey, *D. H. Lawrence: A Biography*, London: Macmillan, 1990, p. 80.

② Nehls, Edward (ed.), *D. H. Lawrence: A Composite Biography*, Vol. 3, Madison: University of Wisconsin Press, 1957—1959, p. 171.

行为有时是弗丽达激起的，劳伦斯对性和支配性的过分看重，弗丽达也负有一定的责任。有时看起来她也是受害者，其实她是一个赢家，一个压迫者。奥托兰·莫莱尔女士说，这个压迫者"要是想赢的话，总是会赢的。无论他如何反抗和抱怨，她总是能够真正地支配他"。① 此外，她要是对劳伦斯感到不满意的话，为什么她还要同他呆在一起呢？她完全会轻而易举地离开他，就像她离开威克利那样。

事实上，观其一生，弗丽达的风流韵事并不少。她与劳伦斯结婚后比她与威克利在一起时有更多的私情。问题是，既然弗丽达认识到她同威克利的婚姻状况从一开始就不好而且一天比一天糟糕，那么为什么她还能忍受她那个沉闷无趣的丈夫 13 年呢？为什么她认识劳伦斯才六个星期便突然决定离开丈夫和孩子与他私奔了呢？既然劳伦斯决意在婚后不再有红杏出墙之举，那么何以弗丽达有意无意地还与劳伦斯认识的人偶发恋情呢？就我们所知，劳伦斯和弗丽达在信念和实践方面都经历了剧烈的变化。婚前，劳伦斯曾有过许多天真无知的恋情，而在婚后，一桩恋情也未发生过。这使人相信，"忠实的本能也许是我们所称为性的伟大情结中最深的本能。只要有性，就有潜在的忠实激情"②。弗丽达在与威克利举行婚礼时还是处女身，在与威克利婚姻中三分之二时间几乎都是保守的，而与劳伦斯相见后，便突然变得性解放起来。

直到见到弗洛伊德的信徒奥托·格罗斯，弗丽达才意识到自己婚姻和性方面存在的问题，有可能第一次意识到应该改变

---

① Moore, Harry T., *Priest of Love: A Life of D. H. Lawrence*, Harmondsworth: Penguin, 1974, pp. 35—36.

② Boulton, James, et al (eds.), *The Letters of D. H. Lawrence*, Vol. 1, Cambridge: Cambridge University Press, 1979—1989, p. 404.

一下自己的生活。1907 年，她回德国看望她的家人时爱上了格罗斯，与他保持了几年的关系（弗丽达的妹妹也与他有染，并于 1907 年为他生下一子）。在那几年中，格罗斯不仅教她心理分析和她后来运用于自己与劳伦斯婚姻的性自由原则，而且也要她离开她丈夫，同他住在一起。除此之外，他也教她辨识自己的性欲望（一般来说，当时的妇女大都否认有这种欲望），并追求满足这种欲望而不必心存焦虑和内疚。就像劳伦斯那样，格罗斯相信一种性爱哲学："性爱并非明确指向另一人，而是指向第三种存在，指向关系本身。单靠性爱就能最后克服人的孤独。被理解为的三种存在、被崇拜为至高无上价值的关系将让恋者以毫不妥协的驱动力将某种性爱结合和个体联结在一起。"[1]

格罗斯对弗丽达的影响无疑是重要的，但是更为重要的是她随后对劳伦斯生活和作品的影响，因为她是两位心理学家之间直接的联系者。爱弥儿·狄拉维内曾表明了劳伦斯的思想同卡彭特的思想之间的紧密联系，认为劳伦斯（像哈代那样）是更接近 19 世纪知觉而非 20 世纪理论的前弗洛伊德者，不过也同时认为，劳伦斯同样受到了弗洛伊德的影响。1943 年，弗丽达证实道："劳伦斯在写《儿子与情人》之前就已经对弗洛伊德有所了解。我不知道 1912 年在我们相见之前他是否读过弗洛伊德的书或听说过他，但是我是弗洛伊德的崇拜者，我们曾有过很长时间的争论。"[2] 至于劳伦斯在与弗丽达认识之前是否就已了解了弗洛伊德的想法还无法确定。然而似乎最可能

---

[1]　Green Martin, *The Von Richthofen*, *Sisters*: *The Triumphant and the Tragic Modes of Love*, London: Weidenfeld and Nicholson, 1974, p. 70.

[2]　Dix, Carol, *D. H. Lawrence and Women*, London: Macmillan, 1980, p. 6.

的是，首先将弗洛伊德理论介绍给他（当时在英国很少有人知道弗洛伊德）的是弗丽达（她曾受格罗斯的影响）或者也有可能是他在德国的亲戚弗莱茨·克兰寇。弗莱茨是一位受人尊敬的阿拉伯语和伊斯兰文学的权威，曾鼓励劳伦斯使用他在雷塞斯特的图书馆。

在自传体小说《努恩先生》（1984）里，劳伦斯将他最初与弗丽达相见，她与许多男人尤其是奥托·格罗斯的恋事以及她的自由性观念对他的影响小说化。小说中所描写的内容很接近他同弗丽达之间的真实关系，也许正因为如此，劳伦斯才决定，不出版这部小说，不把私事公之于众。根据格罗斯塑造的艾伯哈德是一个医生、哲学家和精神病学家："他是个天才，一个爱的天才。他无所不晓。他让人感到那么无拘无束。他差不多是第一流的精神分析学家，你知道——他也是维也纳人，远比弗洛伊德出色多了。他们是好友。"劳伦斯细致描写了格罗斯同弗丽达的恋事和他对弗丽达的影响。从格罗斯作为弗丽达妹妹的情人（"他先是路易的恋人"）到"我只是一个恪守传统的妻子，被囚居得简直要发疯了，正是他让我获得了自由"，从"他让我相信爱——相信爱的神圣"，到"艾伯哈德教我……爱就是性。但是你只能把性放在心里，就像圣人那样。不过我称之为某种性变态"，到最后"这些理论对吉尔伯特来说并非新理论了"，劳伦斯信笔写来，情真意切。①

事实很清楚，弗丽达是唯一同劳伦斯讨论过弗洛伊德并为他的性爱和婚姻理论提供了实质性帮助的人。她阐释了女性的感情，协助他构思小说。一方面，她成为他所关爱的终身伴侣；另一方面，她也成为他不断反叛和争斗的对手。没有她，

---

① Lawrence, D. H., *Mr. Noon*, London: Crafton Books, 1989, pp. 159-161.

劳伦斯就会是另外一个人，无法辨明自己的俄狄浦斯式冲突，也无法意识到他的母亲是错的（至少在《儿子与情人》中表明了这一点）而他父亲则是对的。当弗丽达问他："我给了你什么是你从别人那里得不到的？"他肯定地回答："你让我确信了自我，整个自我。"① 除此之外，弗丽达对他的艺术创造起了至关重要的推动作用。她就像劳伦斯本人那样，几乎是他所有小说中不断出现的人物。劳伦斯说，弗丽达是唯一可能适合他和他的天赋的人。劳伦斯这一说法没错。

在很大程度上，劳伦斯所爱的女性塑造了他，影响了他的生活，是他小说创作灵感的源泉。同与哈代交往的女性相比，劳伦斯的女友大都受过良好的教育，当遭遇性和婚姻问题时，常常表现为思想解放，不拘传统。由于名义上的丈夫无法满足她们的性爱和明显弱势于她们的活力，她们便常常有一种幻灭感，并为身陷婚姻而苦恼。正因如此，劳伦斯对自己的幸福婚姻感到庆幸，有一种按捺不住的喜悦："无论发生什么，我的确是在爱，也被爱着。我付出，同时我也索取。这是一种永不消逝的状态。啊，要是人们能够有合适的婚姻该多好！我相信婚姻。"② 劳伦斯开始探讨这一声称的含义，设计一种能够让男女双方幸福结合为美满关系的婚姻模式。然而，他的努力未获成功，至少就他本人的婚姻来说是如此。他发现自己在寻求他本人的身份特征。过去他曾为自己对母亲不正常的依恋而困扰，而现在他不是寻求女性的解放，而是为自己的独立斗争，竭力摆脱那种"富于个性、自承责任、积极主动"的女性的控制。与他结为盟友的这些新女性常

---

①　Boulton, James, et al（eds.），*The Letters of D. H. Lawrence*，Vol. 1, Cambridge：Cambridge University Press, 1979—1989, p. 550.

②　Ibid.，p. 441.

常让他感到沮丧，有时还会威胁他的个性完整，这倒不是因为他不喜欢她们，而是因为她们是他潜意识中想摆脱强势母亲的体现。弗丽达肯定地说道："我想，在内心深处，他是害怕女性的。他觉得这些女性最终要强于男性。"[1]

---

① Lawrence, Frieda, *"Not I but the Wind..."*, London: William Heinemann, 1935, p. 52.

第三章

情结和婚恋

《还乡》（1878）和《儿子与情人》（1913）不只是将婚姻作为严肃问题来看待的爱情故事，而且也是探索母与子关系的自传性体现。这种探索有助于我们理解小说家的情感发展及其对婚恋问题的态度。就像作家本人那样，小说的主人公克林·姚伯和保罗·莫瑞尔都是他们恋母的受害者，因此无法建立一种独立的生活，无法同其他女性保持一种稳固持久的圆满的关系。起初，母亲的死让他们深感绝望，万念俱灰，而事实上，母亲之死则象征性地体现了他们的潜意识愿望：让自己被俘的灵魂获得自由。本章先探讨《还乡》和《儿子与情人》作为自传性小说如何将婚恋表现为一种严肃问题的，而后分析俄狄浦斯情结在这两部小说中的体现，辨明哈代和劳伦斯是否对这两部小说中表现的俄狄浦斯情结有影响（因为哈代从未像劳伦斯描写保罗那样，详细叙述过克林小时候的情况）。

一 《还乡》中的婚恋情结

如果说《儿子与情人》对劳伦斯研究来说是一部必读的作

品，那么《还乡》对于哈代研究来说也是如此。这倒不是由于该小说体现了一种心理学理论，而是因为它揭示了作者对婚姻问题的态度。首先，先分析该作品的爱情小说的性质，而后揭示儿子对母亲的不正常的情色依恋是如何影响甚至毁灭了婚恋关系的。

当哈代在 19 世纪 70 年代创作《还乡》时，西格蒙德·弗洛伊德（1856—1939）还默默无闻，他的俄狄浦斯情结的心理分析理论尚未形成。直到 1912 年劳伦斯完成《儿子与情人》最后一稿时，英国人才知道弗洛伊德。就劳伦斯来说，他是通过他的德国妻子弗丽达知道弗洛伊德的。《还乡》就像其后的《儿子与情人》是某种直觉经验，即对古典悲剧索福克勒斯的《俄狄浦斯王》和莎士比亚的《哈姆莱特》和《李尔王》的回应。如果作者写这部小说是为了阐明一种理论或有意探讨某种心理问题，那么他对该小说的处理将会是另外一种情形，即像劳伦斯那样深入、集中和细致透视该问题，分析主人公自出生以来的心理发展。欧文·豪曾指出了这种关联："哈代试图通过偶然作用来表达后来作家试图通过无意识词汇来表达的东西。"[1] 将哈代的这部小说同劳伦斯的小说创作比较性考虑时，欧文·豪的看法是非常贴切的，因为对劳伦斯来说，《还乡》为他的《儿子与情人》和《虹》提供了一种范本。

《还乡》描写的是一个类似哈代的男人苦苦挣扎的故事，他竭力试图解决对母亲和故土与对妻子和荒原之外世界之间的相互冲突。克林无休止地挣扎于这两者之间，几乎对生活中所有的一切都把握不定。既然把握不定是该小说的主要特征，因此哈代就让偶然和命运完全操纵故事情节，部分原因是哈代本人对自己在做什么也把握确定。虽然从连载到出版过程中，他对故事作了某

---

[1] Howe, Irving, *Thomas Hardy*, London: Macmillan, 1967, p. 66.

些改动，但是仍未解决文本中的某些问题（如文恩的命运）。哈代难以确定是肯定游苔莎还是谴责她，是赞同还是完全排斥克林的行为，这似乎是他在处理这两个人物方面的难题。

在荒原上同样骚动不安的是游苔莎。她的魅力使她优于其他普通女性："游苔莎·维尔是做天神的料子。在奥林波斯山上，她稍作准备，便能有出色表现。她拥有做模范女神的激情和本能，而这种激情和本能却不能让她做模范女人。"① 游苔莎被描绘成黑夜女王，她的愿望就是要去看巴黎——"摩登世界的中心"。她的头发好像很黑，"看到她的头发，就让人想象：整个冬天的阴沉昏暗汇到一起，也形不成乌发的阴影"（第165页）。每当梳理时，它看上去像是"斯芬克斯"的样子。她的眼睛充满了"夜的神秘"，她的嘴看上去不像是"要说话，而是要颤动；不像是要颤动，而是要接吻。有人还可以补充说，不像是要接吻，而是要弯曲"（第119页）。这样的描写不仅让她成为一个浪漫式人物，而且也使作者具有了化平凡为超凡的魅力。

也许就像《查特莱夫人的情人》中的梅乐士，其活力来自与之息息相关的树林，游苔莎的焦虑来自爱敦荒原。虽然哈代从一开始就把游苔莎同荒原联系在一起，然而与荒原关系密切的是克林，因为不久小说就展现了游苔莎同荒原的尖锐对立。克林不仅熟知荒原，而且还是荒原的"产物"："克林从小就同荒原融合为一体，无论谁几乎只要看到荒原，就会想到他。"（第226页）重要的是，哈代用了小说的整整第一章来描写荒原。这让不少批评家把荒原看成是小说中的主要性格之一②。在哈代的笔下，爱敦

① Hardy, Thomas, *Return the Native*, London: Macmillan, 1958, p. 118. 本节中所标页码均引自此书。

② Gregor, Ian, *The Great Web: The Forms of Hardy's Major Fiction*, London, Faber and Faber, 1974, p. 81.

荒原"多少世纪以来,一直是这样等待着,无动于衷"——"暴雨是它的情人,狂风是它的朋友",而"文明是它的敌人"(第54—56页)。重要的是,在小说开始的几章中,哈代试图在荒原与游苔莎、荒原与克林之间建立起一种密切联系,就像劳伦斯通过建立梅乐士与树林、克利福德与轮椅和豪宅之间的密切联系来区别梅乐士和克利福德两个人一样。因此,哈代通过强调小说中心人物对荒原不同的态度让他们形成鲜明对照:"如果把游苔莎对于荒原的所有各种恨化成各种爱,你就有了克林的心。"(第232页)因此,游苔莎嫁给克林简直就是命运拿她开玩笑:克林对荒原的热爱与游苔莎对荒原的仇恨同样强烈,他甘愿住在爱敦荒原而不愿住在巴黎或世界其他地方。

在亘古不变的荒原背景上,哈代先是写了游苔莎同韦狄的爱,而后又写了她同克林的爱。这一情节在《塔楼上的两个人》中再次出现。在巨大的宇宙背景下,哈代将自己的感情故事体现于圣·克里夫和康斯坦丁夫人之间的感情,以此揭示人的弱点与自然的生机和坚定之间的对立。如果说荒原注定要岁月维持其巨大的存在并立意抵御任何改变("文明是它的敌人"),那么人注定要顺从和屈服自己的命运。正如圣·克里夫无法改变他通过望远镜观察的太阳系,现代反叛者游苔莎和克林试图改变荒原或用文明影响荒原,其结果,游苔莎死去,而克林虚度余生。

《还乡》开始就写到游苔莎独自一人静静地伫立在小山古冢最高点,然而她并未成为爱敦荒原的女王,相反,她却变成了囚居荒原的人。她不断祈祷:"啊,把我的心从这可怕的昏暗和孤独中解脱出来吧;把伟大的爱情从什么地方送来吧,否则,我就要死了。"(第122页)当置身于荒原的荒野之中时,她常会有这样的心境,即无法忍受这样一种选择:要么继续孤独下去,要么爱上一个有可能在教养和社会地位等方面不如她的人。游苔莎渴望体验一种激情之爱，而不必是对任何特定的恋人："被人爱到疯狂的地步，这是她最大的欲望。对于她来说，爱情是驱散生活中孤独的琼浆玉液。她对所谓热烈爱情抽象观念的渴望似乎超过对任何特定恋人的渴望。"（第 121 页）在描写她的性渴望时，哈代毫不掩饰地表明了她需要获得满足的强烈欲望，即使是婚外情也未尝不可："爱情中为忠贞而忠贞，对游苔莎没有什么吸引力，这方面她跟大多数女人不同；因为爱情的控制而忠贞不渝，才有很大的吸引力。"（第 122 页）游苔莎更像劳伦斯式的人物，更像《虹》里布朗文家的女性。这些女性"渴望另外一种形式的生活"，"远眺有着城市和政府机构的外面世界以及那儿熙来攘往的人们，对于她来说，那儿是秘密可以解开、愿望可以实现的神奇世界"，为的是"拓宽视野和自由活动的空间"（第 9 页）。

克林在小说中出场之前，哈代就开始探讨了小说中的爱情故事。游苔莎虽然深感孤独，但她还是同客栈老板韦狄有了恋事。过去他们是恋人，而现在则相互怀疑对方的动机。韦狄对婚恋的态度暧昧不清，已经与托马辛·姚伯订婚，准备结婚。他刚从安吉伯利回来。在安吉伯利，他和托马辛本来应该在那天早些时候办理结婚手续，可是因结婚证有误而未能及时办理。事实上，狄韦的感情夹在游苔莎和托马辛之间，他举棋不定，不知该娶谁为好：在他看来，游苔莎太狂野而托马辛太温顺。

像韦狄选择妻子这样的问题在哈代的许多小说中都有探讨。特别是在《意中人》中，皮尔斯顿总是无法让任何女性符合他的期望。也像《林地居民》中的菲兹皮尔斯，韦狄本质上是轻浮薄情的，是一个放纵自己、行为冲动、乐于同女性调情的人。因此，他所恋爱的对象总是不断变换的。在此方面，哈代并未明确地突显韦狄的性特征，但是有理由相信，韦狄是菲兹皮尔斯的先行者，正如特洛伊军士是韦狄的先行者一样。当游苔莎问他是否依然想要与她会面。韦狄回答说:"不,一切都是过去的事了。当我以为只有一朵花时,我却发现有两朵花。也许还会有三朵、四朵或者更多的花同第一朵花一样好看……我的命就是这么古怪。"(第138页)在《林地居民》中,菲兹皮尔斯也表达了相同的看法:"他的确说过,虽然不是对她(格丽丝),有的时候,他注意到自己会同时迷恋上五个女人。"[①] 同样,皮尔斯顿在追求意中人时,在两三年内爱上了九个女人。而第二个女人阿韦丝也具有这种色欲。她对皮尔斯顿说:"这是因为只要我一熟知了我的情人便会厌倦他们。我对一个年轻男人的兴趣也就是那么一会儿,很快便会离开他,移情另一个。然后我对另一个的爱慕又会渐渐消退,而后又移情至别处,从不会固定在一个男人身上。我已经爱了十五个男人了!对,已经十五个男人了。我不好意思地承认……我情不自禁,先生,我向你保证。"(第103页)

在哈代的小说世界里,所有敏感的恋人常常不止有一个的情侣,有时发生在同一时段,但是面临婚姻时,他们都不得不作出选择,有时这种选择是毁灭性的。尽管韦狄同时爱着游苔莎和托马辛,可是他却选择了托马辛做妻子,因为他认为托马辛是"一个极其不错的娇小女人……一个值得娶来做妻子的人"(第137页)。不过,这并非韦狄唯一的考虑,因为他不久就向托马辛坦承道:"毕竟我是个罪人,就连你的一个小指头也比不上。"(第137页)这暗示了他的摇摆不定及其感情上的不稳定。不同于游苔莎的感情,韦狄的感情既不深沉也不强烈,很容易被唤起。当游苔莎问他现在是否爱她时,虽然他心里想与托马辛结婚,但是他看起来有些困惑,不知该说什么:"我爱,我不爱。"(第138

---

① Hardy, Thomas, *The Woodlanders*, Harmondsworth: Penguin, 1988, pp.265—266.

页）然后他继续为其骚动不安的心态寻找合理解释："我有自己的时节。在此时刻，你看上去太高，而在另一时刻，你看起来那么懒散；在此时刻，你看起来那么忧郁，而在另一时刻，又是那么阴暗；而在其他时刻，我也不知道会是什么，除非——对我来说，你不是整个世界，虽然你过去是，亲爱的。不过，你是一个我乐于认识和相见的女士。我敢说，你像以前那样甜美——差不多。"（第 139 页）

显然，韦狄在女人身上追求那种不可能的理想。不过，既然他爱上游苔莎，那么他总会转向她的，这倒不是因为他忠实于自己的"意中人"，而是因为她的爱情竞争刺激了他对她的兴趣。如果游苔莎想要把握住他的话，她是可以做到的。她曾充满自信地对他说："说说你想怎么样；你愿试就去试吧；尽可能离我远一些——但是，你决不会忘了我的，你一生都会爱我。你会急不可待地同我结婚的！"韦狄无法否认游苔莎这一说法："我会的！"（第 139 页）

韦狄对女人的吸引力是毋庸置疑的，但是他是否能配得上游苔莎还很难说，因为游苔莎是"女性化的普罗米修斯形象"，充满了无尽的渴望和反叛精神。易于冲动是韦狄的主要弱点，贯穿整部小说。可以看到，韦狄总是顺从和应和游苔莎，从他对游苔莎的篝火信号作出迅速反应到他自发地跳入水流救游苔莎。我们看出，游苔莎作为一个诱惑者，总是毫不犹豫地操纵他或刺激他对她的爱。韦狄曾愤愤不平地对她说："是的，你待我太残忍了，看来直到我找到了比你还好的女人才会改变你对我的态度。要是这样的话，对我来说，简直就是我的福分，游苔莎。"（第 138 页）先于劳伦斯，哈代就把恋事表现为一种冲突。因为哈代小说世界中的爱不经过挑战和痛苦就无法完成，因此游苔莎（在此代表所有哈代的现代女性）提醒韦狄在爱情方面不要一味忠实和顺从:"我不喜欢平稳的爱。的确,我想让你不时地离弃我一段时间。爱是最令人情绪低落的事情了,在爱当中,恋者太诚实。唉,虽然这么说有点不中听,可是这毕竟是真话!……不要温顺地来爱我,不然你就走开!"(第137页)

游苔莎就像《虹》里的厄休拉,为了从婚恋中获得满足,感到有必要在男人的世界中探索自我。既然她无法让韦狄承认他爱她胜于爱托马辛,那么她就威胁离开他:"如果你愿意,你可以再来伦巴娄,但是我是不会见你的。你可以叫我,但我是不会听的。你可以引诱我,但我再也不会听你的了。"(第115页)虽然在此阶段,听起来她是两个人中的强者,可是韦狄必然会赢得这种特殊的较量,因为还有一个女人渴望得到他。看到爱情竞争左右哈代小说中的强势竞争这一点非常重要。一个恋者越被追求,他或她的强势就越明显。韦狄一出场就为两个女人所追求,因此他能够掌握主动权,但是当克林和文恩插进来后,韦狄不得不面临竞争局面,游苔莎和托马辛的情境也随之发生了转变。

当得知韦狄成为托马辛的爱情目标时,游苔莎对韦狄的激情就像火上浇油,燃得更旺。同样,当得知游苔莎成为克林的爱情目标时,韦狄对她更加亲近起来:"早先对游苔莎的渴望又浮现在他心里,这主要是由于他发现,又有一个男人打算拥有她。"(第274页)由于处于劣势,游苔莎顺从地表达了希望赢回自己情人的希望和感受:"难道我必须继续向你坦白一个女人应该隐瞒的事情吗?难道非得让我承认两小时前由于相信你已经抛弃我而引起的极度沮丧吗?"(第115页)托马辛也以相似的语气表达了相同的诉求:"我在这儿,是求你娶我;按道理,你应该跪下来央求我,求你冷酷的心上人不要拒绝你,说要不然,你的心就要碎了。我过去常想,结婚应该是像那个样子,很美好、很甜蜜。可现在差别太大了!"(第95页)游苔莎和托马辛两个人都在争取婚姻，尽其所能赢得韦狄的爱和婚姻的承诺，即使有损女性的自尊也在所不惜。

不过，要是认为韦狄选择托马辛而未选择游苔莎是完全出于自愿，这就大错特错了。正是由于游苔莎的鼓励和劝说，他才同托马辛结婚了。这在婚礼上表现得相当明显。当时，游苔莎采取了一个象征姿态，将托马辛让给韦狄，向她祝福。在安吉堡，托马辛本应该嫁给韦狄，但是文恩将她带离了那里，这实际上象征了这个红土商对这桩婚姻的反对，预示了他本人要娶托马辛的意图，因此，游苔莎对托马辛的让步象征了她的赞同。游苔莎将韦狄让与托马辛的主要原因有二：

首先，她并不满意让韦狄成为自己未来的丈夫："你配不上我……可是我爱上了你。"（第 114 页）的确，韦狄是这片荒原中她唯一所爱和关心的男人，但是她还是无法让自己嫁给他，也许因为他难以帮她实现她的狂热梦想。让他们走在一起的唯一相同的兴趣大概是他们都讨厌荒原。尽管他们都不满荒原及其约束性，总是想要逃离它，然而他们却迟迟没有付诸行动。待他们最后决定逃离荒原时，为时已晚。这种延迟的部分原因是游苔莎无力解决自身的问题："我几乎是不惜任何代价想离开这里……但是我不想与你一起走。请容我以后再决定。"（第 156 页）游苔莎在潜意识中总是期望一个比韦狄更出色的男人出现，将她带离令她厌倦和孤独的荒原，将她带入一个更加光明和更有希望的未来。哈代的叙事者告诉我们，游苔莎因缺乏更好的目标，总是通过理想化韦狄来填充她生存的空闲时刻。这是韦狄在她眼里的地位不断上升的唯一原因。游苔莎非常清楚这一点。有时，她的心高气盛会减弱自己对韦狄的激情，甚至一度渴望摆脱他。

其次，游苔莎一听说红土商文恩在向托马辛求婚，而她的情敌托马辛打算拒绝韦狄时，便对韦狄失去兴趣。理由似乎很简单：当对同一个恋爱对象的要求高涨时，渴望性便增强，而当这种要求降低时，渴望性也随之减弱。游苔莎渐渐相信，托马辛不再需要他，因此她也想要拒绝他。弗洛伊德在《论性欲》中论及爱的心理时写道，一个男人"决不会选择一个无人问津的女人作为恋爱对象的"①。这一说法用在游苔莎身上非常贴切，因为她的"情人对她来说已不再是一位让她竭力争取的、让她心动的男人"（第157页），她决意将他让给托马辛。

有趣的是，游苔莎放弃她的情人促使韦狄匆忙与托马辛结了婚。克林的母亲姚伯太太通过在婚恋方面对韦狄和游苔莎巧妙地利用"外交手段"，为她的侄女托马辛赢得了韦狄。当看到韦狄勉强履行承诺与托马辛结婚时，姚伯太太利用了文恩的求婚，影响和限制韦狄作别的选择，尤其当韦狄听说游苔莎对他不再感兴趣时。一个女人拒绝了他，他不想再失去另一个女人，于是很快他和托马辛举行了婚礼。《艾塞尔伯塔之手》中的艾塞尔伯塔也以类似的方式让她妹妹皮考蒂意识到对自己爱情保密的重要性。她对妹妹说，决不要让男人知道女人对他的感受，"只是让他去想。他想与他知道之间的不同常常导致你赢还是输"。② 可以肯定，托马辛成为赢家在很大程度上要归功于姚伯太太。

小说开始，说到克林·姚伯从巴黎回来。虽然稍后他才出场，但是读者从爱敦荒原上的人那里对他已有所了解。在这里，荒原上的人所起的作用，就像古希腊戏剧中的合唱团，对过去的事发表颇有见地的评论，揭示某些秘密。在荒原人们的交谈中，游苔莎偷听到了一段有关克林和他在巴黎情形的议论。汉弗莱对

---

① Freud, Sigmund, *On Sexuality*, Vol. 7, The Pelican Freud Library, 1922, pp. 34—37.

② Hardy, Thomas, *The Hand of Ethelberta*, London: Penguin, 1998, p. 34.

萨姆说："她和克林·姚伯倒是很好的一对儿——嗨？如果不是，那我眼睛就昏了！他们俩心都细腻，这是肯定的，都有知识，总是想着清高的信条——如果老天有意要造一对，那就没有比这一对更好的了。克林家跟她家门户相当。他父亲是个农场主，这不错；但我们知道，他母亲是一个有身份的女人。他们能结为夫妻，我最高兴不过了。"（第 163 页）在这段话中有两点值得注意：首先，既然哈代的大多数小说是从社会学和心理学的观点来探索男女之间的婚姻和性关系，那么阶级问题不仅是哈代生活的重要方面，而且也是婚恋问题的探索核心。哈代的社会讽刺之作《穷人和淑女》就描写了两个不同阶级之间的爱情关系，这表明哈代清楚地意识到阶级对婚姻的重要性。在《还乡》和其他作品中，哈代将婚姻表现为恋人之间阶级意识的较量。例如，当韦狄想要娶托马辛时，游苔莎对他说："当然，娶她会更好的。就生活中的地位而言，她比我更接近你。"（第 136 页）哈代认为，男人应该期望通过婚姻使自己的社会地位有所提升。在《一双湛蓝的眼睛》中，哈代通过斯蒂芬·史密斯的母亲的口就清楚表明了这一看法："我知道，所有的男人都是借助婚姻走向更高的阶层。她（艾尔弗利德）那个阶级的男人，也就是教区的牧师，娶乡绅的女儿；乡绅娶贵族的女儿，贵族娶公爵的女儿；公爵娶女王的女儿。"[①] 同样，如果克林的社会地位低于游苔莎的社会地位，那么他就应该像哈代本人娶艾玛那样，期望提升自己的社会地位。然而不幸的是，对游苔莎来说，克林已经与她的社会阶层相当。

其次，就平等婚姻概念而言，如同汉弗莱所言，克林和游苔莎之间能够成就美满的婚姻。他们不仅在社会阶层上是平等的，

---

① Hardy, Thomas, *A Pair of Blue Eyes*, London：Penguin, 1998, p. 142.

而且在观点的现代性和良好的教育方面也是平等的，至少高于爱敦荒原人的水准。也许，他们之间唯一的差别是性爱期待方面的强弱。游苔莎的性爱期待很高，因此"她对所谓热烈爱情抽象观念的渴望似乎超过对任何特定情人的渴望"（第121页），而克林在性爱期待方面则显得不成熟，这是哈代小说中的大多数男主人公共有的特征。另一方面，与克林相反，韦狄的性爱期待强于他的智性。贯穿整部小说，我们可以看到，游苔莎一直在两个男人之间举棋不定。如果让她做选择的话，那么她的选择应该是这两者的结合。在这方面，她不仅预示了《德伯家的苔丝》和《无名的裘德》，也预示了《查特莱夫人的情人》。在《查特莱夫人的情人》早期版本中，我们可以看到，康妮不停地寻求一个完整的男人（在身体和精神上），直到在最后版本中她见到了梅乐士，似乎才如愿以偿。

《林地居民》中，在没见到菲兹皮尔斯之前，格丽丝就已经对他产生了极大的兴趣，同样，游苔莎在没见到克林之前就已经对他产生了一种理想化的浪漫情感。正如哈代所言，她"所爱的一半是幻像"（第174页）。在哈代小说中，一个女人爱上了一个梦想，并非异常之事，令人惊讶的是，游苔莎能让两者并行存在。先前，她将韦狄理想化以消解自己的孤独，现在又转而将她一直期待的"更好的目标"克林理想化。游苔莎在见到克林之前就已经准备好去爱他了。她参加化装表演，扮演土耳其骑士，部分原因是她已决意爱克林，不过主要的原因是她厌倦了韦狄之后，她强烈需要爱某一个人。游苔莎不断努力获得自我，拒绝混同于她所讨厌的守旧的荒原人："我并不爱我的乡亲们。有时，我非常讨厌他们。"（第224页）既然在此阶段，她无法使自己与众不同，于是她便从对一个值得她去爱的男人的爱恋中寻求救助。通过在化装表演中扮演男性角色，游苔莎不仅设法克服了她的孤独感，同普通人混在一起，而且也享受了短暂的自主感觉。

　　表演结束后，当克林问她为什么参加化装表演时，她立刻回答说："为了寻求刺激，为了摆脱沮丧。"（第202页）后来，当她同克林的婚姻走入死胡同时，她由于感到沮丧而去参加舞会，为的是"摆脱沮丧。是的，我要摆脱它"（第318页）。在这两种情境中，她都设法摆脱沮丧，但是她根本不可能摆脱它，因为应该作为上等女性生活在像巴黎或布达茅斯这样令人兴奋的地方的梦想已融入她的生命，不可逆转："啊，假如我能像一个贵妇人那样住在布达茅斯，按照自己的意愿，做自己想做的事，那满面皱纹的后半辈子不要我也肯！"正如叙述者所强调："通常，布达茅斯这个词在荒原上就意味着魅力。"（第148页）当文恩努力劝她为托马辛而离开韦狄时，如果不利用她的浪漫梦想，如不谈论布达茅斯，他的劝说就无济于事，因为在布达茅斯，"数以千计的有教养的人穿行走动——乐队在演奏音乐——在其他地方走动的是海陆官员——你所碰见的十个人中有九个在恋爱"。（第147页）

　　游苔莎之所以对克林产生兴趣，在一定程度上是由于她梦想有朝一日她可以随他一起去巴黎。就像裘德渴望去基督寺那样，游苔莎要去看巴黎的渴望是由她要在这个世界过一种与众不同的生活的野心激发而产生的。虽然克林并不情愿照她的意愿去做，但是她从未放弃这样的希望："一俟与克林结婚，她就会有力量让他返回巴黎。"（第300页）为了使游苔莎渴望巴黎显得可信，哈代将她写成一个身陷荒原的现代女性。在游苔莎同克林谈到她以前的恋人之后，克林出人意料地向她求婚。此时，她转移了话题，希望在他们结婚后，他能保证返回巴黎：

　　　　"是不是过几天来会听你的答复——我意思并不是让你

马上答复。"

"我得想一想，"游苔莎喃喃低语道。"现在跟我说说巴黎吧。世界上还有其他像巴黎那样的地方吗？"

"巴黎很美。但是你愿不愿意做我的妻子？"

"我不会做世界上任何别的人的妻子——这下你满意了吗？"

"满意了，暂时满意了。"

"现在跟我谈谈卢浮宫吧，"她又回避地说道。

"我最恨谈巴黎！好吧，我想起……"（第256页）

应该说，游苔莎对巴黎的重视并未超过对克林的重视，不然当韦狄给她机会去巴黎时，她早就会随他而去了。她对克林说，"不要误解我，克林。虽然我喜欢巴黎，但是我真的是爱你的。做你的妻子并生活在巴黎，对我来说，那就意味着过上了天堂般的生活。然而我宁愿与你一起生活在这个偏僻之地，而不愿过一种没有你的生活。"（第258页）游苔莎真正追求的具有两面性：首先，她希望有一位充满激情和富有的恋人；其次，希望生活在一个现代世界。的确如此，她与克林结婚，因为她想完成她那非常的心愿："这是她对婚姻所怀有的秘密渴望。"（第259页）然后，结婚后，克林就像背弃了外部世界那样背弃了游苔莎。游苔莎的愿望受挫，倍感沮丧，因此挣脱克林的拘囿成为她的首要目标。根据游苔莎的说法，克林不仅通过从事"低等工作"贬抑自己和她，而且也不再展示他曾对她具有的一切魅力。

劳伦斯的《托马斯·哈代研究》清楚地表明，哈代及其对婚恋问题的处理对劳伦斯有很大启发，但是劳伦斯从未评论过《还乡》对他的作品尤其对《儿子与情人》和《虹》具有重要影响。不过，克林和游苔莎的故事与《虹》中的第二代威尔和安娜的故

事非常相似。在这两个故事中，都有一个心高的女人渴望一个有
文化素养的男人，能带她离开悲惨乡村境遇奔向一个更大的世
界。两位女性都把她们各自的男人当作"墙上的孔洞，墙那面就
是照耀外部世界的阳光"（第 114 页）。她们的悲剧就在幻想和现
实之间产生。两位丈夫无法满足妻子的期望，社会地位不断下
降，这给他们做白日梦的妻子造成无法克服的痛苦。她们强烈抗
议她们的处境："但我需要所谓的生活——音乐、诗歌、热情、
战争以及世界大动脉里所有的跳动和搏动，我这样渴望，能说是
不合情理吗？"（第 345 页）有趣的是，在这个故事中，婚姻并未
让妻子融入乡人之中，却将丈夫同乡人孤立开来。正如《林地居
民》中的格丽丝，教育和婚姻反而让她疏远了林地居民，使她陷
于社会两个阶层的中间的半空中上下不能。教育和婚姻也阻隔了
克林同普通人的联系。与土地的接触并未让他充满活力，反而让
他变得更加孱弱。

　　根据劳伦斯用于《虹》中的完满婚姻理论，婚姻应该促使婚
姻中双方的生长，以便能够确立他们作为丈夫和妻子的充分"存
在"。劳伦斯在《托马斯·哈代研究》中指出："女人朝下生长，
就像茎根一样，朝向中心、黑暗和源头。男人朝上生长，就像茎
杆一样，朝向发现、光明和表达。"[1] 用这一理论来看《还乡》
和《虹》这两部小说，人们可以得出结论：克林和威尔的性情本
质上是女性的。他们从行动和诗意的世界退缩出来，像他们的女
人那样，满足于生活在内心世界。而他们的女人为了满足自己对
外部世界的渴望，变得越来越烦躁不安。她们这么做，不仅与她
们的丈夫交换了角色，而且也设法维持了相异婚姻的原则。她们

---

[1]　MacDonald, Edward D. （ed.）, *Phoenix: The Posthumous Papers of D. H. Lawrence*, London: Heinemann, 1936, p. 524.

都能够维持某种程度的稳定性。

论及哈代对劳伦斯的影响，同样重要的是跳舞情景。这有可能作为一种范式，影响劳伦斯的小说《虹》和《查特莱夫人的情人》中更具表现力的跳舞场景。舞蹈常常出现于莎士比亚喜剧的最后一幕，其目的是让一对恋人在音乐的影响下结合在一起，因此，哈代和劳伦斯笔下的舞蹈场景都是经过精心构思的。他们也让性感人物伴随着欢快的音乐翩翩起舞，保持着华尔兹的音乐节奏，并由此能够引导他们去性爱，维持生活的和谐。那些未参加跳舞的人，如克林和克里斯琴，则被暗示为性欲萎弱。那些未能在一起跳舞的人，如克莱和苔丝，通常要让他们遭受分离和性失意的痛苦。克里斯琴控制自己不去跳舞是因为他认为跳舞"正在诱惑邪恶的人"。在小说中，克林从不参加任何跳舞。

另一方面，游苔莎和韦狄都能应和着音乐展现他们的性爱意向，保持跳舞的和谐。就像《虹》中的厄休拉和斯克利本斯基跳舞时的情形，游苔莎和韦狄的跳舞情形显示了他们的性爱意向："她靠韦狄多么近啊！想到此，就让人咋舌。她能够感受到他的呼吸，当然他也能感受她的呼吸。"（第 323 页）游苔莎从克林那里遭受挫折，现在能够与韦狄建立"均衡的情形"，"冒险地推进那种温情"（第 322 页）。对他们来说，跳舞"就是腾云驾雾神魂颠倒了。跳舞向他们心里的那么一点社会秩序意识发起了不可抗拒的进攻，把他们驱赶到现在已不正当的老路上去"（第 322 页）。在小说中，克林在未现身之前，游苔莎就已经对他有过兴奋的梦想。在梦想中，她看到自己正应和着奇妙的音乐与克林翩翩起舞，而梦想中的克林让自己有"天堂之女"之感。哈代在他的短篇小说《旋转着拉小提琴的人》里探索了音乐对多情善感之人的影响。通过音乐和跳舞，也通过将它们用来象征性表现性迷狂和性支配，哈代探索了卡林娜的性欲望。他写道，卡林娜的父亲意识到"她那种歇斯底里的倾向","需要请神经科医生来详尽解释"茅普·奥拉莫对她的性影响。

《还乡》和《虹》之间尽管有相似之处,但是它们的不同之处更为重要。在《虹》里,当安娜·布朗文难以从威尔那里获得愉悦时,她就转向母性的满足:"对安娜来说,这个婴儿就是全部的幸福和满足。她的欲望沉落下来,不再涌动,她的灵魂充满了对这个婴儿的祈福。"① 威尔也能够从他的孩子身上获得满足。就像汤姆转向尚小的安娜,从她那里寻获爱和满足,威尔则转向厄休拉,从她那里寻求爱和满足。因此,在《虹》中,作为一种模式,父母的一方都能够通过转向他们的孩子而平息与另一方的紧张,以期获得满足。这不仅使他们有了生活的寄托,而且也帮他们缓解了婚姻问题。威尔和安娜的情形就是如此。

然而不幸的是,在《还乡》中,克林和游苔莎婚后并未有孩子。这更让他们感到沮丧和失望。在某种程度上可以说,《还乡》就是作者的自况,它透露了哈代本人对妻子艾玛的焦虑和受挫感。她们结婚时间并不长,但要孩子,年纪偏大。哈代和艾玛同岁,他们结婚时已 34 岁。到这个岁数,艾玛要生孩子即使没有危险也是困难的。这想必使哈代感到痛苦,加深了他的婚姻问题。1877 年 8 月,哈代曾心绪低沉地谈起他以前的一个佣人:"我们以前的佣人简快要生孩子了。可是我们这里一点动静也没有。"② 至于《还乡》如何准确地反映了哈代对自己妻子的不满意,只能留给后人推想了。

须注意,托马辛生孩子的时候,克林正要与游苔莎分手。托

---

① Lawrence, D. H., *The Rainbow*, Harmondsworth: Penguin, 1981, p. 207.

② Hardy, Florence Emily, *The Life of Thomas Hardy*, Vol. 1, 1840—1928, London: Macmillan, 1930, p. 116.

马辛给孩子取名为游苔莎·克林。这并非巧合，而是富有暗示性。这个孩子不仅带给她父母生活的快乐和意义，也暗示到：克林和游苔莎（或是哈代和艾玛）若有孩子，他们会生活得更加快乐，因为孩子通常会带给婚姻平静和快乐。如果游苔莎有孩子，或许会像安娜那样，从孩子那里获得对梦想破灭的补偿，会变得快乐起来，而克林也许会像汤姆和威尔那样将心思放在孩子身上，姚伯太太也许会因此对生活产生一种新的期望，由此满足她那种强势的母性本能，或许会放松对克林的控制。

虽然《儿子与情人》集中体现了母与子之间俄狄浦斯式的情感纠葛，不过，是《还乡》首先对俄狄浦斯问题进行探索的，因此它成为《儿子与情人》的先声。这两部小说不只具有可比性，而且也能看出索福克勒斯的《俄狄浦斯王》对它们的影响。正是从这部古希腊悲剧，弗洛伊德演绎出他的心理分析理论——俄狄浦斯情结。根据弗洛伊德这一理论比较这两部小说，探讨两者之间的相似性，将有助于阐明本研究的主旨。

虽然哈代的小说《还乡》与索福克勒斯的戏剧联系更密切，但是劳伦斯的小说《儿子与情人》更符合俄狄浦斯神话。理由如下：首先，在哈代小说中没有父亲的存在，这意味着该小说并未完全体现弗洛伊德理论。在《还乡》中，没有证据表明克林与他父亲有矛盾冲突，不过他们之间的敌意却是体现俄狄浦斯理论不可或缺的。实际上，几乎没有人记起克林的父亲。其次，与保罗·莫瑞尔的童年不同，克林的童年及其发展的情况在小说中被完全省略。既然俄狄浦斯情结始于婴儿时期，因此如劳伦斯在其小说中表现的那样，追溯到婴儿出生也许更合适。第三，哈代小说缺少心理语言和表述，而这种心理语言和描述有助于读者准确理解儿子对母亲的那种不正常的依恋。

不管怎样，就克林相似于保罗·莫瑞尔、姚伯太太相似于莫瑞尔太太来说，可以说《还乡》是俄狄浦斯情结的一个粗略的释本。事实上，姚伯太太是更具强势的莫瑞尔太太的初型。不过，两个母亲之间的惊人的相似并非完全由于前者对后者的文学影响所致，正如哈代和劳伦斯的传记所说的，这两位作家对控制性母亲都有各自的切身体验。与俄狄浦斯理论相吻合，姚伯太太和莫瑞尔太太对自己的丈夫的爱情感到失望后便背弃了他们，转而依恋上自己的儿子，以期获得无法从婚姻中获得的满足。由于她俩都下嫁给教育和文化素养低于她们的男人，而且未达到"平等婚姻"的标准（根据这一标准，丈夫和妻子应该有许多共同之处，至少属于同一个社会阶层），因此她们对与丈夫之间存在的差异常常感到失望，尤其对他们缺少抱负和成功（就像小说中的姚伯先生和莫瑞尔先生那样）深感失望。

　　说到克林的父母，据说"他父亲是个农场主，这是真的，可是据我们所知，他母亲却是一位有一定社会地位的女士"（第163页）。克林的父亲，除了社会阶层较低外，还缺乏文化素养，正如维伊船长所说："那老头虽说是那么粗鲁，可我还是非常喜欢他。"（第173页）而姚伯太太则被看成是"附近一带人们熟悉的、受人尊敬的寡妇，享有一种只能用体面这个词来表达的地位"（第82页），荒原上的人"达不到她那个层次"（第83页）。当得知克林放弃在巴黎的钻石公司，返乡永居，姚伯太太便联想到他那个缺乏雄心大志的父亲。她责备克林说："一家大型钻石公司的经理——一个人还能有什么更高的要求呢？这是一个多么让人垂涎和渴望的职位！看来你会像你父亲那样；就像他那样，你正变得越来越不愿做事情。"（第234页）显然，克林辜负了他母亲的期望，也辜负了游苔莎的期望。

　　在大多数情况下，母亲转而鼓励儿子强过他所敬仰和认同的父亲的行为，在孩子感情发展方面会引起一种心理骚乱。他在成长过程中，不仅越来越讨厌父亲，而且越来越对母亲充满激情之爱和认同感。玛丽·艾伦·约旦写道："姚伯太太通过否定自己的丈夫，加重了她儿子的俄狄浦斯式的进退两难的处境。这种困境让她儿子难以离开她，难以自行其是。"[①] 母与子之间的绝对结合成为一种必须，这是俄狄浦斯理论的一个主要方面。这一对母子应该到达这一阶段了。就像保罗·莫瑞尔和他母亲，克林和姚伯太太似乎经历了这种死亡也无法拆散的结合：

　　现在，这个年轻人与他母亲之间的爱，很奇怪地看不到。关于爱，我们可以说，世俗成分越少，感情外露也就越少。爱以绝对无法摧毁的形式出现时，就达到了一种任何表露都是痛苦的深度。他们就是这种情形。假如有人偷听他们两人的谈话，那准会说，"他们相互之间是多么冷淡啊！"

　　他要献身教育的理论和心愿，给姚伯太太留下了印象。的确，他是她的一个部分，他们两人之间的交谈，仿佛就是一个身体上左右两只手之间的交谈，这怎么会不给她留下印象呢？他对通过说理来打动她已经绝望；现在他差不多获得一个发现，那就是他可以通过一种吸引力来打动她。这种吸引力优于言词，就如同言词优于喊叫一样。（第 247 页）

儿子从心理上无法通过认同父亲或一个父亲般的人物来及时解决自己的俄狄浦斯情结，他不得不终生依恋母亲。如果他想要结婚，那么他的婚姻极有可能会失败，尤其当母亲在身边的时

① 　Jordan, Mary Ellen, "Thomas Hardy's *The Return of the Native*: Clym Yeobright and Melancholia", *American Imago*, 39, 1982, p. 103.

候，因为不仅他感情方面不成熟，而且在性方面发展也非常迟缓①。不过，与俄狄浦斯理论相反的是，克林同保罗·莫瑞尔有所不同，尽管母亲尚在，但仍然对婚姻有着强烈的意愿。他不仅违逆母亲的意愿要与游苔莎结婚，而且也为了保障他所信赖的婚姻，已做好随时离开姚伯太太的准备。哈代意识到自己对母亲的俄狄浦斯式依恋，但却设法排斥这种依恋。对此，几乎没有批评家承认；但是，据笔者看来，哈代，就像劳伦斯那样，意识到并反抗自己对母亲的俄狄浦斯式依恋（更确切地说是母亲对他的依恋）。对此，哈代在《还乡》中写道："希腊人只是稍稍猜测到的东西，我们了解得一清二楚；他们的埃斯库罗斯想象的东西，我们托儿所的孩子就有感觉。随着我们揭露出自然规律的许多缺陷，看到在自然规律作用下人类所处的窘境，那种对一般人生的欢欣鼓舞，现在已经越发成为不可能了。"（第 225 页）

就婚姻而言，通过让克林反抗母亲，哈代显示出对母亲要过独身生活的想法（即立意不让孩子们结婚，而是让一个儿子和一个女儿结对生活在一起）的强烈的抵触情绪②。然而，终其一生，哈代不仅反抗母亲的占有性之爱，而且也寻求从感情上和居住生活上疏离母亲。既然只有结婚才能实现自己的愿望，所以每当接触女性或被女性所吸引时，他首先想到的总是结婚。因此当克林与游苔莎结婚后，不仅在居住生活方面断绝与母亲的往来，而且也下意识地背弃了他的自我。同样，当姚伯太太无法像莫瑞尔太太那样成功地控制儿子的感情时，为了阻碍克林对游苔莎的兴趣，便开始以死胁迫："我一想到我儿子要结婚，我就恨得要

---

①　Lawrence, Frieda, *"Not I but the Wind..."*, London: William Heinemann, 1935, p. 52.

②　Millgate, Michael, *Thomas Hardy: A Biography*, Oxford: Oxford University Press, 1982, p. 21.

死！我宁肯死，也不愿看到他结婚。这对我来说太重要了——我做梦也不会想到的。"（第262页）

既然无法疏离彼此，克林/哈代和姚伯太太/杰敏玛便更加依恋彼此。例如，姚伯太太对克林说："你把全部的心思都用来讨一个女人的欢心。"克林顺从地回答："是的。那个女人就是你。"（第263页）当听说母亲与游苔莎发生了争吵，克林的情感似乎立刻变得麻痹了。当妻子坚持要去巴黎时，他就像俄狄浦斯那样失去了视力，也失去了性爱的欲望："是的，我恐怕我们是在冷下来了……就在两个月前，我们爱得简直发了疯！你看我看不厌，我看你看不够。可现在这个时候，我的双眼在你眼里已不再那样明亮，你的双唇在我唇上也不再那样甜美，这有谁会想到？两个月——这可能吗？是的，这是真的！"（第315页）在后来的《儿子与情人》中，保罗·莫瑞尔同克拉拉的性爱关系也经历了类似的冷却。

虽然克林对婚姻的意向并不完全符合俄狄浦斯情结，然而正是由于他在性爱和感情方面的不成熟而使这一理论更具适用性。为了突显他对母亲的非常态的依恋和他的性失败，哈代暗暗地将克林同克利斯琴、约翰尼和查理归为一类人，因为他们都是秉性相同的一类人。贯穿小说，查理对游苔莎一直怀有一种浪漫依恋，这可以从化装舞会上他紧握她的手到她死后保留她的头发的行为上看出来，这主要暗示了克林只能有那种浪漫之爱，而对克利斯琴性无能的描写则实际上是为了强调克林在性方面的不成熟。在作者笔下，克利斯琴被描写成"没有女人愿与他结婚的男人"，因为他是一个"被阉割了的人"（第75—77页）。

不过，最惊人的还是克林同约翰尼之间的关联。就像克林，约翰尼生活中缺少父亲的存在，母亲苏珊又是个控制欲强、嫉妒心强的女人，因此，约翰尼是这样母亲的受害者。苏姗像姚伯太太那样也不喜欢游苔莎，因为游苔莎带给她儿子情感上的折磨，她用针扎蜡像的方式来宣泄自己对游苔莎的愤恨。此外，约翰尼与游苔莎曾有过两次接触，一是在小说开始，为她的篝火添加柴火，一是在小说结尾，告诉她有关姚伯太太死时的情形。参与故事中这两个关键事件的是约翰尼而不是克林。这表明哈代是在用约翰尼来体现克林与他妻子和母亲之间的困难关系。因此，哈代将约翰尼比作克林，不仅以此暗示克林在情感方面的不成熟（像约翰尼）以及无法步入成年期，而且也无意识地表达了（像劳伦斯）他本人潜在的愿望：通过约翰尼，让母亲致死从而获得身心自由。彼得·卡萨格兰德指出，在某一方面，有点类似《无名的裘德》中"小时光老人"杀害了他的兄弟们而后自杀了，而约翰尼则代表小说中所有"受伤"的孩子们，想要（从心理分析上来看）姚伯太太死，因为她的爱令人窒息[1]。克林同姚伯太太之间所有的谈话都显示出他是一个复杂的孩子，对这位奄奄一息的女人既缺乏同情心也没有任何激情："他年龄不是很小，以至于不懂得需要同情的道理，但他年龄也不是很大，以至于看到他一向认为是压不倒的大人受到苦难时感觉不到小孩子的那种恐惧。姚伯太太是自己在制造麻烦，还是在吃别人的苦，她的折磨应该让人感到怜悯，还是感到害怕，他没有能力判断。"（第 350 页）

　　通过象征性地杀死母亲，克林就像保罗·莫瑞尔那样认为，他已经从母亲的管制状态中解脱了，结果却发现，自己又陷入对母亲的回忆而不能自拔，希望结束自己生命与母亲团聚："如果上帝公道，就让他现在就杀了我吧。上帝让我的双眼差不多瞎

---

[1]　Casagrande, Peter, *Unity in Hardy's Novels*: *"Repetitive Symmetries"*, London: Macmillan, 1982, p. 140.

了，但这还不够。如果他能以更大的痛苦来打击我，那我就永远
地信他。"（第375页）无论如何，就像俄狄浦斯，克林立意调查
母亲的死因，直到他能够彻底毁灭自己与游苔莎的婚姻。游苔莎
受到不忠实的指责时，拒绝透露姚伯太太访问艾尔德沃斯时的情
形，然而正是这次访问导致了她的死亡。如果说姚伯太太的死是
由克林、游苔莎、韦狄、约翰尼和命运的合力间接造成的，那么
游苔莎的死则更具故意性——自杀。在同克林发生激烈争吵后，
游苔莎不仅离家出走，而且还同韦狄私奔了，后者一直鼓励她这
么做。在小说中，游苔莎有一段痛苦的独白："我走不了啦，我
走不了啦。"她呻吟道。"没有钱；我走不了啦！假如我能走，我
又会有什么好日子？来年我还得一天天煎熬下去，就像今年、去
年那样。我是怎样努力着要成为一个了不起的女人，可是命运一
直跟我作对！……我不该有这样的命呵！"她在一种悲痛反抗的
疯狂中哭喊道。"噢，把我置身于这个残缺不全的恶劣世界是多
么残酷！我有能力去做很多事情；但是我被我不能驾驭的事情伤
害、摧毁、压垮！噢，我对老天什么伤害都没做，可老天多么冷
酷，想出这种苦刑来叫我受！"（第421页）

　　死亡或自杀似乎是游苔莎最后的归宿，这也成了克林在其母
死后的归宿。虽然他们目的相同，但动机各有不同。克林早先为
母亲之死而悲伤，而今则为游苔莎之死而悲伤，并声称自己对游
苔莎之死负有责任："她是我今年杀死的第二个女人。母亲之死
在很大程度上由我引起，而游苔莎之死主要原因在我。"（第443
页）他最感遗憾的是，"对于我的所作所为，没有任何人或法律
能够惩罚我！"（第444页）克林与保罗·莫瑞尔不同。在《儿子
与情人》的结尾，保罗匆匆奔向那城镇的光明，期待再生，充满
希望；而克林由于极度空虚而离开讲道，因为他失去了活下去的
勇气。小说在一种忧郁的气氛中结束："有的人信他，有的人不

信他；有的人认为他是老生常谈；有的人抱怨他缺乏宗教原理；还有的人说他视力不好，不能做别的事，传道也挺好。不过，他所到之处，都受到友好接待，因为他的身世大家都已知道。"（第476页）

《还乡》最后部分是集中描述托马辛和文恩的。韦狄死后，哈代无法让托马辛这样一个清白无辜和恪守传统的女性孤独地度过余生而未有好报。如果哈代笔下的性人物因其反传统而通常遭受死亡的惩罚，那么他笔下的贞洁人物，作为一种模式，应因其恪守传统而得到幸福婚姻的奖赏。就像《卡斯特桥市长》中的伊丽莎白-简，托马辛因其良好的举止和符合社会的期望待而获得美好婚姻的奖励。另一方面，文恩也是一个善良无辜的人，尽管他身上的颜色和职业与让孩子们惊骇的鬼怪联系在一起："我想，你本人就是鬼。"（第450页）就像《远离尘嚣》中的加布利埃尔·奥克，文恩所关心的，除了尽其所能地帮助他人以外，就是要娶托马辛，这是他的爱情目标。

然而，重要的是，在他们结婚前，哈代先于劳伦斯，让文恩与托马辛有平等的社会地位以便让他们的婚姻符合"平等婚姻"的观念。为此，文恩不得不放弃他的职业，成为"一个受人尊敬的乳牛场主……一个有钱的人"（第456页）。他身上的颜色确实由红变白了。然而哈代本人所希望的结局是另外一种，他作品中的注释已表明了这一点。哈代似乎受制于"某种情境"而让托马辛与文恩结婚，也许只是为了取悦于那时的维多利亚的读者。当时，那些读者偏好幸福结局。克林未能回答的问题（"要把什么做好呢？"）完全变成了一个幸福姻缘的问题。如果克林和游苔莎，或者韦狄和托马辛，或者姚伯先生和姚伯太太在婚姻方面能够保持一种健康而稳定的关系，而且通过"做好"让自己满意，也许就不会有死亡和痛苦了。

二 《儿子与情人》中的婚恋情结

同《还乡》一样，《儿子与情人》（1913）是作者第一部深度表现母与子关系的小说。由于这一问题的严肃性和复杂性，劳伦斯对该小说进行了几次大的修改。小说的第一个版本是在 1910 年他母亲死前完成，定名为《保罗·莫瑞尔》。就像过去的小说那样，该小说是以传统的情节开始的。正如 L. C. 鲍威尔所说的那样："父亲偶然杀死了保罗的兄弟，进了监狱；释放时，死了。"[①] 在劳伦斯写这部小说的初期阶段，杰茜·钱伯斯（小说中的人物米丽安的原型）起了重要作用。她向劳伦斯提出了许多具有价值的建议，并提供了他们早年生活的传记资料。早在 1911 年，海伦·考克就说过，劳伦斯正在重写小说的头几章。同年秋天，杰茜发现劳伦斯的文字描述有些不自然和乏味，建议修改："他在讲述他母亲婚姻生活的故事，但是他的叙述似乎老一套，不够生动自然。"[②]

在杰茜的影响和指导下，劳伦斯更多从生活中汲取素材，以便使他的作品更贴近事实。

他曾说过，《儿子与情人》的上半部反映了他早期生活的真实。不过，杰茜却并不赞同劳伦斯这一说法，批评该小说过于歪曲事实。当然，杰茜也认为小说在某些方面是真实的。她对往事的回忆，特别是对她与劳伦斯之间爱情关系的回忆比劳

① Moore, Harry T., *Priest of Love: A Life of D. H. Lawrence*, Harmondsworth: Penguin, 1974, p. 171.

② Chambers, Jessie, *D. H. Lawrence: A Personal Record*, London: Frank Caves and Co., 1935.

伦斯的回忆更准确可靠。不过，杰茜的回忆虽然更准确，但不可能被劳伦斯原封不动地用于他的小说写作。尽管这部小说非常接近劳伦斯的个人生活，可是艺术想象毕竟是小说创作的首要因素，因而不可能不加变动地复现生活。劳伦斯对某些事件小说化的解释，让杰茜深感不满。不过这些解释不被认为是虚假的，尤其写作和重写的过程被认为是某种心理疗法，通过这种心理疗法，劳伦斯努力通过重新体验实际的经历来协调自己的处境。

　　如果说杰茜在小说《儿子与情人》初稿《保罗·莫瑞尔》的创作构思方面起了重要作用，那么弗丽达则影响了该小说最后一稿的完成。当该小说处在写作最后阶段时，弗丽达说："我经历了那本书的写作，甚至也写了一小部分。"① 无论弗丽达对劳伦斯的影响是什么，该小说在很大程度上是一部自传性作品。既然该小说几乎完整地体现了弗洛伊德的俄狄浦斯理论，那么人们自然会关注弗洛伊德对构思该小说的影响的问题。至于劳伦斯在写该小说最后一稿时对弗洛伊德及其理论到底有多少了解，目前还难以断定。然而有迹象表明，弗丽达曾与劳伦斯长谈过弗洛伊德及其理论，这强化了他在小说中对母与子关系的重视，也增强了他对这种关系直觉性的焦虑。《儿子与情人》因体现了这一问题而吸引了越来越多的批评家的关注。该小说的主要力量之一是对莫瑞尔一家的描写，尤其是对丈夫和妻子之间婚姻关系的描写。最初，就像早先问世的《白孔雀》，《儿子与情人》一开始探索的是家庭关系，随着故事戏剧性的发展，表现俄狄浦斯式冲突，包括母与子的冲突，越发突显出来。因此，本章的目的是要探讨莫

---

　　①　Lawrence, Frieda, "*Not I but the Wind...*", London: William Heinemann, 1935, pp. 66—75.

瑞尔夫妇之间的婚姻及其失败，然后追溯他们的婚姻失败对孩子们的影响，主要是对保罗·莫瑞尔的影响。笔者也将根据俄狄浦斯情结来讨论保罗与女性的关系，并将所有这一切同劳伦斯的生活和发展联系在一起。

不像《还乡》在着笔婚姻问题前有许多铺垫，《儿子与情人》从一开始，就探索婚姻问题。小说开篇，莫瑞尔太太正期待着第三个孩子保罗的出生。在简短描述了伊斯特伍德的自然景象和周围煤矿遍布的乡村后，劳伦斯立即探讨了莫瑞尔太太对自己与矿工瓦尔特·莫瑞尔的婚姻的烦恼和失望："莫瑞尔太太形单影只，但她对此已经习惯了。她的儿子女儿都已在楼上睡了。表面看来她的家稳固可靠，可是，一想到将要出世的孩子，她便深感不快。这个世界似乎是一个枯燥的地方，至少在威廉长大以前，她不会有别的期望。但是，对她自己来说，只能枯燥地忍耐下去——一直忍到孩子们长大。可是这么多的孩子！她养不起第三个孩子。她不想要这个孩子。丈夫在酒馆里总是喝得醉醺醺的，她看不起他，可又跟他联系在一起。她接受不了这个即将来临的孩子，要不是为了威廉和安妮，她早就厌倦了这种贫穷、丑恶的庸俗的生活。"① 这一段文字读起来不像一个开场白，更像小说最后一章的结束语。它似乎表明这个家庭在家里家外都面临着烦恼不安，它不仅为我们描绘了在伊斯特伍德的一对夫妻的境况，也对我们更多地讲述了女性在矿区的地位和困境。母亲由于不再爱丈夫，因此她并不想有这个男人的孩子；也由于对丈夫深感失望，她不得不将注意力从丈夫身上转到孩子们身上，并将孩子们选作自己的恋人。才 31 岁，她便看到了自己绝望的生活前景，

---

① Lawrence, D. H., *Sons and Lovers*, New York: Bantam Books, 1985, p. 7. 本节中所标页码均引自此书。

期待孩子们，尤其是大孩子威廉长大成人，孩子成为她继续活下去的理由。

在《莫瑞尔夫妇早期的婚姻生活》一章中，劳伦斯认真描述了莫瑞尔夫妇的初次相见和结婚。随着故事展开，婚姻变成了战场，莫瑞尔太太的爱从丈夫身上转向了她的长子。尽管劳伦斯将责任归咎于瓦尔特·莫瑞尔，但是社会地位的不平等是动摇莫瑞尔夫妇婚姻基础的重要原因，对婚姻的失败，他们两人都同样负有责任。对哈代来说，写"穷人和淑女"的婚姻，应该没问题，可是就《儿子与情人》而言，由于其父母紧张的婚姻关系，劳伦斯至少在某一时期将婚姻视为灾难。格特鲁德·考帕德直到婚后才知道矿工生活的情形。她 19 岁时，在一所私立学校教书，希望同一个名叫约翰·菲尔德的年轻人结婚。约翰·菲尔德人生的理想就是做一个牧师。然而，在他父亲的生意破产后，为了钱财，他抛弃了格特鲁德，娶了一个有钱的老寡妇。不久，格特鲁德遇见了一个年轻的矿工。他的智性一般，热情和幽默吸引了她。而她的性情恰恰相反："她喜欢思想，极富智性。"（第 11页）

当时，格特鲁德的父亲乔治·考帕德"对她来说，是所有男人的典范"（第 11 页），而莫瑞尔同她父亲形成了鲜明对照，在智力、道德或宗教热忱方面，两人相差甚远。这对一个年轻女性来说，的确是一种令人幸福的经验。莫瑞尔夫妇，就像哈代夫妇，是在一种相反和错误的原因的促使下，相互吸引的。莫瑞尔之所以受到她的吸引是因为，在他看来，她是"一个神秘而迷人的淑女"（第 11 页），而她之所以受到他的吸引，有几个原因：首先是他与人们在一起时的随意和快乐；其次是他每日所从事的、具有生命危险的"高尚的"和勇气十足的工作；最后是由于他那种自然的、性感十足的活力，这通过他超凡的舞技展示出来："他光彩夺目，充满生气"，他的"舞技非常有名"（第15页）。

因此，就像哈代，劳伦斯利用舞蹈来表现莫瑞尔的性活力，这一点非常重要。因为他舞跳得好，正如格特鲁德注意到的，他的动作似乎"有点炫耀的感觉，很有魅力"（第11页）。当他邀请她跳舞时，她回绝了。显然这象征了他们难以维持一种和谐关系，不仅在跳舞方面，在婚恋方面也是如此。哈代在《德伯家的苔丝》中曾巧妙地利用了跳舞，即苔丝和克莱没能在一起跳舞，预示了他们不同的生活道路。因此，劳伦斯在《儿子与情人》中寓意性地构思了跳舞一场景来预示莫瑞尔夫妇的悲剧命运。

莫瑞尔夫妇之间的对比和互补也是重要的。劳伦斯明确无误地表明，他们相互吸引是由于彼此的新奇和对比。因此两个人在缺乏共同点的情形下，他们的婚姻必然导致失意和不幸。具有讽刺意味的是，正是由于他天性的相异性，她嫁给了他，而眼下也由于相同的原因，她对他深感不满："不幸的是，她与他太不相同了。他身上根本就没有丁点让她满意的地方。她对他期望太高。因此，为了设法让他变得力所不及的'高贵'，她彻底毁了他。"（第18页）尽管头几个月他们的婚姻非常完美，"头三个月，她感到十分幸福，而后六个月，她感到非常幸福"（第13页），可结果却证明他们的婚姻是一个彻头彻尾的失败。一旦性幻想销蚀殆尽，她便意识到了自己铸成大错了。当她厌倦了谈情说爱，想一本正经地谈宗教、哲学或政治时，他只是在那里"洗耳恭听，而理解不了"（第13页）。

劳伦斯早先的某些短篇小说就描写了妻子对丈夫的不切实际的期望。格特鲁德与《菊花香》中的麦克白夫人和伊丽莎白·贝特斯，以及《请出示票》中的安妮·斯通完全如出一辙。这些短篇小说就是《儿子与情人》的先奏。在《菊花香》中，伊丽莎白（就像莫瑞尔太太）寓意性地通过摧垮她丈夫的精神，疏离和蔑视他，从而造成他的矿难："我一直在同一个并不存在的丈夫作斗争。可他却始终在那里。我做错了什么？我同他一直生活在一起究竟为了什么？这就是现实啊。这个男人……还有什么希望，除非他死了。可是他还是她的丈夫。不过，他是多么渺小啊！"① 而另一方面，安妮因不满于约翰·托马斯的"渺小"，迫使他做力所不及的事，即成为一个知识分子，从而毁了他们之间的幸福："安妮想要他成为一个人物，一个真正的男人；她想要他身上具有知识人的魅力，能够机智地与她互动。她不想看到他目前这种平庸的状态。她知道，他离不开她，为此，她感到自豪。可也正是在这里，她铸就了错误。"②

虽然瓦尔特·贝特斯死于真正的矿难（1880 年，劳伦斯的叔叔詹姆斯·劳伦斯死于矿井事故），但是在劳伦斯潜意识愿望中，不止在《菊花香》中，而且也在《白孔雀》中杀死了象征性的父亲，让母亲获得了解脱。无论对劳伦斯还是对保罗来说，父亲虽然活着，但几乎是不存在的。无论在自己的家里还是在孩子中间，他完全是一个陌生人。保罗出生后被迫发展了对父母的一种截然不同的感情，这符合俄狄浦斯理论。他怀着对母亲异常的爱和对父亲异常的恨度过自己的童年和青少年时代。保罗的兄弟威廉和亚瑟有机会通过经验和接触形成了他们自己对父母的爱与恨的自然本能，而保罗对父亲的仇恨是在母亲的驱使下形成的，

---

① Lawrence, D. H., *Selected Short Stories*, Harmondsworth: Penguin, 1988, pp. 104—105.

② Ibid., p. 293.

就其本身而言，毫无来由。在 1910 年 12 月 3 日写的一封信中，劳伦斯表达了同样的看法："我生来就恨父亲：早在我能够记事的时候，他一触摸我，我就怕得发抖。我出生前，他就坏透了。"①

　　劳伦斯将小说名由《保罗·莫瑞尔》改成了《儿子与情人》并非随意之举，而是体现了他的更深层的思考和意图。改名的小说不再局限于保罗·莫瑞尔一人，而是为了突显保罗与母亲之间的俄狄浦斯冲突而将保罗的兄弟包括进来。正如哈代利用约翰尼和克利斯琴这样的次要人物来映衬克林对母亲的非正常依恋，劳伦斯则利用了威廉和亚瑟来映衬保罗对母亲的非正常依恋。除此以外，新的书名也将聚光灯从保罗一个人身上转移开来，表明了在某些方面保罗的个案颇具代表性。在致爱德华·加耐特的一封信中，劳伦斯说，他在《儿子与情人》中所写的是"成千上万个英国青年的悲剧……我想，这是罗斯金和像他这样男人的悲剧"。而后他对该作品作了出色的分析，强调了母亲对儿子的影响："……随着儿子们的长大，她便选择他们作自己的恋人——先是长子，而后是次子。儿子们都受到他们对母亲相应之爱的驱使而进入生活，不断受到这种感情的驱使。然而当他们步入成年时，却无法去爱，因为在他们的生活中，母亲是最具强势的人，控制着他们……只要他们一接触其他女性，就会有间隙产生。威廉将性献给了一个轻佻的人，而母亲却牢牢把握着他的灵魂。但是这种间隙害死了他，因为他不知道自己属于哪一方。"②

　　保罗出生后，莫瑞尔太太认为自己再也不会爱她的丈夫了，

---

　　① Boulton, James, et al (eds.), *The Letters of D. H. Lawrence*, Vol. 1, Cambridge: Cambridge University Press, 1979—1989, pp. 189—191.

　　② Ibid., p. 477.

于是她坚定地转向了自己的孩子，对他们倾注了全部的爱：先是威廉，然后是保罗。威廉是长子，小说开始时，他已经七岁，因此对于他的童年，我们了解不多。劳伦斯指出，威廉是他母亲第一个具有俄狄浦斯情结的孩子。母亲总是鼓励他有别于他那个粗鄙的父亲，在一个充满时尚和文化的大世界里提升自己。在哈代的《还乡》中，克林在父亲死后，他先被送到布达茅斯，然后又被送到巴黎，以实现母亲对他功成名就的梦想；同样，几乎与克林同岁并处于类似的情境的威廉则被送到伦敦做同样的事。如果说在《还乡》中克林与游苔莎的婚姻导致了姚伯太太的死亡，那么威廉与莉莉·维斯顿的关系则不仅毁了母亲，也毁了威廉本人。

威廉的死是莫瑞尔太太生活的转折点。他刚刚 20 岁便因肺炎死于他在伦敦的住所，母亲未能及时赶到挽救他的生命。直到这一阶段，保罗虽然就生活在母亲身边，但还只是作为背景人物存在。通过在小说头几章突出威廉，劳伦斯强化了保罗在最初几年中的孤独感。威廉死后，保罗也患上肺炎，莫瑞尔太太对保罗悉心护理，最终使他转危为安，得以康复。直到此时，莫瑞尔太太才将保罗认作替代威廉的俄狄浦斯恋人。

另一方面，虽然亚瑟并未像其他兄弟那样被描写成一个具有俄狄浦斯情结的儿子，但是在加强保罗的俄狄浦斯情结方面仍起了重要作用。他同他的哥哥，特别是保罗，形成鲜明对照。亚瑟从一开始就爱父亲，这是因为他有幸在不受任何干预的情况下发展了对父母的本能之爱。如果说保罗是母亲的宠儿，那么亚瑟就是父亲的宠儿。他对有关智性的事毫无兴趣（他讨厌学习），因此他入伍当了兵。服役结束后回来，便早早地同他的童年好友彼特丽丝结了婚，并未引起他母亲或其他家人的不快。人们不禁要问：在他之前的保罗或威廉为什么不能像他那样呢？他们的生活为什么会如此不幸呢？

这个问题很难用三言两语就能说清楚的。保罗的情形更是如此，因为他的问题具有复杂的心理因素。保罗是母亲情感过分施予的牺牲品。西格蒙德·弗洛伊德认为，人的爱本能不是一种迟来的赠予，而是自然而然产生的，是逐步发展的结果，能够一步一步追溯到婴幼儿时期。根据弗洛伊德观点，爱本能始于幼儿辨人感形成期。这种辨人感让他挑选出母亲作为爱的对象。由于幼儿在衣食住行以及安全保护方面几乎完全要依赖母亲，因此母亲就易于成为幼儿生活中的第一位恋人："她最爱他；他也最爱她。"（第222页）另一方面，幼儿也感到了父亲的强势，感觉到父亲能够支配母亲，能够转移母亲对他的关注。因此，幼儿努力效法父亲，这倒不是由于他爱父亲，而是他试图通过模仿父亲的男性品质（父亲作为一种理想）再一次将母亲的感情吸引到自己身上来。而女孩由于意识到父亲对母亲的爱而设法通过模仿母亲的女性品质（母亲作为一种理想）来吸引父亲对自己的爱。这是一个"自证"的过程，即便在此过程中有时会在父亲或母亲与一个异性的孩子之间形成妒意或敌意，这也是正常的。

然而，在潜意识中，男孩会突然怀有一种幻想：梦想在父亲死后同母亲生活在一起，而女孩则乐于这样的想法：母亲不在后，能为父亲持家。与这一理论相符，保罗生活中的唯一的梦想是："在离家不远的地方悄悄地每周挣个三十或三十五先令。然后，当父亲死后，他和母亲住在一栋村舍，自由自在地绘画，外出，永远快乐地生活着。"（第89页）通过消除竞争对手，孩子们不仅能够庆祝同异性的父亲或母亲的孩童式"婚姻"，而且也能够发展他们的性意识。随着孩子们成长，他们也许会寻求新的恋爱对象来替代父母。男孩会将他的姐妹作为替代的恋爱对象，而女孩则会将她的哥哥作为恋爱对象。这种对替代性恋爱对象的意向也可能延伸至异性朋友。在此阶段，孩子们能够将他们自己同父母区别开来，认识到了他们的个人特征。儿童在五六岁时形成了良知后，抑制心理机制便开始起作用。通过教育和适应，他们将先前的儿童体验和父母意象储藏于无意识之中。正是在这一关键阶段，确立了他们的个性。因为孩子们不可能永远将父母理想化，尤其与父母分离后，于是为了尊重他们，他们也许会无意识地选择一个能够让他们联想起最初恋爱体验的人结婚。就此而言，这种恋爱的演变还是正常的。俄狄浦斯情结背离了这一常态，它通常是由于孩子的心理发展受到干扰，主要是由于孩子的"自证"过程受到干扰。

在《无意识幻想曲》中，劳伦斯谈到了《儿子与情人》的心理问题。他并未准确地论述经典性的俄狄浦斯情结，而是准确阐述了俄狄浦斯情结的变异。他的阐释基于他自己与母亲的经验，也基于他的小说写作（他说，他的哲学来自他的小说，而不是他的小说来自他的哲学）。事实的确如此，劳伦斯的观念和哲学总是基于他个人的体验，而后将它们推而广之，使之成为极具普遍性的东西。根据他的哲学，为了在生活中最终获得满足，人们首先要让自己的"心灵四极"保持平衡。简而言之，人的身体可以分为上、下、前、后四个感应中心。上部支配着智力和理想主义，下部支配着生殖器和性欲。前部代表着一切易受攻击和影响的东西，而后部或脊椎骨区则代表着艰难和任性。在任何一种情况下，为了获得心灵的健康发展，相对的两个中心需要某种平衡。为了获得满足（性满足），人们需要平衡上下两个中心。出于对《儿子与情人》的反向情绪，劳伦斯强调指出，一个人的满足核心是，"他牢牢把握着自己深邃和孤独的灵魂"（《阿伦的拐杖》充分探索了这一主题）。

根据劳伦斯的观点，女性获得满足时也不能得到肯定，除非她丈夫"超过她"。既然莫瑞尔先生无法超越妻子,那么他妻子被迫在孩子中寻求新爱:"如果一个男人无法接受他自己最终的存在、最终的孤独和对生活最后的责任,那么他必然期望女人毫无根基地和无法控制地从一个灾难奔向另一个灾难。"① 因视母亲之爱高于一切,男人便难以割舍它,即便死后亦是如此。这种母与子之间牢固的纽带只有在上部的智性中心才会产生,而下部的性感觉中心则必然受到压制,不过或迟或早会受到激发;一旦被激发,往往会通过上部渠道非理性地得以宣泄释放,因此游戏尚未开始就结束了。劳伦斯就此写道:"他该如何对待自己的性欲自我?将它埋藏起来?而是像辛苦对待一个陌生者那样?因为他了解到,甚至从母亲那里也了解到,他成年后,大可不必回避性。可是他已经依附上了某种理想的爱,这是他所知道的最佳的爱。"② 自相矛盾的是,他对母亲形成了两种冲动:爱与恨。在他成长过程中,他既没有满意过,也没有满足过。最终,他成了非正常的人,等待他的是一种悲惨的命运。

当具有俄狄浦斯情结的儿子要结婚时,他会下意识地去找一个难以接近的已婚女人(如弗丽达),或者去找一个能让他联想到自己母亲的年长女人。在这两种情形下,他都易于感到失望,因为母亲的爱仍然是最强烈的一种,除非儿子设法克服他的俄狄浦斯情结。值得注意的是,哈代在自己的生活和小说中都肯定了女性的难以接近,这也说明了他与母亲之间那种理想化的忠贞。吸引劳伦斯的女人不仅包括那些比他大的女人,也包括那些同其他男性有染的女人。例子可以说不胜枚举:除了他的妻子弗丽达

---

① Lawrence, D. H. Lawrence, *Fantasia of the Unconscious*, London: Heinemann, 1971, p. 112.

② Ibid., p. 124.

外，还有爱丽丝·达克斯、凯瑟琳·卡斯威尔、奥托兰·莫莱尔和梅贝尔·鲁汗等。

弗洛伊德和劳伦斯为我们加深理解《儿子与情人》提供了两种不同的方法。弗洛伊德通过自证过程这样一种范式一般性地论述了爱的演变，而劳伦斯则将俄狄浦斯情结的个人经验普遍化，正如他在小说中将这种体验小说化一样。为了更深入和全面地欣赏《儿子与情人》，需要根据这两种本质不同的方法来探讨这部作品，旨在表明：父母与孩子之间的自然之爱能够解释孩子心理的健康发展，并最终使他们在婚恋方面获得幸福和满足，而母与子之间的反常依恋则容易引起孩子们的孤独、不满和毁灭。

既然这两种方法都强调婚姻在孩子心里发展方面的重要性，因此，首先我们来探讨莫瑞尔夫妇的婚姻失败是如何导致保罗对父亲的彻底疏离和对母亲不正常的依恋，以及对其性意识发展的负面影响。其次探讨保罗与其他女性（米丽安和克拉拉）的关系，以阐明这个具有俄狄浦斯情结的少年是如何一生注定要违逆其自然性趋向并抗拒恋爱和婚姻的。值得注意的是，在该作品中，恋爱关系可以用三角关系来分类。保罗和莫瑞尔太太构成了不同的三角关系的基础：他们俩同莫瑞尔先生的关系，他们俩同米丽安的关系，他们俩同克拉拉的关系。劳伦斯还增加了第四个三角关系："在保罗、克拉拉和米丽安之间存在着敌对的三角关系。"（第 248 页）

保罗出生前，莫瑞尔夫妇彼此无论如何对立，仍然能够维持一种稳定平衡的关系。然后，保罗出生，莫瑞尔太太最终确信自己对丈夫已爱意全无。早先她将爱从粗暴的丈夫身上转移到新出生的威廉身上，现在又以同样的方式将爱转移到保罗身上。就母亲而言，保罗不同于威廉，他出生时并不为母亲渴望和爱怜。然而母亲很快就意识到，她同这个孩子之间的生物联系强于生活中的一切，包括孩子的父亲。由于她最初并不想要这个孩子，因此对这个孩子怀有一种内疚感，允诺补偿他。她将这种新的母爱之情投向了她的儿子："她觉得仿佛那根把婴儿弱小的身体和她的身体连在一起的脐带还没割断。她的心里涌起一股疼爱婴儿的热情。她把孩子拥在胸前，正对着他。她要用她所有的力量，用她全部的爱心去补偿这个由她带到世上却没有疼爱的孩子。"（第38页）

就保罗同他父亲的关系来说，他从幼年起就同母亲一道反对父亲。每当莫瑞尔先生殴打和辱骂他妻子时，保罗总会出现，见证他们之间发生的一切。当莫瑞尔先生将怀着保罗的莫瑞尔太太赶出屋子时，尚在母亲体内的保罗似乎就能够感觉到父亲的敌意。在另一个戏剧性事件中，莫瑞尔先生酒醉后朝妻子扔抽屉，结果砸伤了她的额头，鲜血流淌。当时坐在母亲膝头上的保罗，身上滴上了母亲的血。血表面上是强化莫瑞尔夫妇之间不和，实际上是在强调母与子之间血的联系，象征着他们在反对莫瑞尔先生方面的结盟。

整个童少年时期，保罗都意识到父亲的酗酒习惯。他常常从睡梦中醒来，心惊胆战地听见父亲大声叫喊，摔砸东西，同母亲争吵。父亲动手打母亲后，威廉曾威胁着要用拳头教训父亲，而保罗则希望威廉能说到做到。事实上，看到父亲粗暴对待母亲，他几乎也要对父亲以拳相向。随着保罗长大，他对父亲的仇恨与日俱增："他恨父亲。他从小就有自己个人热切的宗教情绪。"（第61页）不过，他对父亲的感情是矛盾的。他常常祈祷："让他戒酒吧……上帝，让我父亲死掉吧。"当莫瑞尔未能按时下班回家时，他又祈祷说："千万别让他死在井下。"（第61页）

保罗对父亲的怨恨显然受到爱母的影响，他越爱母亲，就越恨父亲。保罗面对的是自己天性中对立和毁灭性的两面：太深的爱和太深的恨。他应该喜爱和效仿的父亲理想并不存在。他没有意识到自己注定要不断受母亲的控制。当到了应该独立于父母的阶段，他并未顺利度过这一阶段，主要是因为他无法摆脱牢牢拴住他的母亲（劳伦斯曾对弗丽达说，要是他母亲活着，他就决不会爱上她，因为母亲不会放他走的）。

如果说保罗和父亲之间的冲突构成了《儿子与情人》中俄狄浦斯情结的关键一面，那么保罗和母亲之间异乎寻常的爱之关系则构成了俄狄浦斯情结的另一面。认定保罗与母亲之间的爱之关系，其意义非同小可，因为这种爱并非传统意义上的母爱，而是那种恋人之间的性爱激情（正如前面所言，劳伦斯称之为一种反常关系）。保罗小的时候，尤其在患肺炎之时，劳伦斯曾反复提及母与子的身体接触。用弗洛伊德的话来说，可称之为"乱伦"："保罗喜欢和妈妈一起睡，不管卫生学家们怎么说，和自己所爱的人一起睡觉总是最完美的事情。那份温暖、那份心灵的依赖和安宁，以及那种肌肤相亲所引起的令人舒服的感觉，催人入眠，也可以让身心完全康复。"（第68页）强调这一点很重要：哈代厌恶人与人关系中的身体接触，而劳伦斯却相信这种接触的重要性。

在他所有的小说中，尤其在《阿伦的拐杖》和《少女和吉普赛人》中，劳伦斯将人物之间身体接触作为治愈和性复苏的一种形式。在这两部作品中，罗登和那个吉普赛人分别通过摩擦阿伦和维梯的病体、保持体温而救了他们的生命，而在《儿子与情人》里，莫瑞尔太太能够通过神奇的"接触"治疗恢复了保罗的健康。对这些身体接触的语言描述都发自对所爱之人的内心深处的感情。

莫瑞尔先生因在井下腿部受伤住院后，保罗在家里担当起丈夫的角色："现在我就是这个家里的男人了。"（第88页）而莫瑞尔太太则对保罗的这一角色予以了积极回应。她自己则扮起了一个"恋人"的角色。她对保罗说:"你知道,保罗——真的,我从来就没有过丈夫——真的没有过——"(第212页)随着保罗的长大,莫瑞尔太太与保罗之间的关系变得越来越紧密,也越来越具排他性。小说第五章《保罗走向生活》里对此有明确的描述。从该章题目看,是要表明保罗要脱离母亲,走向独立,但实际上却是在表明他的依赖。他们曾多次结伴游访,劳伦斯将他们一起去诺丁汉工作面试描写成一对恋人之间的"冒险经历":"两人沉思了一阵。坐在她对面总使他非常敏感,突然,他们的目光相遇了,她对他微笑了一下——一个少见的、亲密的微笑,笑得那么好看,充满明快和爱意。接着,他们俩都把目光转向了窗外。"(第92页)这段描述所使用语言不像母与子之间的对话,更像是一对恋人之间的对话。其中的那句"因对母亲的爱,保罗的心痛苦得抽搐起来"更是如此。

除了他们之间的这种亲昵关系和具有性爱色彩的感情外,他们各自还怀有强烈的忌妒情绪。无论是莫瑞尔太太还是保罗都无法容忍外人插足他们的爱恋关系。看到母亲对别人显示出担心和焦虑,保罗就会痛苦不安。一次,亚瑟很晚未归,莫瑞尔太太忧心忡忡,担心他会在外面做出不体面的事情来。保罗看到后,满心忌妒,希望他弟弟做错事,从而失去母亲的爱。他争论道:

> "是呀,我倒是应该好好的尊敬他才是。"保罗说。
>
> "你说的很值得怀疑。"母亲冷冷地说。
>
> 他们去吃早餐。
>
> "你非常喜欢他吗?"保罗问母亲。
>
> "为啥要问这个?"
>
> "因为人们常说,女人总是喜欢最小的。"

"也许吧——可我不是。不是这样，是他担心我。"（第180 页）

有了母亲这句话，保罗就像吃了定心丸，心里踏实多了。类似的嫉妒痛苦后来也发生在保罗身上。他不满母亲同父亲同床共眠，恳求母亲道："同安妮一起睡，母亲，不要同他一起睡……不要同他一起睡，母亲！"（第 214 页）

另一方面，莫瑞尔太太也具有强烈的忌妒心，只想自己拥有保罗。这种例证在书中随处可见。她的忌妒最主要指向保罗与米丽安的关系，只要莫瑞尔太太察觉到保罗对米丽安有兴趣，她就会向保罗施加压力，迫使他离她远一点。这最明显地体现在两个截然不同而又密切相关的场景中：首先，叙事者观察到："每当他同米丽安出去，总是很晚才回来。他知道母亲肯定烦躁不安，生他的气——为什么呢？他还弄不明白。"他曾质问母亲："我要是同埃德加一起出去，你就不会说什么"，"你也不会介意安妮同吉姆·英格一起出去"（第 161—162 页）。她几乎坦诚地回答道："这很讨厌——年纪轻轻的就谈情说爱。"第二个场景更具戏剧性。莫瑞尔太太不再掩饰自己对米丽安的敌意："我和你没有什么关系了。你只想要我服侍你——其余的都属于米丽安。"（第212 页）保罗准备睡觉时，"她用双手搂住他的脖子，并将脸掩在他的肩窝里哭了，那嘤嘤的哭泣声太不像她自己的声音了，这使得保罗痛苦得心如刀割。'我无法忍受。我可以让另一个女人——但她不行。她不会给我留任何地方，一点都不会给——'"（第 212 页）在此之前，保罗曾对母亲说，他喜欢米丽安，她听后立刻暴跳如雷："喜欢她！我似乎觉得你对其他东西和人都不喜欢。你现在心里既没有安妮，没有我，也没有其他人。"再一次让人感到，这段对话读起来就像夫妻之间的口角，而不像母与子之间的争吵。值得注意的是，这场口角以拥抱和亲吻结束的：
"他抚摸母亲的头发，他的嘴唇贴在她的喉部。"（第 211 页）让
人读起来更像夫妻或情人之间抚慰。在前面引过的信中，劳伦斯
就肯定了这一点："我们彼此相爱，几乎就像夫妻一般。"

　　根据劳伦斯在《无意识幻想曲》和《托马斯·哈代研究》中
表达的完满哲学，保罗无法获得满足，除非他在上部中心和下部
中心之间达到某种平衡。既然现在他的低部性欲中心处在觉醒状
态，那么他就必须满足它，不然就会面临灾难性后果。他别无选
择，只能择其一而为之，因为母亲一直教他要压抑和排斥这种性
感觉。在这一点上，人们往往会强调，尽管劳伦斯把保罗的性失
败归咎于米丽安，不过正是保罗自己的性抑制导致了他与米丽安
之间的紧张状态。雷欧·詹姆斯·道巴德争辩道："对米丽安的
批评看法在过去三十年中很少改变过。结论是一致的，有些严
苛。这种主导性话语实际上支配了对米丽安天性的每一种解
释。"① 尽管如此，笔者还是相信，保罗和米丽安的性困境主要
是由保罗的性不成熟所致，而这种性不成熟又是由他对母亲的反
常依恋所致。小说中，米丽安已经表现出性活力，因此将一切归
咎于米丽安，这无疑是对莫瑞尔太太的胜利和智慧的肯定，然而
小说的大部分内容则对莫瑞尔太太持否定态度。

　　将小说所表现的性爱困难归咎于保罗和他母亲也许更准确，
更符合小说的主旨和俄狄浦斯理论。事实上，在此方面，这方面
的例证在小说中俯拾即是。这些例证不同程度涉及保罗的性弱
势。有的是直接评论："他只知道她爱他，但却害怕她对他的爱。
这种爱对他来说是过于美好，使他无以回报。是他自己的爱已陷

---

　　① Dorbad, Leo James, *Sexually Balanced Relationships in the Novels of D. H. Lawrence*, Bethlehem, Pennsylvania: Lehigh University, 1986, p. 78.

入误区而不是她的。出于羞愧，他批改纠正着她的作文。"（第207页）有的是直截了当的承认："我们说定了保持友谊，我们不也一直说定保持友谊吗？而且——我们的关系既没止于友谊，也没有进一步地发展。……我只能给你友谊——这是我唯一能够做到的——我的性格有点缺陷。"（第220页）当他们准备做爱时，是保罗而不是米丽安因本性怯懦而止步不前。而米丽安通常都是主动的："她似乎渴求他，而他却抑制着，一直抑制着。他此刻想把满腔的热爱和柔情献给她，可他不能。他感到她要的是他躯壳里的灵魂，而不是他。她通过某种把他们俩联在一起的途径，把他的力量和精力吸到她自己的身体里。她不想面对他，以便他们俩能作为男人和女人在一起。"（第193页）这段文字表明，保罗和米丽安似乎在性事方面都存在某种心理障碍。显然，在此方面，他们对性的态度都是有问题的——就保罗而言，母亲的占有性和他的应和是主要原因；就米丽安来说，母亲的宗教教条和她的效随是主要原因。此外，将此归咎于保罗也许更公平，但是米丽安的冷淡多少也应归因于她的经验不足。性危机感已渗入她的心。她对保罗说："但是从小到大，母亲一直对我说：'就婚姻来说，只有一桩事让人生厌，可你又不得不忍受它。'我相信母亲说的。"（第288—289页）如果米丽安对保罗的爱具有某种占有性倾向，那么这是因为她不想让他把她吞噬掉，正如在家中她反抗兄弟的欺凌那样。就米丽安和莫瑞尔太太的占有性而言，通过将她们拉近，劳伦斯最后还是让保罗不仅抵御了米丽安的性进取和母亲的毁灭性怪想，而且在小说结局完全拒绝了她们。劳伦斯指出，保罗"反对母亲，几乎就像她反对米丽安那样"（第222页）。不过文本并未支持他这一说法或者照他的说法去演绎。保罗在"米丽安的失败"一章的结尾承认，他无法对她产生生理上的爱，这也许因为在她身上他看到了母亲的影子，这个影子挥之不去，一直缠绕着他。

然而，在他同克拉拉往来期间，保罗的性紧张一度获得了缓解。他仍然能够去爱母亲，而后者并不排斥克拉拉，因为莫瑞尔先生和克拉拉占据了两个截然不同的情感中心。米丽安期望一种信守承诺的爱情关系，并希望这种关系最终能够发展成婚姻。克拉拉与米丽安不同。克拉拉是一个新女性，不拘性爱，行为开放："米丽安是他旧时的朋友和恋人，她属于贝斯特伍德，属于家，属于年轻的他。克拉拉是他的新朋友，她属于诺丁汉，属于生活，属于世界。在他看来，这似乎是一目了然的事。"（第234页）与米丽安有很大不同，克拉拉能够满足他的生理需要而不索取他的灵魂，虽然这不意味着必然会导致真正的满意。不过她也像米丽安那样，不得不承受自己与保罗之间的私情所造成的痛苦。

他们的问题还说不上是一个婚姻问题，因为克拉拉已与巴克斯特·道斯结了婚，只是由于丈夫的粗暴和不忠实而离开了他。然而，莫瑞尔太太却故意将此事扯进来，以此阻断保罗对克拉拉的念想："你知道，她要不是个结了婚的人，我就高兴了。"保罗告诉母亲，克拉拉挺不错的。母亲回答说："不错和要娶她，这是两码事。"（第312页）米丽安也持有同样的看法："米丽安知道克拉拉对他的吸引力有多大；但是她仍旧相信，他身上最好的一面会占上风的。比起对她的爱来，他对道斯太太的感情是不深的、短暂的，因为道斯太太毕竟是结了婚的女人。他会回到她身边的，对此她深信不疑。"（第274页）

谈克拉拉，必然要说到她的女权主义问题。如同米丽安的原型是杰茜·钱伯斯，克拉拉是劳伦斯根据其生活中的几位女性塑造的，包括他的妻子弗丽达，他的朋友爱丽丝·达克斯。她们影响了劳伦斯对克拉拉女权主义的表现。就像弗丽达和爱丽丝，克拉拉的婚姻并不幸福。她比保罗大七岁。最初他是为她的身体所吸引，不过正是她的女权主义将他吸引到她的身边。他第一次见到她时，"道斯太太同丈夫分居了，从事女权运动。她想必非常聪明。这让保罗对她格外关注"（第185页）。在他看来，克拉拉特别引人注目，因为她的知识背景和成熟经验都是保罗所欠缺的。

在小说中，克拉拉将保罗引介给诺丁汉社会主义选举权运动和一神派团体，就像爱丽丝将劳伦斯引介给伊斯特伍德女权主义大会。通过这次会议，劳伦斯了解了许多妇女问题。在此背景下，心里想着爱丽丝，劳伦斯写道："那十年间，她属于妇女运动，获得了大量的教育……她把自己看成一个独立的女人，尤其是独立于她的阶级的女人。"（第263页）小说包括了许多有关女性和女权主义的讨论。不过，既然问题主要是关注保罗的性能力及其情感的成长，因此就有必要探讨克拉拉对他的性能力的影响。在保罗意识到自己对克拉拉具有性渴望之前，劳伦斯强调指出："在他身上，性变得相当复杂，因此他也许会否认，他渴望克拉拉或米丽安以及他所认识的其他女人。性欲是某种超然独立的存在，并不属于某一个女人。他用灵魂去爱米丽安。一想到克拉拉，与她交战，就会有暖流涌遍他的全身；他熟悉她胸部和肩膀的曲线，仿佛它们就是在他心中塑造出来的；可是他对她的渴求并不那么积极。对此他也许会一辈子都不承认的。"（第274页）

保罗与克拉拉之间性关系已引发不少评论，但是由于作者模糊性描写，只有少数批评者认为保罗天性中存在着缺失。在小说中，劳伦斯显示了保罗有能力同克拉拉做爱，以此强调他能够有一种成功的性关系，并通过暗示，批评了米丽安在满足保罗性需要方面的无能。劳伦斯这一批评，在小说中是显而易见的，可是从全书来看，并未获得普遍的认可或完全的支持，因为劳伦斯和保罗的看法似乎常常是矛盾的，表现为某种不可靠性（劳伦斯曾说过，千万不要信任艺术家和故事）。同克拉拉初次做爱后，保罗对母亲说，在一百个人中，她"要比其他九十九个人都好"（第312页），因为除了她，没有谁能够让他激情的火焰崇高地燃烧。但是第三次性爱获得满足后不久，保罗似乎就另有想法了："对他来说，当时克拉拉并不存在，只是一个女人，是某种他所爱的、几乎是他所崇拜的温暖的东西，就在暗中，但并不是克拉拉。"（第350页）他们一起去海边度假时，对保罗来说，克拉拉仿佛变得微不足道了，"她失去了，就像海滩上的沙子……那么她到底对我意味着什么呢？她就像大海中的泡沫。不过，她是什么？我所在乎的并不是她"（第355页）。

尽管劳伦斯强调了他们相互的满足，"对他们两人中的任何一方来说，这是一个开始，也是一种满足"（第351页），不过小说很快就表明，这只是保罗单方面的满足。克拉拉认为，"她需要的是他，可是对她来说，他并不安全可靠……他也许会离开她。她得不到他；她得不到满足"（第351页）。在此阶段，保罗尚未意识到，在男女性关系中，女人就像男人那样也需要获得满足。就像米丽安、克拉拉同保罗的性爱也走进了死胡同。这两个女性之间唯一的不同是克拉拉已有性经历。克拉拉对保罗的性进取并不感到满意。她仿佛常常出于同情而非激情献身于他："她不能忍受他声音里的这种苦楚，因为她心里感到十分害怕。他可以拥有她的一切——一切，可是她什么都不想知道。她觉得她真的忍受不了。只想让他从她身上得到安慰——得到慰抚。"（第350页）

在小说中，克拉拉被描写成一位性专家或性顾问，她既诊治保罗的性问题，也向他提供忠告。从试探林姆小姐的情绪，将保罗还给米丽安，到最后为丈夫而与保罗分手，克拉拉对人的性行为显示了深刻的观察力和理解力。当她、保罗和米丽安在树林里遇到老小姐林姆时，林姆小姐当时正在那里深情地拥抱着她的那匹公马。他们三人开始议论她对马的那种奇怪行为。克拉拉突然说："她需要一个男人。"（第 235 页）这种大胆的表白不仅显示出她敏感地意识到女人遭性褫夺的境况，同时也表达了她自己的性渴望。这让保罗和米丽安十分窘迫不安。该场景意味深长。劳伦斯利用公马暗示人的性需求这样象征寓意性的情节也出现在他的长篇小说《恋爱中的女人》和短篇小说《圣莫尔》中。在这两个作品中，杰尔拉德和瑞克各自通过虐待马，表达了他们的性欲望。

后来，当保罗向克拉拉抱怨，在对待性的问题上，米丽安的精神因素太强，显得很勉强。保罗之所以后来离开克拉拉又回到米丽安身边，完全是听了克拉拉的有关女人性行为的一番教诲的结果。他告诉克拉拉，米丽安想要的是"我体内的灵魂"：

　　"不过，你怎么知道她想要什么呢？"
　　"我已经和她相处好几年了。"
　　"可你并没有发现她最想要的是什么。"
　　"是什么？"
　　"她并不只想与你灵魂交流。那是你的想象。她想要的是你。"
　　他沉思了一下。或许他错了。
　　"可是她好像——"他又说。
　　"你从来就没尝试过。"她回答说。（第 275—276 页）

这段对话非常重要。理由是：首先它显示了克拉拉对女性行为和男性行为的敏锐理解力。其次它强调了米丽安并非精神性女性，从而否定了许多评论者对米丽安的负面看法。相反，她是一个较好把握平衡的人，对性有一点担心，但尚可理解。作为米丽安的竞争者，克拉拉对米丽安这一看法应该说是比较客观的。倘若她支持保罗的看法，这倒会让人有失公允。最后，该段对话也表明了劳伦斯像保罗那样已意识到了自己的性问题，否则他就不会通过克拉拉的口责备保罗了。

小说除了描写了莫瑞尔夫妇的婚后生活，也描写了道斯夫妇的婚姻。在这方面，显露出了劳伦斯的问题，他并没有像探索莫瑞尔夫妇的婚姻问题那样，全神贯注于探索克拉拉与道斯之间的婚姻问题，也没有明确无误地加以评论。事实上，对道斯夫妇的婚姻问题，文本表述得既不清楚，也不完整，因为它是通过保罗的眼睛及其性发展映射出来的。除了指出道斯的欺瞒和不忠实是导致他与克拉拉分居的直接原因外，作品文本对道斯夫妇婚姻关系紧张的深层原因很少涉及。一方面，劳伦斯似乎表明，道斯本人应该对其婚姻失败负责，因为他无法满足妻子的性意愿，更不用说满足她的智性了。另一方面，劳伦斯也似乎指责克拉拉不当地利用她的丈夫。这两种看法都有失准确，因为作品文本中有缺失，造成矛盾现象。如果道斯像劳伦斯所表明的那样性欲不强，那么克拉拉离开保罗，又回到道斯身边，就显得毫无来由。此外，有评论认为，克拉拉同保罗的性爱，对克拉拉来说，就像一次生命的洗礼，对保罗来说也是如此。然而事实是，在作品中，保罗与克拉拉的性爱无果而终，保罗被描写成一个性不成熟的人，一个因对母亲的俄狄浦斯依恋而变成一个性残障的人。既然如此，"对双方来说都像是一次生命洗礼"的说法就不免言过其实了。

劳伦斯在处理这一问题唯一合理之处是，他指出了道斯在智性方面（而不是在性方面）与他妻子不兼容。克拉拉与保罗的性爱可以被视为《虹》的铺垫；在《虹》中，厄休拉与斯克利本斯基的经历是对厄休拉自我的肯定。在保罗的健康的性表现问题上，劳伦斯再次陷入矛盾。劳伦斯强调保罗的健康的性表现是导致克拉拉与道斯重归于好的主要原因，但是保罗的性脆弱却让克拉拉清楚地看到，相比之下，道斯更适合做她的丈夫，至少比保罗强。事实上，她依然将自己看作道斯太太，相信道斯还在爱她，甚至还要依靠她。这表明，尽管他们之间存在着争端和疏远，但是他们之间的相互承诺似乎并未改变。

　　小说结尾，克拉拉与她丈夫重归于好，这只有当道斯有病住院后才有可能发生。在《儿子与情人》和其他某些短篇小说中，可以看到这样一种模式：一个动辄争吵的妻子，一旦她丈夫患病，便会对因粗暴对她而被她疏远的丈夫产生一种越来越强烈的激情，并会设法去弥补受到伤害的感情。克拉拉和道斯之间发生的情形完全符合这一模式。莫瑞尔太太因莫瑞尔在井下腿部受伤而又回到了他身边。他们夫妻又恢复了关系，并由此导致了阿瑟的出生。克拉拉的情形也是如此。当保罗告诉克拉拉，道斯患斑疹伤寒住进了谢菲尔德医院时，克拉拉不仅"挣脱了保罗的怀抱，远离了他"，而且对他的态度也突然发生了改变："我待他不好……我以前从来就没有想过他值得我爱。现在，你也不会认为我值得你爱。但是，这对我来说并非坏事。他对我的爱要比你对我的爱强一千倍呢。"（第379—380页）同莫瑞尔夫妇的婚姻相比，道斯夫妇的婚姻还算是成功的，因为除了都是工人阶级出身、两个人"特别相似"外，他们已经解决了彼此个性的差异。而莫瑞尔夫妇互不兼容的婚姻关系，在许多方面，与道斯夫妇的婚姻关系相似，只是由于孩子和妻子在经济上的不独立而得以维持下来；而道斯夫妇的婚姻之所以最后能够幸免于破裂是由于他们最后获得了性兼容和相互理解。

婚姻在《儿子与情人》中即便是一个主要问题，也是一直被用作背景的。原因很明显：劳伦斯尤为关注俄狄浦斯情结，因此婚姻问题是通过母与子的关系来探索的。当该婚姻问题被推向前台时，对其的探讨便在母与子之间展开了。对婚姻的讨论首先是在保罗和米丽安之间进行的，例如，米丽安能够指出，保罗对于婚姻的看法来自他母亲而不属于他个人。保罗对米丽安说，尽管他们已相处很久了，但他并不爱她，他们不该结婚，又说："我想，没有人会操纵我——没有人会成为我的一切——我想，没有。"从保罗的话中，米丽安感觉到了他母亲对他的影响，于是说："这是你母亲的……我知道，她根本不喜欢我。"（第223—224页）

莫瑞尔太太和米丽安之间的这种敌意明显地贯穿于整部小说，让人联想到哈代的《还乡》中姚伯太太和游苔莎之间关系最紧张时的情形。就像姚伯太太那样，莫瑞尔太太压根就不想让他儿子娶米丽安或其他女性，因此她就处心积虑地阻止这种事情的发生。她的手段很简单：等待儿子站起来，然后再一下子将他打倒在地。她早先就曾公然反对威廉与莉莉·维斯顿的婚事："这种婚姻将会一团糟……我要再考虑考虑，孩子"，"别忘了，还有比解除婚姻更糟糕的事呢"（第130—131页）。现在她则巧妙地抵制保罗的结婚意图。她终于等到了自己期待的机会，保罗告诉她，他并不爱米丽安，也不想同她结婚。她完全掌控了局面：

"最近我还以为你已经打定主意要娶她呢，因此我没什么可说的。"

"我曾经——我曾经想过——但现在不那么想了。这没有什么好处。我要在星期天跟她断绝关系。我应当这样做，对么？"

"你心里最清楚。你知道很早以前我就这么说过。"

"现在我不得不和她散了。星期天我就去了结。"

"哦，"母亲说，"这样做再好不过了。但从最近来看，我以为你打定注意要娶她我只好不说什么了，也不应该说。不过，我还是说句老话，我认为她不适合你。"（第292页）

同样，安妮举办婚礼后，保罗立刻表达了他想结婚的愿望。莫瑞尔太太表示同意，也表示了支持，但却说，受挫和沮丧就是他最后想要的结果："但是，你真的想结婚吗？……你觉得你该吗？"这种带有讽刺意味的问题让保罗戏剧性地改变了想法，即从"我想结婚"改变为"无论如何，母亲，我绝不结婚了"，最后又改变为"只要有你，我就不结婚"（第242—244页）。此时，保罗尚未意识到母亲的占有性意图，否则他就不会提出这样的问题了："可是，你想要我结婚吗？"不过，对母亲的操控他的借口，他总是听之任之："你还没碰到一个合适的女人。再等一两年吧"，"说到结婚，时间还早呢"（第348页）。

在"对米丽安的考验"一章中，保罗和米丽安争论起结婚问题。错似乎在保罗身上，而不是在米丽安身上。从表面上看，是米丽安拒绝结婚，但往深里看，事实证明是不成熟让保罗无法应对这个问题。他们最后的做爱经历并没有让他们获得解放和满足感，反而让他们感到震撼："事后那种失败和死亡感始终挥之不去。"为了克服他们的窘况，米丽安对保罗说："我们要是结婚了，事情就会好起来。"（第288页）这里，作品文本再次出现自相矛盾的情况。如果说米丽安不想结婚，那么她为何要首先提出结婚问题呢？除非社会强迫她这么做。笔者看来，米丽安尽管表面上看是不赞同结婚的，其实不然。她不愿与保罗结婚只是暂时的，她在等待，等待保罗在他们的婚姻关系中先要成为一个成熟的人，能够肩负起责任，将主动权掌握在自己的手里："你说过多次想和我结婚，我会不结婚吗？"（第 294 页）

随后，保罗对米丽安说，他要断绝同她的关系："我不想结婚了。我再也不想结婚了。如果我们不打算结婚，那么我们再继续相处就不妥了。"（第 293 页）米丽安听后指责他太孩子气，无法自己拿主意，结果造成了他的个性分裂："我对你说过，你才14 岁——你只有 4 岁……你只是一个 4 岁的孩子。"（第 294 页）在小说中，保罗的孩子气随处可见。尤其要注意的是，小说的叙事者是肯定米丽安的看法的："当她发现他身上的毛病时，本该告诉他的。可她没这样做。他恨她。这些年来，她一直像对待英雄那样对待他，而内心里却把他当成了一个婴儿，一个傻孩子。那么，她为什么还让这个傻孩子继续傻下去呢？他的心里对她充满了忿恨。"（第 296 页）

只有一次，保罗在与米丽安的关系中采取了主动。根据克拉拉的建议，他对米丽安开始了性接触。此时，保罗还无法进行实质性的爱，他所给予的只能是精神之恋："我给你的只能是精神之恋。对你的这种精神之恋已经很久，很久了，但并不含有激情。看看吧，你是一个修女。我已把能给予一个圣洁的修女的全都给你了，就像一个神秘的修士对一个神秘的修女那样。"（第282 页）只有在这里，劳伦斯能够信心十足地讲，现在保罗"能够像一个恋人向她求爱了"（第 282 页）。这是保罗前所未有的举动。这次发生的性爱是一个绝妙的例证，不仅表现了保罗自己的性爱要求，也表明了保罗是如何设法一步一步让米丽安走向性爱的奉献。这种性爱始于对结婚的讨论："托马斯·莫尔先生说，人可以在 24 岁时结婚。"接着，讨论很快发展成一种说服的过程："你不认为我们太符合人们所说的纯洁吗？你不认为我们对某种所谓的肮脏太害怕和太反感吗?"(第 279 页)他们最终做爱了。米丽安意识到,正是由于保罗的自我要求才让她为之献身,尽管她还有些害怕。同样,当保罗提出要与她结婚时,她拒绝了,这倒不是因为她不想与他结婚,而是因为她想要保罗能够走出母亲的影响。虽然小说的章节题目是《对米丽安的考验》,而实际上该章所描写的是对保罗的考验。

小说结尾,莫瑞尔太太死后,保罗并未成熟起来,并未要求米丽安做他的妻子。米丽安采取主动,提出了结婚要求:"我想,我们该结婚了",因为"我能够阻止你虚度生命,能够阻止你成为其他女人——如克拉拉——的牺牲品"。保罗拒绝了她的结婚要求,因为"你太爱我了,以致你想把我放在你的口袋里。在那里面,我会闷死的"(第 413 页)。通过最终拒绝米丽安,他也拒绝了他的过去,包括拒绝了仍然活在他心中的母亲。然后,劳伦斯把对婚姻的争论转向了米丽安。作者没有责怪保罗和他最终的失败,而是责怪米丽安缺乏自我坚持:"如果她能够起身,抓住他,拥抱他,对他说:'你是我的。'那么他就不会离开她。可是,她敢吗?她能够轻易地牺牲自己。她敢这么说吗?"(第 413 页)当然,她不敢。

因此,小说中所有关于结婚的争论都是以同样的方式展开的。由于俄狄浦斯式的依恋,母亲和儿子都不能忍受分离:母亲不想牺牲自己,让儿子去爱别的女人;而儿子也无法发展一种能让他获得婚姻成功的成年人的爱。在对待婚姻方面,保罗和威廉都无法与一个女人建立一种稳固而成功的关系。正如威廉就他的新娘一事向母亲抱怨说:"你知道,母亲,当我不和她在一起时,我一点也不在乎她。如果我根本见不到她,我就不会在乎她的。可是,那天晚上,我和她在一起,我真的很喜欢她。"(第 120 页)保罗也对母亲说过类似的话:"你知道,母亲,我想我肯定有什么地方不对劲儿，因此我不能去爱。当她在我身边时，我的确是爱她的，有时候，我把她看作一个女人时，我也迷恋她，但是一旦当她讲话或指责我时，我却常常不愿听她说下去。"（第347—348页）通过威廉和保罗的相似性描写，劳伦斯不仅强调了母亲对他们的强势影响，也强调了儿子对摆脱母亲束缚的无能为力。

在婚姻方面，他们之间唯一的不同是，威廉至死也未能完全理解他爱情失败的原因，而保罗则逐渐意识到了，自己不能去爱别的女人的主要责任在母亲。最初，保罗并未意识到："有时他很恨她，并且想摆脱她的束缚，他的生活要他自己从她那儿得到自由。然而生活宛如一个圆圈，总是能回到原来的起点。根本脱离不了这个圈子。她生了他，疼爱他，保护他。于是他又反过来把爱回报到她的身上，以至于他无法得到真正的自由，离开她独立生活，真正地去爱另一个女人。在这段时间里，他不知不觉地抵制着母亲的影响。"（第342页）不过，在同母亲就他不能结婚的一次交谈后，他充分理解了自己的问题：

> "可是现在为什么——为什么我不想同她或同任何人结
> 婚呢？因为我有时觉得自己好像对不起所爱的女人，妈妈。"
> "怎么对不起她们呢？我的儿子。"
> "我不知道。"
> 他绝望地继续地画着画。他触到了自己内心的痛处。
> "至于结婚，"母亲说，"你还有好多时间考虑呢。"
> "但是不行，妈妈。尽管我依然爱着克拉拉，也爱过米
> 丽安，可是要我同她们结婚并且把我自己完全交给她们，我
> 做不到，我不能属于她们。她们似乎都想把我据为己有，可
> 我不能把自己交给她们。"

　　"你还没有遇到合适的女人。"

　　"只要你活着我永远不会遇到合适的女人。"他说。（第 348 页）

　　上面引用的两段文字重要之处在于点明了两个主要原因。首先，它们都明确指出，尽管书中常常指责米丽安和克拉拉，并将保罗在婚恋方面的最终失败归咎于她们，但是其结果却表明了保罗的母亲应该对他的失败结局负完全责任。其次，它们也是表明，对劳伦斯来说，创作《儿子与情人》是一种心理疗法，用来平复和缓解自己的艰难情境。1913 年 10 月 26 日，他曾致信给 A. D. 迈克劳德说："一个人在书中倾注他的烦恼——一遍又一遍地表达他的情感，就是为了能够控制它们。"[1] 似乎直到写罢《儿子与情人》后，劳伦斯才最终摆脱了母亲的心理影响。除了某些短篇小说和散文，《儿子与情人》是唯一的一部对母与子关系进行如此浓墨重彩式描写的作品。

　　对莫瑞尔太太之死的描写可以说是小说的高潮。从现实性来看，这是一种安乐死的行为，因为保罗和安妮都想尽早结束母亲的病痛。他们先是减少她饮食中的营养成分，而后让她服用过量的吗啡。从象征性来看，结束母亲的生命以便摆脱母亲的控制，这正是保罗的隐秘愿望。批评家们早就把小说中保罗火葬玩具艾拉白拉的描写同那场谋杀事件联系在一起[2]，但是还没有人将此与保罗对米丽安的态度联系在一起。在小说第四章中，保罗不小心打碎了玩具娃娃，于是他就想把它毁掉，并

　　① Boulton, James, et al（eds.）, *The Letters of D. H. Lawrence*, Vol. 1, Cambridge: Cambridge University Press, 1979－1989, p. 90.

　　② Daleski, H. M., *The Forked Flame: A Study of D. H. Lawrence*, London: Faber and Faber, 1965, pp. 57－59.

以此为祭礼。同样，保罗也会为莫瑞尔太太举办祭礼的，因为是他造成了她的痛苦和不幸。与此相似，就与米丽安的关系来说，保罗想要毁掉米丽安，因为对于她的痛苦，他负有部分责任。这种相关性是显而易见的：保罗"那么仇恨那个玩具娃娃，因为他打碎了他"，因此他也"仇恨她（米丽安），因为他给她带来痛苦"。（第 121 页）

如果说保罗能够挣脱母亲的控制，这也只是暂时性的，因为他很快就意识到，要活过母亲几乎是毫无希望的。而现在母亲死了，他痛苦地低声呼唤："我的爱——我的爱——啊，我的爱！"（第 395 页）这呼唤回应着早先母亲对着威廉的尸体的呼唤："啊，我的儿子——我的儿子！"（第 138 页）劳伦斯将死去的母亲描写成"像一个入睡了的少女躺在那里"，"在睡梦中梦见了情人"（第 396 页）。保罗似乎一度感到茫然，生活意义不复存在。然而，他并没有顺从自己想死的念头，而是突然怀有了一种新的希望："但是，不，他不能就此认输。他猛地一转身，朝着那仿佛发出金色磷光的城市走去，攥紧拳头，咬紧牙关。他不会选择那个跟随她朝黑暗走去的方向的。他加快脚步，向依稀传来的喧闹声，并变得越来越明亮的城市奔去。"（第 398 页）这种情形正如劳伦斯在母亲死后转向他自己的新生活那样。

总之，克林·姚伯和保罗·莫瑞尔，就像哈代和劳伦斯，从小就陷入对占有性母亲那种俄狄浦斯依恋的困境之中，结果摆脱这种困境，摆脱母亲的支配，成为他们确保自己的幸福和个性完整的首要任务。由于这种俄狄浦斯式依恋，爱情和婚姻关系在心理上变得复杂起来，结果是，只要母亲还活着，克林和保罗就不能顺利地结婚并安居下来。尽管母亲的死并未完全消解他们的俄狄浦斯问题，但是的确对他们重新发现自我会有所助益，尤其对保罗来说，更是如此。要是游苔莎没有死，克林也许会同他的妻子和解（尽管他们两者之间存有差异），就像哈代同艾玛、劳伦斯同弗丽达之间关系那样。在第四章，将从两个截然不同的视角，并联系哈代和劳伦斯的某些新的观念，来探讨婚姻问题。

第四章

女 性 与 婚 姻

评论者普遍认为，哈代是劳伦斯的文学前辈，劳伦斯承袭了哈代对性和婚姻问题的高度关注。比较这两位小说家的最早评论著作当然是劳伦斯的《托马斯·哈代研究》（1914）。在这篇批评长文中，劳伦斯不仅暗示哈代是他的文学导师，而且也表达他效法哈代、继续哈代对人心理探索的强烈愿望。在理解男女之间的性关系方面，《德伯家的苔丝》和《无名的裘德》可以说是最好的例证。罗伯特·朗巴姆在比较哈代和劳伦斯时指出："劳伦斯并非想要击败哈代——他想要完成哈代，继续哈代的创作方向，完成哈代作为维多利亚人难以完成的暗示。"①

劳伦斯的《托马斯·哈代研究》集中研究了两个新问题：性和无意识。后来，它们成为《虹》的巨大的网。受到哈代小说的启发，劳伦斯在《研究》中说："通常而言，一个男人的生活中心和旋转点是他的性生活，他存在的中心和生存延续就

---

① Laongbaum, Robert, "Hardy and Lawrence", *Thomas Hardy Annual No. 3*, London: Macmillan, pp. 20—31.

是性行为。"① 哈代想必也具有相同的感受，因为早在《非常手段》中他就对性给予了高度关注。不过，由于维多利亚社会传统风气的影响，他未能公开讨论这一问题。只到劳伦斯赫然出现于英国文坛，这一问题才得以公开讨论。劳伦斯对性在人类关系方面的重要性向来确信不疑，并将自己有关男性和女性原则必然对立的精神哲学加以理论化。这自然会提出婚姻问题，因为也许这是唯一有可能协调男女性原则并最终协调男女性相异的机制。就婚姻来说，哈代和劳伦斯的态度有所不同。

　　总的说来是如此，不过本研究表明，哈代和劳伦斯早期小说中的婚姻似乎源于同一个概念，源于同一种影响。这一概念表明，除非男人和女人在性方面是相互兼容的，不然婚姻就无法欣悦地容纳他们。哈代对劳伦斯的影响最明显地体现在《白孔雀》当中。除此之外，劳伦斯（就像哈代）也受到乔治·艾略特的影响。他在写第一部小说前，就对杰茜·钱伯斯说过："通常的设想是，抓住两对人，发展他们的关系……乔治·艾略特在小说构思方面大都如此。不过，我不想要一个情节，我对情节感到厌烦。我要尝试着用两对人开始。"② 同样，受到乔治·艾略特的影响，为女主人公寻找伴侣的中心主题反复出现于哈代小说中。或许正是由于这种影响，哈代和劳伦斯都被他们早期的评论者当成女性作家，因为这些评论者欣赏他们对女性心理和问题的敏锐理解力。因此，本章旨在探讨《远离尘嚣》（1874）、《林地居民》（1887）和《虹》（1915）中作为社会和心理选择的婚姻问题，也如哈代和劳伦斯那样，试图从女

---

① MacDonald, Edward D. (ed.), *Phoenix: The Posthumous Papers of D. H. Lawrence*, London: Heinemann, 1936, p. 444.

② Chambers, Jessie, *D. H. Lawrence: A Personal Record*, London: Frank Caves and Co., 1935, p. 103.

性的视角来探讨婚姻问题。

这三部小说尽管出版日期不同，但它们所反映的背景大致相同，都关注某一特定时期发生的情况，即发生于当时社会中的社会和经济的迅速变化，古老的乡村英格兰转变成一个新的工业化世界。尽管这些小说都是以探索那一时期的历史（19 世纪下半期）开始的，但是都将婚姻作为传达作者思想的主要载体。在《虹》中，劳伦斯通过追溯了三代人的历史，显示了社会的变化和发展，而哈代也是通过三种不同类型的人物显示了社会的变化和发展。就像《虹》里的三代人，在《林地居民》中，作者对吉尔斯·温特布恩和马蒂·索思、格丽丝和梅尔伯里、查蒙德太太和菲茨彼尔医生刻画得惟妙惟肖，他们分别代表了三种社会变化模式和从传统到现代发生变化的三类人的模式。

此外，如果说许多评论将厄休拉看成是劳伦斯走向成熟的体现，那么格丽丝和巴斯谢芭（也许是埃塞尔伯塔）也可以被看作哈代的女性典型，她们能够传达作者本人对现代主义问题的焦虑。就像格丽丝那样，哈代对新与旧、过去与现在和自然与文化的关系在情感上充满疑惑和分裂。值得一提的是，哈代在伦敦生活了近五年。在此期间，他做助理建筑师。1867 年 7 月，当他回到家乡道塞特时，他却难以适应乡村生活，同时也难以适应伦敦时髦的社会。因此，他被夹在两个世界之间，勉为其难地生活着，正如他本人所言，夹在"城市和乡村之间"，生活在"两个对比鲜明的星球上，摇摆于伦敦的人工快活和原始乡村生活的离奇有趣之间"①。直到他写了《德伯家的苔丝》和《无名的裘德》后，哈代才能够解决自身存在的这种冲突，默默地接受了"现代

---

① Hardy, Florence Emily, *The Life of Thomas Hardy 1840－1928*, London: Macmillan, 1962, p. 245.

主义的痛苦"。

一 《远离尘嚣》中的婚姻

简单三角恋曾被巧用于《绿林荫下》，而在《远离尘嚣》(1874) 中则被更为复杂的人物关系所取代。博尔伍德和范妮·罗宾这两个角色很有可能是哈代较晚修改的产物，因为哈代有意将小说开始出现的传统三角恋予以复杂化。其原因有四：首先，哈代可能想让自己的写作反映自己生活的复杂性。这种生活的复杂性体现在：一个人夹在两个或多个恋人之间，他或她不得不在他们之间作出选择。其次，哈代想提供给读者一个更加丰富的读物，其范围广阔，既涵盖男女之间的关系，也包括爱情与婚姻。再次，从艺术的观点，哈代感到，除了推进在当时不可或缺的幸福结局外，还需要更多的空间来探索他的主题，即让博尔伍德摆脱了特洛伊，然后再让他淡出小说。最后，连载发表也有可能要求更复杂的情节。

就像《绿林荫下》，《远离尘嚣》讲述的是女主人公的婚姻选择故事。巴斯谢芭分别同牧羊人加布里埃尔·奥克、富有的农场主博尔伍德和善于玩弄女性的军士特洛伊有关系。她无意马上结婚，可她却不断以自己的美吸引男人，鼓励他们向她求婚。在小说中，巴斯谢芭逐渐产生了一种反复无常的支配渴望，这种支配渴望与她隐蔽的性欲望并行发展。她的性压抑越厉害，她就越想成为一个可以支配男人，尤其可以支配像奥克和博尔伍德这样的好人的暴君。就像《还乡》中"想让人发疯般地爱她"的游苔莎，巴斯谢芭渴望的男人是那种不仅爱她而且还能掌握她的男人。当奥克向她求婚时，她回应说："我想要人驯服我；我太我行我素了。你做不到,我知道。"①

从小说第一章,读者就注意到,巴斯谢芭并不是一个普通的维多利亚女性。她本人也非常清楚这一点,其行为举止也是如此。当她乘马车去诺库比山时,她照镜子观看自己,并没像一般女性那样整理自己,而只是欣赏镜中的自己。这么做之后,"她开口笑了"。不管这种笑意味着什么,奥克还是将此看作"虚荣",因为"她完全没有必要照镜子。她没整她的帽子,没整她的头发,也没瘪她的酒窝,或者做任何一件显示她拿镜子重要的事。她只是观察自己,把自己看作大自然造就的女性之类的优美产物。她的思绪似乎滑入了远处男人将扮演角色的戏剧之中"(第54—55页)。

奥克看到了她的虚荣,但这并没有妨碍他爱上她,因为她在他"记忆的纸页上留下了终生难忘的印象"。不过,在婚礼的那天,他还是禁不住要她整理"她的发式,使它看上去就像几年前她去诺库比山时的那样"(第463页)。与她相见三四次后,奥克便向她求婚了,并承诺为她买一架钢琴,在报纸上刊登他们婚礼的消息等,也承诺婚后与她朝夕相守,享受田园生活之乐:"围坐在家中的炉火旁。当你抬头看时,我就会在那里;当我抬头看时,你也会在那里。"(第79页)尽管巴斯谢芭也像其他女孩子那样,心里总喜欢想结婚的事,"我会成为人们谈论的对象,他们会认为,我打赢了一仗,我会觉得自己是个胜利者",可她还是拒绝了他的求婚,因为她不喜欢"被看成是男人的财产,虽然将来某一天有可能会这样"(第79页)。的确,这里体现了两种不同的婚姻观。

---

① Hardy, Thomas, *Far from the Madding Crowd*, London, New York: Penguin Books, 1978, p.54. 本节中所标页码均引自此书。

巴斯谢芭拒绝奥克的求婚，一是政治原因，二是个人原因。第一个原因，就像《无名的裘德》中的淑，巴斯谢芭拒绝的不只是奥克，也包括整个婚姻制度："如果我有可能成为一个没有丈夫的新娘，那么我就不会在乎在婚礼上做新娘。"（第 80 页）她讨厌出于婚姻中无可选择的认定状态，尤其像她和厄休拉这样想要在男人世界中出类拔萃的女人，更是无法容忍这种消解个性独立的婚姻形式。对此，哈代明确指出："一般男人娶妻子似乎是因为只有先结婚才能占有妻子，一般女人接纳丈夫似乎是因为不先占有他就不可能有结婚。"（第 181 页）巴斯谢芭的女权主义完全是针对盛行于维多利亚社会传统的。这一社会传统就是赋予男人驯服妻子并没收她所有财产的权利。奥克的求婚是颇具诱惑力的，要不是他后来向她表露出想要她好好做家庭主妇的家长制想法，她差一点就欣然接受他的求婚了。贯穿小说始终的，是作者通过巴斯谢芭的口，一直争论这个基本问题，并全力支持他笔下的这个抗议婚姻的女性。

第二个原因是指奥克的个性。在巴斯谢芭面前，他将自己的个性显露无遗。巴斯谢芭从奥克身上看到了两个弱点：首先，她拒绝他的求婚是因为他还不具有足够的强势能够掌控她，能够满足她的性要求。他对她呵护有加，这并没有激发她对他的爱意，也没有对他产生任何的性趣。在这方面，奥克对她的姨妈赫斯特太太所说的话里就表露得很清楚："我只是个再普通不过的男人罢了。我最先接触她，这是我唯一的机会……是啊，我等待是没有用的。"（第 76 页）他缺乏自主要求，缺乏信心，这让他极易受到女人的伤害，很容易让人把他和同样对女人一无所知的博尔伍德相提并论。奥克根本就不是那种能够吸引巴斯谢芭的男人，他常常显得木讷和呆想。小说结尾，他对她说："我就想知道一件事——就是你是否愿意让我爱上你，赢得你，让我与你结婚——我就想知道它。""可是你是不会知道的,"她喃喃地说。
"为什么?""因为你从来不问。"（第457页）其次,当她根据
"平等婚姻"的原则来衡量她与奥克是否合适的时候,她不仅发
现他们的性情有差异,也感觉到他并未做好结婚的准备,因为他
的事业才刚刚开始,"如果你要与一个拥有一个比你的还大的农
场的女人结婚,那你就应该谨慎从事（你肯定不想现在就结婚）"
（第81页）。这一段可以作为小说的故事轮廓。哈代小说中的开
始也常常是小说的结局。就巴斯谢芭而言,她的建议和拒绝实际
上体现了哈代在小说中认可和赞同的一种可信的看法。如果巴斯
谢芭早期对恋爱和婚姻的看法在小说结尾得以证实,那么经历与
其说扩大了她的见识,倒不如说实实在在改变了她。不像哈代后
期小说的女主人公,巴斯谢芭选择了《虹》里第一代的做法:不
逾越传统习俗。就恋爱和婚姻而言,她的选择是她在家长制世界
中女权主义表现的失败。哈代为了让读者和出版商满意,是在违
心地写作。他后期小说的女主人公反叛社会习俗,其结果大都死
在荒野。哈代对巴斯谢芭的描写有待于进一步探讨。虽然《远离
尘嚣》比先前的小说更深入地探讨了女权主义问题,但是在这部
作品中,哈代并不想开诚布公地表达他的真实感受和看法（在哈
代后期小说中,如《无名的裘德》中,哈代表现出了惊人的坦
率）。由于某种原因,哈代不得不对自己的女权主义观点加以掩
饰,根据当时流行的小说模式来写作。这种写作模式通常对女性
的非传统的言谈举止给予责难。毫无疑问,巴斯谢芭是一个非传
统的女性,喜欢自由,乐于展示自己的强势,其目的就是要证
明:一个女人若有机会,定会显示出她的优势和能力。在整部小
说中,我们可以看到,巴斯谢芭通过自己的一个又一个的体验和
经历来说明这一问题。她拒绝奥克的求婚发生在她继承农场之
前,而在继承农场后,她则努力向农场工人突显自己的女农场主

身份："在你们中间，不要有不公平的观念……不要假定因为我是女人就搞不清楚事情的好与不好。"（第132页）后来，当她与她的丈夫特洛伊为范妮·罗宾发生争论时，她对特洛伊说："说真的，弗兰克，我不是傻瓜，尽管我是个女人。"（第333页）

巴斯谢芭发现自己陷入了一个用男权社会的话语表达自己感情的困境。当博尔伍德要她说明对他的感情时，她似乎感到困惑："我不知道——至少，我无法告诉你。语言主要是男人创造出来表达他们的感情的。要女人用这样的语言表达自己的感情，太困难了。"（第412页）当代女性主义批评表明，为了容纳女人的思想感情，应该修改语言。为此，发明了某些新词，修改了某些词，如 manageress（女经理），poetess（女诗人），chairwoman（女主席）等。如今语言有了新发展，减少了性别歧视。为此，应该对哈代的看法大加肯定，不仅要肯定他的女权主义观念，而且也要肯定他在当代女性主义之前就诊断出某种语言问题的远见卓识（劳伦斯在《查特莱夫人的情人》中也发明了他自己的语言）。

在塑造巴斯谢芭时，哈代感到要说明她的特征似乎有些困难。一方面，将她描写成一个坚决、执著、聪明、独立和成功的女人，而另一方面，又把她描写成一个漂亮、冲动、调情、虚荣、性感和任性的女人。显而易见，哈代试图将巴斯谢芭塑造成一个复杂的女主人公，既拥有一个强势人物的好品质，也具有某些让她沉落的弱点。在她变好之前（这里所说变化是表面的，并不重要），她首先得沉沦，顺从自己的性倾向。既然巴斯谢芭是一个人见人爱的女人，那么她就特别在意别人对自己的关注。在卡斯特桥市集上，博尔伍德对她显得毫无兴趣，这忤逆了她的意愿，因为他，与其他男人比起来，态度显得那么不同。博尔伍德就像出现"在她的王国中的一个难以对付的形象——丹尼尔之类的人物，坚持跪朝东方……只在形式上羡慕地瞥她一眼，而完全不付出任何代价"（第146—147页）。为他的"与众不同"所打动，也为自己的虚荣心所驱使，她不假思索地给他寄了一张情人卡，上面写着："和我结婚吧。"

农场主博尔伍德是一位乡村绅士，惯于压抑自己的社会交往和性本能。小说中，对于他的过去交代不多，只是说他年轻时曾遭一女人抛弃，此后便深感失意落寞。尽管有的传言与此说法相左，不过巴斯谢芭的女佣证实了这一点："他曾被六七个女人追求过——方圆几里地的所有的女孩子，有温柔的，也有简单的，都追求过他。"（第125页）美貌的巴斯谢芭再次唤醒了他的情感。已经41岁的博尔伍德立即向她求婚，而省略了应有的求婚过程："我过来贸然同你说，既然我已经清楚地注意到你了，巴斯谢芭小姐，那么我的生活就不是我自己的了——我来向你求婚。"（第177页）

尽管博尔伍德非常配得上她，但巴斯谢芭并不急于结婚。她知道，同他结婚，这就意味着她将不得不放弃她作为女农场主的地位。这个地位本身对她来说"非常新奇，可是这种新奇尚未开始，便就消失了"（第181页）。巴斯谢芭拒绝博尔伍德的更深层的原因是，他缺乏控制她性欲和驯服她的野性的力量。当她看到他不像其他男人曲意讨好她或其他女人，甚至对她毫无兴趣时，她便觉得他非常富有魅力。此外，通过让博尔伍德听命于她，崇拜她，而满足了她的虚荣心。

在哈代小说中，一般来说，女性大都对那些容易被她们征服的、围着她们石榴裙转的男人不感兴趣。根据哈代的描写，如果男人们能显示出更强的性格力量，漠视他们身边的女人，那么他们肯定会更具吸引力。艾尔弗瑞德、巴斯谢芭、玛蒂·索思、格丽丝、皮考蒂·彼热温和安妮·格兰德这些女性只感兴趣那些对她们不理不睬、显示出强力甚至更强性欲的男人。例如，艾尔弗瑞德始终倾心于耐特，尽管他对她的态度非常恶劣："他们越反对她，她就越看重他们。"（第233页）一次，她对耐特说："我多么希望我能如你所想的那样啊。我常常禁不住这么想。要是我早知道你会来，我或许会像一个修女那样生活着，会好好对你的！"（第384页）而特洛伊则表述了另有一种见解："对待女人，唯一讨好她们的方法就咒骂她们。没有其他方法。'好好待她们，你就啥也不是'，他会说。"（第221页）

在《阿伦的拐杖》中，劳伦斯几乎都在致力于争论恋爱和婚姻关系中服从和支配的问题。虽然他的观点有点父权主义的意味，但是他的确对这一主题给予了比较可信的深入探索。最后，阿伦相信，同志之爱像夫妻之爱同样重要，两者可以互为补充。在《远离尘嚣》中，哈代似乎相信这种同志之爱。激情和求爱让巴斯谢芭精疲力竭，这时的她，就像淑·布莱德赫德，感到需要友谊。她同奥克之间的持久关系使她更多地将奥克看成朋友。在哈代看来，这种朋友关系是一种更稳定、更持久的关系。既然这对坚持要结婚的奥克来说是不可能的，那么婚姻内的同志关系似乎是更强的。对此，哈代写道：

> 这两人间的感情是实实在在的，他们起初不期而遇，了解的都是对方性格中未经修饰的一面，而不是最美好的部分，随着时日的推移，从平淡无味的、艰苦的现实生活中，产生了这样的浪漫情怀，感情也就此产生。这样的伙伴关系——同志关系——通常只是当目标一致时才有可能出现，很可惜，在异性的恋情中却十分罕见，因为男女之间的联系，往往不发生在艰辛劳作之中，而只在欢乐享受之间。可是，一旦情况允许，这种交融的感情就会发展起来，表明这

是唯一和死亡一样强调的爱情，这样的爱，海水不能将其浇灭，洪水不能将其淹没，与它相比，被称为激情的东西就像蒸汽一样虚无缥缈。（第458—459页）

在这方面，哈代是否对劳伦斯产生了影响，还有待研究。但是，哈代对友谊的确有着强烈的感受，这可见于他在《一双湛蓝的眼睛》中对史密斯和耐特的描写，在《无名的裘德》中对裘德和费劳孙的描写，也可见于他同贺拉斯·穆勒的关系。穆勒的死曾让他的情绪一落万丈。在《一双湛蓝的眼睛》中，艾尔弗瑞德测试史密斯究竟是喜欢她还是喜欢耐特的情景就是一个突出的例证。就像《恋爱中的女人》结尾中的伯金那样，史密斯坚持既要拥有艾尔弗瑞德，也要拥有耐特，以维持他生活的"均衡"。

巴斯谢芭拒绝了博尔伍德的求婚，从而把他推入了一个痛苦的封闭世界，最终导致了他的发疯。在希望和挫折之间，博尔伍德开始了他的自我毁灭之旅。他先是一个劲儿地恳求她仁慈和怜悯。然后又指责她在性爱方面对他的鼓励："我曾经对你一无所知，对你毫不在意，可是你却来吸引我。要是你还说没有鼓励我，那我可就不能同意你的话了。"（第258页）最后，他失去了自尊和自信："现在，人人都在耻笑我，连这山坡天空都像在嘲笑我，让我为自己的愚蠢羞红了脸。我的自尊没了……我现在感到羞愧。我死后人们会说，他真是个可怜的害相思的男人。"（第261页）

在对待博尔伍德的一事上，巴斯谢芭既感到内疚，又不感到内疚。一方面，她觉得博尔伍德所有的痛苦和不幸都是由她引起的，对此她负有责任，如果可能，她想设法弥补："要是能做些什么来弥补的话，我一定会很乐意地去做的，这世上我最想做的事就是弥补我的过错。可就是没这可能。"（第412页）另一方面，她又责怪命运造成这种结果，因为她送情人卡是不假思索的举动，无意伤害人，没曾料却导致他如此疯狂地爱上了她。她对他说："别的男人只会把这当消遣，我怎么知道你却觉得它生死攸关？理智一些，别把我想得那么坏！"（第 260 页）

　　在选择丈夫方面，巴斯谢芭所犯的最大的错误似乎是对于辨别各类男人毫无经验。她把所有的男人都当成维多利亚家长制社会的产物。正因如此，对于像博尔伍德和奥克这样的好人所遭遇的不幸，她负有一定的责任。在《无名的裘德》中，淑因持有女权主义观点，对裘德和费劳孙缺乏同情，结果给他们俩造成许多痛苦。她不想与裘德结婚，因为她不想顺从裘德的性要求，而婚姻会迫使她这么做。巴斯谢芭对男人的看法与淑的相似，并且始终如一。所有的男人都威胁到她的解放。女佣利蒂告诉巴斯谢芭，博尔伍德年轻时曾被一个女人抛弃过。她并不相信此事，"人们总是这么说——可我们知道，女人很少抛弃男人；'正是男人们抛弃了我们'"（第 413 页）。巴斯谢芭的第二个错误是她对爱情的含义一无所知。叙事者议论道："对别人让大伙传得沸沸扬扬的恋爱，巴斯谢芭见得多了，可轮到她的头上，她却一点也不在行了。"（第 418 页）既然爱主要具有主观性，既然她对特洛伊的爱使她深受伤害，因此她学会了善待博尔伍德，对自己匆忙结婚后悔不已。

　　在小说爱情故事的第三个阶段，巴斯谢芭与特洛伊见过三四次面后，便很快倾心于他。特洛伊是个骑兵，能说会道，受过良好教育，具有魅力。像菲茨彼尔斯和亚雷，特洛伊也是一个善于玩弄女人的人，是一个非常性感的人。他在爱上巴斯谢芭之前，就已经有了他与范妮·罗宾之间性爱关系的传言。这种三角恋关系似乎呈现了小说主要的性爱模式。小说中的情色场景之一是，特洛伊偶然碰到了巴斯谢芭。当时，巴斯谢芭正在查看她的田产，他的马鞭钩住了她的裙边。这个场景表现了特洛伊的性意和巴斯谢芭潜意识中所渴望的男性支配。特洛伊是凭借他的甜言蜜语征服了巴斯谢芭的。虽然巴斯谢芭对一见钟情式的爱情持怀疑态度，但是特洛伊的恭维却让她完全失去了判断力。毫无疑问，虚荣心使她对他的真诚置信不移。特洛伊本人对这种情事并未完全放在心上，可是具有讽刺意味的是，他似乎落入自己设下的陷阱。

在小说最经常被分析评论的场景之一中，哈代显示了特洛伊是如何凭借舞剑赢得了巴斯谢芭。特洛伊正是用这种剑艺迷住了她。这一段文字充满了色情比喻，读起来就像一段性交的描述：特洛伊举起剑，指向阳光，"就像有生命的东西似的"，而后"向她挥来，刺向她臀部上偏左的地方……就像是刺透了她的身体，从肋骨间穿了出来"（第 238—239 页）。因为这一场景具有性的性质，这种男性生殖似的表演发生在像子宫形状的山毛榉树林中间的空地。这是哈代小说中最具劳伦斯式的场景。我们已经读了劳伦斯的作品（如《阿伦的拐杖》）或弗洛伊德的著作，因此可以充分欣赏这一场景的象征意义。特洛伊将他对剑的支配和掌控发挥得淋漓尽致。在此情势下，巴斯谢芭变得俯首听命，心醉神迷。特洛伊赢得了巴斯谢芭的爱。尽管奥克警告她，博尔伍德威胁她，但是巴斯谢芭还是在冲动之下嫁给了特洛伊。

就巴斯谢芭的性征而言，理查德·卡彭特指出："巴斯谢芭渴望被一个进取性的男人所支配所侵犯……她想要的也许是被强奸。"[①] 根据这一理解，人们会明白为什么她会不顾所有人的劝告，拒绝了值得信赖的奥克和博尔伍德，不假思索地嫁给了特洛

---

① Carpenter, C. Richard, "The Mirror and the Sword: Imagery in *Far from the Madding Crowd*", *Ninteenth-Century Fiction*, 18: 4, 1964, pp. 341—344.

伊。小说一开始，巴斯谢芭就申明了她结婚的一个条件："我需要有人能驯服我。"但是似乎没有人对此当真，至少奥克并没有当真。在显示性进取和支配意愿方面，奥克和博尔伍德过于被动，未能显示出男子汉的气质。虽然奥克个性较强，但他缺乏爱情方面的经验，因而轻易地被巴斯谢芭推到一边。与其说他是恋人，倒不如说他是旁观者。另一方面，博尔伍德与其说是旁观者，倒不如说是恋人，不过采用的是一种自卫的方法。从社会经济条件来看，他优于奥克，但是他仍然配不上巴斯谢芭，因为他在性进取方面太被动，而且也缺乏男性支配意愿。

既然他们遭受自然抑制，哈代便设计了人工替代物来表达他们的性意。他让奥克拥有一把剪刀，让博尔伍德拥有一杆枪。就像特洛伊的剑，那把剪刀和那杆枪都能够暂时吸引巴斯谢芭，但不会引起她的爱。她的傲慢使她不屑与奥克或博尔伍德结婚，其结果，特洛伊的粗暴和不负责任的行为征服了她，让她沦为一个家庭主妇的角色。具有讽刺意味的是，虽然这些人物，如奥克和博尔伍德，寻求结婚，都未能如愿，而那些声称如愿以偿的人物，如巴斯谢芭和特洛伊，却注定结合在一起。读者可以断定，巴斯谢芭和特洛伊的婚姻最终将会破裂，这不仅因为丈夫依然还爱着其他女人，而且也因为从长远来看，这桩婚姻将不会让她感到满意。一旦巴斯谢芭了解到特洛伊同范妮·罗宾的私情，她便意识到了，自己嫁给特洛伊是一个致命错误。如果特洛伊的剑赢得了她的激情，那么他对死去的范妮·罗宾的吻则引起了她的嫌恶。夹在他诱奸的女人和他娶了的女人之间，特洛伊为自己不负责的婚姻感到内疚，便立刻将他的爱转向了死者："这个女人虽然死了，对我却比你过去、现在、将来都重要得多。要是魔鬼没有拿你的脸蛋和那些该诅咒的卖弄风骚来诱惑我，我娶的本该是她。"（第 361 页）这是典型的哈代式场景。在这场景中，男人爱他死去的女人胜过爱这个女人活着的时候，因为死者比活着的人更加忠实，而且不会改变，也毫无要求。

虽然哈代想用范妮的死来指责特洛伊的不忠实，虽然他也是想让读者同情范妮的不幸，但是范妮依然是一个"堕落女性"，因为她破坏了维多利亚社会的规则（可以将此同《林地居民》中吉尔斯之死相比较）。帕特里夏·英格拉姆在《托马斯·哈代》一书中写道："女人们都要被予以道德评估。她们的性行为是决定因素；当她们在这方面有不足时，往往会被内心的羞耻和内疚所毁灭，并通过放逐、死亡和失踪而从作品中消失。"[①] 范妮·罗宾似乎经历了这样一种道德评估。既然她被证明感到内疚，那么她的死便是不可避免了。作为哈代小说中的一个模式，在性违反和死亡之间有着密切的联系。无论谁反抗道德习俗都会面临死亡的。不像劳伦斯，哈代会因为他的性人物违反维多利亚社会道德准则而受到惩罚。除了艾尔弗瑞德、菲利思·查蒙德和路赛特外，特洛伊和范妮、韦德和游苔莎、亚雷和苔丝都在小说家的安排下遭遇死亡。

在特洛伊死后和博尔伍德被监禁后，巴斯谢芭再一次获得独立，她学会了对自己的行为负责。虽然巴斯谢芭并没有大的改变，虽然她仍然"不满婚姻法"，但是她已打算好牺牲自己的傲慢，愿再度结婚，尤其能够碰到一个能像奥克那样可靠的男人的时候。奥克是她最后的精神支柱，她担心再失去他，最终接受了奥克。用她的话说："现在也只能这样了！"（第463页）虽然巴斯谢芭仍对婚姻持反对态度，但是她还是同意嫁给奥克了。原因之一是，既然在处理人的情感方面变得非常敏感（如在范妮的坟

---

① Ingham, Patricia, *Thomas Hardy*, Hempstead: Harvester Wheatsheaf, 1989, p. 19.

墓附近种花），那么她能够理解奥克受压抑的激情："巴斯谢芭坐在那里，看着这封信，极为伤心地哭了。巴斯谢芭已渐渐把加布里尔对她的毫无希望的爱，看成是生活中不可或缺的权利，可现在他居然想收就收了回去，这使她感到十分痛心，感情上受到极大伤害。"（第455页）原因之二是，巴斯谢芭认识到，她同奥克结婚不会像她早先想的那样会使她地位降低，唯命是从。也许，她同他之间的良好的长久的关系能够有助于解决他们之间的许多事情，包括农场经营的问题，这象征了他们的合作、爱情和理解。因此，她看到，婚姻加强了她作为女农场主的地位，在经营农场方面，将奥克的专门技术同她的目标和决心结合在一起。没有奥克的帮助，她很难独自管理农场。哈代清楚地表明这一点：特洛伊死后，"她再也无法聚集足够的精力上集市，与人讨价还价做买卖了……所有的买卖和农事都由奥克替她操持，同时也在她和他自己的经营间做交易"（第455页）。如果奥克和巴斯谢芭能够把农场经营得很好，那么可以肯定，他们结婚后同样会把他们的家操持得很好。

在三个追求者中，巴斯谢芭意识到，奥克是最值得考虑的人。她用了三年多的时间考虑这一问题，而在赢得她之前，奥克不得不忍受痛苦和折磨，压抑自己如火的激情和嫉妒。对她来说，博尔伍德太老了，也许对她太好了。博尔伍德困囿于自己的想法而不能自拔，他致命的错误是，他对女人缺乏了解。就像《意中人》中阿韦丝对皮尔斯顿那样，对他来说，巴斯谢芭是一种不可能的理想，这种理想让他付出了一生的代价。另一方面，特洛伊则是与奥克和博尔伍德相反的人物，在情爱关系方面，他把巴斯谢芭视为敌人，设法用自己的性征服她。他虽然暂时赢得了她，但是因其不忠实而遭唾弃。

哈代的小说的基础就是爱情和婚姻。不过，《远离尘嚣》在处理这一主题时具有非常特殊的意义，不仅由于它是哈代前期小说的先声，而且也由于它将性与婚姻联系在一起。除了《林地居民》，人们会自然联想到劳伦斯的《虹》及其女主人公厄休拉，因为厄休拉与巴斯谢芭有许多共同之处。就像厄休拉，巴斯谢芭侵入了男人的世界，在那里探索和行动，成功地维护了自己的意愿。她的婚姻圆满实现不得不等到奥克的成熟。哈代最后评论道："然后，奥克笑了，巴斯谢芭也微微一笑（直到现在，她从未开心地笑过），朋友们也都转身离去了。"（第 465 页）哈代完全不是随口这么说的。

二 《林地居民》中的婚姻

《林地居民》（1887）毫无疑问是哈代最具争议的小说之一。一方面，这是一部传统的田园小说，让人回想到哈代早期小说《远离尘嚣》；而另一方面，它又是一部现代作品，预示了哈代后期的小说，特别是《无名的裘德》。如果说《还乡》是连接哈代的早期小说和后期小说的桥梁，那么《林地居民》就是一部关键的过渡性和实验性作品。在这部小说中，哈代重在探索传统的过去和现代的未来之间的社会斗争，更重要的是探索发生于社会中的激变，尤其是体现在爱情和婚姻关系方面的激变。彼得·卡萨格兰德指出，这部小说的确同《绿林荫下》和《还乡》在结构和主题方面有着某种血缘关系，讲述的都是"回归"。

就像大多数威塞克斯小说，《林地居民》本质上是一个爱情小说。该小说提出了婚姻有效性的问题。哈代在 1895 年为该小说写的序言中说："在这部小说中，就像其他一两部该系列小说那样，涉及婚姻分歧问题。那不朽之谜——教男人和女人如何发现他们性关系的基础——依然留待人们去探寻。"① 说到发现性关系的基础，人们立刻想到了劳伦斯，因为这是 20 世纪作家关注的主要问题而不是哈代那一代人关注的主要问题。虽然哈代在其小说中提出了这个问题，可是他无法提出让男人和女人通过婚姻幸福结合的理论。他的假想："那颗不稳定的心觉得另一个人比他根据婚约生活在一起的那个人更适合他或她的口味"（第 39 页），不仅是悲观主义观点，而且也是对婚姻社会制度的公然抨击。直到劳伦斯最后一部小说《查特莱夫人的情人》问世，男女之间的性关系的真实基础才可以说最终得以建立。

支配整部小说的观念是"无法履行的意图"，显然，这一观念是通过对爱情和婚姻关系的描写体现出来的。小说一开始，哈代就审慎地将婚姻描写成一种彻底的失败：婚姻是个陷阱，最好是避开它，而不是陷入其中后再设法逃脱。通过大量的例证，哈代探索了人们为了错误理由而结婚的现象。除了叙述格丽丝和菲茨皮尔斯的"两次"婚姻外，还描述了梅尔伯利同格丽丝母亲的欺骗婚姻。梅尔伯利靠"哄骗"来赢得格丽丝的母亲，破坏了"另一个男人的幸福"。在格丽丝的母亲死后不久，梅尔伯利很快娶了他的管家，目的是让她照看他唯一的孩子格丽丝。菲利思和苏克这两位女性也都纯粹是为了顺从长辈的意愿和钱财而结婚。戏剧女演员菲利思虽然爱上了菲茨皮尔斯，但是她那位野心勃勃的母亲却说服她为了金钱嫁给了"比她大二三十岁"的铁商查蒙德先生。就像梅尔伯利利用女儿来满足自己的意愿那样，菲利思的母亲则利用菲利思的美貌作为增加其身价的一种手段。菲利思说："我母亲知道我的脸蛋就是我唯一的财富。她说，她决不希

---

① Hardy, Thomas, *The Woodlanders*, Harmondsworth: Penguin, 1988, p. 39. 本节中所标页码均引自此书。

望像我这样的女孩子爱上一个一文不名的穷学生。"（第 243 页）

另一方面，像艾拉白拉那样，苏克会欣然接受与菲茨皮尔斯结婚的想法，事实上，她已经同他发生了性关系。尽管如此，当错过与首选之人结婚时，苏克还是乐意成为蒂姆·唐的妻子，安居下来。由于哈代认为"婚姻就是葬礼"，因此他对婚礼的描写通常带有讽刺意味。当菲茨皮尔斯来祝贺他们新婚时，仍然爱着他的苏克对猜疑的丈夫说："我们再也见不到他了，这真是天大的遗憾。在新西兰，再也没有像他这样的精明的医生了……"（第 407 页）具有讽刺意味的是，爱情本来应该构成婚姻的基础，可是上面讨论到的婚姻都缺乏爱情。哈代的意图，就是要表现像吉尔斯和马蒂这些能够去爱的人的婚姻的失败和缺憾："他一向对我闭口不谈的是爱情，我一向对他闭口不谈的也是爱情。"（第 399 页）——而对像格丽丝和菲茨皮尔斯这种至少能够珍惜爱情的人，却让他们获得了婚姻的满足。

根据该小说的双重性质，格丽丝同时喜欢上了吉尔斯和菲茨皮尔斯。如果说她爱上吉尔斯是由于他的"根"和自然生命力——"他看上去闻起来就像秋天的同胞兄弟"（第 261 页）——那么她爱上菲茨皮尔斯也是由于他的"花"和智力。像哈代笔下的许多女主人公，她的理想选择既是吉尔斯，也是菲茨皮尔斯，肉体与灵魂，或者自然与教养。但是，既然她必须作选择（完美的选择应该包括这两种选择，缺其一都必然是一种错误选择），那么她首先选择了吉尔斯，但是结果却嫁给了菲茨皮尔斯。当她发现自己选择错误时，她又开始渴望她的第一位追求者，结果又发现，因她的离婚案被认定根据不足，她不得不同她丈夫再度生活在一起。的确，哈代常常以这种方式来表现他的婚姻主题，不过他如此构思"婚姻大网"事实上并不成功，因为他难以让读者信服吉尔斯是菲茨皮尔斯的真正竞争对手，或是格丽丝的合适人选。他的忠实和自然也许可以使他配得上马蒂，但是他所做的一切都难以证明，他适合做格丽丝的丈夫。

或许由于对吉尔斯的描绘不够充分，哈代在《德伯家的苔丝》和《无名的裘德》中重复了格丽丝的故事及其模式。其后，劳伦斯在《儿子与情人》和《查特莱夫人的情人》中选用并发展了这一模式。与苔丝、裘德、保罗和康妮的问题有所不同，格丽丝的困境并不完全是心理的——对此，达莱斯基在《分裂的女主人公》中指出，面对两个相异的恋人，主人公内心出现了分裂，但是最重要的还是外部社会问题的分裂[1]。如果哈代后来的女主人公夹在她们的性欲恋人和智性恋人之间无法难以解脱，那么格丽丝的婚姻选择则是发生在社会阶层之间。哈代说，在格丽丝身上存在着"现代神经"和"原始情感"之间的冲突。这也许预示了淑·布莱德赫德，但是这未必表明格丽丝的性与智之间的悲剧冲突。可以肯定，作品本身并没有这么写。如果哈代有意这么写，那么他就应该致力于这样的探索：因为读者看不到格丽丝夹在吉尔斯和菲茨皮尔斯之间造成的内心分裂，那么就会像苔丝或淑，格丽丝是夹在她们所代表的社会阶层之间进退两难。读者有可能这样误读文本，因为吉尔斯和菲茨皮尔斯毕竟分别代表了自然和文化的对立面，然而却难以让人完全信服，因为他们俩并非完全对称：菲茨皮尔斯既具有性意，也具有智性，而吉尔斯这两种特性则全被剥夺了。

就性而言，有两个关键场景突显了在同格丽丝结婚一事上吉尔斯和菲茨皮尔斯之间的冲突。在仲夏夜欢宴上，在作者笔下，

---

[1] Daleski, H. M., *The Divided Heroine: A Recurrent Pattern in Six English Novels*, London: Holmes and Meir Publishers, INC., 1984, pp. 3—24.

男人都是性的竞争对手。菲茨皮尔斯表现出性进取，上前一步，拦住了正要离开的格丽丝，而吉尔斯虽然知道格丽丝在哪儿，可是他站在那里，未能抓住机会赢取她，让她成为自己的妻子。整个场景充满了迷信般的暗示。吉尔斯的父亲就曾将他所爱之人输给了梅尔伯利，这注定了他的余生将在痛苦中度过。吉尔斯重蹈了父亲覆辙，将格丽丝输给了菲茨皮尔斯，虽然后者也是靠欺骗赢得她的。第二个重要场景是在小屋里。当时格丽丝逃离了父亲的家，实际上她给了吉尔斯第二次机会，但是结果证明吉尔斯在性方面与格丽丝并不兼容。首先，格丽丝对他表达了埋藏在她心里的爱，"我为什么不该讲出来？你知道我对你的感情——对其他活着的人我没这种感情，我再也不会对一个男人有这种感情了。"（第372页）后来，当他对她的渴望毫无回应时，她明确地告诉他："你不想让我进来吗？你身上不是湿了吗？过来吧，靠近我。我不在乎他们说什么，他们怎么看我们。"（第375页）《林地居民》和《查特莱夫人的情人》在主题、情节、结构和人物塑造方面有着惊人的相似性。上述的小屋场景与劳伦斯的最后一部小说有许多共同之处。该场景不仅预期了康妮与梅乐士的性关系，而且也成为劳伦斯描写守林人的模型。也许正是吉尔斯过分的贞洁促使劳伦斯强调守林人的性特征，因此守林人就成为吉尔斯的现代版。与这两部小说的双重性质相符合的是，在这两部作品中存在着两个相对立的世界，大宅和小屋，现代智性社会和原始性的林地；此外，也有两类相对的人物，菲茨皮尔斯和大宅主人克利福德，吉尔斯和林地守护人梅乐士。夹在两个世界和两类男人中间的是格丽丝和康妮。与丈夫生活在一起，她们都感到痛苦，都避入林地，期待一种更幸福的两性关系。大宅象征着"合法婚姻"，它赋予男人征服妻子的权利，小屋象征着"自然婚姻"和男女之间的平等。

如果梅乐士的性使他赢得了康妮并更有可能铸就他们俩的婚姻，那么吉尔斯的贞洁让他失去了格丽丝和生命。在吉尔斯初次也是唯一一次吻她后，格丽丝对他说："吉尔斯，要是你在我结婚前还缺乏足够的胆气的话，那么现在就将我带走吧，要成为第一个带走我的人，不要成为第二个。"（第 356 页）格丽丝，像哈代的大多数女主人公，是一个性欲人物。让她只为社会因素同菲茨皮尔斯结婚，这会有损于她的性，而她的性正是小说着重强调的。哈代在小说中谈到了格丽丝与菲茨皮尔斯结婚的原因："他对婚姻的物质性观点，不管是现在的还是未来的，都难以符合她的期望。但是一种精妙的有修养的内心生活和巧妙的内心交流的可能性都具有各自的魅力。正是这一点而不是那种好婚姻的粗俗想法使得她随波逐流，顺从菲茨皮尔斯对她施加的巨大影响，参与他的社会。"（第 216 页）总的来看，格丽丝，像《白孔雀》中的莱蒂，爱朴实无华、真诚可靠的吉尔斯，但是却在劝说下嫁给了充满色欲的菲茨皮尔斯，这多少是因为她难以抵御他的性要求。莱蒂由于拒绝了纯朴的、真心爱她的乔治，而过着一种毫无意义的生活，因此格丽丝也注定过一种不幸的生活。甚至格拉马女士的婚姻也难以预期："虽然她是个有地位的女士，配得上任何像他（菲茨皮尔斯）这样的男人，可是在我看来，菲茨皮尔斯似乎更应该娶像查蒙德太太这类女人。"（第 195 页）描写一种彻底失败的婚姻是哈代的创作意图。不仅因为这是人类悲剧的一部分，而且还因为爱情与性在结婚或形成一种互惠的关系之前是两种分离的东西，对男女双方都无幸福和满足可言。小说以马蒂思索对吉尔斯的爱开始，也以悲悼吉尔斯的死结束："每当我起来，我就会想起你；每当我躺下，我就会想起你……要是我忘记了你的名字，那就让我把家和天堂也忘掉吧！……但是，不会的，绝对不会的。我根本忘不了你；因为你是一个好人，总是做好事！"

（第 439 页）

三 《虹》中的婚姻

《虹》（1915）不仅是劳伦斯小说中自传性最少的一部，也是一部关于婚姻的社会心理研究。在该部分，笔者打算将婚姻作为爱、性和权力的一个阶段来探讨，首先探讨作为抽象概念"男人"和"女人"所代表的三代人，而后分别讨论每一代人中的每一对人如何在爱与婚姻方面寻求完美的关系。

劳伦斯在写《虹》时，心存很多想法。除了对布朗文家族历史的兴趣外，他也关注女主人公的性格。在写了三代人之后，他才创造了厄休拉。这是一个真正完整的个人，寻觅着一位能使她获得完满的伴侣。劳伦斯将笔触回溯到 19 世纪 40 年代维多利亚初期，这实际上表达了劳伦斯探索哈代笔下的传统社会的深切渴望，他对哈代可以说是推崇备至。此外，他也想显示观念和习俗对英国政治和社会的发展及其对现代生活的影响。在致爱德华·加耐特的一封信中，劳伦斯写道："在写厄休拉与伯金先生相见前，我得让她获得某些经验。我也感到，其性格易于形成二元性——它们之间还有层次之分。"[①] 在此语境中，经验成为一个高度发展的人物所具有的特征。当这样的人物遇见合适的完整个人时，就会获得满足。

劳伦斯的二元论主要关注两个要点：一是个人心智内的相反力量，二是男性和女性的和解。这两者对获得完满和满足都是必

---

① Boulton, James, et al（eds.）, *The Letters of D. H. Lawrence*, Vol. 2, Cambridge：Cambridge University Press, 1979−1989, p. 142.

不可少的。在《意大利黎明》中，劳伦斯写道："人的完满体现在两个方面：自我和非自我方面。通过退回到我心中的黑暗渊源，即自我的感觉深处，我抵达了最初的、创造性的无限。通过保护我自己，通过消灭我的绝对感官自我，我抵达了最终的无限，精神上的唯一。它们是通往双重路径走向上帝的无限。人必须知道这两者……"① 个人应该首先认识到自身的双重性（即高级智性和低级感官两极。劳伦斯称其为"双亲之爱"），然后在这两个极端之间建立某种联合以保持平衡。就男人和女人而言，也有一种双重的和解：在他们能够充分发展个性，在"二合一"关系中的要求满足之前，他们想必先以相异的个体相见，而后在他们自身之内协调相异性。根据劳伦斯的观点，性行为对获得个体的充分存在和一对男女的满足是非常重要的。

在小说《虹》中，爱的问题受制于个人寻求满足和满意的需要。这种满足和满意是通过与伴侣的激情体验获得的。除了对爱的本能寻求外，三对男女也各具特色。在小说中，一方被另一方的异国背景所吸引，与异国有某种关系的一方成全了另一方的生活，这些都推助了双方之爱。就像劳伦斯与弗丽达结婚时所做的那样，为了超越自己的生活，汤姆、安娜和厄休拉各自爱上了利迪娅、威尔和斯克利本斯基。劳伦斯个人生活和小说故事之间有着惊人的相似，这不仅因为他与一个外国人结婚，也因为他渴望离开自己的国家，探索其他文明和文化。

支配权之争作为不谐和之音出现在《虹》之中，体现在第二代人威尔和安娜之间（在第一代中，利迪娅并不渴望争取支配权，她大致采取了息事宁人的态度；而在第三代中，斯克利本斯

---

① Lawrence, D. H., *Twilight in Italy*, Harmondsworth: Penguin, 1971, pp. 80—82.

基对厄休拉在此方面的努力毫无抗拒之意）。小说开始时，可以看到，女人们，除非她们受过教育，大都趋于在（传统）婚姻中服从男人。因此，支配权的问题几乎是不存在的。汤姆和利迪娅的关系是个例外，没有受到传统的服从观念的影响。他们既没有在彼此争斗后变得一方服从另一方，也没有去争夺支配权。时代的发展，女权主义运动的发展，为安娜强烈的自我意识，即独立女性的意识提供了支撑；由此支配权之争在她与威尔的婚姻内变得异常激烈。在婚姻之外，难以看到这样的恋人之争，因为在此阶段，一对情侣主要关注的是密切彼此的关系，通过相互理解来增进彼此的关系。如果说双方确实怀有争取支配权的愿望，大概也是秘而不宣的。第三代厄休拉和斯克利本斯基之间的情形便是如此。

劳伦斯小说中的婚姻总是为爱情、性以及随之而生的支配权的问题提供了丰厚的土壤。在《虹》中，婚姻主题被探索到极致。在劳伦斯的经典作品中，除了《恋爱中的女人》，还没有哪一部小说像《虹》有这样深入的心理探索。虽然《虹》的特色之一是它的表现主义形式，这本身就是了不起的成就，但是小说人物的个性同样也是重要的。为了更细致分析《虹》，须分别研究三代人中的每一代。

在写第一代之前，劳伦斯就已经开始写了布朗文家族的男人和女人以及他们对生活和期望的态度，以区别汤姆和利迪娅所代表的新一代。他写道："虽然女人们身上也有着血缘关系所赋予的懒惰，她们却是另外一副样子……但女人们却能透过这种闹哄哄的农庄生活看到常常被人遗忘的外面的世界。"① 然而，男人

---

① Lawrence, D. H., *The Rainbow*, Harmondsworth: Penguin, 1981, p. 8. 本节中所标页码均引自此书。

们对外面的世界却是漠不关心的："对男人来说，只要土地还在喘息，还可以播种，他们也就满足了。……他们生活充实，感觉迟钝，脸上总是红彤彤地洋溢着热血。"（第8—9页）显然，在布朗文家，女人们比男人们对生活的期望更高，更少有满足感，男人们要对自己的不满足负责，因为他们未能意识到"男人的本质"，未能坚持自己的"男子气概"。在《托马斯·哈代研究》中，劳伦斯说："在女人身上最能发现法的原则，而在男人身上最能发现爱的原则。在所有动物中，活动性和易变性见于雄性并能找到例证；稳定性和保守性则见于雌性。在女人身上，男人能够找到他的根基。在男人身上，女人能够找到她的绽放。女人就像根一样往下生长，朝向中心、幽暗和源头。男人则像茎杆一样往上生长，朝向发现、光明和表达。"① 显而易见，根据劳伦斯的哲学，布朗文家的男人和女人呈现为角色错位。男人们并未走向"发现和光明"的生活，而是退回到"幽暗"和"血缘关系"的内在生活。而女人们则为了扩大她们自己的知识和自由的范围而采取了男人的那种冲动行为。

汤姆有着发展成熟的本能官感，是一个典型的布朗文家的人，但是与其男性祖先不同，他和女人们都怀有对外面世界的渴望。他清楚地意识到，在他祖祖辈辈繁衍生息的地方，没有他真正想要的东西。婚姻也许是一种满足，可是究竟谁是他所想娶的女人呢？"他盯着年轻女人们，想发现一个他可以娶的女人。然而她们当中没有一个是他想要的。"（第26页）他渴望同一位皮肤细嫩、举止优雅的外国人结婚。利迪娅是波兰人，她的异国相貌特征吸引了汤姆。从一开始，甚至在同她交谈之前，他（就像

---

① MacDonald, Edward D. (ed.), *Phoenix: The Posthumous Papers of D. H. Lawrence*, London: Heinemann, 1936, p. 408.

哈代笔下的男主人公）心里就已决定："就是她了！"几天后，他
向她求婚："我来问一下你是否愿意嫁给我？"他的求婚立刻被接
受了："不，我不知道……是的，我想。"（第 45 页）根本就没考
虑爱情的问题。汤姆娶利迪娅的唯一理由是她是一个外国人，体
现了他所渴望的异国性；而她嫁给她大概是为了生活能够有安全
和保障，因为在英格兰，她毕竟是一个波兰难民。

根据劳伦斯上下中心的理论，这桩婚姻可能是非常成功的，
因为汤姆的感性和利迪娅的智性可以相互平衡，因此他们有可能
获得满足。然而，这样成功的婚姻并未发生。他们都未能恰好地
发展自己的个性来维持圆满。汤姆虽已 28 岁，但是并未体验到
体现其"男性特质"的爱情关系。在 19 岁之前，他只知道"一
种女人"——母亲和姐妹。此后不久，他曾与一个妓女有过一段
不光彩的经历，也经历了一两次失败的浪漫恋情。而利迪娅在
34 岁才有了孩子，而且结婚后，未能发展其"女性特质"，因为
她的第一任丈夫支配性太强，阻碍了她在这方面的发展。但是，
她毕竟获得了性体验，就此而言，她强于汤姆。

婚姻获得了什么？汤姆与外部"未知"世界的联系只是象征
性的并非实质性的。因此，汤姆疏离了利迪娅，因为"他们俩都
渴望那未知世界，但又有些害怕。他们的关系变得紧张起来"①。
汤姆的问题是，他无法将她作为未知世界加以接受；她总是与众
不同和奇异的："当他们上床睡觉时，他知道自己和这个女人毫
无关系。"（第 62 页）可是他唯一能与她的奇异性接触的是她的
身体，因为他缺乏智性："当接触到精神层面的事情时，他就处
于劣势。他完全听命于摆布。他成了一个傻瓜。"（第 16 页）结

---

① Daleski, H. M., *The Forked Flame: A Study of D. H. Lawrence*, London:
Faber and Faber, 1965, p. 85.

婚两年后，他们讨论了他们之间的问题："你同我发生关系时，好像并不把它当回事，好像我什么也不是。而保罗找我时，我对他很重要，我是个女人！可在你那里，我什么也不是，像头牲口，甚至连牲口也不如。"汤姆回应道："你也让我觉得，好像我什么也不是。"（第94页）然后，在第三章，他们经历了一次以和解和顺从结束的大转变：

> ……她是一个令人畏惧的未知物。他向她弯下身去，心里很痛苦，无法松开她，更无法离开她，只觉得自己被吸引住了，又像被追逐。此刻的利迪娅完全换成了另一个人，美妙绝伦，可望而不可即。他想离开。一旦离开她，他就能控制自己。他还没有勇气吻她。……他必须积极将自己奉献给她，参与她的行动，他必须面对她，拥抱她，了解她，因为妻子与他毕竟是两个人。这对他来说是极大的折磨。他身上有一种不愿屈服于她的东西，促使他不向她靠近，不与她融合，即使在他最希望同她交融的时候也是如此。他害怕，他要挽救自己。
>
> 长时间的默默无语。然后，他心中的紧张、抑制状态渐渐松弛下来，开始向她靠拢。她比他优越，令他不可企及。但是，他解除了对自己的控制，放任自己。他了解自己身上的欲望潜力，他想亲近利迪娅，同她在一起并与她融合，愿意抛弃自己去寻求她，在她身上找到自己。他开始朝她走去，贴近她。（第94—95页）

这种和解和顺从是由于汤姆的个性改变。在他随心所欲之前，他消解和平息了自己内心的争论。劳伦斯评论说："这是朝另一个存在圈的进入，这是走向另一种生活的洗礼，这是那完全的确证。"（第 45 页）此时的利迪娅不再是一个偶显女性特质的人，而变成了一个真正的女人。

对利迪娅来说，婚姻是发展其"女性特质"的基础。正如汤姆经历了感官上的死亡与再生（根据劳伦斯的观点，对立的婚姻必然要经历死亡和再生），利迪娅经历了一次精神上的再生："她瞧着他，瞧着这个并非绅士却执意要走进她的生活的陌生人，她体内新生的痛苦将她所有的观点凝聚成一种新的形式。她就不得不重新开始寻找新的存在，一种新的形式，来回应那个盲目的、坚持不懈反对她的那个人物。"（第 40 页）这同她先前与保罗·兰斯基的婚姻经历形成对照。兰斯基将她融入他的生活，让她失去维持个性的权利："在第一次婚姻中，只有通过他才能表明她的存在。他是实体，而她是跟在他脚后的影子。能够体现出自我的存在，她非常高兴。她对布朗文充满了感激之情。"（第 258—259 页）

尽管她获得了她的"女性存在"，可是她却未能让她丈夫获得满足，因为她放弃了自己所体现出来的"外面世界"的精神。因为她来自外面的世界，因而被期待带来和发展她最新体验过的"智性"，然而她却反其道而行之，退缩和扼杀了自己的抱负。结果，她不仅变得不如布朗文家的女人（后者至少还渴望"外面的世界"），而且还成为布朗文家族中第一个对外面的世界漠不关心的女人，因此，她"减弱了她的丈夫，和她一样，对外部世界一般的价值毫无兴趣。"（第 104 页）

他们最终走到一起只能被看作一种满意而不能被看作最终的满足。他们都沦落到追求官能享受的层次。就汤姆而言，只带给他性的满足而缺失了智性的满足。劳伦斯在《托马斯·哈代研究》中写道："想必有肉体与肉体契合和精神与精神契合的婚姻，即二合一式的婚姻。肉体上的婚姻并不否定精神上的婚姻，否则就是对圣灵的亵渎。精神上的婚姻并不否定肉体上的婚姻，否则就是对圣灵的亵渎。然而必须要始终让这两者协调一致，即使有时两者相左。"①

汤姆和利迪娅是"肉体"上的结婚，而不是"精神"上的结婚。当女儿安娜结婚时，汤姆感到"他的生活中缺失了什么，那就是他渴求的灵魂感到了不满足"，"他只知道婚姻要让他长期与妻子厮守"（第 121 页）。对利迪娅而言，她获得了满足，但是不像厄休拉在《恋爱中的女人》中所获得的那种满足。当她将从汤姆那里体验到的官感快乐与她从外面的世界带来的智性相结合时，她获得了满足："她是出于满足爱上了他，因为他是个好人，让她感受到自己的存在，因为他体面地待她，成为她的男人，一个同她在一起的男人。"（第 258 页）

在第二代中，威尔和安娜是相异的一对。安娜尽管与布朗文家族无血缘关系，可她却是典型的布朗文家族的女人。她也具有期待：眺望着"外面的世界"。当威尔作为一个"陌生人"出现在她的生活中时，她爱上了他，因为"他是墙壁中的一个洞，透过这个洞，可以看到，阳光照亮了一个外面的世界"（第 114 页）。她又借助威尔，就像哈代小说《还乡》中游苔莎借助克林那样，来扩展她的经历。威尔和安娜的经历与克林和游苔莎的经历非常相似。劳伦斯想必在描写威尔和安娜这一对人物时受到哈代笔下的克林和游苔莎的影响，因为这两对人物有着太多的相似。另一方面，威尔为安娜所吸引也有官感上的原因。因为在她的思想中，威尔是一个"令人好奇的人"，这让她联想到"某些生活在黑暗中的神秘的动物"。

① MacDonald, Edward D. (ed.), *Phoenix: The Posthumous Papers of D. H. Lawrence*, London: Heinemann, 1936, p. 474.

结婚前，威尔和安娜就已经在月光下经历了初次的性恋。此后不久，他们就结婚了。蜜月期间，性事让威尔激动不已，体验了那种隔绝了社会生活的死亡与再生的过程："前一天，他还是个单身汉，同这个世界生活在一起。第二天，他和她在一起了，远离了世界，就仿佛他们俩像种子那样被掩埋在黑暗之中。"（第145页）他们所要做的就是发展自己，追求圆满。然而，情形恰恰相反，威尔只专注于新的官能体验。在他的整个婚姻中，他的创造力受到影响，不久放弃了木刻工作。

威尔的性格从创造性到官能性的改变对安娜影响很大。她开始蔑视他："只当有求于他时，她才尊重他。至于他是什么，只要与她无关，她毫不在乎。"（第171页）因为他放弃了他所代表的一切，不再是"墙上的洞"，而后一点正是她嫁给他的原因。先前发生在汤姆身上的情况现在发生在安娜身上了。他们都是为了一个主要原因而结婚的，即要见识一下"未知"的世界，然而却事与愿违，因为他们的伴侣受布朗文家的感官性的影响太深了。这种官感性让他们的伴侣暂时获得了极大的满足。既然无法独自获得圆满，他们起而反叛了。

他们的初次争吵表明了他们之间个性差异的关键所在。当安娜想独立时，孩子气的威尔却想缠住她。他越依赖她，她就越瞧不起他："你不能找点事做吗？"她对他说，就仿佛对小孩说话那样不耐烦。"干吗不搞你的木雕了？"（第152页）最后这个问题暗含了安娜对威尔从那创造和发现的世界退出的批评，同时也透露出她的烦恼。威尔发现安娜的想法与他相异，于是他就要求他的支配权，设法让她俯首听命："他要求他的权利，赞赏过去那种一家之主的地位"（第173页），想让她成为他自己的一部分，成为他的意志的延伸。然而安娜是个解放女性，不会甘心情愿听命于他的这种传统的要求："开始还顺利，但每次都以双方的交

战而终，斗得精疲力竭。他怨她不尊重丈夫，她却轻蔑地一笑了之。她觉得，她爱他，这就够了。"（第 174 页）

《虹》中的权力之争最清楚地体现于第二代威尔和安娜之间。在《船长的玩偶》中，劳伦斯也深入探讨了权力主题。他将玩偶作为无权和服从的象征（哈代在《还乡》中也以类似的方式使用了玩偶）。在《虹》中，威尔将夏娃雕刻成小小的玩偶，而将亚当雕刻成"跟上帝一样大"。威尔的木雕表达了他对女性尤其对安娜的真实看法。对此，她深有觉察，据理争辩道："每个男人都是女人生的，却说女人是从男人身上造出来的，真实厚颜无耻。你们男人脸皮真厚，太狂妄自大了。"（第 174 页）值得注意的是，在这里，劳伦斯将安娜这番开放性言论同 19 世纪后期妇女运动（1882—1885）的出现联系起来。

争吵的结果是，威尔将那刻板付之一炬，修正了自己要成为一家之主的说法。焚烧刻板是一种自我毁灭的象征，表明了威尔经历了第二次死亡与再生。安娜持续不断的强力反抗导致了他们之间的另一场争论：

> 她欣喜若狂，禁不住要背着他跳舞，因为他在屋里，她必须避开男人，在造物主面前跳舞。一个星期六的下午，她在卧室里生起火，以抵御寒冷，然后脱下身上的衣服，欢乐地跳起舞来，缓慢而有节奏地抬膝扬手。因为他在屋里，所以她更加得意忘形。她当他不存在，只管自己跳舞。为她无形的上帝跳舞。在上帝面前，她的地位比她丈夫高贵。……看到她这样子，他很伤心，好比在火刑柱上正在被活活烧死一般难受。她跳舞时的奇特舞姿和力量吞没了他。他被焚烧，他无法理解，他不明白。他束手待毙，两眼昏花看不清她，再也看不见她了。（第 183—184 页）

威尔与安娜之间的冲突不是围绕着女性支配权发生的，而是起因于安娜争取个人的独立性。显而易见，由于抵抗的反作用，威尔最终获得了自我存在的能力，因此他的第二次再生得到了肯定："他现在又成了他自己，进入了他的世界，获得了新生，终于从芸芸众生的一群中脱离出来，恢复了自我。现在他终于独立了。"（第 190 页）威尔个人独立问题直接对应了劳伦斯为个体独立存在进行的终生斗争。这一点明显地体现在他与母亲的关系上，如《儿子与情人》中的描写，同时也体现在他与妻子的关系上，如《袋鼠》中的描写。权力之争中，双方都未获得胜利。如果说权力之争还有所获的话，那就是它促使了威尔获得了某种程度的独立性，尽管还不是充分的独立。

　　第二代中的性事通过许多不同的场景展示出来。其中，在林肯大教堂表现了威尔和安娜之间另一场较量。这段较量的描写充满了性的解释话语。威尔接近了那座教堂，与此同时，他也接近了一个女人："她就在那里。"他的进入被描写为一种性的行为，"他要进到那完美的子宫"，在那里面"颤抖着"，"宛如极度快乐的生殖种子"（第 121 页）。因为同安娜在一起，他无法获得满足，于是为了成就他的"男性存在"，他就想象自己同教堂有一种精神上的兴奋高潮。

　　威尔对教会的态度遭到了安娜的严厉批评。这种批评基于她先前拒绝威尔对她孩子般的依赖。她看到，他似乎将教会视为母亲，愿俯首听命。她抨击他，并非对他的精神性感到不满，而是不满他的顺从和听命。安娜对宗教的怀疑态度使威尔在那次教堂的经历中尝到了失败滋味，变得"就像一个明知他遭人背叛却还爱着那个人的恋人"（第 205 页）。虽然在性事方面，他能够满足安娜："身体上，她爱他，他让她感到满意"，"在精神上，他却毫无作为"（第 206 页）。而安娜则满足于自己的生儿育女的生活，"无时无刻不是在忙碌，忙着生产，她想要成为大地，成为一切一切的母亲"（第 207—208 页）。这种态度是包括厄休拉在内的女权主义者所极力反对的。

小说结尾，威尔和安娜走到了一起，这只是一种满足，而不是一种圆满。就像汤姆和利迪娅，他们在性事方面获得了满足而在精神上并未获得圆满契合。《还乡》中的故事与威尔和安娜的故事有许多共同之处。在《还乡》的结尾，当克林（游苔莎的墙洞）无法满足她时，她选择了死。就像汤姆求助于尚小的安娜那样，威尔为爱和圆满而求助于厄休拉。他对公共事务的兴趣是要发展一种"真正有目的的自我"，要在考斯沙确立一个木工阶层，所有这一切都关系到他作为"男性存在"的又一次新生。而安娜并未通过见识威尔身上的"未知性"来实现她的"女性存在"："她等待着他的触摸，就仿佛他是一个闯入的劫掠者，对她一无所知，有着无限的渴望"。（第 235 页）总的来说，威尔和安娜都不能说是获得了他们的充分存在："他们当中没有一个是具有个人特性的，没有一个能够被解释为个人。"（第 354 页）他们经验的缺乏说明了他们婚姻的失败。

在《虹》里的第三代人中，爱、性和权力合为一体。劳伦斯将这三种冲动结合起来，用以展示现代世界的复杂性。事实上，这部作品也是一部有关社会历史的研究著作，因此从第三代人身上，我们可以清楚看到教育、妇女解放和工业化的影响。厄休拉是布朗文家族中最具智性的人物，是这个新社会的产物。她拒绝母亲那种生儿育女的生活，也抵御现代主义的侵蚀。正是基于厄休拉，劳伦斯作出这样的评论：《恋爱中的女人》是一部关于"女人变得具有个性、自我责任感和主动进取精神"的小说①。

与其前辈不同，厄休拉始终意识到自己的个性，有着明确的生活目标：她想要在现代世界中探索自己。"她开始认识自己，认识到自己与身边的平庸之辈格格不入，她必须走出去，干出些名堂来。"（第283页）当斯克利本斯基走进她的生活时，她发展了一种渴望，即"渴望了解自我激情受限的最大程度，以便明了在激情到来之时如何应对他"（第303页）。他们的整个恋爱就是基于这种激情。他的身体也吸引了她，这同同性恋者英格吸引她如出一辙："厄休拉心想，他很漂亮，因为他的手和脸都呈现出一种日晒的红晕。"（第310页）

尽管在小说中不同阶段的性描写有着共同点，但是对第三代人来说，它们显得特别重要，因为它们生动地展示了厄休拉对自己存在的探索，展示了她与斯克利本斯基之间的争夺支配权的斗争。他们的初次性事可以看作是一场"男性存在"和"女性存在"之间的交锋。在那场性事中，厄休拉对斯克利本斯基表面上的倾慕消退了，她感觉到的不仅是自己的活力，也有他的空虚：

> ……他知道自己会死的。她在月光下站了一会儿，她似乎是一股闪闪发光的力量。她害怕自己这个样子。看着他，看着他那阴暗的、飘忽不定的身影，她心中突然升起一种欲望，她想抓住他，撕裂他，把他撕得粉身碎骨。她觉得自己的手和手腕一下子变得不可估量的结实和强壮，就像刀刃似的。他像一个影子似的在她身上等待着，她想驱散、摧毁这

---

① Boulton, James, et al（eds.），*The Letters of D. H. Lawrence*, Vol. 2, Cambridge：Cambridge University Press, 1979—1989, p. 165.

个影子，就像月光摧毁黑暗似的。她看着他，她的脸上熠熠
发光。她吸引着他。……他提心吊胆地伸手抚摸她，他将会
多么尽情地享用她啊！要是他能用自己的双手抓住她那冰冷
冷的、光亮的身体，要是他能抓住她，压倒她，那他会多么
疯狂地爱她啊！他小心翼翼地使出全身的力气想包围她，拥
有她，而她总是那样熠熠发光，总是像盐一样生硬，总是那
么可怕。然而他的肉体依然在执著地燃烧、腐蚀，好像他受
了某种剧毒侵袭似的。他执著地坚持着，他认为最终他会征
服她的。狂乱中他甚至用自己的嘴去寻找她的嘴，尽管这就
像把自己的脸送入某种令人恐怖的死亡之口。她屈服了，他
用尽全身力气紧紧地压着她，而他的灵魂却在一遍又一遍地
呻吟。

　　"我来了，我来了。"

　　她以亲吻接纳了他。她那有力的吻紧紧地吸住了他，那
吻就像月亮一般猛烈地燃烧着，具有极大的销蚀力，似乎正
在摧垮他。（第 321—322 页）

　　首次对其"女性性质"的测试证明厄休拉是获胜者："她的
灵魂洋溢着胜利的喜悦，而他的灵魂却在痛苦中化为乌有，她胜
利了，他不复存在。"另一方面，斯克利本斯基真正沉落到啥也
不是的地步。他既不能用他的"柔软的铁"手腕"摧垮"她，也
没能保住自己的"影子般的"和"不真实的"存在，因为她"驱
散"并"摧毁"了他的这种存在，"就像那晚的夜光摧毁了黑暗
一样"。他们的第二次性经历发生在斯克利本斯基从波尔战争回
来后的第六年。在这次性经历中，厄休拉再次获胜。这两次性事
的描写虽然有许多相似之处，可还是有重要的区别。在第一次
"战役"中，厄休拉和斯克利本斯基都采取了攻势，为争取支配

权和圆满而斗争。既然他们都接受了挑战，那么他们便开始行动，相互摧垮对方。然而，在第二次性事中，厄休拉不仅抨击斯克利本斯基本人，也抨击了他所代表的庞大的机器。她越来越具有进攻性，而他则节节败退，终至缴械投降。既然他无意挑衅，厄休拉便紧逼不舍："她抓住他，用双臂搂紧他，这种紧抱让他感到害怕，与此同时，她的嘴唇寻找他的嘴唇，她的吻结实，密集，发出脆响，直到他的躯体在她的紧抱中变得力不可支。"直到"她尖利的嘴将他的心吸出来"才放开他。斯克利本斯基并无抗拒："他只想这样掩埋在天堂一般的黑暗之中，只要这样，便以足够。"（第 480 页）

值得注意的是，在描写性场景时，劳伦斯经常将月亮作为性的象征。在《无意识幻想曲》中，他写道："月亮，女人的行星，将我们从白日的自我中拖了回来，将我们从我们真正的社会协调中拖了回来，在批评、分离和社会瓦解中，就像退潮那样，将我们拖了回来。这是女人不可避免的模式，让她们言为心声吧。她们的目标是那种深切的、感官的个人主义，其中心是秘密、独夜、敌意和安全门。"[①] 有了这样的理解，我们就能够走进这部小说，看清月亮对恋人们的影响。在第一代人中，光明与黑暗被象征性地用于男性特质和女性特质的对照。汤姆是站在黑暗中向坐在光明之处的利迪娅求婚的。他们作为对立的双方会面，这颇具象征意味，对他们的圆满也颇为重要。汤姆只是一个感官型人物，因而不能将光纳入一个统一的自我（不能接受利迪娅作为"未知的世界"）。因此，他，就像黑暗的创造物那样，只要呆在黑暗中就觉得安全。在第二代人中，月亮作为性象征的出现，给

---

① Lawrence, D. H., *Fantasia of the Unconscious and Psychoanalysis and the Unconscious*, London: Heinemann, 1971, pp. 173—174.

予安娜力量，为支配权而斗争。威尔看到了月亮对她的影响："她从月光下出现，她会停下来，离他远远地站着吗?"（第 123 页）每当月亮出现，都似乎要"敞开她的胸部"，很快仿佛感到"她的胸部起伏不停"（第 122 页）。在第三代人中，月亮不仅给厄休拉以力量和圆满，而且也威胁到了斯克利本斯基："他害怕熊熊的月光焰火……他知道自己会死的。"（第 321 页）因为在这里月亮是一个真实的恋人，比斯克利本斯基的影子式的存在更为真实，她"献身给它"，"向它敞开自己的胸怀"，为了"吸纳它"，为了更多地同月亮交流，为了圆满，她的身体就像颤抖的海葵充分地展开（第 319 页）。

在同斯克利本斯基的初次性事中，厄休拉成功地获得了女性支配，而斯克利本斯基却沦为啥也不是的境地。结果，他对人类关系变得漠不关心："人是什么？他只不过是整个社会组织、国家和现代人类中的一块砖瓦而已。"（第 328 页）当他去南非参战时，厄休拉依然在探索生活能给她的经验增加什么，同她的老师英格小姐发展了一种同性恋关系。厄休拉所希望的"可爱"应该是男性和女性品质的结合："优美、正直，具有活跃的秉性，她的不屈不挠的骄傲天性。她像男人那样骄傲和自由，同时又像女人那样优雅。"（第 337 页）厄休拉寻求这种"男性"特性就是为了完成自己的特质，获得满足。斯克利本斯基还不足以成为满足她需要的男人，他只是一个影子或黑暗，而决不是太阳，决不是二元对立中男人的行星①。英格小姐，智性人物英格小姐就是太阳："她坐在那里，就像坐在丰富多彩的太阳的光辉之中，阳光的那种令人陶醉的热直接倾注到她的血脉之中。"厄休拉同英格

①　Moi，Torill，*Sexual/Textual Politics：Feminist Literary Theory*，London：Methuen，1985，p. 104.

小姐在一起感到平静，并未对她的"月亮"构成威胁。这种排除男性的女人与女人的集结是妇女解放的高峰①。然而，厄休拉对英格小姐的顺从使她从一头狮子变成一只羔羊，这正是后来她所反对的："她不明白羔羊怎么能够去爱。羔羊只能被爱。它们只能被吓着，怕得发抖，成为牺牲品；或者它们能够献出爱而被爱。在这两种情形中，它们都是被动的……她自己的四肢，就像一头狮子或一匹野马，她那颗充满欲望的心是无情的。"（第342页）

　　出于某种挑战，厄休拉就像一位斗士，在男人世界中继续探索她的"女性性质"，结果只发现它更具物质主义色彩。由于英国社会和经济的转型，婚姻变得机械呆板。在刚刚建成的维格斯顿（与伊斯特伍德镇相似，直接同马什农场形成对比），约克郡的一个新煤矿经理汤姆叔叔表达了他本人和他所处的社会对婚姻的态度：

　　　　"但那就是他们的生活，她不久就会再婚。和这个或那个男人——对他们来说，这是无所谓的，反正他们都是矿工。"

　　　　"你这是什么意思？"厄休拉问道，"他们全是矿工？"

　　　　"对于女人和对于我们都是一样的，"他答道，"她的丈夫叫约翰·史密斯，是个装煤工。我们把他看成装煤工，他也把自己看成装煤工，所以她觉得他代表了他的工作。婚姻和家庭都是小插曲而已。女人们非常清楚这一点，所以也就无所谓了。哪个男人对她们来说都没关系。矿井才是最重要

---

①　Simpson, Hilary, *D. H. Lawrence and Feminism*, DeKalb：Northern Illinois University Press, 1982, p. 40.

的。围绕着矿井的都是些小插曲，很多很多。"（第348—349页）

工业世界已经使人沦为庞大机器的一部分，而这庞大的机器正是劳伦斯试图通过厄休拉想要砸碎的。人类的关系失去了感情因素，因为人们失去了个性，完全听命于严峻无情的机械制度。在婚姻方面，此人与彼人并无多大区别，仿佛全人类都转化为代码为"装煤工约翰·史密斯"和"煤矿经理汤姆·布朗文"的单个人了。厄休拉本人也发生了转化，"在学校，她只是五年级的老师，除此之外，她什么也不是"（第393页），整个班级就是一种"集体的、非人性的东西"（第377页）。甚至大学也已经变成了知识工厂。人类的非人性化已经改变了人们对生活的态度，包括对爱情与婚姻的态度。就像哈代在《林地居民》等作品中表明的那样，劳伦斯对现代世界显露出极度不信任的态度，除非采取某些实质性的改进步骤，如重新调整男女之间的关系，否则他是不会接受这个所谓现代世界的。

尽管厄休拉在男人的世界中获得了成功，可是准确地说，她并未赢得胜利。她在布林斯雷学校的所作所为表明，她能够为自己作为女人的权利而战，却无法取得她在同斯克利本斯基初次性经历中所获得的那样胜利。正是由于这一原因，在六年的通信往来后，她又恢复了同斯克利本斯基的关系。她需要的一切就是确保自己的个性，尤其当她依然决心要"学习、洞悉和行动"的时候。最初，她相信他掌握着"阳光的钥匙"，可是她再次失望地发现他不像一个人。当他向她求婚时，厄休拉提出了是否去印度居住和他是否能够成为一个真正的恋人的问题。当然，离开工业主义的英国，她毫不在乎："我会很高兴离开英国的。这儿的一切都是那么庸俗、可鄙，充满了俗气……"（第461页）但她离开英国的想法与斯克利本斯基打算去印度的想法不同。她一针见血地对他指出:"到那里你就可以飞黄腾达了","你们愿意同他们在一起,做他们的主人",其目的就是"想把那儿的一切都变成和这儿的一样死气沉沉,卑鄙拙劣!"(第462页)厄休拉和斯克利本斯基之间唯一的一次亲密爱恋是他们在弗雷德·布朗文婚礼上跳舞的时候。这是男女之间的"一次双重运动",是一次"二合一"(第318页)的运动。在此,劳伦斯又一次利用跳舞来表现他笔下人物的性兼容。既然斯克利本斯基在跳舞之外无法维持这样一种相互兼容的关系,那么最终他遭到了排斥和拒绝,第三代人并未获得圆满的婚姻。

在《虹》中,劳伦斯专心致志地探索了爱、性和权力的问题。他笔下的人物经历了从无知、经验到满足的变化过程,但是直到《恋爱中的女人》才获得圆满。在《恋爱中的女人》中,有经验的厄休拉与有经验的伯金结婚了。圆满似乎是生活的终极目标,而要达到这一目标谈何容易,尤其在缺乏经验的情况下,更是难上加难。在第一代人中,汤姆和利迪娅将他们未解决的个人问题转移到婚姻上,因为利迪娅以前结过婚,她能够帮助汤姆克服他的内心冲突。在第二代人中,威尔和安娜也在婚姻中超越了他们的个人争端。然而由于他们年轻和不成熟,他们的婚姻失败了。满意和和解是他们的唯一的另一选择。当走近第三代人时,可以看到,劳伦斯想让智性的厄休拉获取经验。她没有结婚,只是由于她同斯克利本斯基的恋爱是一场失败。可是她却从中获得了经验,获得了她的"女性性质",遗憾的是,这只是一种满意而不是一种圆满。

需要进一步指出的是,在第一代人中,婚姻最为成功,而在最后一代人中,自我意识的获得最为充分。婚姻和自我意识之间有着某种正反向关系。人物的自我意识越强,他们的婚姻失败的

可能性就越大①。由此推论出：劳伦斯在效法哈代。正如在
《虹》中的第一代人那样，《绿林荫下》中的婚姻比哈代在其后期
小说中所描写的婚姻更为成功。随着时代的发展，婚姻的成功率
降低了，而自我意识则增强了。在《无名的裘德》中，婚姻，就
像《虹》中的第三代人的婚姻，是一场彻头彻尾的失败。《还乡》
和《林地居民》中婚姻问题的复杂和困惑真切地反映在《虹》的
第三代人的婚姻上。

---

① Preston, Peter & Hoare, Peter（eds.）, *D. H. Lawrence and the Modern World*, London: Macmillan, 1989, pp. 126—127.

第 五 章

男 性 与 婚 姻

　　第四章主要从女性的视角探讨婚姻问题，即使像《还乡》和《儿子与情人》这样以男性为主人公的小说，也主要聚焦于女性。本章则将视角从女性转向男性，从男性的视角探讨婚姻关系。以此视角探讨的作品包括哈代的小说《卡斯特桥市长》（1886）和《意中人》（1892，1897）与劳伦斯的"政治的"小说《阿伦的拐杖》（1922）、《袋鼠》（1923）和《羽蛇》（1926）等，也包括某些较短的长篇小说和中篇小说，如《狐狸》（1923）、《船长的玩偶》（1923）和《圣莫尔》（1925），虽然其中有的作品是从女性的观点写的，可是它们是关注男性的，强调的是男性特质（阳刚之气）。

　　由于这些作品关注的焦点由女性转向男性，因此其中所呈现的恋爱和婚姻概念也发生了转变。与以前的作家的描写有所不同，在这些作品中，就爱情关系而言，婚姻不再是一种能够愉快容纳男人和女人的社会建制，而是一种男女双方都设法避免和摆脱的无望结合，原因是男人拒绝接受"雌性"的感情世界，而女人则拒绝接受"雄性"的征服世界。劳伦斯的经历就是例证。这两种极端在这些作品中虽然获得了某种程度的调和，但大都难以让人信服，尤其是当哈代和劳伦斯都对"男子特质"的真实性提出疑问的时候，因为他们认为，这种"男子特质"已消失于异性关系之中，并完全忽视了传统的性别角色和性道德。

先来讨论《卡斯特桥市长》。《卡斯特桥市长》可以被看作有关亨察德的道德的故事，一个协调亨察德的"雄性"和"雌性"的故事，而这种协调不是基于婚姻的解体，而是基于对婚姻基础的寻求。而后将分别探讨劳伦斯在《阿伦的拐杖》和短篇《船长的玩偶》中对婚姻和权力的看法。《卡斯特桥市长》、《阿伦的拐杖》和《船长的玩偶》除了关注男人世界中的权力和成功之外，都有一个男性中心人物，一个古典式的男性至上主义者。他关注自己的幸福远远超过对妻子和孩子的幸福的关注。不同寻常的是，在这些作品中，求爱和婚姻被置于次要地位，而居于首位的是同志关系（在这些作品中，具有雄雌性因素的自我与传统的性或理想的男人和女人的特征有所不同，而是等同于劳伦斯在《托马斯·哈代研究》和其他文章中详细探讨的二元哲学）。

一 《卡斯特桥市长》(1886)

批评家们将《卡斯特桥市长》归于哈代的主要小说，不过只有少数人将该作品看作是表现妇女及其解放的作品。就婚姻问题而言，罗纳德·德雷伯和马丁·雷在《托马斯·哈代注释评传》中指出，人们并未太在意这部小说，也未对它进行过充分的研究。哈代最主要的女性主义批评家彭妮·布迈哈、露丝玛丽·摩根和帕特丽夏·英格厄姆因该小说的"男子气"性质而有意避而不谈它，或因其未能明确肯定哈代有关女人、爱情和婚姻的现代观点，转而讨论哈代的其他小说。诺尔曼·佩吉、伊恩·格利高和劳伦斯（《托马斯・哈代研究》）都不愿去讨论该小说中的爱情和婚姻，原因之一是该作品，如 T. R. 赖特所指出的那样，将关注的焦点从女性转向男性[1]。哈代在 1895 年为该小说写的序言中强调了这一转变："比起其他小说，该小说是对一个男人的行为和性格的特别研究。"[2]

伊莱恩・修瓦尔特在她的研究专著中说，《卡斯特桥市长》"将女性的自我理解为男性的自我的疏远和必要的补充"并提出，"该小说是对这个新男性的分析，而不是对哈代笔下的新女性的评价"[3]。而罗莎琳德・迈尔斯则认为，虽然《卡斯特桥市长》"通常"集中于亨察德，事实上是围绕着三个女人的。这三个女人的行为和反应完全指导和决定着他的命运[4]。劳伦斯在 1914年 6 月 2 日的信中说："对男人来说，要做的就是要有勇气接近女人，在她们面前表现自己，让她们改变自己；而对女人来说，要接受和承认男人。"[5] 就亨察德的婚姻而言，劳伦斯这一说法符合小说情节的发展。因此，该部分旨在探讨婚姻作为男人和女人的权力之争，他们应该学会彼此互爱互敬，验证劳伦斯的哲学：男女双方在获得幸福和圆满婚姻之前，应该首先获得他们的"个性"（即理智与激情的和谐）。

《卡斯特桥市长》写的是亨察德如何去爱和尊重女人的故事。

① Wright, T. R., *Hardy and Erotic*, London: Macmillan, 1989, p. 72.

② Hardy, Thomas, *The Mayor of Casterbridge*, Harmondsworth: Penguin, 1978, p. 67. 本节中所标页码均引自此书。

③ Showalter, Elaine, "The Unmanning of *The Mayor of Casterbridge*: The Bisexual Identity", *Critical Approaches to the Fiction of Thomas Hardy*, ed. , Dale Kramer, London: Macmillan, 1979, pp. 101—102.

④ Miles, Rosalind, "The Women of Wessex", *The Novels of Thomas Hardy*, ed. , Anne Smith, London: Vision Press, 1979, pp. 23—44.

⑤ Boulton, James, et al (eds.), *The Letters of D. H. Lawrence*, Vol. 2, Cambridge: Cambridge University Press, 1979—1989, p. 181.

哈代让他面对了三个不同的女人，代表了他在生活中几乎所有的关系类型。在每一种关系中，亨察德必须遭受痛苦，必须为他的无知付出沉重代价。就像所有的悲剧主人公，亨察德虽然特点鲜明，有着不寻常的生活，但最终要以死终其一生。他背运的种子从小说一开始就播种下了，他无法调和他的"雄性"的野心和"雌性"的激情，这让他付出了幸福和生命的代价。然而，在他死前，他变得驯服了，因为他放弃了自己的骄傲和尊严，不仅承认了长期以来被否定的激情，也承认自己需要爱和被爱。

小说开始的时代背景是 19 世纪初（约 1820 年前后）的为家长制传统支配的英国社会，记述了一个卖妻的事件，尽管卖妻在当时很少见，但是却在思想观念方面清楚地表现了家长制社会的典型特征。在该小说前言中，哈代再一次肯定了这样的看法：小说是一种社会文献，记录和诠释家长制社会的历史变迁。他写道，卡斯特桥的历史见证了"丈夫卖妻子、谷物法废除前收成的不确定和皇家要人的访问"（第 67 页）。这三个重要事件依次构建了小说的故事。在这个三个重要事件中，第一个事件最具文学性。

小说一开始不仅强调了生意对个人生活的重要意义，也强调了挣钱和成功是小说主要的关注点："这里有贸易可做吗?"（第71 页）亨察德问。许多批评家指出，卡斯特桥已经被认作哈代的威塞克斯的贸易之都和中心市场，买卖构成了这里的生活主旋律。正是从这些物质主义的估价中产生了像亨察德及其生意上的竞争对手法伐尔伏雷这类人物。读者也正是在这样的背景下观察他们。在他们看来，一切都标有价码；人若无价钱标识，则一钱不值。例如，亨察德谈及他的自由时，禁不住给它明码标价："我要是再次变成自由的人，那么我就会值一千英镑。"（第 74 页）正是在小说中的交易氛围和后来的婚姻中，亨察德获得了自我满足。

的确，应该肯定《卡斯特桥市长》中对社会景象的描写。伊恩·格利高曾对《虹》中汤姆·布朗文的自我疏远和《卡斯特桥市长》中亨察德的自我疏远进行过比较，可是这种比较不够明确，结论也有些唐突，因此，我们难以接受这样的比较结论：哈代的成就大于劳伦斯。因为这一结论仅仅依据这样一种假定：哈代对亨察德的探索更具社会学意义而更少性意义。如果格利高根据两位作家的每一部作品的优秀之处作出这样的判断，这也许会公正一些。遗憾的是他只依据一两部作品便作出如此结论，难免有偏颇之嫌。虽然亨察德和汤姆·布朗文生活在大致相同的时期，但是他们的关注点，就像他们各自的创造者哈代和劳伦斯那样，是非常不同的：前者太渴望获得物质上的成功以致失去了妻子，而后者则太渴望得到妻子以致失去了对物质成功的渴望。在这样的语境中，汤姆·布朗文与亨察德很少有相似之处。在自我疏远方面，《阿伦的拐杖》中的阿伦倒是比汤姆更贴近亨察德。当他们的故事展开时，亨察德和阿伦不仅都结婚了，而且因他们的家庭义务而感到幻灭。为自由而解体婚姻也许是为获得社会上的成功而迈出的第一步，但是肯定不是为了他们最初相信的个人满足。

与阿伦一样，亨察德从小说一开始就被说成是一个古典式的男性至上主义者。事实上，当他说起他妻子的故事时已对伐尔伏雷承认了这一点："从本性上说，我是一个仇恨女性的人，与性保持距离，我觉得一点也不难。"（第148页）与妻子和女儿一起走路时，他会绝对保持沉默，故意不睬她们，假装阅读一纸民谣。妻子对他这种做法已习以为常："对于他这种通过假装阅读式的忽视，她已见怪不怪，似乎很自然地就接受了。"（第70页）然而在偶然的观察者看来，这对夫妻显示了所有婚姻的迹象，除此之外，没有哪一种关系"能够说明这样一种陈旧的熟悉气氛"（第 70 页）。像过去那样，哈代喜欢嘲讽婚姻及其中的双方。他利用否定性迹象将男人和女人界定为丈夫和妻子。这是他对人类心理的前弗洛伊德式的理解。这种理解在《无名的裘德》中达到了巅峰。

与丈夫和妻子的缺乏沟通形成对照，母亲与女儿之间存在一种交互作用。她们的爱和亲密表现在"那女人对女儿的偶尔低语……和那孩子的呀呀回答"（第 70 页）。同样的情景二十年后再度出现，母亲与女儿手牵着手（一种简单的情感表现的举动）同样表达了她们的爱。如果母亲与女儿的亲密是亨察德嫉妒和疏远（导致了亨察德与苏珊分手）的主要原因，那么这也肯定是汤姆·布朗文为利迪娅所吸引（导致了他们的婚姻）主要原因。两者之间的不同对突显哈代和劳伦斯对婚姻的态度不同更为重要。不管怎样，正是在这里清楚地建立了富足的男人世界和激情的女人世界。女性主义者对此也许并无兴趣，因为她们拒绝接受男女性之间的二元差别，然而，这却是该小说的核心。

《卡斯特桥市长》是对亨察德自我教育的叙述。亨察德一生中犯了一系列错误。他的第一个错误就是在威顿集市上卖妻。当时他处于醉态中，受到售马拍卖的刺激，将妻子拍卖给了最高的出价者。事实上，这种售妻事件在维多利亚时期的英国并不常见，但是作品对其描写则显得非常奇特。亨察德所做的这种违背卡斯特桥社区道德观念的事情在二十年后被发现。在确认这种事件的真实性方面，哈代在《道塞特郡编年史》中偶然发现了这类例证。哈代在 1884 年开始读这套编年史，为写《卡斯特桥市长》作准备。根据小说对拍卖场景的描写，读者可以看到，经过拍卖价上升，然而并无竞标者，于是亨察德考虑接受五英镑的叫价。让亨察德深感意外的是，一位水手出现了，满足了他的高价。

　　显而易见，卖妻难以完全归因于冲动，因为正如他妻子苏珊强调指出的那样，亨察德"从前在别人面前已说过这种无聊的话"（第84页）。也许直到他受到挑战，直到他的骄傲丧失殆尽，他才最后同意和妻子分手。不管怎样，在卖苏珊一事上，亨察德的确是为了追求金钱和权力，不过他也许是为了自己的自由。也正是这种自由让阿伦离开了他的妻子。哈代和劳伦斯都通过各自的小说辩论了这种婚姻困境。卖妻虽然表面上不同寻常，但在家长制文化中在寓意上却是极其寻常的。在这种家长制文化中，富有的男人习惯于买女人成就婚姻，而富有的女人则吸引体面的男人成就结婚。将女人变成某种商品是男人幻想的一部分，这暗含着男人应该像对待自己的财产那样对待女人。

　　将女人和马进行比较是哈代和劳伦斯最乐见的讽刺表达。哈代拉近了亨察德之妻和马拍卖的联系，并像劳伦斯那样，对"雄性"理智世界的野蛮和"雌性"感情世界的敏感巧妙地加以区别。根据劳伦斯的二元论，马在小说中也起着作用。具有讽刺意味的是，马对同类的态度远比亨察德对妻子态度温和："在这个地方，低级动物的和平天性与人类的蓄意相仇之间的区别，是特别的显著。同帐篷里面刚刚结束的行为的冷酷行为成了对照的，是几匹马在互相亲昵地交颈挨蹭着，它们耐心地等待着套上马具，好回家去。"（第79—80页）后来，当亨察德变得驯服，能够协调理智与激情的时候，他对自己的"犯罪"感到懊悔，第一次意识到"他在感情方面所失去的与他在物质方面所得到的几乎是相等的"，意识到"他用爱取代野心的祈愿已经被他的野心所抵消"（第394页）。

　　由于他"雄性"的权力和坚持不懈，亨察德，就像《恋爱中的女人》里杰尔拉德·克里奇那样，在卡斯特桥的男性世界中一路发达，成为市长。他在婚姻方面遭受的挫折最终不是通过卖妻和摆脱其性格中"雌性"一面获得解决的,而是通过渴望两者获得解决的,这的确具有讽刺意味。根据弗洛伊德的观点,亨察德在其性情绪受到压抑之前,他是没有足够的获取成功的决心。弗洛伊德认为,受到压抑的性情绪能够产生出巨大的能量和获取成功的能力,而劳伦斯则持相反的看法:只有首先获得性满足,人们在生活中才能实现他们的目的。不过他似乎也同意弗洛伊德的观点:"在维多利亚的男子汉的神话中物质上的成功需要抑制竞争性激情。"① 他要戒酒二十一年的誓言提升了他在卡斯特桥市民中的声誉,成为他获得世俗成功的一个原因:这个誓言让他"起始了一个新方向"。在此,哈代似乎从《圣经》中取材。《圣经》里说,一个人要想获得成功,那么他就必须避开酒和女人。显然,亨察德对自己不酗酒、不同女人交谈深感自豪:"他对女人世界的众人皆知的漠视,他默默避免谈性"(第 153 页),成为卡斯特桥市的话题。

后来,当他又与苏珊结婚时,卡斯特桥市民议论纷纷。在他们看来,这档婚事太不合适了。他们窃窃私语道:"这个文雅的寡妇制服了他,使他变乖了","他娶了如此卑贱的女人,结果在公众看来,他尊严扫地"(第 153—154 页)。如果人们将《还乡》中的游苔莎看成"女巫"的话,那么人们就给苏珊起了一个绰号"鬼婆"。她被看成幽灵,因往事纠缠亨察德。这个幽灵不肯下葬,缠附着未来。亨察德的男子汉力量在卡斯特桥众人皆知,男人们尊重他的诚实和执著,然而他在女人中的声望并不高。南希·莫克里奇是小说中的一个次要人物,但是在这方面很有代表

---

① Showalter, Elaine, "The Unmanning of *The Mayor of Casterbridge*: The Bisexual Identity", *Critical Approaches to the Fiction of Thomas Hardy*, ed., Dale Kramer, London: Macmillan, 1979, pp. 105—106.

性。她不仅公开抗议亨察德的面包品质，而且也对他表达了忿恨之情："我要是和像他这样的人结婚，那才倒霉透了呢。"（第154页）此外，受审的那个老女人也是一个例子。在卖妻事件发生二十年后，这个老女人在他面前受审。当她认出亨察德时，公然抨击道："他并不比我好哪儿去。他没有权利坐在那里审判我。"（第275页）

另一方面，亨察德也并非毫无感情，他只是耻于承认罢了，因为感情是"雌性的"，只有柔弱的女人才会表露它。当那个老女人在法庭上冒犯他时，处在女性化的过程中的他学会了如何表达对女人的感情："凭良心讲，这证明了我是不及她！为了避免诱惑，从严处分来报复她，我把她交给你们。"（第275页）伊丽莎白-简也是个例证。当他们初次见面时，亨察德一看到自己的女儿便动情得落泪，可他又不能去认她："分别时，他握着她的手，那么热情地握着，她大受感动。"（第137—138页）虽然他不能公开表达他的感情，但是他却通过物质方式成功地表达了出来："这里装有五畿尼……他低声地对她（母亲）说，他把她买回来了。"（第138页）然而，这并没有阻止他表达对妇女的负面看法。在第一章，我们已经看到了他责骂他的妻子，在随后的一章，他又为拍卖的事责备她。当路塞塔在到达卡斯特桥的头一天晚上拒绝见他时，亨察德立刻骂道："这些该死的娘们，满肚子鬼心眼！"（第221页）

只有在他的经理伐尔伏雷面前，亨察德才能无拘无束地表达他的爱。时至今日，人们对市长喜爱这个瘦削的苏格兰人仍心存疑问。评论家各执己见，莫衷一是。一方面，可以将他们的关系看成是父子关系。这一看法可以在作品中得到证实，尤其当我们了解到伐尔伏雷要比亨察德小一辈，他就像儿子那样继承了他父亲的钱财和地位，继承了市长的一切，包括房子和生意。另一方面，也可以将他们的关系看成一种同性恋关系。由于亨察德是一个大男子至上主义者，所以他将其全部的爱从女人身上转移到男人身上。如果没有伐尔伏雷，也许他会将这种爱倾注到他最亲密的朋友贺拉斯身上。亨察德对伐尔伏雷的爱常常被看做同性恋式的爱，至少从这位市长的角度来看是如此[①]。我个人认为亨察德对伐尔伏雷的爱主要是一种父亲般的爱，但是并不排除包含有同性恋的性质。

伐尔伏雷的新观念和英俊的面孔给亨察德留下了深刻印象。亨察德考虑将他的生意利润的三分之一给予他，以便留住他，还敦促伐尔伏雷和他同住同吃："真的，真的，这个小伙子迷住我啦！我想这是因为我太寂寞了。我情愿把生意的利润分给他三分之一把他留住。"（第125页）路塞塔的房间就是一个观察所，从那里可以俯瞰下面的市场。就像路塞塔那样，伊丽莎白-简从她的房间里见证了亨察德和伐尔伏雷之间的男人关系，后来她也观察到了亨察德—路塞塔—伐尔伏雷之间的三角恋："她看见唐纳德和亨察德先生的关系密不可分了。当他们在一起走路时，亨察德会把他的胳膊习惯地搭在他的经理的肩膀上，仿佛伐尔伏雷是一个小弟弟。他的胳膊那么重，将瘦削的伐尔伏雷压弯了腰……亨察德对身材、力量和干劲的欣赏几乎胜过了对他的大脑智慧的无限敬慕。"（第160—161页）伊丽莎白-简是否亲见证了这两个男人之间的性感情仍有待讨论。但是可以肯定的是，她的确知道在这种关系中亨察德具有支配性地位，因为她准确地看出了他"对这个年轻人凶悍的感情，他越来越想要伐尔伏雷在他身旁，不时造成控制他的倾向"（第161页）。在这方面，她甚至有点羡

① Kramer, Dale, *Thomas Hardy: Forms of Tragedy*, London: Macmillan, 1975, pp. 86—88.

慕这种男性感情的热度："这是男人与男人之间的一种友情；其中有多么强的一股力量呀。"（第 167 页）就像《一双湛蓝的眼睛》中的史密斯和耐特与《恋爱中的女人》中的伯金和杰尔拉德，亨察德和伐尔伏雷之间的关系是单方面的，直到小说结束也是如此，因为亨察德的感情一旦有所依附就很难改变："要是我不喜欢一个人的话，我就是世界上最冷淡的人，可是一个人要是中了我的意，我就爱得不得了。"（第 133 页）

直到他与伐尔伏雷进行角斗时，亨察德才意识到自己对伐尔伏雷的感情是多么深，多么投入。也像《恋爱中的女人》中的伯金和杰尔拉德，亨察德与伐尔伏雷之间的角力，虽然充满了性爱的意象和拥抱，但仍可被视为一场父与子的较量。他自缚左臂于背后，仍然能轻而易举地击败他的"漂亮而瘦弱的对手"。现在他有机会复仇了，可是他并无伤害他的决心，甚至还对自己的行为感到内疚："上帝是我的见证，从来没有一个人爱另一个人，像我从前对待你那样……可是现在……虽说我到这里来是要你的命的，可是我又不能伤害你！"（第 348 页）当他独处时，便沉思起来。他惊讶地发现在自己秉性中有着某些"雌性"品质："他全然气馁了，一直不动地伏在粮袋上，这种姿势不是一个男人所常有的，尤其是像他这样的一个男人。这是女性的柔情，结合在非常刚强男性气概的人身上所造成的悲剧。"（第 348 页）后来当路塞塔处在危险之中，亨察德毫不犹豫承认他对其以前的竞争者的"雌性"情感："啊，伐尔伏雷！信任我吧——我是一个倒霉的人；可是我对你的真心并没改变。"（第 360 页）就像苏珊爱亨察德，亨察德对伐尔伏雷充满爱意的友情，如作者所说，一直没有获得响应："伐尔伏雷从来没有像亨察德喜欢他那样充满激情地喜爱他。"（第 405 页）

路塞塔在小说的后半部分出场，这实际上增强了这两个男人的竞争性。直到苏珊死后，路塞塔才决定来卡斯特桥，加快亨察德对她的感情，以便促使他考虑同她结婚，然而，具有讽刺意味的是，她却爱上了伐尔伏雷。伐尔伏雷也爱上了她。因此，路塞塔没想到在等待亨察德向她求婚期间，自己却爱上了亨察德的竞争对手。哈代在构思其小说主题时往往会使用这样的悲剧性讽刺情节。不过这种悲剧性讽刺情节的运用不仅是重要的，也是符合人的心理和非理性之爱的。路塞塔成为伐尔伏雷的关注目标后，再次刺激了亨察德对她的渴求："亨察德对路塞塔的那种潜伏的感情在那种情境中就像火焰被煽得越来越旺。"（第 246 页）

路塞塔正式出场前，正如《远离尘嚣》中的范妮·罗宾，就已经卷入了与亨察德的性爱关系的流言蜚语。虽然在一个家长制社会中，这种流言蜚语不会对亨察德造成任何伤害，但是哈代却相信，这"当然会毁了她"（第 149 页）。当她在卡斯特桥初次出现时，人们并不晓得她的秘密。伊丽莎白-简最初见到她是在教堂墓地，这是"一个衣着打扮比她漂亮的女士"，"一件完美的艺术品"（第 205 页），毫无疑问是迷人的。然后，当伐尔伏雷去在路塞塔的宅邸"高地大楼"去见伊丽莎白-简时，路塞塔迷人的举止和美丽的容貌给他留下了深刻印象。他坦承："我不知道该如何同女士们交谈。"后来，当她成为他同亨察德竞争时的伙伴时，他禁不住坦承自己的感情："由于你的地位、财富、才能和美丽，必定会有很多人在追求你，可是你抵抗得住这种诱惑么，不作一大堆崇拜者缠绕者的一个小姐——我说——甘心情愿的要一个平凡的男人？"（第 268 页）

值得注意的是，尽管该小说具有"雄性"品质，但是哈代仍然站在处于爱情困境中的女人一边。哈代并没有将该小说中的女人写成男人欲望的目标，而是将她们写成能够操控自己情境的独立女性。虽然路塞塔最终被击败了，受到了惩罚，就像哈代小说中所有的性人物，因违反道德准则而遭受死的惩罚，但是她，如同亨察德，是一个悲剧人物，未能成功地掩埋掉过去，受到命运的捉弄。她的操控性明显体现在她决心劝阻亨察德不要用给她丈夫读她的情书来威胁她。在安排了一次与亨察德的秘密会见后，她有意把自己梳妆打扮得很一般，看上去很憔悴。她的早熟看起来与她的年龄不符："她站在大圆场子中间的身形，她那不常见的朴素衣裳，她那希望和请求的态度，给了他那么强烈的印象，以致在他的灵魂里把另一个被他虐待过的女人又复活起来，那个女人在当年也曾这样站在此地，如今已长眠不起了。这个回忆使他丧失了勇气，他的内心责备他不该对这么一个弱女子起了报复的念头。"（第324页）见此，路塞塔聪明地恳求他放过她："啊，麦克！不要这样为难我！你应该认为你已经做得够厉害了！我来到此地的时候，还是一个年轻的女人；现在我一变就成了个老太婆了。不管我的丈夫，或是别的男人，都不会对我有太久的兴趣了。"（第324页）接着，叙述者概括了亨察德对女人的感情，特别是对路塞塔和苏珊的感情："他本来对于一般女人就有一种看不起的怜悯心，现在这个恳求者像第一个女人化身似的出现在这里，更提高了这种感情。"（第324页）自此，亨察德想侮辱她的兴致和欲念消失了，"对于伐尔伏雷的收获也就不再嫉妒了"。（第325页）

尽管亨察德力劝路塞塔嫁给他，但是他根本就没有真正爱上她。既然他是一个"仇恨女人的人"（第148页），那么只有当她成为自己同伐尔伏雷竞争的伙伴时，他才对她感兴趣。而伐尔伏雷意识到"这更像一种老式的爱情竞争，很少像生意上的竞争"（第315页）。如果她不是伐尔伏雷的女人，亨察德就不会在意她："倘若路塞塔的心，不是给了伐尔伏雷，而给的是世界上另外一个男人，他很可能立刻就要怜惜她了。"（第270页）另一方面，路塞塔清楚地知道，亨察德从未真正爱过她。要是他有心娶她的话，她觉得，那一定是出于感激而不是出于爱，因此她大胆地拒绝了他："如果我发现你提出要同我结婚，纯粹是出于爱情，今天我会觉得应该对你负责的，可是我马上知道了，你是出于慈悲心才这样做的——几乎把这桩事当作不愉快的责任——因为我看护过你，同你发生了关系，你就认为你应该报答我。从那以后，我对你不像先前那么在乎你了。"（第 269 页）

在她同伐尔伏雷的关系方面，路塞塔不仅巧妙地吸引了他，而且还占了上风。她的年龄和经历都有助于通过展示自己的美和女性特色以唤起伐尔伏雷的性欲望。在这方面，她同哈代笔下的许多女性如出一辙。与亨察德不同，伐尔伏雷年轻、谦逊、受过教育，最重要的是，非常吸引人："在她看来，他是一个新型的人物。"（第 231 页）路塞塔并不是唯一爱他和倾慕他的女人。除了伊丽莎白-简，还有其他女人被他的魅力所征服。正如亨察德的经理姚普所言："所有的女人都偏向伐尔伏雷……他是个迷人漂亮的小伙子……他就是这么一种人……钻到一个姑娘的心里，就像晕头虫钻到羊脑子里去一样……叫她们眼看着弯的东西全像是直的。"（第 265 页）

可是，他同路塞塔的婚姻是毫无益处的，倒是对伊丽莎白来说，则是一件好事。就像《林地居民》中的马蒂、《还乡》中的托马辛和《艾塞尔伯塔之手》中的皮考蒂，伊丽莎白-简虽然爱着伐尔伏雷，可却一直对他的浮躁和他对路塞塔的倾慕保持一种消极和不以为然的态度："她已经尝受过遭人背弃的教训……她经常碰到这样的事，她所希望的，她得不到；她所得到的，却不是她所希望的。"（第 250—251 页）尽管她具有热情，可是却常常被她曾经爱的人和唯一的朋友——父亲所忽视。结果，她从书本上了解了斯多葛派哲学，从这一哲学中，她获取了巨大的力量。此外，也由于她的坚忍精神，她变得越发坚强，很少感到痛苦。正是由于她非同寻常的忍耐、忠实和善良的品性，哈代犒赏了她，在小说结尾，让她获得了幸福的婚姻。

在自我疏离的过程中，在最终死亡之时，亨察德，就像《还乡》中的克林一样，抱怨神，既然他有罪，为何不严厉地惩罚他："我——该隐哪——独自走路，我是应该这样的——一个与世隔绝的人，一个流浪汉，不过我的惩罚并没有超过我所能忍受的!"（第 388 页）结果在失去一切后，他死于荒郊野外。说他是个悲剧人物，并不是因为他本质上是个好人，在野心勃勃的男性世界和女性的感情世界中打了败仗，而是因为他懂得了协调自己冲突的情感，即理智与激情的冲突（《虹》的结尾，厄休拉在协调了自己对立的情感后险遭死亡）。正是这种死亡让人难忘和叹息，因为他属于那类"得到的比应得的要多"的人。

虽然从 19 世纪 80 年代的政治背景来看，还不能说哈代是一个女权主义者，可是他对伊丽莎白-简的描写引起了某些评论家的欣赏。贯穿小说始终，人们可以看到伊丽莎白-简一直热心于改进她的社会地位和教育。与亨察德不同，她懂得了利用"忍受有限的幸运"的艺术来教育自己。这种斯多葛哲学也反映在她的教育上。她把教育看作生活中的重中之重。虽然她缺乏教育，但她惊讶地发现由于自己身上的昂贵的衣着而被人羡慕。先于淑·布莱德赫德和女权主义者，她完全不赞成社会对女人外表的物质主义观念，因为这种观念把女人当成了男人们的玩偶和猎艳的目标。她更希望人们对她的关注是由于她的教育背景而不是漂亮的服饰。她默默地想着："这里面有点不大对劲儿，只要他们知道我是一个怎样没有受过教育的女孩子呀——我不会说意大利话，不懂得地理，凡是人们在寄宿学校里学来的技能我都做不到，那时他们要多么看不起我呀！顶好还是把这些漂亮的东西卖掉，给自己买几本文法书、字典和一本各种学问的史书吧！"（第 167 页）亨察德见证了她的教育。他相信："高雅的女人要写细密的小字，正如女性的本身一样，是天生的不可分的一部分。"她不仅学会了讲"得体的"英语，而且她写的字是那么"得体"，就像"用高雅女士的手"写出来的那样（第 201 页）。

根据劳伦斯的婚姻哲学，伊丽莎白-简通过阅读和观察，几乎完成了自己的教育，因此结婚和获得完美对她来说应该是水到渠成的事了。同《虹》里的厄休拉一样，她学会了与别人一起生活，与别人相处的智慧。例如，正是她知道约普并不是亨察德想要雇佣的合适人选，也是她看清了亨察德和伐尔伏雷竞争路塞塔的荒谬性。正如厄休拉在获得她的个性后受到群马的威胁，伊丽莎白-简和路塞塔因维护自己的女性特色和解放而受到公牛的威胁。这两者之间不仅具有相似性，而且也有可能存在着影响。

二 《阿伦的拐杖》(1922)

劳伦斯在《托马斯·哈代研究》中论及自己的男性和女性原则理论时写道："每个男人就其自身而言都是由男性和女性两种因素构成，男性因素总是争占优势。同样，每个女人也是由男性和女性构成的，也要求女性因素占优势。"① 劳伦斯在这里强调了完整的个人本性，并认可和尊重本性中两种因素的说法。以否定此因素为代价来否定彼因素，正如亨察德所做的那样，将会否定本性自身，将会导致有意或无意地同自我交战。

① MacDonald, Edward D. (ed.), *Phoenix: The Posthumous Papers of D. H. Lawrence*, London: Heinemann, 1936, p. 481.

此外，一个人必须承认他/她的伴侣的独特性，由此把他/她当作个人，而不是当作一个男人或女人的提取物。在《道德和小说》一文中，劳伦斯继续阐发他的婚姻说教："每当我们想获得一种新关系，与人或与物的新关系时，总会伤害些什么，因为它意味着同旧关系的斗争和更换，而这是从来都不可能愉快的。而且，调整就意味着斗争，至少在生灵之间是这样，因为双方都会不可避免地在对方身上'寻找它自己'，而又往往受到拒绝。而一旦两方面都试图寻找他或她自己的那个绝对的自我，就势必会有一场生死之战。所谓的'激情'就是这么回事。另一方面，当两方中有一方完全屈服于另一方时，就是所谓的牺牲，而这也同样意味着死亡。……接受牺牲是缺乏男子气概的做法……然而，还有第三件东西，它既不是牺牲，也不是殊死奋斗，而是双方寻求互相之间的真正的联系。每个人都必须忠实于自己，忠实于自己的本性，让关系自然而然的形成。"①

这段引文不仅勾勒了男人能够和女人具有的各种关系，而且也强调了当一方寻求另一方时双方之间斗争的不可避免性。劳伦斯认为，既然男人和女人必然要走在一起，尤其通过婚姻走在一起，那么他们就该知道，为了获得圆满，双方的斗争只要处在一种同等和平衡的状态，就是一个健康的和必要的过程。直到一方赢了而另一方输了时，这种斗争才会变得具有破坏性。尽管劳伦斯同他的妻子弗丽达有过许多次斗争，但是他们的关系看起来总是稳定可靠的。在《儿子与情人》中瓦尔特·莫瑞尔在放弃同妻子争斗后不久便失去了他的男子汉特质和自主意志。然而，莫瑞

---

① 劳伦斯著：《性与可爱》，姚暨荣译，花城出版社 1988 年版，第 215—216 页。

尔的屈从并没有改进他与妻子的关系，相反却导致了莫瑞尔太太的霸气，而且也引起了保罗的心理问题。在《虹》中，威尔被安娜的自主意志所击败，斯克利本斯基在"女性"的月光下被厄休拉的女性特质所摧垮。

权力之争也是《恋爱中的女人》的主题："这是一场导致死亡的搏斗——或者是拼向新生活的搏斗，只是谁也说不清，这场搏斗究竟会有什么结果。"① 这准确地表明了劳伦斯对求爱和婚姻的看法。在四个主人公中，我们逐渐理解了伯金和厄休拉之间的搏斗是一种拼向新生活的搏斗，最终获得了圆满，而杰尔拉德和古德伦，因他们的毁灭性质，在殊死的搏斗中毁灭了彼此："她知道，这是一场导致死亡的搏斗。"② 不过，劳伦斯在其最主要的小说中，进一步推动该争论。他不仅赞成女人对男人的顺从，而且也认为男人应服从更强的人，服从领头人。在《阿伦的拐杖》中，里利曾说过这样的话："生活中有两种强烈的动态欲望：爱情和权力。"③ 这句话是理解劳伦斯的核心。尽管哈代在思想上比其他人更接近劳伦斯，可他也未能如此明白无误地描述个人之间潜在的关系。也许，《卡斯特桥市长》是哈代唯一一部将爱情和权力的主题联系起来的小说。这就是为什么哈代小说中的冲突与其说是一种争夺支配权的殊死搏斗，倒不如说更像是表现男性和女性的无休止的对立。

在《阿伦的拐杖》和《羽蛇》中，劳伦斯写到了男性的权力和男性的同志关系。其中很多部分在战后引起了争论。同 20 世纪 20 年代的其他男性作家一样，劳伦斯反对由战争引起的性角

---

① Lawrence，D. H.，*Women in Love*，Harmondsworth：Penguin，1988，p. 205.

② Ibid.，p. 562.

③ Lawrence，D. H.，*Aaron's Rod*，Harmondsworth：Penguin，1987，p. 341. 本节中所标页码均引自此书。

色混乱。除了该时期的小说外，劳伦斯的诸多文章也抨击了女人的男性化和男人的女性化。在他看来，这比性革命走得还要远，是一种道德堕落。在一些政论性文章中，尤其在《美国经典文学研究》（1923）中讨论《红字》时，在《无意识幻想曲》中，劳伦斯都利用"妇女问题"抨击男人。他认为，女人们寻求解放，是因为男人放弃了自己的责任。当女人们为争取自由而斗争时，事实上她们是在同不再是"真正"的男人作斗争："报复！报复！就是这东西充满了今日女人的精神。报复男人，报复男人的精神，是它丧失信仰的。"[1] 劳伦斯相信，解决这种性混乱的关键在于要让男人争取他们的男性特质："这种战斗何时结束？啊，何时！现代生活似乎并未给予回答。也许是在男人在自己身上再次发现自己的力量和根深蒂固的信念。"[2]

《阿伦的拐杖》的故事发生于 1917 年第一次世界大战期间，在此背景下，作者探索了男人与男人关系中的男子特质问题。劳伦斯从这部小说开始探索这一问题，直到《恋爱中的女人》。如果说，早期小说中的同志关系是作为对婚姻的补充加以探索的，那么在这部小说中，劳伦斯则把它写成是婚姻之外的一个选择。在该作品中，女人很少出场。即使她们出场，对于主题和事件的发展也无足轻重。这是第一次也可能是唯一的一次，劳伦斯在构建故事时不用一个支配性女性人物。尽管如此，由于弱性男人的缘故，人们总是能感受到她们的存在和威胁。不过，即使往好处说，该小说也算不上成功之作：它缺乏小说形式特征，情节不一致，艺术性不强。唯一能够将故事凝聚在一起的是阿伦自始至终

---

① 劳伦斯著：《劳伦斯文艺随笔》，黑马译，漓江出版社 1991 年版，第 144 页。

② Lawrence, D. H., *Studies in Classic American Literature*, Harmondsworth: Penguin, 1971, p. 189.

的存在。由于小说过度的描述和时松时紧的结构，该作品读起来就像一部旅游见闻杂记，与阿伦的故事毫无关系。对人物和事件进展的描写也是失败的。虚构它们都是为了说明阿伦和里利最终走到了一起。

显而易见，劳伦斯最初写这部小说时并不清楚它的发展方向："我正在写几篇哲学文章，也时紧时松地写另一小说。写得很慢，很慢，时断时续，不过，我并不在乎。"[①] 在此阶段，男性的友谊也许是劳伦斯关注的重心，正如《恋爱中的女人》的结尾清楚地展示的那样，不过可以肯定，他并不打算背离他通常关注的婚恋主题，《阿伦的拐杖》也不例外。直到 1918 年完成了《美国经典文学研究》初稿，劳伦斯才从他美国作家惠特曼那里获得一种信念：对男性同志关系的理解应该作为婚姻之外的一种选择而不是作为对婚姻的补充。重心的变化也必须伴随着哲学上的变化。正如劳伦斯运用于《虹》中的"二合一"婚姻理论让位于《恋爱中的女人》中的"独立中的和谐"，因此"独立中的和谐"也必须让位于该阶段小说中的"一升一降"，以适合等级制结构。里利的话暗示了这一点："我不喜欢二合一式的婚姻——将两人黏合在一起，就像浸枣定剂一样。"（第 111 页）后来，当里利问作家阿儿勒婚姻爱情中有无平衡的可能性时，后者回答道："这种平衡在于，当一方上升时，另一方则下降。一方行动，而另一方接受。这是爱的唯一方式。"（第 287 页）的确，在该作品中，所有的爱情关系都可以被看成是该理论的体现，包括阿伦和里利的关系。

《阿伦的拐杖》除了与《袋鼠》和《羽蛇》有着有机联系

---

① Boulton, James, et al（eds.），*The Letters of D. H. Lawrence*，Vol. 2，Cambridge：Cambridge University Press，1979—1989，p. 216.

外，也与《逾矩的罪人》、《卡斯特桥市长》和易卜生的《玩偶之家》有着极大的相似性，因为抛弃家庭是所有这些作品的中心内容。就像这些作品中的主人公一样，阿伦在结婚十二年后毫无缘由地决定离开妻子和两个女儿，也许只是因为厌倦了做丈夫和父亲。如果说瓦尔特·莫瑞斯是害怕面对支配欲很强的妻子，反抗婚姻中的拘押式境遇，那么阿伦则在仿效亨察德离弃家庭之举，最后斩断了同他家庭的联系，开始寻求自己的完整性和自由。海拉利·西姆森称《阿伦的拐杖》为一部"男性主义"小说（因为劳伦斯在这部小说里颠倒了传统女权主义小说的角色，在后类小说中，女主人公通常逃脱一个不幸的婚姻和一个受压抑的家庭，寻求自我的独立和完整）。因为《阿伦的拐杖》所辩护的是经历失败关系后的男性主人公对女性的反抗。

在离开妻子后，阿伦又匆匆地与其他两个女人发生过关系，一次在伦敦同约瑟芬，另一次在意大利同侯爵夫人。这两次关系刚开始不久即告结束，因为阿伦认为这两个女人没有一个对他的完整性感兴趣。第一次，阿伦同约瑟芬睡觉后不久患了重病："我刚一爱上她，我就觉得自己完了。"他叫照看他的里利回归她原先的生活，"这是我的错，因为在她面前，我完全放弃了自己。如果我能抽身出来，我就不会身心交瘁，也就不会得病。"（第110页）这种内疚感在小说中自始至终伴随着他。当他沉溺于第二次情事时，阿伦情不自禁地责备自己同马彻萨调情："要是我没这么仓促地投入全部的感情，要是我没有披露自己的感情，要是我没一步一步发展同马彻萨的关系，那么所有这一切都不会发生。"（第274页）后来，他同马彻萨做爱前，他先吹笛子挑逗她，继而用他的性力量成功地征服了她（她似乎就像一个孩子偎依在他的怀里）。

即使阿伦像亨察德那样竭力不沾女人和酒，"在他身上坚守着什么，既不沾威士忌，也不沾女人，甚至也不沾音乐"（第31页），可他却无法做到守身如玉："在这个世界中，我无法坚守住自己……我可坚持一天或两天，可是之后，便变得难以忍受了。"（第289页）屈从于约瑟芬之后，阿伦立意决不再屈从于任何女人。小说中的那位侯爵抱怨：每当他采取主动与妻子争权时，妻子总会让他对此事失去兴趣。实际上这也是阿伦、里利和阿儿勒共有的问题。只是到侯爵就此问题向阿伦抱怨时，男性自尊让阿伦最终转而为这些男人出气，去做侯爵对他妻子做不了的事，迫使侯爵夫人在与他性交的意志较量中对他俯首听命。在赢得了性竞争后，阿伦便断绝了同侯爵夫人的关系："我想我们做朋友比作情人更好。你知道——我感到不自由，我想，我能感觉到我妻子就在我身体内的某个地方。我无法不让自己这么想。"（第311页）

达莱斯基说，阿伦为何要同侯爵夫人断绝关系，劳伦斯给予的解释是模棱两可的："阿伦同侯爵夫人的经历最终必然导致幻灭，以便为了里利让自己获得解脱。"[①] 达莱斯基的这种说法似乎并不准确。尽管小说故事的确如此，但是结果并不总是证明意图是正当的，因为就阿伦与侯爵夫人或此前的约瑟芬断绝关系来说，劳伦斯的描写并不模棱两可。劳伦斯也没有迫使阿伦和里利为他们之间的友谊而不惜牺牲女人。凯特·米利特等不少评论家看到阿伦逃避女性，便认为阿伦是个厌婚者，这种看法缺乏坚实的根据。劳伦斯坚信婚姻和忠实。与劳伦斯一样，阿伦必然遭受每一次情事后果所带来的痛苦，因为他对自

---

① Daleski, H. M., *The Forked Flame*: *A Study of D. H. Lawrence*, London: Faber and Faber, 1965, p. 199.

己的妻子不忠实。在他与约瑟芬的初次情事之后，他对里利说："我哭了，想起了罗蒂和孩子们。我觉得，我的心都碎了。"（第 110 页）当他和侯爵夫人发生恋事时，他不断地感到："她不是他的女人。"在同她睡觉后，他禁不住自责起来："虽然他离开了妻子，虽然他并不太恪守忠实，然而几年的婚姻生活已经让他意识到自己是一个结婚的男人。对他来说，除了妻子外，其他女人都是陌生人，都是违规者。'我要对她说，'他自言自语道，'我内心深处仍然爱着罗蒂，我情不自禁这样。我相信，这是真的……'"（第 310 页）

就忠实而言，还有三个需特别强调的场景描写。在《恋爱中的女人》的"序曲"中，当伯金同妓女睡觉时，他就失去了完整的自我。在《袋鼠》中，劳伦斯式的主人公索莫斯两次拒绝考尔库特的妻子的性要求，因为"清教徒观念牢牢地扎根于他的内心深处"[1]。第一次时，索莫斯不仅对维多利亚的淫荡目光感到困惑，而且也被考尔库特的自由所"深扰"，因为他不喜欢将相同的说法利用于他自己的婚姻。第二次时，当维多利亚"就像一个少女准备好为爱情"奉献自己时，他坚定地撤退了："晚安……再过一会儿杰克就回来了。"[2] 除此之外，劳伦斯对忠实的评论并不模棱两可："他们两个人相遇了，走在了一起。他们合而为一了，并誓言永远忠实。"[3]

最后，在《船长的玩偶》中，劳伦斯谴责了婚姻方面的不忠实："应该让丈夫忠实于妻子，让妻子忠实于丈夫。不应该让一个陌生人成为第三者介入他们的婚姻。"哈普伯恩船长的

---

[1] Lawrence, D. H., *Kangaroo*, Harmondsworth: Penguin, 1988, p. 160.
[2] Ibid., p. 159.
[3] Ibid., p. 40.

妻子虽然对丈夫有不忠行为，但却能诚心待他。她说，十七年来，她"从未有过片刻嫉妒"，"他在认识我后，几乎就没想过其他女人"。①

因此，就像他笔下的清教主人公，劳伦斯认为，婚姻应当忠实。在《关于〈查特莱夫人的情人〉》（写于 1929）中劳伦斯写道："忠实的本能也许是或许是我们称之为性的最伟大的情结中最深的本能。有真正的性的地方，就有对忠实的潜在激情。"②哈代仇恨婚姻，想废除它。与哈代不同，劳伦斯则把婚姻视为绝对必要的。劳伦斯同弗丽达认识不到六周便私奔了，这是劳伦斯一生中所作出的最违背清教徒观念的决定。尽管如此，未婚同居让劳伦斯并未感到愉快。直到 1913 年弗丽达同她丈夫离婚后，他们合法举行了婚礼，他才最终心安理得，同弗丽达安居下来。不管怎样，劳伦斯婚姻的惊人之处不在于他同他以前老师的妻子的私奔，而是在于他催促让弗丽达嫁给他。如果不是劳伦斯从小受到清教徒观念的熏陶，他肯定会同弗丽达非婚同居的。其实，在 20 世纪初期的英国，非婚同居正在变得越来越普遍，如当时的作家约翰·顿默里、凯瑟琳·曼斯菲尔德、H. G. 威尔斯和瑞贝卡·韦斯特等都是如此。

根据前面提到的阿几勒的权力关系理论，就像阿伦在同约瑟芬和伯爵夫人发生性事时占了上风，现在他却输给了里利，因为后者对女人和爱情的理解要强于前者。阿伦同里利在伦敦初次相见时（第二次见面是在意大利），就被对方的居高临下的神情和自信以及他正在寻求的男子汉气质所吸引。虽然阿伦无须他人的

---

① Lawrence, D. H., *Three Novellas*: "*The Ladybird*", "*The Fox*" and "*The Captain's Doll*", Harmondsworth: Penguin, 1987, p. 196.

② Roberts, W. & Moore, H. T., *Phoenix II: Uncollected, Unpublished and Other Prose Works*, London: Heinemann, 1968, p. 500.

帮助便可明白自己的困境，然而正是里利表达出了阿伦内心的感受。因此，阿伦和里利被认为是劳伦斯两个不同方面的代表人物。在伦敦，里利与阿伦的关系更多地被描写成一种"母性的"关系而不是一种权力主义的和同性恋的关系。当阿伦患病时，是里利照料他，为他做饭、洗衣，甚至还为他补袜子，"就像手脚麻利、少言寡语的家庭主妇"（第 120 页）。

照顾病中的他，用油擦摩他的身体，"就像母亲对肚子不好的小孩所做的那样"（第 118 页），这也许就像《白孔雀》中乔治和西利尔之间的那段浪漫的沐浴插曲，《卡斯特桥市长》和《恋爱中的女人》中的摔跤和《羽蛇》中拉蒙和西普利亚诺之间的入会仪式，含有同性恋的意味，然而可以肯定，这并不是人们通常所说的那种同性恋。尽管在 19 世纪末和 20 世纪初对同性恋问题争论越来越热烈，但是劳伦斯似乎只对思想方面的奇特性感兴趣："如果他有了其他情事，那想必是出于不满、蔑视和好奇。"（第 192 页）像《儿子与情人》中莫瑞尔太太和保罗之间的，《少女和吉普赛人》中耶韦特和那不知名的吉普赛人之间的这类擦摩和触摸的描写，两个人之间不顾彼此性别的身体接触并不一定就是性接触。对劳伦斯来说，触摸并不像性那样是一种完成，而是一个中间阶段，凭借它，个人，特别是精神和健康都走下坡路的个人，能够获得再生，重新站立起来。上面所有讨论过的情景描写都是以遭受挫折而结束，有时随后便是对女人和婚姻问题的严肃讨论。

在该章结尾，阿伦和里利对婚姻问题进行了讨论。两个人都认为，婚姻需要"重新调整——或扩展"，因为成年期毕竟不同于孩童期，"然后迫使女人承认和接受这一看法"（第 123—124 页）。这与其说是在批评女人，倒不如说是在批评男人，因为男人们听任自己被女人和孩子之间的母亲约定所支配："当女人有了孩子时，天哪，她简直就变成了一个极端自私而不讲道理的人。"（第 122—123 页）正如《查特莱夫人的情人》中的梅乐士所说："我毕竟不只是我的女人的一件爱物。"① 阿伦不愿仅仅被当作一件物品："她们接纳一个男人，仿佛他只是一个生养孩子的工具……若是如此，就该受到谴责。我需要自己的快乐，或者什么也不要。让孩子见鬼去吧。"（第 123 页）在传统的女权主义小说中，通常是女人而不是男人会这么说，但是劳伦斯似乎在此颠倒了角色，这倒不是由于他觉得自己女人气十足，（梅乐士说："他们过去常常说我身上有太多的女人气。"②）而是由于他看到男人和女人同样陷入不幸的婚姻之中，除非双方采取实际步骤来加以解决（例如，寻找和解的新途径，尽可能避免相互争斗）。

　　正如女性们为了寻求独立而携起手来反对男性，因此男性们也为了寻求男性支配权而相互支持，反对女性。在反对女性方面，阿伦和梅乐士这两个男人共有的是，寻求他们的自由和男子特质，他们都极度渴望他们的女人首先能够将他们作为自由的个人来看待，其次能够听从他们："她们为什么不能听从健康的个人权威呢？"（第 119 页）如果阿伦抛弃妻子是因她的女性占有性，那么暂时同挪威妻子分居的里利也在考虑采取与阿伦同样的惩罚措施，因为"她只是一味地抵抗我：我的权威，或者我的影响力……她认为，我想要她听从我。我也是这么想，这对我们的两个自我来说，这么想再自然不过了。在某些方面，她应该听从我"（第 118 页）。劳伦斯的德国舅舅弗莱茨·克兰寇是阿拉伯文化和伊斯兰教研究领域中的一位颇有影响的国际权威，曾对劳伦

---

① Lawrence, D. H., *Lady Chatterley's Lover*, Harmondsworth: Penguin, 1988, p. 288.

② Ibid., p. 288.

斯产生过影响。这种影响到底有多大，还难以确定。不过，女人服从男人的观念，如果不是受了《圣经》或《可兰经》的影响，那么也多少是受到阿拉伯或伊斯兰教文化的影响。至少，劳伦斯过去常常去雷塞斯特看望他的舅舅，在那里读了不少他的藏书。

就婚姻而言，伊斯兰教认为，妻子必须爱和服从自己的丈夫，而丈夫应该尊重自己的妻子，并按照先知的教导对待她。这正是劳伦斯在《阿伦的拐杖》中试图通过他笔下的社会先知里利想要实现的。里利心怀发现男子特质的希望，试图将爱情关系转变为权力关系："我们必须要么爱，要么统治。一旦爱的模式改变——它必须改变，因为我们已经筋疲力尽，在固执的爱的模式中正在变得满怀恶意——一旦爱的模式改变，就会有另一种模式将它取代，就会是一种深深的服从，对那强大的权的动力的服从，来取代这爱的呼唤。向比他们自己的灵魂更伟大的灵魂屈服，男人们就必须明确自己的方向。女人就必须向男人身上的强大的权力的灵魂屈服，为了她们自己的生存。"（第347页）阿伦并没有完全理解这一点，更准确地说，没有理解这一理论的可操作性。他问里利："那么我向谁屈服呢？"里利回答说："你的灵魂会告诉你的。"（第347页）

就服从问题而言，劳伦斯并未提供一个结论。为了寻求解决婚姻问题的途径，劳伦斯设法将女性服从同男性友谊联系起来。他在《恋爱中的女人》中就已经进行了这样的尝试。阿伦尽管受到里利的影响，可并不想完全受他的操纵。他坚决不肯向女人和社会让步，因此这很难说是他准备屈服于里利。早先，里利鼓吹男性孤独论以反抗女性在婚姻中的优势，与此同时又擅自承担领头人的角色。阿伦毫不犹豫地批评他道："你与其他男人没有什么两样。……你比我和吉姆·布里克纳尔多了些什么呢？依我看，你只不过比我们多用了些词藻而已。"（第127页）这样的挑战性批评促使里利回复道："你就像一个女人那样同我交谈，阿伦"，"你就像一个女人那样回答我，阿伦。"（第129—133页）另一方面，女人并未对这样的理论加以考虑，更不用说服从了。小说并没有表明，女人们，特别是罗蒂和坦妮，会作出让步；相反，她们的丈夫越是反叛她们，她们抵抗男性至上主义观念的态度就越坚定。正是由于这种绝对的服从结论，劳伦斯不得不写了《袋鼠》和《羽蛇》，更深入地探索婚姻和社会中爱情和权力的交互作用。

三 《船长的玩偶》(1923)

严格说来，《船长的玩偶》算不上一部长篇小说，不过需要注意的一点是，它不只是从男性的观点集中探讨婚姻，而且它是在《阿伦的拐杖》出版后的第二年发表的，这表明这两部小说在主题上有密切关联。就像《卡斯特桥市长》和《阿伦的拐杖》一样，《船长的玩偶》(1923)是一部男权主义的中篇小说，探讨了男人的困境：当陷入爱和婚姻之中时，男人是如何在一个女性主导的世界里，通过自我发现的过程，来寻求自己的自由。故事开始时，苏格兰船长亚历山大·赫伯恩已经娶了一个爱尔兰女人，却爱上了一位德国女伯爵。这已经成为一个问题，可是船长似乎对此毫不担心，因为对他来说，"在这一时刻，在这个房间外面"，没有什么东西与他有关，"在时间和空间上，无论什么都与我无关"①。即使赫伯恩对生活中的任何

---

① Lawrence, D. H. , *Three Novellas*："*The Ladybird*"，"*The Fox*" and "*The Captain's Doll*"，Harmondsworth：Penguin，1987，p. 171. 本节中所标页码均引自此书。

事都漠不关心，却似乎总是若有所思，"仿佛他只是一半注意
人家所说的话，仿佛他在想着别的事"（第166页）。尽管"他
一举一动毫无意义，却媚惑了她，使她一点气力都没有了。汉
内勒女伯爵"禁不住爱上了这个男人：爱上了他的双手，爱上
了他的奇怪和迷人的体格，还爱上了他难以预测的出现"（第
170页）。

显然，汉内勒为赫伯恩的神秘性所吸引："对她来说，一
切都是个谜，仿佛来自火星上的一个男人正爱着她。她沉迷其
中。她爱上了束缚她的符咒。"（第172页）在劳伦斯的小说
中，这几乎算不上新的主题。一位性受挫的中上层女人在与一
个原始性和隐秘性男人的性关系中寻求救助，这是一个循环出
现的模式。像汉内勒一样，《迷途的姑娘》中的埃尔维娜·豪
夫顿、《狐狸》中的爱伦·马奇、《圣莫尔》中的娄·卡灵顿、
《羽蛇》中的凯蒂·莱斯利、《少女和吉普赛人》中的耶韦特，
以及《查特莱夫人的情人》中的康妮·查特莱都被她们的性伴
侣的神秘出现所激动（马奇和娄在她们的男人不在时，她们所
喜爱的动物的性活力让她们印象深刻）。汉内勒对船长的犹豫
不决感到烦恼和不满，为了确证他对她的爱，她靠近他："我
和你有关系吗？"直到提及赫伯恩太太，船长才结结巴巴地回
应道："我妻子吗？我妻子吗？"这话似乎从他口中漂游出来，
仿佛他不知道指的是什么。"是的，我想，她在她自己的圈子
内是重要的。"（第169页）

汉内勒唤醒了晕晕乎乎的船长，让他考虑自己的"困境"。
船长对自己的处境似乎感到茫然不知所措："我不知道。我还不
知道。我还没想好要做什么。"（第169页）就像汉内勒正在制作
的玩偶一样，赫伯恩船长就像一个在实际生活中从未听说过的梦
中人那样"不真实"。当他消失不见时，她总是想"再见到他，

想知道这是否是真的"（第 178 页）。与他相比，即使玩偶也是真实的。劳伦斯在这里所做的就是将船长和玩偶加以比较，以便强调赫伯恩的无用。她越是靠近观察他，她就越发相信他实际上就是一个玩偶："他就像一个玩偶，一个穿着军装的身材高挑、有着良好家庭教养的人。"（第 165 页）事实上，劳伦斯对那幅画像的描述比赫伯恩的画像更全面更细致。正是通过那幅画像，人们能够看清船长看起来像什么："这是一幅完美的苏格兰军团军官的画像……"（第 162 页）

　　除了体貌特征极其相似外，船长还有着玩偶的特征。例如，在他妻子突然到达后，汉内勒问他："难道她不期望你同她做爱吗？"他似乎并未注意到该问题的重要性："我不在乎，真的。（因为）我还没考虑。"（第 182 页）汉内勒将赫伯恩看作"某种精神现象，像蚂蚱、蝌蚪或菊石那样。不是从人的观点去看。不，他是不正常的。他可是曾经让她着迷"。在她看来，他就是个玩偶，可"他偏偏把自己称作人！"（第 183 页）

　　赫伯恩的妻子突然出现在德国，使得赫伯恩和他的情人的情境骤然变得复杂起来。她来此要从那个德国女人那里夺回自己玩偶般的丈夫。她误把米契卡女男爵当成她丈夫的情人，向她的朋友汉内勒不断诋毁米契卡。她施展手腕，先套话掩藏起自己的敌意，（劳伦斯说："要想让一个女人从另一个女人手中夺回自己的丈夫，就让她请那个女人喝茶，真诚地谈及'我丈夫，你知道。'"（第 194—195 页）而后，在暂时经历了道德堕落和她的婚外关系之后，（她颇具讽刺意味地说："当然，那个女人应该首先受到谴责。我们这些可怜的女人！我们都是有罪的一族。"）她又谈起她丈夫对她的承诺，谈起他们婚礼之夜她丈夫是如何"跪在我面前向我保证，上帝保佑，让我一生幸福快乐"（第 188 页）。

格兰姆·豪夫指出，虽然该小说是一出完美的"社会喜剧"①，可是我们还是能看出劳伦斯对自己紧张的婚姻关系的讽刺。赫伯恩对自己婚姻的议论大都符合劳伦斯本人的婚姻实际。劳伦斯的生活到底对《船长的玩偶》产生了多大的影响，还难以说清，因为劳伦斯的婚姻和赫伯恩的婚姻之间的相似性太大了。就像弗丽达那样，赫伯恩太太不仅在婚姻方面是她丈夫的主宰，而且她也发现，同周围的人调情对她来说太重要了："我得适当地同别人调情。当我还年轻的时候——嗯，男人总是黏着我，我向你保证这都是真的。"而船长"从来都不介意这些私情"。也许，直到赫伯恩太太死时，船长才把婚姻视为男人和女人之间的一种平等的伴侣关系，才辨明了"什么是妻子，什么是恋人，什么是轻浮的女人"（第 250 页）。

在此阶段，关于赫伯恩，汉内勒更是感到困惑。他有两面形象，一种是玩偶形象，另一种是神秘情人的形象。前者在妻子面前立下誓言，后者成功地让她服从于他的符咒，迫使她改变。

这种改变既是由于她能够辨识出船长是玩偶，（"难道你不是玩偶吗？天哪！你不过就是一个玩偶罢了。那么这对你有什么伤害吗？"）也是由于赫伯恩太太面对下跪的丈夫暴露出了自己的愚蠢和渺小："汉内勒认为这几乎是自然的：是爱情的必然显示，不过却是跪在另一个渺小的女人的脚下！"（第 195 页）显然，汉内勒并不喜欢赫伯恩太太，因此，看到狮子被羊羔主宰，她惊讶万分："她一直在做梦爱他吗？她多么渴望如此啊，她从未有过

---

① Hough, Graham, *The Dark Sun: A Study of D. H. Lawrence*, London: Duckworth, 1956, p. 178.

这样的渴望。她希望自己决不对他让步！——对他决不让步！——如此可悲的是，在她面前，他仿佛就像一个哑巴恺撒。"（第 196 页）

　　妻子死后，赫伯恩似乎获得重生。随后，有一段时间，他便疏远了汉内勒。不过，后来他又去慕尼黑寻找她。在慕尼黑，他看到自己喜爱的玩偶正在出售，便买下了它（这是一个象征性的举动，暗示了他的灵魂重又被占有）。然后，他又去了奥地利。在奥地利，他找到了汉内勒。可是当时，汉内勒正要同赫尔结婚，因为后者让她感到像一个"流亡的王后"。在一次去阿尔卑斯山的旅行中，他又把汉内勒从那个奥地利军官的手中赢了回来，表示只要她尊重和服从他，就愿意娶她："尊重和服从，还有正当的生理感受。对我来说，就是婚姻。没有别的。"（第 248 页）另一方面，她却认为爱情是婚姻的基础，因为"这是同样的事。如果你有爱，那么就会有一切——你的尊敬和服从及所有的一切。如果没有爱，也就一无所有了"（第 248 页）。尽管他们为争夺支配权而相互对抗，但是他们的心思是一样的：他想拥有主人身份［"我不想要以爱情为基础的婚姻"（第 247 页）］，以便捍卫自己的个性。她想要以平等为基础的爱情，以便确保自己女性气质。

　　根据劳伦斯的论文《爱情曾经是一个小男孩》，既然个性同爱而不是与恨是绝对对立的，那么赫伯恩不可能在爱汉内勒的同时还能保持自己的个性（男性气质）不受影响，除非她甘愿对他俯首帖耳，因为在婚姻方面，一方在爱的过程中为了从与另一方的关系中获得满足和圆满，不得不失去自我。在另一篇题为《母权制》文章中，劳伦斯写道："［现代男人］担心被困顿，变成一个张开赤臂、扑身而来的女人的附属品，担心被数字所困顿，被她吞噬一切的能量所困顿。他辛辣地谈及女人的统治……女人已经出现了，你无法让她再退回去。她是不会自愿地退回去的。"①
正是这种对女性解放的担心和在婚姻方面对自我的坚持，威胁到
了赫伯恩/劳伦斯的个性完整，致使他宣扬一种新的爱情哲学，
在婚姻方面坚持自己的男性气质。赫伯恩对汉内勒说："在今天，
所有的女人，无论她多么爱她的丈夫——她都能够随时开始把他
制作成一个玩偶。这个玩偶会是她的英雄，而她的英雄就是她的
玩偶。我妻子也许就这么做的。她的确在心里这么做了……她的
玩偶比起你制作的玩偶要愚蠢得多。她会把你制作成玩偶。当她
有了你这样的玩偶时，那就是她想要的一切，那就是爱情的意
思。"（第249页）

　　正如伯金介绍他的"星际平衡"理论来保护自己免受厄休拉
的女性特质的影响那样，赫伯恩则认为汉内勒的服从并不会贬抑
她，而是防止她将他制作成一个玩偶。汉内勒的服从不是由于她
的弱点和错误的婚恋观念，而是来自她的力量。就像厄休拉审慎
对待伯金那样，汉内勒心里明白，要获得平等之爱，其先决条件
是她得先顺从赫伯恩，作为回报，他也会顺从她的。然而在她顺
从赫伯恩之前，她要寻求他的保证："她将是我的妻子，我将她
作为妻子对待。如果婚礼上说要珍爱和珍惜——好吧，我将这么
做。"（第250页）汉内勒非常清楚赫伯恩爱她，可是就像《卡斯
特桥市长》中的亨察德那样，赫伯恩不愿坦然承认这一点，至少
在婚礼前是如此，因为坦承这一点会显得太"女人气"，会表明
在其最后获得的男子汉气质中还含有弱点。正是在此基础上，在
平等和相互尊重的基础上，赫伯恩和汉内勒最终走到了一起。就
像《狐狸》那样，《船长的玩偶》到了结局部分，汉内勒也没有

---

① Leavis, F. R., *Thought, Words and Creativity: Art and Thought in Lawrence*, London: Chatto and Windus, 1976, p. 115.

许诺彻底顺从："在举行婚礼前，我是不会这么说的。我用不着说，不是吗？"她想做的最后一件事就是将那船长的玩偶烧掉。

如果《船长的玩偶》同易卜生的《玩偶之家》在主题上有某种关联的话（因为这两部作品都涉及了爱情和婚姻中的权力和占有问题），那么它也与哈代的《塔楼上的两个人》有相似之处，就像斯维森·圣克里夫。赫伯恩船长是一个业余的天文学家。他不仅拥有某些科研设备，一棵仙人掌和两个大望远镜，也发现去东非（克里夫去南非）对于研究星体和撰写一部论月球的书十分必要。不过，这些细节描写对于船长的故事来说可以说无关紧要。在笔者看来，劳伦斯在小说中将这些描写加以关联和比较，似乎就是要显示哈代对他的深刻影响。后来，劳伦斯将《塔楼上的两个人》用作他的力作《查特莱夫人的情人》的范本。

总而言之，正如社会迫使女性把婚姻看作她们最终的生活目的一样，不管她们多么解放，她们总是鼓励男人以婚姻为代价去追求物质上的成功和权力。巴斯谢芭、厄休拉和格丽丝都在男人世界中程度不同地吃了败仗，不是因为她们无法维持同社会的斗争，而是因为她们的激情天性促使她们为了婚姻而放弃了斗争。同样，亨察德、阿伦和赫伯恩失去了同社会和女人的斗争，这并非因为他们缺乏足够的"男子汉气质"要求自己的权利，而是因为他们无论如何都得同他们的女人妥协。在这方面，尽管所有主人公的社会背景和个人偏好不同，但是他们都了解到，婚姻是一种男女之间平等相处的制度，因此社会应该考虑它。男人和女人应该认识到，他们自然性情相异，在走到一起的过程中，他们应该需求"整体性"，因为这是确保婚姻成功的唯一途径。

第六章

对立与协调

《虹》同哈代的早期小说（包括《还乡》）有着某种密切联系。可是必须承认，除了三角的恋爱和婚姻关系外，《恋爱中的女人》与《德伯家的苔丝》几乎毫无共同之处。不过这两部小说都沿用了相似的婚姻探索模式，即主人公夹在两个情人之间痛苦不堪，象征了感性与智性之间的永恒冲突。而这种模式一直维持到后一部小说的结束。正如苔丝的感情分裂于亚雷和安玑之间，伯金虽然在开始时像苔丝那样分裂于厄休拉和赫尔米奥娜之间，但是却能够在他与厄休拉的婚姻上寻求自我的完整。要不是劳伦斯在特定的阶段对同志关系产生了浓厚兴趣，那么他也许会为成功的婚姻关系奠定真实的基础，而免除自己写《查特莱夫人的情人》的烦恼。

本章将表明，在探索婚姻主题方面，哈代和劳伦斯几乎采用了相同的方法，但是他们对婚姻问题所提出的解决方案却是大相径庭的。哈代让他笔下的主人公夹在追求者之间造成自身分裂，以至于不可能发展为婚姻和圆满的两性关系。《无名的裘德》的主旨就是如此。哈代这样写的目的就是要废除婚姻这样一种社会建制，而劳伦斯尽管也利用了这种模式，但是其目的是要探索和发现男女能够幸福而平等结合的新地带。这正是劳伦斯常常修改这一模式的原因。哈代小说中的人物关系通常呈现为一种三角恋关系，如《无名的裘德》，而劳伦斯的小说中的人物关系通常呈现为一种对立形式，即男性与女性的对立。

在讨论《德伯家的苔丝》之前，有必要先简要回顾一下哈代更早的小说作品。把《一双湛蓝的眼睛》（1873）看作哈代的力作《德伯家的苔丝》（1891）的先行之作，是近年来许多评论者的共识。哈代在为1912年版的《一双湛蓝的眼睛》序言写的注释中指出："该小说展示了在后来的一部书的思想的浪漫阶段。"[①] 毫无疑问，"后来的一部书"就是指《德伯家的苔丝》，因为这两部小说之间有着惊人的可比性。它们都利用了这样一种模式：女主人公爱上了体现她本人性情两面的追求者。除此之外，这两部小说都具有相同的爱情主题：女主人公隐瞒了先前同一个情人的关系，结果使她失去了作为妻子的资格而被抛弃，并最终导致她的毁灭。

在《一双湛蓝的眼睛》中，艾尔弗瑞德，就像苔丝那样，因与斯蒂芬·史密斯有过亲密关系而遭受到第二个恋人亨利·耐特的抛弃和惩罚。亨利，就像安玑·克莱那样，坚持要成为"第一个走进"她生活的男人："我总是要成为第一个走进她内心、吻她新鲜的嘴唇的人。除我之外，不能有其他人。"[②] 虽然耐特的癖好与安玑的传统观念不同，但是对于女人的性，他们似乎有着相同的看法。就像安玑、皮尔斯顿、克林和吉尔斯以及劳伦斯小说中的许多人物，包括《查特莱夫人的情人》中的克利福德爵士和《圣莫尔》中的里科，耐特也是一个性无能的人。他是那种理

---

① Hardy, Thomas, *A Pair of Blue Eyes*, London：Macmillan，1912，p. 48.

② Ibid.，p. 368.

想主义男人，主要靠智性生活，否定肉体。小说中最富于戏剧性的描写之一是，艾尔弗瑞德激烈地反对奈特的父权制观念及其所代表的传统社会观念："我是这样一个毫无个性的玩具——在我身上，除了新鲜之外，难道就没有别的吸引人的地方吗？我没有头脑吗？我的思想显示出我的聪明和机灵。这不是吸引人的地方吗？我不漂亮吗？我想，我还是有点漂亮的。我知道，我漂亮。是的，我知道！你赞美我的声音、我的举止、我的才能。可是所有这一切都一钱不值，因为我——在你前面偶然看到了一个男人！"①

对于指责哈代反女权主义的那些人来说，应该考虑一下如下情况。帕特丽夏·英格厄姆在女权主义批评著作《托马斯·哈代》中强调指出："哈代斗争了，但是未能接受父权制观点。"②这一说法特别适用于艾尔弗瑞德，因为在表现这个人物时，哈代一方面想要取悦于要求传统写作方法的出版商，而另一方面则想要满足自己的要求，表达自己对女性的看法。哈代在处理这一矛盾时有些游移不定，这在小说中引起了"错误路线"。虽然这种游移是哈代处理女性的核心，但是今天许多女性主义者认为，哈代是在违背自己的意愿写作。直到创作《德伯家的苔丝》和《无名的裘德》时，哈代最终才得以自由地去写女人和婚姻。

如果奈特由于过于理智地关注女人的纯洁而妨碍了同艾尔弗瑞德结婚，那么斯蒂芬·史密斯的经验缺乏和自我意愿的缺乏则阻碍了艾尔弗瑞德同他结婚。史密斯失去艾尔弗瑞德，并不是由于他自身固有的错误，而是由于错误的决定。改变书中三个主要

---

① Hardy, Thomas, *A Pair of Blue Eyes*, London: Macmillan, 1912, p. 383.

② Ingham, Patricia, *Thomas Hardy*, Hempstead: Harvester Wheatsheaf, 1989, p. 14.

人物命运的致命错误决定之一就是史密斯在同艾尔弗瑞德私奔去伦敦后让艾尔弗瑞德未婚回家。正如叙述者所说："他好意让她回去是他的过错。艾尔弗瑞德在一个男人身上显示了十足的性爱，可是却选错了方向。在伦敦的关键路口上，斯蒂芬唯一保持对她优势的机会……已经过去了……用手把她拉到了神坛的围栏前……可是，该决定，尽管是毁灭性的，但是对一个女人来说，更具吸引力。"①

准确地说，这并非命运，而是一个偶然的错误选择。有趣的是，这段话既说明了史密斯的缺乏经验和愚笨，也表明了奈特的决定性和自主性。在描写悬崖场景之前，奈特总是毫不妥协地随时随地坚持自己的权利和想法。例如，艾尔弗瑞德要他详细说明他喜欢的眼睛和头发的颜色，希望听到他的逢迎和恭维话，而他却违拗其意地说，他喜欢黑头发而不喜欢她的棕色头发，喜欢淡褐色的眼睛而不喜欢她的蓝眼睛。艾尔弗瑞德别无选择，只得顺从他，接受这样的事实："他们越与她作对，她就越尊重他们。"《恋爱中的女人》中也有类似的描写：古德伦喜欢上了勒克，可是后者对绘画和女人有着独立的欣赏标准，同时也更喜欢比她年轻得多的女人。赫伯特·斯宾塞在《社会学研究》(1897)一书中概括了这些女主人公的共同点："这种女人不断心恋恶意利用她们的男人，不过她们却以粗鲁之举显示自己的权力意志，这要强于她们爱恋善意利用她们的弱小男人。"② 这段话读起来就像哈代小说主题之一。《远离尘嚣》就清楚地体现了斯宾塞的说法。巴斯谢芭一直忠实于特洛伊，但是特洛伊却恶意利用她并且背叛

---

① Ingham, Patricia, *Thomas Hardy*, Hempstead: Harvester Wheatsheaf, 1989, p. 383.

② Spencer, Herbert, *The Study of Sociology*, London: Kegan Paul, 1897, p. 377.

了她，而她却愚蠢地拒绝奥克的爱，而善良的奥克却忠实地爱着她。

总之，《一双湛蓝的眼睛》仍然是一部探索性作品，是哈代后期力作《德伯家的苔丝》的早期速写。前者与后者的一个主要不同是作家没能够把感性直接表现为理性的对立面。如果哈代那时能够像劳伦斯那样发展他的二元性理论，明确表现性与智的对立，并由此将史密斯发展成为一个像亚雷一样的性人物，以便与奈特的智性形成对照，那么他也许能够创作出一部可以与《德伯家的苔丝》和《无名的裘德》相媲美的小说。

一 《德伯家的苔丝》(1891)

1893 年 9 月 16 日，哈代在写给弗劳伦斯·汉尼克的一封信中写道："如果你想让整个世界倾听，那么你现在就必须说他们在此后的五年到二十年内想些什么和说些什么。如果你这么做了，那么你必然要得罪你那些守旧的朋友。"① 一般地说，许多经典小说都是如此，《德伯家的苔丝》尤其如此。直到第一次世界大战时期（《德伯家的苔丝》出版二十五年后），守旧的公众才开始同情苔丝，理解她的性困境。当哈代被问及小说中处理性方面的模糊性时，他回复道："对于这一点，我担心英国公众现在还很难接受；不过，可以肯定，我们可以一步一步教育他们。"②

在另一封写于 1891 年 12 月 31 日的信中，哈代表达了对文

---

① Boulton, James, et al (eds.), *The Letters of D. H. Lawrence*, Vol. 2, Cambridge: Cambridge University Press, 1979—1989, p. 33.

② Boulton, James, et al (eds.), *The Letters of D. H. Lawrence*, Vol. 1, Cambridge: Cambridge University Press, 1979—1989, p. 264.

学创作中如何对待女性这一问题的深切关注："我觉得，如果英国有一个小说学校的话，就必须清除英国小说中的玩偶。"[1] 哈代的这句话很可能是受了易卜生的《玩偶之家》的启发而写出来的。《玩偶之家》在英国首演于 1889 年。当该剧上演时，不仅引起了维多利亚观众的震惊和愤怒，而且也引起许多精英报纸联手抵制这出戏剧，猛力抨击娜拉猛地关上了门，置丈夫、孩子和家庭而不顾。这一解放之举让纽约最具影响的戏剧和音乐评论家詹姆斯·胡奈克在当时说出了这样的话："那砰的关门声在整个世界上空回响。"[2]

在随后的一封信中，哈代直接谈到了《德伯家的苔丝》："说到我对这样一个人物的选择，事实上，多少年来，我一直在想，公正从来都没光顾过小说中这样的女人。我不知道这种准则是否普遍，但是在这个郡，犯了像苔丝这样错误的女孩自此以后几乎一成不变地过着守身如玉的生活，即使面对强烈的诱惑也是如此。"[3] 在这里，重要的是哈代小说与现实的道德世界之间的紧密联系。哈代笔下的威塞克斯女人，如果婚前失身只能过一种贞节的生活，那么根据作者的暗示，苔丝仍然可以保持纯洁，至少在精神上而不是在肉体上保持纯洁。哈代的这段话也让我们联想到劳伦斯的文章《关于〈查特莱夫人的情人〉》。在这篇文章中，劳伦斯将"智性"和"感性"加以对照，为了维持两者之间的均衡，他坚定地反驳"智性"，替"感性"辩护。哈代和劳伦斯都

① Boulton, James, et al (eds.), *The Letters of D. H. Lawrence*, Vol. 1, Cambridge：Cambridge University Press, 1979—1989, p. 250.

② Buitenhuis, Peter, "After the Slam of A Doll's House Door：Reverberations in the Work of James, Hardy, Ford and Wells", *Mosaic*, 17：1, 1984, p. 83.

③ Boulton, James, et al (eds.), *The Letters of D. H. Lawrence*, Vol. 1, Cambridge：Cambridge University Press, 1979—1989, p. 251.

担当了"先知"的角色,继续通过他们的小说来教育读者。《德伯家的苔丝》中,苔丝意识到了小说在传授道德、教育少女生活常识方面的作用。在遭受亚雷诱奸后,她向无知的母亲发问道:"你为什么不告诉我男人的危险呀?你为什么不警告我呢?夫人小姐们都知道要提防什么,因为她们读小说,小说里告诉了她们这些花招;可是我没有机会读小说,哪能知道呢。"① 在小说的另一处,哈代称苔丝的经验只是一种"扩展心智的教育",是一种"现代主义的痛苦"(第129页)。

智性与感性或灵与肉是该小说探索的主要内容。安玑和亚雷代表着苔丝生活中的两个极端。他们俩都未能将她视为一个完整的人,匹配她的自然力量和自发性。虽然他们属于完全相对的类型,一个是精神的、非人间的,一个是充满性欲的、虚伪的,可他们具有互补性,至少在造成苔丝痛苦方面,他们俩并没有太大的不同。因此,本部分将探讨苔丝的婚姻问题,即当她从与亚雷和安玑的关系中寻求"完整性"时协调灵与肉的问题;探讨也将集中于哈代对女性的深厚情感,因为他构思了苔丝这样的女性人物;集中于他对劳伦斯的影响,因为他超越了维多利亚小说传统。

在该小说中,哈代又回到了那种简单的三角恋关系。此时的女人从字面上看并不是她选择丈夫(例如,像《一双湛蓝的眼睛》中艾尔弗瑞德),相反却是被选择,因此,她情愿或不情愿地对自己无法控制的男人的步步紧逼作出回应。由于命运、偶然和巧合的作用,苔丝的一生注定是失败,注定最终被毁灭。在小说中,这些偶然事件早就出现了。牧师告诉苔丝的父亲约翰·德

---

① Hardy, Thomas, *Tess of the D'Urbervilles*, Oxford: Oxford University Press, 1891, p. 87. 本节中所标页码均引自此书。

北菲尔德，德北菲尔德一家是德贝维尔这个古老骑士世家的嫡传子孙。这不仅让德北菲尔德听了很受用，提升了他的自尊和自大，而且也促使德北菲尔德家让苔丝去拜访住在附近的富有的斯多克-德贝维尔家认亲。在她去认亲之前，另一偶然事件发生了，她为自家的马死以及由此造成的家庭生计困难而自责，迫使苔丝不得不违背自己的意愿，去履行这一使命。从该小说的第一页，人们就会自然地注意到，自尊和顾家是苔丝的基本品性，这实际上促成了她的悲剧。她对家具有责任感，独自承担起家庭的负担。

虽然在此阶段，苔丝的脑子里还没有过结婚的念头，可是她母亲却已经为她考虑了婚事。通过查阅命书，她母亲预言，苔丝此次前去认亲，必然会为自己带来一桩美满和高贵的婚姻。母亲的打算丝毫没让苔丝高兴起来，反而使她变得焦躁不安，因为在苔丝看来，丈夫简直就如天上的星星一样遥远："假如苔丝嫁给了一个绅士而变得富有了，她会不会有足够多的钱买一架大望远镜，大得能够把星星拉到跟前来……"（第55页）失身后，苔丝意识到了现在她想要结婚的困难程度。显然，苔丝既是命运的牺牲品，也是对男人和性无知的牺牲品，然而在道德信念上，她并非完全消极被动。对于她的"堕落"，她母亲要负一定的责任。她赞同苔丝所做的一切，只是嫌苔丝没能让亚雷娶她为妻。她对女儿说："在这档子事发生后，除了你之外，所有的女人都会那么做。"（第87页）对于母亲的说法，苔丝表示同意，但是自尊使她从未向亚雷提及有关结婚的问题。后来，婚礼之夜遭安玑抛弃后，自尊也使她没有强求他留下来同她在一起。这明显地体现了她的性格力量。这种性格力量就是不做别人期望她所做的事而只做自己所认定的事。在诠释悲剧时，哈代说："最好的悲剧——简而言之，最高级的悲剧——就是一个值得称道之人被不可避免性所包围的悲剧。"① 在哈代小说中所有的人物中，苔丝是最值得称道的一位，唯一能够与她相提并论的是裘德。

要了解苔丝同她母亲的关系，需比较她们在婚姻、行为举止和责任等问题上的看法。她们不属于一代人，对各种事情的看法必然会大相径庭。就像劳伦斯的《虹》里的厄休拉和她母亲或安娜和她母亲一样，苔丝的观念似乎强于她母亲的观念。苔丝的母亲体现了农民的道德准则，可是苔丝并没有不加分析地接受这些业已存在的道德准则。她总是要看一看它们是否适合她的现代原则。这些不同之一是教育问题。哈代告诉读者："母亲身上还带着正在迅速消亡的迷信、传说、土话和口头相传的民谣，而女儿则按照不断修订的新教育法规接受过国民教育和学习过标准知识，因此在母亲和女儿之间，依照通常的理解就有一条两百年的鸿沟。当她们母女俩在一起的时候，简直就是詹姆斯一世时代和维多利亚时代并置在一起。"（第 28 页）

苔丝母亲希望女儿能够利用怀孕威胁亚雷，迫使他娶她，可是遭到苔丝的拒绝。苔丝反对那种无爱婚姻的想法，这清楚地体现在她与安玑的关系方面。对于这些现代观念，苔丝母亲并非一无所知。可是，她提出责任问题来支持自己的观点："你为什么只是为自己打算，而不为我们一家人做件好事呢？你看看，为了生活，我天天不得不累死累活，你可怜的父亲身子弱，那颗心脏就像一个油盘子，给油裹得紧紧的。"（第 87 页）母亲呼求弱化了苔丝的立场，使她回到了亚雷的身边。在婚姻和责任之间，苔丝处在对与错之间不知所措。她清楚地知道自己对家负有责任，

---

① Hardy, Florence Emily, *The Life of Thomas Hardy 1840－1928*, London: Macmillan, 1962, p. 251.

由于这种责任，她失去了少女的童贞，可是她又不想回到她厌恶的亚雷身边。

另一方面，亚雷压根就没考虑过结婚的事。在这方面，亚雷是个局外人。他出场就是为了搅乱传统秩序的宁静，盗用他无权使用的一个古老世家的姓氏，不负责任地对待他人。他不仅获得了财富和权力，而且也谙熟如何诱惑女人。他在诱奸苔丝之前，至少有过一两次风流韵事，一次是同被称为"黑桃皇后"的卡尔·达奇，另一次是同被称为"方块皇后"的南茜。这两个女人出于嫉妒联手对付苔丝。正是由于她们同苔丝的争吵，使得苔丝独自离开人群，导致被亚雷乘机奸污。在此方面，亚雷和安玑的不同是，对亚雷来说，每一个女人都体现着所有的女人，而对安玑来说，所有的女人只体现为一个女人。苔丝对亚雷说：等她明白了他的"用心"为时已晚。亚雷回应道："所有的女人都这么说。"（第 83 页）显然，亚雷将所有的女人都看成一类人，即为男人的性快感而创造出来的一类人。被贬为这样的形象，苔丝作出激烈的反应："你竟敢说这种话！……我的天哪！我真恨不得把你从车上打下去！你心里从来没有想到过，有些女人嘴里说的，也正是有些女人感受的吗?"（第 83 页）

后来，安玑也设法把苔丝贬低为另外一种性爱形象。他把所有的女人都看作一幅贞洁图画："她成了一种天上才有的人物，生活在诗歌中——是那些古典天神中的一个。"（第 211 页）当他叫她阿耳忒弥斯、得墨忒耳及其他女神名字时，苔丝坚持要他"叫她苔丝"。将她变成一种形式、一种观念和一种类型让苔丝感到不快。她就是她，自己并不完美，但具有自然活力。在她的生活中，如果亚雷是一个性欲人物，那么安玑就是一个精神人物。他们都不能将她当作一个"完整的人"来看待。虽然从本质上说，苔丝不是死于自己的不完整，而是死于自己的完整。与苔丝不同，厄休拉在《虹》的结尾设法摆脱了由群马代表的男性支配的危险，尽管男性试图让她在男性世界中变得俯首听命，然而她还是成功地保全了自己的完整。

在描写苔丝时，哈代对一般女性尤其对女主人公显示了深度感情。他在一封信中解释道："我的心也全在她的身上，因为我伴随了她的一生经历"，"你喜欢苔丝，我非常高兴，虽然我还未能将她对我意味的一切付诸笔端"①。无论苔丝做什么，哈代都给予了支持；同时，让苔丝面临各种各样的性局面时，他也同叙述者、人物和读者一起分享了苔丝在他身上唤起的性爱之情。苔丝似乎更像叙述者渴望的对象而不像叙述的对象。在《一双湛蓝的眼睛》中，哈代说，斯蒂芬·史密斯是通过观察艾尔弗瑞德爱上了她，亨利·奈特则是通过不再观察艾尔弗瑞德而爱上了她。要是苔丝的感官美也能唤起安玑性爱的话，安玑也许会做出亚雷对苔丝所做的那样的事。与奈特不同，安玑不可能回避苔丝太久，因为"他从前从来没有看见过一个女人的嘴唇和牙齿如此美妙，让他在心中不断地想起玫瑰含雪这个古老的伊丽莎白时代的比喻"（第 152 页）。安玑也"已经把她的两片嘴唇的曲线研究过许多次了，因此他在心里很容易就能够把它们再现出来"（第 152 页）。"精神性"对于安玑认知苔丝来说是一个关键词。小说中的许多描写都表明，安玑是一个艺术家，他像绘画那样记录下苔丝的美，然而在他的观察和描绘中不乏性幻想。有时，在观察她"分开的嘴唇"时，他无法抵御自己的性欲望："他从座位上跳起来，把牛奶桶扔在那儿，也不管会不会被奶牛踢翻，三步并

---

① Boulton, James, et al (eds.), *The Letters of D. H. Lawrence*, Vol. 1, Cambridge: Cambridge University Press, 1979—1989, p. 251.

作两步地跑到他一心渴望的人跟前，跪在她的旁边，把她拥抱在自己怀里。"（第 153 页）

　　无论苔丝的外观让安玑何等激动，他对苔丝的理解却还是无法与亚雷相比。苔丝对亚雷的性吸引使他无法控制自己。这让人想起《无名的裘德》中的艾拉白拉。她不仅第一眼就对裘德产生了性诱惑，而且还极其敏感地探测到了他的情绪反应和需要。艾拉白拉的这种品质在吸引裘德方面比淑具有优势，从而操纵了裘德的一生。同样，苔丝的弯曲的嘴唇和发育成熟的身体立刻引起了亚雷的性欲望。如果安玑能够在"精神上"回味苔丝，那么亚雷则根据自己的性欲望来塑造她。亚雷执意要把草莓放入她的口中，这样的行为让苔丝处在一种"半推半就"的状态之中。他将玫瑰花朵戴在她胸前，插进她的帽子里，她"依从他，就像在睡梦中一样"（第 44—45 页）。最后，在观看苔丝的"漂亮"和"无意识"的咀嚼后，他"把脸伸向她，仿佛要——不过他没有把脸伸过去：他仔细想了想，就放苔丝走了。故事就这样开始了"（第 44—45 页）。这里对亚雷和苔丝之间互动情形的描写为后面的诱奸事件描写奠定了基础。可以说，诱奸的发生在很大程度上根源于此。

　　在苔丝的生活中，这还是第一次有人把她当作一个成年女性来对待，正如叙述者所言："她丰满的面容和成熟的身体，使得她看起来比她的实际年龄显得更像一个成年妇人。"（第 45 页）亚雷是如何看待苔丝的呢？他是把她作为一个女人来对待的。同时，苔丝也是这么看自己的，因为此前她从未体验过自己的性魅力。她告诉亚雷自己的来访目的："母亲要我来……当然，我自己也想来。"（第 43 页）此话的言外之意是在强调这样一个事实：苔丝把自己看成一个具有自己的身份特征和决定权利的独立女性。伊恩·格里高认为，从马劳特去特兰特里基是苔丝生活中的一个重要事件，是"一次从单纯到经验的旅行"①。

在表达性欲方面，亚雷除了利用草莓和玫瑰花外，也利用马作为显示自己性活力的象征。像劳伦斯的《圣莫尔》中的里科和《恋爱中的女人》中的杰尔拉德那样，亚雷设法虐待他和苔丝共骑的那匹母马。母马和苔丝之间的相似之处是极其惊人的。亚雷对她说："要是世界上有谁能够驾驭这匹马，那我也能够驾驭它：——我不是说世界上有人能够驾驭这匹马——如果有能够驾驭它的人，那个人就是我。"（第56页）这不仅显示出他驯服该马的力量，而且也预示了他与苔丝的未来关系，更具体地预示了在奇斯谷发生诱奸之事。此外，哈代对此给予了更密切的比较，正如亚雷所言："我想这是我命中注定的。提布已经踢死一个人了；就在我把它买来不久，它就差一点儿没有把我踢死。后来，说实在的，我也差一点儿没有把它打死。不过它仍然脾气暴躁，非常暴躁；所以有时候坐在它的上面，一个人的性命就不保险了。"（第56—57页）这段话读起来就像该小说故事的构思，尤其考虑到小说中苔丝杀死亚雷的结局，因为亚雷讲起那匹马的时候，仿佛他潜意识中是在指苔丝。亚雷强迫性驱使那匹马，同样他也要征服苔丝，让她失去自由。不过，他真能让苔丝像他驱使下的马那样俯首听命吗？从象征意义上讲，答案当然是否定的，因为苔丝已经让一匹马死掉了（尽管是由于她的疏忽造成的）。就苔丝的女权主义意识而言，与艾尔弗瑞德不同，她有意维护自己的个性和权利，为自己的自由而斗争，即使最后导致她杀了亚雷，面临谋杀指控也在所不惜。哈代和劳伦斯都使用马来象征性的活力和男女之间的维权斗争。在这方面，他们之间的不同是，

---

① Gregor, Ian, *The Great Web: The Forms of Hardy's Major Fiction*, London, Faber and Faber, 1974, p. 180.

哈代使用了性欲人物来辖制马的意愿或行使他的性力量来征服女人，而劳伦斯则在《恋爱中的女人》、《努恩先生》和《圣莫尔》中则使用了智性人物（唯一例外是哈代在《无名的裘德》中利用马来攻击理智主义。在小说中，一个"医生"在学院门前用脚踢马的肚子，因为那马不听他的控制）。

在诱奸一场的描写中，读者想要看一看这种意愿的较量是如何在亚雷和苔丝之间展开的。不过，由于作者的描写是暧昧不明的，因此读者不得不从小说的其他描写中来满足自己的好奇心。如果说劳伦斯在其小说中将性作为一种内在的创造力来进行探索的话（如《查特莱夫人的情人》），那么哈代肯定颠倒了这种方法，因为在他看来，性是一种毁灭性力量，因此他首先考虑的是如何设法在传统的维多利亚读者面前将性掩蔽起来。为了含蓄地强调女人的性本能，哈代不得不将苔丝遭诱奸的情景有意写得暧昧不明。在维多利亚人看来，性本能不是女性健康本性的一部分。因此，哈代不会明确地去写女人的性本能，否则就会冒犯维多利亚社会的双重道德标准。究竟苔丝是遭受了强奸还是诱奸，没有人能够说得清楚，因为在作品中支持这两种说法的根据都能找到。在小说的连载版中，女主人公落入了亚雷设计的婚姻圈套，没有强奸问题。既然苔丝与亚雷合法结婚了，因此她遭诱奸之事也就容易被读者所接受。尽管如此，哈代还是对诱奸情景的描写做了改动，使之更加暧昧不明，与此同时，他又站在苔丝一边，替她辩护。现在的问题是：哈代何以在改变诱奸情景描写的同时还要为苔丝的纯洁进行辩护呢？

如果哈代在连载版小说中保留对诱奸情景的描写，那么他也许会将诱奸写成一个纯粹的偶然事件；此外，也许会把亚雷写成一个行为不轨的无赖之徒。对许多维多利亚的读者和批评家来说，亚雷也许是一个无赖和恶棍，然而在今天他也许被看作一个健康的普通人，用劳伦斯的话来说，是一个"贵族"，他唯一的错就是太色情了。在劳伦斯看来，他是一块"有问题的好材料"。这样的看法也适用于《儿子与情人》中的格特鲁德和瓦尔特·莫瑞尔、《查特莱夫人的情人》中的梅乐士和克利福德爵士①。因此，丰富的想象力使哈代将"猎苑"一场的描写暧昧化，从而使之成为该小说乃至整个小说世界中最难忘的事件之一。正如《虹》结尾群马奔腾的情景，任何对亚雷和苔丝之间发生了什么的解释最终难免简单化。

在《德伯家的苔丝》中，婚姻问题在很大程度上与性联系在一起。哈代所有的小说几乎总是从一开始就对婚姻问题进行了探讨。婚姻作为一种社会建制在当时主要涉及维多利亚时期的阶级、教育、妇女权利、妇女解放问题，也涉及性的问题。只是在《德伯家的苔丝》和《无名的裘德》这两部小说中，哈代对这一主题进行了深入探索，其深度体现为：性和婚姻几乎成了同一个问题。这两部小说被认为是哈代的"现代"小说，原因就在于此，因为在反映20世纪思想的某些方面，这两部小说有着许多共同之处。

然而，这并不意味着哈代的《德伯家的苔丝》便是一部伟大的现代悲剧，由于苔丝的问题，虽然具有现代性，但是仍然受到时空的限制。就英国的爱情和婚姻而言，维多利亚时期的苔丝的失身在今天的英国根本就不成为问题。然而，苔丝的问题却具有普遍性。虽然该小说在表现哈代的威塞克斯方面具有社会和历史的重要意义，但是它所体现的道德问题仍能够出现在世界上任何保守的社会之中。哈代研究家诺尔曼·佩吉在访问印度后曾谈及

① MacDonald, Edward D. (ed.), *Phoenix: The Posthumous Papers of D. H. Lawrence*, London: Heinemann, 1936, p. 487.

哈代的普遍性："哈代在写 19 世纪英国时说过的许多话都符合今日的印度"，同样，也符合许多亚洲国家的社会现实。尤其对待女人的贞洁和性，就像哈代笔下的威塞克斯那样，这些保守的社会要求女人在婚礼前必须保持处女贞洁，否则就被认为是堕落女人①。

在《德伯家的苔丝》中，谈到婚姻而不提"纯洁"的问题几乎是不可能的。在为苔丝的"纯洁"进行辩护时，哈代说："我仍然认为，她天生的纯洁直到最后也没有失去；虽然我坦诚地承认，她的最后堕落使她失去了某种表面的纯洁。我认为当时她为环境所控制，并没有道德上的责任，只是一具随水漂流至她生命终点的尸体。"② 不过，说到苔丝的"堕落"，她本人也有一定的责任。要接受哈代的说法势必同劳伦斯的普遍性说法相抵触："不要信任艺术家。信任故事吧。"③ 这似乎动摇了哈代说法的合理性。幸运的是，安玑在这一问题上支持了他的创造者。他曾把苔丝看作一个"不纯洁的女人"，可在巴西，他对自己从小接受的旧传统观念提出了质疑："什么样的男人才是道德的呢？……什么样的女人才是道德的呢？"接着他确定道："一个人品格的美丑，不仅仅在于他取得的成就，也在于他的目的和动机；他的真正的历史，不在于已经做过的事，而在于一心要做的事。"（第328—329 页）如果接受这种道德准则，那么读者必然会赞同哈代有关苔丝的纯洁性的说法了。苔丝是纯洁的，不过并非毫无瑕疵。

---

① Page，Norman，*The Thomas Hardy Journal*，VI：2，1990，p. 22.

② LaValley，Albert J. ed.，*Twentieth Century Interpretations of Tess of the d'Urbervilles*，Englewood Cliffs，N. J. Prentice-hall，1969，p. 102.

③ Lawrence，D. H.，*Studies in Classic American Literature*，Harmondsworth：Penguin，1971，p. 9.

哈代立意要把苔丝定性为"纯洁的女人",在该书出版时,他将"纯洁的女人"作为副标题加了上去。他采用了很多手段来实现他这一意图。首先,他把苔丝同自然联系起来。苔丝不仅是"自然之子",而且也是自然本身。贯穿整部作品,哈代通过这种联系,强调了苔丝的单纯天真:"她的离奇幻想会强化周围的自然程序,直到它们似乎变成她的历史中的一部分。……和实际世界格格不入的正是这些道德魔怪,不是苔丝自己。"(第91页)安玑最初爱上苔丝时,就把她视为一个纯洁的女人:"一个多么新鲜、多么纯洁的自然女人啊!"(第124页)苔丝与自然之间的比较贯穿作品,足以让我们接受哈代在该小说序言中所言。在该序言中,他说,那些不赞成苔丝是"纯洁女人"的读者"忽略了该词语在自然中的含义"(第4—5页)。

其次,他将苔丝同动物联系起来。通过明喻和象征,哈代突显了苔丝与"大自然的动物"之间的相似性。这些动物中,有些是容易受到伤害的,如鸟、猫、兔子和雉等,有些则不易受到伤害。她曾"睁大眼睛"注视着亚雷……就像野生动物睁大眼睛一样"(第57页)。"他看见她嘴里面红红的,仿佛蛇的嘴一样。"(第172页)苔丝同这些动物的相同之处就是感知危险的能力,就像《远离尘嚣》中的奥克具有感知天气变化的能力一样。无论何时当苔丝考虑要去找亚雷或同他在一起时,她都能感觉到仿佛会发生不好的事情。母亲让她去德贝维尔家认亲时,她回答道:"我宁肯去工作。"后来,在她去德贝维尔家工作之前,她说:"我宁愿同父亲和你呆在一起。"当母亲问她原因时,她回答说:"我还是不对你说出原因为好,母亲。说真的,我也不清楚为什么。"(第48页)在奇斯谷,苔丝尽管很疲惫,但是仍拒绝跟亚雷一起骑马走。她宁肯步行,也不愿冒失去少女贞洁的危险。

最后,哈代为了表现苔丝的纯洁性,特意强调了她的自发性。在其生活中所有关键时刻，从家马"王子"意外死亡、遭亚雷诱奸等，直到最后被警察逮捕，她要么是睡着的，要么是半醒半睡的。在哈代看来，人们不应该像对幼儿和小鸟的自发本能大加责难那样过于责难苔丝对境遇顺从。通过戏剧性地表现这些因素，将苔丝同本能和直觉相联系，哈代为苔丝的纯洁进行了成功的辩护。

苔丝的纯洁问题是《德伯家的苔丝》中"新生"和"后果"部分的中心问题。哈代让纯洁问题成为苔丝和安玑婚姻的底线。苔丝由于失去了处女身而不打算结婚，安玑因考虑其社会地位而寻找一个平等的伴侣。苔丝与安玑痛苦分手后，仍怀着对安玑的情感回到亚雷身边，而安玑不得不先协调他的"进步观念"和他的传统行为之间的冲突，而后他们才能获得自己的"个性"，将自己从过去及其传统道德准则拘囿中解脱出来。就像亨利·奈特想成为走进女人心中的"第一个"人那样，安玑如此看重苔丝的纯洁，以至当苔丝告诉他有关自己过去的遭遇时，他竟然拒绝完婚。正是由于苔丝的纯洁品质，安玑首先对她产生了兴趣，继而爱上了她。这种纯洁印象一直维持到苔丝对安玑的坦白，那时苔丝对他说："你是在跟你心中想的事生气，而不是在和我生气……"（第229页）

思想与情感的分裂是安玑生活中的一个关键因素，哈代将他描写成一个思想没有获得彻底解放的人。他拒不接受家庭对生活的宗教态度，成为务农人群的一员，以便为将来当农场主作准备。虽然他自认为摆脱了宗教观念，可他仍然依赖于宗教的伦理观念。他最大的问题是，他就像《林地居民》中的格丽丝那样，没有合适的身份特性。这一点可从奶牛场雇员们的态度上看出来，因为他们不知该以何种身份看待他，待他如绅士呢，还是如别的。他是世纪转折时期夹在现代主义和传统主义之间的怀疑论者之一。

　　将苔丝与自然和纯洁联系起来，哈代根据自己的观点来塑造她："她不再是一个挤牛奶的女工了，而是一种空幻玲珑的女性精华——是凝聚成为一个典型形象的完整的女性。"（第 134—135 页）在小说中，苔丝自始至终都意识到安玑对她的精神之恋。正是由于他将她理想化，苔丝才一再拒绝他的求婚。她心里很清楚，他一旦知道她的过去，必然会拒绝她，可她还是无法抑制自己对他的感情："啊，我的爱人，我的爱人，为什么我要这样地爱你！……因为你爱的她并不是真正的我自己，而只是另外一个长得和我一模一样的人；是一个我有可能是而现在不是的另外一个人。"（第 212 页）事实证明苔丝的判断是对的。当她向安玑坦承自己的隐秘时，安玑否定了她，不愿再继续他们的婚姻："你过去是一个人，现在你是另一个人呀。"既然她不"纯洁"，那么她就是一个"堕落的女人"，一个"改邪归正的"人物（第 226 页）。

　　安玑求婚时对苔丝说："我想问你一件非常实际的事情，从上星期草场上那一天开始，我一直在考虑这件事。我打算不久就结婚，既然做一个农场主，你明白，我就应该选择一个懂得管理农场的女人做妻子。你愿意做那个女人吗，苔丝?"（第 173 页）安玑否定了苔丝作为一个具有个性的女性的存在，他明确地表达了自己对妻子的期望，问苔丝是否愿意符合他的期望。"你说不吗? 那么你肯定爱我吗?"（第 173 页）未能理解苔丝的独立意愿和矛盾感情在一定程度上反映了安玑的无知和虚伪。

　　虽然苔丝的拒绝并不完全是根据这一解读，因为她太关注自己的纯洁问题，可是这可以被看作她拒绝安玑的一个好理由。不过，既然苔丝非常爱安玑（"在她心目中，安玑就像天神"——第 183 页），她只能吐露自己的隐秘，而不能对安玑有任何质疑。

她一方面特别在意安玑的爱，另一方面又特别在意自己的过去。她回答道："啊，爱你，爱你的！我愿意做你的妻子，而不愿意做这个世界上其他人的妻子……可是我不能嫁给你！……我不想结婚！我没有想到结婚。我不能结婚！我只是愿意爱你。"（第173页）哈代是否在暗示苔丝愿意同安玑不结婚住在一起，就像《无名的裘德》中淑愿与裘德同居那样，的确不是很明确。不过，在此方面，明确的是苔丝的自主选择和对自我的要求。

在强化苔丝和安玑的婚姻故事方面，哈代引入了一则有关杰克·多罗普的轶事。杰克·多罗普，像亚雷一样，诱奸女人，为了金钱与一个寡妇结婚，结果发现落入婚姻陷阱，因为那寡妇一旦再婚，她的收入即停止。这个故事不仅引起苔丝的烦恼，促使她再次拒绝安玑，而且也预示她同安玑的婚姻结果。她想方设法吐露自己的隐秘，可是哈代利用偶然和巧合，直到婚礼之夜才让她有机会这么做。不像《绿林荫下》中的范茜那么精明，苔丝为安玑坦承以前在伦敦自己曾与一个女人的发生的私情所驱使，吐露了自己的生活的秘密，然而却引起了安玑对她的不公正的评判和对待。苔丝因而质问道："我想，安玑，你是爱我的——爱的是我这个人！如果你爱的的确是我，啊，你怎能那样看我，那样对我说话呢？这会把我吓坏的！自从我爱上你以来，我就会永远爱你——不管你发生了什么变化，受到什么羞辱，因为你还是你自己。我不再多问了。那么你怎能，啊，我自己的丈夫，不再爱我呢？"（第226页）

对于这种永恒的爱，安玑并没有作出回应，因为在他看来，爱情非白即黑，非善即恶。此时，苔丝不再是超尘脱俗的形象，不再是他想象中的理想形象了："你都快要让我说你是一个不懂事的乡下女人了，从来都不懂得世事人情。"（第229页）安玑道出了这样的连他自己都违逆的"世事人情"。首先，他一直隐瞒自己过去的秘密直到婚礼之夜。其次，他执意不原谅苔丝的过错。事实上，他的过错要比苔丝的过错严重得多，因为苔丝还没有能力控制那种事的发生："事情发生的时候，我还年轻，对男人，我一无所知。"（第229页）最后，他违背了他刚刚表达的结婚誓言。通过这么做，安玑嘲笑了整个婚姻机制。这种婚姻机制不是让男女双方为了生活合法地结合在一起，而是几乎在签订婚约的那一时刻起便将他们分离开来。这无疑是作者对废除婚姻制度的公开呐喊。

然而，有趣的是，早先，自尊曾使苔丝在被诱奸后不愿向亚雷提出结婚的问题，而现在，自尊依然使她在遭安玑拒绝后不愿将自己强加于他："我要是不知道你毕竟还有最后一条出路的话，我就不会答应同你结婚了；尽管我希望你不会……"（第234—235页）没有通奸，法律并不允许他们离婚。因此，安玑和苔丝决定分居。这样的决定不仅伤透了苔丝的心，而且也将她推回到亚雷的身边，推回到男性支配的社会。苔丝遭受的痛苦不仅来自诱奸者亚雷，也来自发誓终生爱她的丈夫安玑，这颇具讽刺意味。而苔丝对安玑深爱如故则使她痛上加痛。

遭受安玑的双重标准的痛苦的不止是苔丝一个人，还有另外两个挤奶女工。既然苔丝与安玑结婚了，另外两个的处境便可想而知了。莱蒂试图跳河自杀，马莲则喝酒喝得烂醉。虽然她们在小说中并非主角，但是哈代将她们写成"单纯的"姑娘，而不是写成苔丝的真正的情敌，主要是利用她们强化故事中的三角恋模式。一方面，她们被用来衬托苔丝，"她的身材更美，受过更好的教育……只要她稍微用一点儿心思，她就准能抓住安玑·克莱的心，战胜她那些心地坦诚的朋友们"（第141页）。另一方面，她们也用来映衬苔丝对于嫁给安玑的焦虑和内疚："她们都是天真纯洁的姑娘，单相思恋爱的不幸降临在她们的身上；她们本应该受到命运的优待的。她本应该受到惩罚的，可是她却是被选中的人。她要是占有这一切而不付出什么，这就是她的罪恶。她应该把最后一文钱的账还清，就在这里和这时候把一切都说出来。"（第 220 页）就像母亲死后的克林和孩子们死后的淑一样，苔丝希望为自己未曾犯过的罪孽而受惩罚。现在，她接受安玑所说的惩罚，而且越痛苦，越好。

同时，在评论所谓的亚雷和苔丝之间的"意志较量"时，露丝玛丽·摩根对苔丝的被动性进行了辩护："在我看来，这是性的活力和道德的严苛的结合。这种结合使苔丝成为英国文学编年史上最伟大的女性和最坚强的女性。"① 苔丝的力量来自她那种勇敢无畏的力量，尽管有时显得有些被动和默忍，但是在传统的维多利亚社会中，她却是一位出人意料的女性。这种品质使她成为一个悲剧性人物。对安玑来说，甚至对某些读者来说，苔丝是一个堕落的女性，但是对诱奸者亚雷来说，她像雪一样纯洁。虽然哈代让她同亚雷在一起呆了几周，可是并未明确显示他们的关系到底如何。无论对此作何种解释，诚实和自尊使苔丝不愿对亚雷谎称她爱他，尽管谎称会给她带来许多好处："我的自尊还在，尽管剩下的不多了，我就是不能撒这个谎。要是我的确爱过你，我也许有许多最好的理由让你知道。可是我不爱你。"（第 84 页）

她也不会要求弥补自己的错误（就像杰克·多罗普的故事中的母亲要求诱奸者娶她的女儿那样），要他娶她为妻。亚雷问她是否为了爱他，同他结婚才来特兰里基，苔丝挑战性地回复道："假如我是为了爱你而来的，假如我还在爱着你，我就不会像我现在这样讨厌自己，恨自己的软弱了！……只有一会儿，我的眼

_____

① Morgan, Rosemary, *Women and Sexuality in the Novels of Thomas Hardy*, London：Routledge，1988，p. 85.

睛叫你给弄模糊了，就是这样。"（第82—83页）这种挑战性回响在整部作品中。与《阿伦的拐杖》中阿伦、《查特莱夫人的情人》中的梅乐士和《无名的裘德》中的淑一样，苔丝并不想只成为亚雷的性对象。虽然亚雷占有了苔丝的身体，但是苔丝的精神却依然是自主不屈的。

在《德伯家的苔丝》第43章中，通过对燧石山农场的生动描写，哈代着重突出了生活缺乏人性的一面。随着工业机器搅乱了苔丝所属的威塞克斯乡村的宁静，亚雷也在威胁着女主人公的自我。亚雷和机器的胁迫越大，苔丝的反抗意志就越强。人和机器可以让苔丝身心交瘁，但却无法征服她的精神："这种工作永无止尽，苔丝累得筋疲力尽，开始后悔当初不该到燧石山农场这儿来。"（第316页）然而，不管这种工作多么艰苦，她并没有放弃它，这清楚地表明了她抵制亚雷第二次诱惑的决心。

亚雷在过去没有赢得苔丝的宁折不屈的精神，现在极度想要赢取它，为了实现自己的愿望，他向她提出了结婚要求。这是重要的，当一个男人在爱情的竞争中无法赢得意志的较量，便立刻将结婚作为一种选择。向一个蔑视他的女人求婚，无疑是一种获得合法权利，迫使她顺从自己的聪明之举。这样的主题在《无名的裘德》中获得了更加充分的表现。在《无名的裘德》中，淑抵制婚姻的诱惑，为了不让自己屈从于裘德及其性要求。劳伦斯在《恋爱中的女人》和《狐狸》中探索了同样的主题。在这两部小说中，杰尔拉德和亨利都试图通过婚姻来征服他们的女人。劳伦斯对此给予了嘲讽的描写。

亚雷在发现苔丝结婚后，便尝试用其他手段得到她。首先，他谴责和抨击她的丈夫弃她而去："很远？他不在你的身边？那是一个什么样的丈夫啊？"（第308页）后来，当他称她丈夫"骡子"时，苔丝本能地用手套抽他的脸，结果引起他口中流血：

"好，你惩罚我吧！你抽我吧，你打死我吧；你用不着担心麦垛下面的那些人！我不会叫喊的。我过去是牺牲品，就永远是牺牲品——这就是规律！"（第321页）苔丝先前也曾羞辱过亚雷，不是攻击他，而是根据他的巧妙要求，被动地吻他一下。苔丝清楚地知道，亚雷追求的不是她的已被他占有的身体，现在他想拥有的是她的心。直到亚雷让苔丝相信安玑不可能再回到她的身边时，他似乎才能够掌握她的身体和灵魂。这正是苔丝最后杀死亚雷的原因。

其次，他从道德上和性的方面诱惑她："我过去见你年幼无知，就把你骗了。"（第319页）"可是现在，我无论怎样努力，我也无法把你的影子从我心里赶走了啊！一个善良的女人要伤害一个罪恶的男人是不容易的，可是现在她却把他伤害了。除非你为我祈祷，苔丝！"（第310页）他看到苔丝的娇美的面庞，情不自禁，失去了耐心，明确要求她与他同住："我的车正在山下等着呐——我的爱人，不是他的爱人！——你知道我还没有说完的话。"（第320页）既然他想让自主的苔丝屈从于他，他便接受了她的挑战："你只要做男人的妻子，你就得做我的妻子！"（第321页）

最后，也是最有效的手段，是慷慨地帮助苔丝的家庭。亚雷非常精明，对苔丝的弱点了若指掌。正如他早先送马给苔丝家那样，现在他要帮她和她家庭摆脱困境："我的钱足够你摆脱苦恼，足够你、你的父母和弟妹生活用的，而且还绰绰有余。只要你信任我，我就能让他们都过得舒舒服服的。"（第324页）此时，亚雷摇摆于真诚帮助苔丝和渴望再次主宰苔丝之间。苔丝的家人遭遇前所未有的困难，母亲有病，父亲去世，失去居所。当苔丝听说了这一切时，便毫不犹豫地接受亚雷的建议。哈代利用偶然和巧合，再一次将苔丝送回了亚雷的怀抱。对于她的第二次"堕落"，哈代用她最后的死惩罚了她。劳伦斯的一首题为《反驳耶稣》的短诗（"谁强迫自己无选择地去爱他人，谁就会在自己的体内孕育凶手。"①）很能说明苔丝的宿命悲剧。在这一点上，苔丝和淑是难姐难妹，违心地去爱他人，缔结婚姻，结局只有自我毁灭，淑是如此，苔丝也是如此。

然而，在哈代让苔丝为她的致命错误付出生命代价之前，也为她的单纯、挚爱、诚实、默默牺牲、自尊、聪慧、责任感、痛苦，最首要的是她的纯洁而奖励了她。在第七部分"团圆"中，安玑从巴西回来，在协调自己的灵与肉之后，变得成熟了。他很快从父母那里得知，苔丝再一次由于自尊而拒绝了他父母的经济援助。他立即去寻找她。找到苔丝时，安玑失望地发现，她正同亚雷住在一起。这是小说中最令人感动的一段描写：苔丝，就像"梦中的逃亡者"，说明自己所遭受的一切："他也不断地跟我说，你再也不会回来了，说我是一个傻女人。他对我很好，对我的母亲也好，在我的父亲死后他对我家里所有的人都好。他……"（第365页）虽然亚雷曾经诱奸过她，对她说谎，但是苔丝无法否认，就善意而言，亚雷远大于安玑。亚雷唯一的错就是他执意把苔丝视为自己欲望的体现。

苔丝恍如梦中，继续表达自己矛盾的情感。她将自己的不幸即归咎于亚雷，也归咎于安玑："我现在恨死他了，因为他骗了我——说你不会回来了，可是你却回来了！……他一直像丈夫那样对我，可你从来没有！不过，安玑，请你走开吧，再也不要到这儿来了，好不好？"（第366页）一旦意识到自己做了什么，苔丝立刻杀了亚雷，去追寻安玑了。可以设想，要是安玑拒绝接受与亚雷同居的苔丝，那么他也会很难接受杀人凶手苔丝。不过，

---

① 劳伦斯著：《劳伦斯诗选》，吴笛译，漓江出版社1988年版，第182页。

此时的安玑是一个已经改变了的人。他处于弱势地位（他象征性处于站在楼梯上的苔丝的下方），不得不接受和原谅苔丝所做的一切，因为他给她造成的伤害已无法弥补。更重要的是，在潜意识中，安玑仍然认为亚雷的死是他与苔丝团圆的前提："只要那个男人还活着，我怎能和你住在一起呢？——实质上你的丈夫是他，而不是我。如果他死了，这个问题也许就不同了……"（第329页）

这些话镌刻在苔丝的记忆里了。每当亚雷出现在她周围时，她似乎就会想起这些话："早在我用手套打他的嘴的时候，我就想过，因为他在我年幼无知的时候设陷阱害我，又通过我间接害了你，恐怕总有一天我也许要杀了他。"（第327页）在写作《德伯家的苔丝》期间写的笔记里，哈代并未怪罪苔丝的杀夫之罪："一个有恋人的已婚女人杀她丈夫时，并非真的希望毁掉她丈夫；她希望毁灭的是情境。"[1] 因此，苔丝并不是罪犯，而是无法控制的命运力量的牺牲品，是亚雷和安玑的受害者。她的行为也许不当，但是却事出有因。

此后便是一个自主阶段。在此阶段，苔丝和安玑第一次获得了婚姻方面的圆满。就像奈特和皮尔斯顿那样，安玑爱的是苔丝的意象而不是具体的她。这些男人面对具体的恋人，却没有了渴望，而对他们所渴望的恋人，又不能去爱她们。这体现了一种心理学理论，证明了哈代对弗洛伊德理论的预见性。此外，这也是19世纪末和20世纪初小说，尤其是劳伦斯小说中的重要主旨。然而，与奈特和皮尔斯顿不同，安玑最终接受了苔丝，将她作为自己渴望的具象。由此，他协调了想象与现实，协调了自己的矛

---

[1]　Hardy, Florence Emily, *The Life of Thomas Hardy 1840－1928*, London：Macmillan, 1962, p. 221.

盾的情感。

另一方面，苔丝从亚雷的感性和安玑的智性中获得了经验，并由此获得了自己的个性。然而，有趣的是，在《德伯家的苔丝》中，三个主要人物都以某种特殊的形式协调了灵与肉，从而实现了各自的"完整自我"。苔丝通过亚雷发现了自己的性特征，并由此解释了安玑的性特征。安玑作为一个智性人物帮助了苔丝获得了自身的完整，因为她把亚雷的"女性成分"和安玑的"男性成分"结合在一起。作为一个完整的"自我"，苔丝首先帮助亚雷在某种程度上变成了一个精神性人物。因此，他几乎成功地将精神和肉体结合起来，变成了一个完整的人。同时，她帮助安玑认识到自己身体，由此安玑学会了将她接受为自己激情的体现，变成了一个完整的"人"。既然亚雷最终未能变成一个完整的人，那么她杀了他，在她被处死刑前，同安玑一起获得了短暂的完满（虽然劳伦斯发展了灵与肉协调的理论，然而正是哈代首先提及并探索了这种理论）。

《德伯家的苔丝》中的婚姻与哈代其他小说中的婚姻描写有许多相同之处。在这些小说中，女主人公通常夹在两个和更多的追求者之间，她不得不在他们之中作出选择。选择时，她一方面要考虑他们的社会背景、教育背景、经济条件和爱情表现，另一方面也要考虑心理上是否相适应，感性和智性方面是否兼容。在维多利亚社会，宗教道德家们普遍认为，女人的性实际上是不存在的，只有男人拥有这种自然的欲望；就性而言，女人只是从属的，只是为了满足男人的性欲。哈代极力要摧毁的正是这种道德观念，要让女性摆脱僵化的传统习俗的控制。在许多维多利亚时期人们的眼里，苔丝只是许多受到伤害、没有自我意志、被当作玩物的女人中的一个。然而，在作者的眼中，她是有自我意志、完整个性的女性，是其男性爱恋者的羡慕对象。如果说她有错的话，那么她唯一的错就是，打破了社会法则，实践了自然法则。许多女性就是这么做的，她们的"情形比我还要严重啦，但是她们的丈夫都并没有怎样在乎——至少没有成为他们之间的障碍啊"。（第229页）这正是哈代最后向读者传达的信息。

二　《恋爱中的女人》(1920)

《恋爱中的女人》首先是写婚姻的，其次是写男人之间理想之爱的，劳伦斯决定将初稿中的开篇一章"序"省掉，将婚姻主题直接作为探索的焦点。正如《卡斯特桥市长》的开篇语突出了小说的商业性质一样，《恋爱中的女人》的开篇语则强调了小说的婚姻主题："厄休拉，你真想结婚吗？"① 对这一问题，无论是厄休拉还是古德伦都没有一个满意的回答。事实上，厄休拉在经过了全书的四分之三篇幅的描写，古德伦在经过了几乎整部书的描写后才最后明了该答案。小说中所有人物无一例外都牵扯到结婚问题。在第一章乃至整部小说中，两个思想解放的姐妹之间的热烈讨论不仅表明了对恋爱和婚姻的不同看法，并形成鲜明对照，预示了她们后来的命运，而且也抨击了战争之前和战争期间社会生活的浅薄，用古德伦的话说："什么都实现不了！一切都还未等开花儿就凋谢了。"（第55页）

从第一页开始，《恋爱中的女人》就开始关注灾难后的荒凉。《虹》中昔日的安全已经不复存在，两姐妹没有一个像她们女先辈那样希望结婚生子。但是，当走出小煤城贝尔多佛时，她们意

---

① Lawrence, D. H., *Women in Love*, Harmondsworth：Penguin, 1988, p. 53. 本节中所标页码均引自此书。

识到，生活是那么空虚和贫瘠。她们决定，除非有其他现实的选择，否则婚姻将是她们生活的下一步，古德伦说："那是下一步的事儿，不可避免。"（第55页）她们一抵达克里奇斯的婚宴，她们的命运就明确了。古德伦为杰尔拉德的阳刚之美所吸引，而厄休拉对劳伦斯式人物伯金充满了爱与恨的不同感情。

在介绍了主要人物之后，劳伦斯很快展开了故事情节。在此之前，他须先介绍赫尔米奥娜。赫尔米奥娜左右着小说上半部事件的进展。这个女人是贵族，在自己家中主持了大多数的思想文化争论。劳伦斯描述了她给人的印象："厄休拉出神地看着赫尔米奥娜。她了解一点她的情况。赫尔米奥娜是中原地区最出色的女人，父亲是德比郡的男爵，是个旧派人物，而她则全然新派，聪明过人且极有思想。她对改革充满热情，心思全用在社会事业上。可她还是终归嫁了人，仍然得受男性世界的左右。"（第62—63页）赫尔米奥娜是一个坚定的女权主义者，是那种非常解放的女性。对这个人物，劳伦斯一方面非常欣赏，另一方面又十分担心。也许正是由于这个原因，许多评论家，包括凯特·米勒，都抨击劳伦斯对女性的态度，而没有充分理解他对女性的矛盾感情。对于女性，劳伦斯尽管担心，但肯定不会仇视。弗丽达写道："在他的内心深处，我想，他总是担心女人，觉得她们最终要强过男人。"①

然而，从一开始，赫尔米奥娜极富修养、社交出众、衣着得体，简言之，从外表上，"让人们无法判断她"（第63页），从内心来看，就像厄休拉和古德伦一样，她似乎承受着空虚和分离的痛苦："如果伯金能够保持跟她之间的密切关系，赫尔米奥娜在

---

① Lawrence, Frieda, *"Not I but the Wind..."*, London: William Heinemann, 1935, p. 52.

人生这多愁多忧的航行中就会感到安全。伯金可以让她安全，让她成功，让她战胜天使。"（第 64 页）劳伦斯反复强调婚姻作为充实生活、弥补不足的唯一可能手段的重要性。就婚姻来说，这三个女人虽然性情不同，但仍似乎有共同之处：她们都渴望男人出现，超越她们的空虚生活，带她们到"另一个"世界。在那个世界里，男女之间的关系是一种幸福完美的结合。

这是前一部作品《虹》中的布兰温家族女人一开始的期望。这两组女人的主要区别在于，"老一代"女人已经接受了传统的婚姻，尽管很不情愿；"新一代"女人则开始质疑传统婚姻的益处，探寻她们在现代世界中的角色。正是基于这一新观念，古德伦向厄休拉提出了有关生育孩子的问题："你真想要孩子吗？"（第 55 页）在《虹》中，厄休拉已经对这一问题有过争论。当时她批评母亲安娜，说她放弃了女人的独立权利，变成了生育机器。在思索了这一问题后，古德伦得出了与厄休拉相似的结论："我从来没想过生孩子，没那感受。或许这并不是真的，或许人们心里并不想要孩子，只是表面上这样而已。"（第 55 页）劳伦斯再一次证明了自己是一位先锋者，他先于 20 世纪 60 年代的激进女权主义者，将妇女解放问题同生育子女问题结合起来。

厄休拉、古德伦和赫尔米奥娜对生活有一种失望感，关注结婚的可能性，伯金和杰尔拉德也是如此。在小说第 5 章中，这两个男人在谈罢社会改革问题后，话题便转向了婚恋问题。伯金试图宣扬一套新的价值观念来恢复男人日益衰萎的精神状态。他设法让杰尔拉德相信，男人经历的中心必须是"只有与一个女人完美的结合——一种崇高的婚姻，除此之外别的什么都没价值"（第 110 页）。伯金的这些话不管意味着什么，杰尔拉德都未能完全理解。然而，随着故事的发展，他对这些话的意思表示了认同。这可以从他同古德伦的谈话中看得出来：杰尔拉德说："我

相信爱，相信真正的放纵。"古德伦说："我也一样。其实伯金也这样，别看他整天乱叫。"（第 371 页）

虽然伯金鼓吹"与一个女人完美的结合——一种崇高的婚姻"和"婚姻上的星际均衡"，可是他似乎并不清楚自己在说什么，至少在杰尔拉德和古德伦看来是这样（第 369—371 页）。为了理解这些表白，有必要先了解伯金的复杂个性和劳伦斯的两个用语的含义。"崇高的婚姻"，据我理解，意思是指在身体与灵魂方面都同样获得充分发展的一对恋人结成的婚姻关系。这对夫妻在性方面充满活力，在心智方面显得成熟。至于"婚姻上的星际均衡"是劳伦斯在该小说中阐发的一种更为复杂的婚姻理论。一方面，劳伦斯想要男女双方以某种关系结合在一起，而在这种关系中，男女双方不可能相互融合（除了性关系外，没有哪种关系能让男女融为一体）；另一方面，他又想让他们维持各自的自我完整，而不是为了与对方永远结合而必须自我献身。这是在神秘平衡中的自我和完整的维护——就像处于平衡状态中的两颗星星一样。

要使这种自相矛盾的婚姻理论获得普遍的认可并非易事，这促使劳伦斯探索在男人之间的爱之关系方面完成该理论的可能性。正因如此，伯金和杰尔拉德的关系不被看作是一种同性恋关系，尽管其中不乏同性恋的感情色彩。直到创作《查特莱夫人的情人》，劳伦斯才最终修正了他的理论，通过相聚和融合实现了男女之间的和谐。现在，伯金渴望一种特别的婚姻关系。在这种婚姻关系中，男女双方相互顺从而彼此又保持各自的自我。在小说结尾，在杰尔拉德死后，为什么伯金对厄休拉感到不满意？伯金希望得到的和小说最后的结局之间的矛盾表明了劳伦斯在理解自己作品和自身方面的深化，因为他生动地描述了他本人的冲突，并扭曲了结果。

在该小说中，有权利宣扬男女之间完美结合的人物只有厄休拉，这倒不是因为在《虹》的结尾，她获得了自己的"个性"，而是因为她显示出了自己的决心，即要维持自己的婚姻完满。例如，在"女人之间"一章中，当赫尔米奥娜为了伯金的爱而挑战厄休拉时，结果证明厄休拉是赢家。正如伯金在教室里抨击赫尔米奥娜（当时她对伯金对自发性和本能知识的赞誉反应冷淡）那样，厄休拉则为自己的爱进行辩护，以回应赫尔米奥娜对她的责难。赫尔米奥娜心怀不满地试图拆散这一对恋人，她几乎让厄休拉相信，伯金并不适合她，因为"他变化无常，缺乏自信"；如果厄休拉打算结婚的话，就应该考虑"一个肉体上强壮的男人，意志坚强的男人，而不是一个多愁善感的男人"（第 376 页）。虽然赫尔米奥娜所言多为实情，然而却激恼了厄休拉，使她产生了逆反心理："是你，你想要一个身体健壮、气势凌人的男人，不是我。是你，你想要一个无愁无感的男人，不是我。你并不了解伯金，真的不了解，别看你同他一起共事那么久。你并没有把女人的爱给予他，你给予他的只是一种理想的爱，就因为这个他才离开了你。"（第 377 页）

即使伯金与赫尔米奥娜相爱七年了，可他们的关系似乎并没有实质性进展。婚姻毕竟不是伯金的选择。他们的问题是彼此差异太大，难以兼容。伯金和赫尔米奥娜在感情和性关系方面走入了死胡同，这让人想起《儿子与情人》中保罗与米丽安的关系和《无名的裘德》中裘德与淑之间的关系。就像保罗和裘德那样，伯金发展了一种要求生理满足的偏执狂，而赫尔米奥娜，就像米丽安和淑那样，只能付出精神之爱。在被删除的"序"中，作者更明确地叙述了这种困境，伯金为了寻求满足，自甘堕落，与"野兽般的"妓女混在一起。然而，根据劳伦斯的看法，艾拉白拉和淑两位女性合在一起可以成为裘德的"完整的"新娘，赫尔米奥娜和妓女并未平衡伯金的完整，反而使他产生自我分裂："更加空虚，更加死气沉沉，更像只有空空的骨架的幽灵。他知道自己已经离死和消亡不远了。"①

也许由劳伦斯对母亲的俄狄浦斯依恋所造成的肉体与灵魂的分裂几乎是劳伦斯所有小说的核心。他所爱的，他不能渴望；他所渴望的，他不能去爱。虽然小说明显暗示了赫尔米奥娜的失败，但是在"序"中，劳伦斯认为，对于伯金与赫尔米奥娜关系的彻底失败，伯金同样负有责任。与保罗和裘德不同，伯金的主要问题是其激情的双重性，这在后来说明了他对杰尔拉德的致命依恋："他始终意识到，虽然他总是对女人感兴趣，同女人在一起比同男人在一起更感到无拘无束，可是对男人，他总是感到激动和心跳，引起只有男人对女人应该有的那种感觉。虽然在生活中，他不断变换女人，虽然他总是至少同一个女人有私情，事实上从未同任何男人有过私情，可是男性的身体让他着迷。对于女性的身体，他只觉得喜爱，一种神圣的爱，就像对自己的姐妹那样的爱。"②

现在来看一下杰尔拉德和古德伦，讨论他们结合的过程。这个过程由三个相互关联的阶段构成。正如赫尔米奥娜在爱情上让伯金服从她那样，杰尔拉德则努力通过让那匹阿拉伯母马服从他的意志来对古德伦施加心理影响。在那段生动的描写中，劳伦斯将马（他最喜爱用的象征之一）用作杰尔拉德表现他的性力量的载体。当一列载煤列车缓缓经过时，杰尔拉德强迫那匹马站在铁路的交叉口上。那两姐妹恰好经过此地，目睹了一切，气愤不

---

① Lawrence, D. H., *Phoenix II*: *Uncollected*, *Unpublished and Other Prose Works*, London: Heinemann, 1968, p. 104.

② Ibid., pp. 103—104.

已。无须多言，这一情景给予了古德伦极大的震撼。与此相似，在《远离尘嚣》中，军士特洛伊通过极富性暗示的舞剑场景让巴斯谢芭服从于他。杰尔拉德对那匹惊恐不已的马的粗暴驱使让古德伦迷恋上了他："古德伦被杰尔拉德横暴地骑在马上的景象惊呆了，头脑变麻了：那位碧眼金发的男子粗壮、强横的大腿紧紧地夹住狂躁的马身，直到完全控制了它为止。"（第172页）既然那列经过的火车属于煤矿，该场景也可解释为杰尔拉德迫使他的矿工服从机器，同时也表现了杰尔拉德的毁灭性特征。

在"水上聚会"一章中，古德伦发现参与性竞争，在男人世界中伸张自己的意愿非常重要。作为对杰尔拉德的挑战，古德伦故意胁迫他那头公牛。就像上面提到的场景描写，这一场景描写也充满了性的意象，用来显示古德伦对自我意志的坚持如何使她赢得了对那头高地公牛的控制，以及这样行为如何预示了他同杰尔拉德的关系："你以为我怕你，怕你的牛，是吗？"（第236页）在把公牛赶开后，兴奋的情绪让她产生了一种强烈的愿望，进一步使用暴力来对付它，仿佛只是为了确证自己隐含的力量。如果说他对那匹马的野蛮粗暴俘获了她的灵魂，那么她突然扇他一耳光，仿佛是她隐含力量的显示。很快，他就屈从了，坦言道："我并不生你的气，我爱你。"（第237页）

在最后一部分中，杰尔拉德和古德伦联手对付温妮弗莱德的兔子。这是一段施虐描写，它不仅强调了他们爱情的性质，也反映了劳伦斯和弗丽达之间的关系。虽然杰尔拉德最后驯服了那只兔子，然而他或她都不会要求至高无上的权力："他们之间结成了某种同盟，这种心照不宣的同盟令他们害怕。他们两人就这样卷入了共同的神秘之中。"（第317页）无论如何，这是重要的，劳伦斯让他们在征服象征性动物和所有其他生活价值方面处在平等地位。杰尔拉德将自己的心思放在工业上，古德伦则将心思放在艺术上。当杰尔拉德按照自己的意志塑造和要求矿工，而古德伦则为了满足自己一时的兴致而雕刻小人。正如杰尔拉德对权力的迷恋使他在伦敦欺负普苏姆，在替罗尔设法让教授的女儿关注自己，而古德伦的自尊使她来到莱欧阿克，这是她的意志较量的举动之一。他们两人都平静而专横地处在各自所支配的世界之中，但是他们仍然能够从对方身上清楚地感受到受挫和扭曲的激情。因此，就他们的意志而言，他们是平等的，不过这只是从劳伦斯的婚恋理论的消极面来看。

在前面，我既比较了杰尔拉德和古德伦，也比较了特洛伊和巴斯谢芭，但是并没有进一步展开。似乎从一开始，古德伦和巴斯谢芭在爱情关系方面就具有支配男人的强烈欲望，但是她们实际上渴望的，至少潜意识中渴望的是那种强暴和健硕的男人，那种能够让她们屈从于男性力量的男人。在《远离尘嚣》中，巴斯谢芭对奥克求婚的回答在此是颇具代表性的："我不会同你结婚的，奥克先生，我需要的是一个能驯服我的男人；我太独立了，你无法驯服我，我知道。"（第 80 页）古德伦在目睹了杰尔拉德驱使马的情景后，其内心的想法想必也是如此。这两个女人之间有着惊人的相似性。古德伦对杰尔拉德的抗议："我觉得，你太傲慢了。"（第 171 页）这并不仅仅一种挑战，也是对杰尔拉德的一种无声的呼唤，呼唤他来征服她。

虽然杰尔拉德成功地在古德伦的心目中留下了深刻印象，然而直到最后，他也未能征服她。特洛伊对待女人，"除了恭维就是咒骂，没有第三种方法。对她们好，你就什么也不是"（第 221 页）。如果杰尔拉德能够采用这种方法，他或许能够让古德伦顺从他，就像特洛伊对待巴斯谢芭那样。但是，由于他像博尔伍德那样，在赢得古德伦的爱慕后，就立即将支配权拱手相让，因此他不得不放弃自己的意志，面对致命的后果。尽管笔者在这里将杰尔拉德在对待女人方面情形同特洛伊进行了比较，但是事实上，在性情和命运上，博尔伍德更近似杰尔拉德。

正如博尔伍德通过保持自己单身和"不墨守成规"来吸引巴斯谢芭那样，杰尔拉德则是通过自己的自由不羁和阳刚之气来吸引古德伦。这最充分地体现在他在湖中裸泳的描写中："他现在孤身一人独处湖心，拥有这里的一切。在新的环境中，他毫无疑问是兴高采烈的，他喜欢这种孤独。他幸福地舒展双腿，舒展全身，没有任何束缚，也不同任何东西发生联系，在这个水的世界中只有他自己。"（第 97 页）古德伦真正羡慕杰尔拉德的恰是巴斯谢芭从博尔伍德身上所看到的：一个纯粹的男子汉气质。如果这些男人能够维持自己的形象，那么就如哈代和劳伦斯所暗示的那样，他们肯定会改变自己的运程。然而，由于他们既不能征服和控制他们的女人，也不愿意这么做，那么他们俩便死定了（就博尔伍德来说，则生不如死）。

然而有趣的是，古德伦刚一意识到杰尔拉德变得与以前不同，至少从她的观点来看，她便立即改变了对他的态度。这种内心的改变开始于公牛场景描写之后不久，于"死亡与爱情"一章里的性爱描写中达到极致："这可是你先出击的。"他压低嗓门儿，柔和地说，那声音似乎是她心中的一个梦，而不是外界传来的话音。"我还会打最后一拳，"她自信地说。他沉默了，没有反驳她。（第 327 页）杰尔拉德在同古德伦的关系中失去了优势，似乎再也没有获得过优势。

人们注意到，劳伦斯小说中的男女之间的性爱关系总是被呈现为一种为获取支配地位而进行的殊死斗争。虽然杰尔拉德同古德伦之间的斗争，就像伯金同厄休拉之间的斗争，表现于许多方面，可是在性行为方面，这种斗争表现得很糟糕。在"死亡与爱情"一章中，杰尔拉德在父亲死后便偷偷溜进古德伦的房间同她做爱。这段描写立刻让我想起了《虹》中厄休拉和斯克里本斯基之间的毁灭性的性爱场面，并同厄休拉同伯金在舍伍德森林中所获得的结合形成对照。因此，这段描写的结束对恋爱双方来说都是不令人失望的。杰尔拉德，就像斯克里本斯基那样，在性方面被打败，当无法获得自我时，只好俯首听命："他感到自己在她生命的沐浴下溶化了，沉没了。似乎她胸怀中的一颗心是第二个不可战胜的太阳……他明白自己受到了何等的毁灭——就像一棵植物被一场霜降破坏了其内部组织。"（第430—431页）另一方面，古德伦也被感动和震撼了，同时也看到了他的崩溃。尽管性爱让他们兴奋不已，可是他们的关系却缺少相互性。

古德伦在性竞争中占了上风，可是直到勒克涉足其中，她才最终直截了当地拒绝杰尔拉德，因为关系本身呈现出另一种形态。他就像幼儿依赖母亲那样完全依赖她，这让她感到困惑。在这一点上，有证据表明，受到与母亲关系的影响，劳伦斯正在将古德伦同杰尔拉德之间的性爱变为一种母爱，这种爱也呈现为斗争的形态。杰尔拉德睡觉就像幼儿搂着母亲一样，让古德伦觉得自己像母亲那般疼爱和呵护他。她最初的念头，就像厄休拉那样，怜悯他而不是摧毁他，变成了一个母神式的人物："她是全部生命的母亲和实体。而他则是孩子，是男人，被她收容，从而变得完善。而他纯粹的自身几乎早死了。她胸怀中溢出的神奇和柔软的水流像柔软令人欣慰的生命注满了他的全身，溶满了他那撕裂了、被毁掉的大脑，他似乎重又沐浴在母腹中了。"（第430页）

杰尔拉德在瑞士与古德伦做爱时再度试图获得支配权，结果再次失利。这次，古德伦就像一个孩子出现，顺从而不失自我。仔细审读这段描写可以看出相当暧昧不清。正如苔丝通过被动将脸转向求吻的亚雷而含蓄地羞辱他那样，古德伦则消极被动地将身体交给杰尔拉德，"就像孩子看着大人，不希望理解，只是服从"（第 494 页），然而她并没真正地放弃自己的意志。杰尔拉德也许占有了她的身体，然而并没有占有她的精神，就像苔丝对亚雷那样，保持着自主，坚定不屈："他现在渴求什么，希望她承认他、对他有所表示、接受他。可她只是沉默地躺着，疏远他，就像一个孩子，屈服了他，但仍无法理解他，只是感到迷惘。他又吻了她，算放过她了。"（第 494 页）不管怎样，与伯金和厄休拉不同，杰尔拉德和古德伦之间的关系容不得分离，只能在激情中融合。在这种融合中，彼此都要求对方的全部，同时也给予对方全部。斗争变成了生死攸关的事情，每一方都为自己的个性而战，然而要想获胜，一方必须将对方变成依附者，最终导致毁灭。一个人的生存是以另一个人的死亡为代价的。

同杰尔拉德和古德伦的关系形成尖锐对比的是伯金和厄休拉的关系。后者的关系呈现为不同的发展形式。不过，虽然伯金和厄休拉争吵不断，可作者仍将他们的关系描写成一种良好和自然的关系，而将杰尔拉德和古德伦的关系描写成较差和反常的关系，为什么？这仍然是一个难以理解的问题。有一个原因也许可以解释这一难题：杰尔拉德和古德伦踌躇和抑制，担心失去自我，而伯金和厄休拉虽然最初过于审慎而不愿失去自我，但是他们后来决心要在爱中妥协。在"湖中岛"一章中，在长论爱情之后，在"米诺"一章中，伯金对厄休拉说，他们必须发誓至少永远做朋友。尽管他并不知道自己是否爱她，可是他要求与厄休拉有一种比爱情更深的关系："我需要的是与你奇妙的结合，"他轻声道，"既不是相会，也不是相混——正像你说的那样——而是一种平衡，两个人纯粹的平衡——就像星与星之间保持平衡那样。"（第 210 页）

在《虹》中，理想的男女关系是以"二合一"的二元哲学为基础的，是以"相聚"和"相融"为基础的。与《虹》不同，《恋爱中的女人》先于《查特莱夫人的情人》宣扬了一种新理论。根据该理论，男女双方相互服从而不失自我。该理论最后被描述为"分离中的相互和谐一致"，其难点在于男女之间如何做到既相互服从而又不相互汇合和融合。正是这一理论缺陷引起了劳伦斯评论者的误解。厄休拉也发现自己为伯金的胡言所迷惑和冒犯，始终认为他在威逼自己："你并不完全相信你自己说的话。你并不真的需要这种结合，否则你就不会大谈特谈这种结合，而是应该去得到它。"最后，他暂时让步了，承认自己爱她。

伯金和厄休拉关系的发展主要集中体现在关键的两章中。在"月光"一章中，两人之间对于婚恋问题争论不休，直到陷入僵局。厄休拉渴望爱情，而伯金渴望的不止爱情。在前一章中，厄休拉在一个夜晚悄悄地看着树林中的伯金气恼地向湖面倒映的月影投石头，试图驱散它。这段情景描写具有象征含义，不仅与《恋爱中的女人》中的其他事件有重要联系，也与《虹》有着重要联系。在《虹》中，厄休拉与月亮象征性共谋毁灭了斯克里本斯基，使他变成一个无足轻重的人，而在《恋爱中的女人》中，伯金再度试图击碎月亮的倒影，就是为了使自己不要面对同样的结果。劳伦斯借伯金的口称月亮为该诅咒的自然女神，肯定是在暗示月亮同厄休拉和赫尔米奥娜之间的联系。劳伦斯已经把她们称为母神，"一切的伟大母亲，一切源于她们，最终一切都得归于她们"（第 270 页）。厄休拉的话的重要性在于强调了这种联系："别往水中扔石头了，好吗？……这太可怕了，真的。你为什么憎恨月亮？它没有伤害你呀，对吗？"（第 325 页）

正是在这里，读者有理由相信，伯金，就像劳伦斯那样，担心女人，不是因为她们是众神之母的代表，而是因为她们也威胁了他的性特征："他厌恶性，性的局限太大了。是性把男人变成了一对配偶中的一方，把女人变成另一方。可他希望他自己是独立的自我，女人也是她独立的自我。他希望性回归到另一种欲望的水平上去，只把它看作是官能的作用，而不是一种满足。……为什么我们要把我们自己——男人和女人看成是一个整体的碎片呢？……男人是纯粹的男人，女人是纯粹的女人，他们彻底双极化了。再也没有那可怕的混合与揉和着自我克制的爱了。只有这纯粹的双极化，每个人都不受另一个人的污染。"（第 269—271页）

迄今为止，在劳伦斯看来，性行为一直是一个建设性和生产性的过程。在这一过程中，男人和女人首先走在一起，而后超越彼此的差异，实现真正的结合。减弱性爱的重要性，只让它成为一种功能性过程，这会灾难性地解构劳伦斯的一切性爱理论。虽然人们能够理解伯金同赫尔米奥娜所经历的性焦虑，可是人们却不能认真看待劳伦斯的观点，至少在此阶段，不能接受他的思路，因为他一直坚持自己通过小说对性所作的解释：完满只能在性交后获得。仇恨性并对它大加排斥的评论是冲动之举，其依据的是一种矛盾现象，即小说的意向与作者的意向之间的矛盾现象。

伯金认为厄休拉放弃了自己的意志，顺从了他的婚恋观念，"我们在婚约上签名前，最好先看看里面的条款"（第 327 页），然而正是他最终顺从了她的性要求，不得不思考在那月夜她对他倾其所爱之后错误的可能性："他想或许他做得不对。或许他带着对她的需求去接近她是不对。难道那仅仅是一个想法或者说只能把它解释为一种意味深远的企盼？"（第 329 页）正如把猪的生殖器扔在裴德身上从而改变他的整个人生轨迹一样，伯金受制于在海里戴家看到的一个西非裸体女雕像："她懂得他不懂得的东西。她有几千年纯粹肉欲、纯粹非精神的经验。她的那个种族一定神秘地逝去几千年了：这就是说，自从感官和心灵之间的关系破裂，留下的只是一种神秘的肉体经验。"（第330页）体现为纯粹的肉体经验的非洲雕像被视为赫尔米奥娜和杰尔拉德的智性主义的对立面。如果这种非洲文明由于经受不住灵与肉、理智与官能的分裂而死亡几千年了，那么由赫尔米奥娜和杰尔拉德所代表的英国的智力文明如脱离官能经验也会以同样的原因死亡。同样，如果人不能通过平衡他或她的两面而保持其完整性，那么他或她将不可避免地面对死亡。这是为什么当伯金意识到自己是那些"来自北方的、有着冰冷的、破坏性的和孤立的感官生活的奇特白色恶魔之一"（第331页）时就立即想起厄休拉的原因。他意识到了自己的错，对厄休拉也对性和生活的态度突然发生了改变。

在另一关键的一章"出游"中，劳伦斯在描写了伯金和厄休拉的许多"值得回忆的战场"之后，便倾其全力来解决他们结合的问题。劳伦斯一直持有这样的观念：人类关系尤其是男女关系方面的完整性常常要通过激烈的争吵来获得，如果必要，伯金和厄休拉必须通过斗争来解决他们之间所有的差异，而后才能最终实现和谐相处。其中的一个问题就是赫尔米奥娜问题，该问题也是婚恋争论中的一个障碍。一个下午，伯金开车带厄休拉出去，送给她三个戒指。一切似乎进展顺利。当他宣称他必须在绍特兰斯同赫尔米奥娜分手时，情形急转直下。厄休拉满怀恼恨和嫉妒，责骂他同智性人物赫尔米奥娜的私情。虽然她所说的大都是实情，但他是不会在她面前承认此事的。这是典型的劳伦斯模式：争吵不断，但最终还是在激情中结束，两个恋人彼此温柔抚摸："她像着了魔一样迷上了他。"然后，她很快"抚摸着他的大腿，顺着一股神秘的生命流抚摸着。她发现了什么东西，发现了某种超越生命本身的东西。那种神秘的生命运动，在腹下的腿上。那是他生命奇特的真实，那是生命本身，沿着腿部直泻下来。是在这儿，她发现他是始初上帝的儿子，不是人，是别个什么。"（第 395 页）

为了获得完满，根据劳伦斯的婚姻哲学，这一对恋人首先要在性行为中让他们的爱达到极致；在此过程中，男女双方交流各自的男性和女性元素，然后超越他们的个体而实现结合。然而，由于上述引文并未描写伯金和厄休拉之间的性行为，尽管他们都达到了情感迷狂和纯粹"个性"的程度，人们还不能认可劳伦斯这样的处理，因为根据劳伦斯的观点，完美必须是在性交后而不是在性交前获得的。劳伦斯在传达该段描写真实含义方面的暧昧和缄言使许多评论者认为伯金和厄休拉的结合无法让人信服和满意。由理解该段描写的性暗示所造成的困难是劳伦斯的错。一方面，他似乎设法让伯金的"星际均衡"的婚姻理论合理化（该理论排斥任何有关一对恋人"相互融合"的观点）。如果是这样，那么他为何又认为一对恋人的行为是必要的呢？另一方面，劳伦斯在上述引文中似乎暗示了伯金与厄休拉之间的性行为，虽然没有明确说出来。这引起了威尔逊·奈特和杰弗里·米耶斯等一些评论家的极大误解，认为在伯金和厄休拉之间实际发生的是一种肛交。无论如何，伯金和厄休拉通过性交而实现圆满结合并不能令人完全信服，但是他们的确找到了平静，在婚姻中获得了完满。

在这方面，需要多说的是厄休拉。在与伯金相爱方面，她获得了充分的肯定。早先，读者还记得，尽管伯金同赫尔米奥娜的关系陷入僵局，可他还是受她控制好几年。在当时，他既不承认自己对杰尔拉德怀有同性恋情结，也无法摆脱赫尔米奥娜在爱情方面对他的控制。因此，在 30 岁之前，他是病态、消极和放荡的，依恋赫尔米奥娜，与她处于一种无爱和受虐的关系之中，害怕与她断绝关系，担心自己坠入深渊。直到厄休拉拯救了他，他才对自己的生存充满了信心。她不仅必须唤醒和满足他的精神渴望，而且也必须回应他的生理欲望。在某种意义上，厄休拉（就像弗丽达那样）在他们的爱情关系中必须承担一种积极的男性角色。发现他对性感到冷淡和恐惧时，厄休拉首先迫使他进入一种生理关系，释放他的紧张心态，激发他的自发性。假如厄休拉没有感知到迫使伯金进入生理关系的必要的话，那么他们的爱也许就会变成像伯金同赫尔米奥娜那样精神化，沦为一种有害的关系。我们再一次看到，劳伦斯笔下的真正的主人公是女性而不是男性。

尽管他们婚姻完满，最终爱情目标获得实现，然而伯金对自己与厄休拉的关系似乎并不感到满意。小说结束时，伯金和厄休拉，在杰尔拉德死后，争论是否有必要用男性同志关系来补充他们的婚姻关系：

"你需要杰尔拉德吗？"一天晚上她问他。

"需要。"他说。

"有我，你还不够吗？"她问。

"不够，"他说，"作为女人，你对我来说足够了。你对我来说就是所有的女人。可我需要一个男性朋友，如同你我是永恒的朋友一样，他也是我永恒的朋友。"

"我为什么让你不满足呢？"她问，"你对我来说足够了。除了你我谁也不再想了。为什么你就跟我不一样呢？"

"有了你，我可以不需要别人过一辈子，不需要别的亲密关系。可要让我的生活更完整，真正幸福，我还需要同另一个男子结成永恒的同盟，这是另一种爱。"他说。

"我不相信，"她说，"这是固执，是一种理念，是变态。"

"那——"

"你不可能有两种爱。为什么要这样!"

"似乎我不能,"他说,"可我想这样。"

"你无法这样,因为这是假的,不可能的。"她说。

"可我不信。"他回答说。(第 583 页)

由此,一个贯穿整部作品的次要主题出人意料地变成了一个主要问题。虽然似乎从一开始它就像一种同性恋式的爱,然而却被模糊地表现为僵死的现代异性关系的另一种可能的选择。在劳伦斯看来,现代的异性关系与其说是一种能够获得快乐的体验,倒不如说是一种无休止的意志较量。总的看来,正如在描写伯金和厄休拉之间的性场景方面模糊不明一样,劳伦斯对伯金和杰尔拉德的爱之关系的探索在作品中自始至终也是模糊不明的。

在小说中,广泛地讨论和争论了婚姻问题,主要是杰尔拉德和古德伦的婚姻,不过只在小说的最后部分,当区别两对恋人的不同时,婚姻问题才成为突出的中心问题,其中,杰尔拉德和古德伦关系的死局是焦点。它不仅显示出两对恋人在处理他们的问题方面的不同,而且也突显了他们的天性本质。小说的早期阶段,古德伦曾把婚姻看作自己的下一个生活目标,她强烈批判了传统婚姻,认为传统婚姻把女人贬低为家中俯首听命的妻子:"婚姻是不可能的。或许有,的确有千百个女人需要这个,她们不会想别的。可一想到这个我就会发疯。一个人首要的是自由,是自由。一个人可以放弃一切,可他必须自由,他不应该变成品切克街 7 号,或索莫塞特街 7 号,或肖特兰兹 7 号。那样谁也好不了,谁也不会!"(第 464 页)同样,不仅厄休拉表达了这样的担心,而且伯金也表达了这样的担心。伯金对传统家庭观念的不满也在后来的《阿伦的拐杖》中的阿伦身上体现出来。在古德伦心怀嫉妒地将自己同厄休拉作了比较之后，劳伦斯只用了两页，痛苦地解构了他刚刚对她所作的评论。如果厄休拉并没有发现质疑她的需要是重要的，那么古德伦发现了："她现在缺少什么呢？缺少婚姻——美妙、安宁的婚姻。她的确需要它。以前她的话都是在骗人。旧的婚姻观念甚至于今都是对的——婚姻和家庭。可说起来她又嘴硬。她想念杰尔拉德和肖特兰兹——婚姻和家！"（第466页）显然，就婚姻而言，古德伦并不知道自己真正需要什么。

后来，当这两对恋人一起在瑞士度假时，古德伦和杰尔拉德刚刚经过床笫之欢，下楼来发现厄休拉和伯金正在等待他们："'他们看上去是多么好、多么纯洁的一对儿呀。'古德伦想到此不禁生起妒意。她羡慕他们那自然的举止，人家像孩子一样满足，可她就达不到这一点。"（第494页）古德伦嫉妒他们是因为她无法从杰尔拉德身上获得厄休拉从伯金身上获得的东西，即男女相互之间的完美理解，"两个个体存在的纯粹平衡"，而她早先曾对此大加嘲讽。既然她同杰尔拉德的私情不足以使她快乐，因为他们俩既不愿妥协在平等的基础上结合，也不满足于过一种没有婚恋的生活，那么她便迫使自己从那个堕落的澳大利亚雕塑家勒克那里寻求满足。

小说一开始，赫尔米奥娜以相同的方式拥有了伯金，而勒克在小说最后支配了古德伦的意志。对此，劳伦斯毫无掩饰。在对比这两个男人时，劳伦斯写道："当要想接近古德伦这样的女人时，勒克可是有着杰尔拉德做梦也想不到的招数。"（第549页）在这个侏儒似的双性人勒克身上，真正让古德伦着迷的是他对女人性格的理解力及其个人自由。与杰尔拉德不同，勒克有着探测古德伦情绪和需要以及透视她心灵深处的超凡能力。这是劳伦斯常常称他为小人的原因，因为他可以做他想要做的事而不被别人看见。他对艺术的看法对于阐明他的自由概念和婚恋戏剧相当重要。

对于勒克来说，艺术有两个独自而又矛盾的目的：第一，正如艺术过去服务并解释宗教那样，现在艺术应该表现和解释工业；第二，从美学上讲，"一部艺术作品……是一幅空的画，绝对空的画。它与什么都无关，只与它自己有关。它与日常生活中的这个那个都没关系，没关系，绝对没关系"（第525页）。这种观点对两姐妹来说，尤其对厄休拉来说，根本无法接受。厄休拉激烈地反对他的观点："艺术世界只是关于真实世界的真理，就是这样。可你走得太远了，认识不到这一点。"（第526页）可是古德伦却难以拒绝他的说法，因为他支配了她："古德伦脸色苍白，眼前一黑，似乎有点不好意思。她哀求地抬头看看，那表情像个奴隶。"（第524页）当讨论勒克的骑马裸体少女的雕像画时，古德伦站在勒克一边，虽然她很清楚自己是错的。正如《虹》中安娜批评威尔将亚当雕刻得比夏娃大一样，厄休拉抨击勒克将那少女雕刻得太小、太温柔和太羞涩，而将那公马雕刻得太大、太僵硬和太强壮："那马就是你自己，平庸愚蠢而野蛮。那女孩就是你爱过、折磨过然后又抛弃的人。"（第526页）虽然这幅画的性暗示是清楚的，勒克继续详细地诉说他对女人的粗暴。在讲述了自己如何打那个女雕塑模特以便让她的站姿符合自己的要求之后，勒克又概括了自己对女人玩世不恭的态度："我不喜欢个头大、年纪大的女人。这些女人应该长得漂亮，年龄在十六七岁左右。年龄再大的女人对我来说就毫无用处了。"（第526页）

勒克对待女人和艺术有自己的方式，杰尔拉德似乎对女人和产业也有自己的方式，虽然勒克并不比杰尔拉德好多少，可是前者却比后者幸运，娶了古德伦。这是由于他深入女人内心深处的能耐和我行我素的自由。"我并不崇拜勒克，但不管怎么说他是个自由的人。他并不摆大男子主义架子。他并不那么忠诚地推那架旧碾子。"（第563页）在《卡斯特桥市长》中，亨察德主要错在他读不懂女人。同亨察德一样，杰尔拉德直到死对理解女人的需要也一无所知。伯金曾问他为什么活着，他天真地回答道："我想我活着是为了工作，为了生产些什么，因为我是个有目的的人。除此之外，我活着是因为我是个活人。"（第107页）伯金对他的这种回答回应道："我真恨你。"（第108页）杰尔拉德，就像亨察德那样，不得不死掉，不得不履行他的死亡心愿，因为他不仅不能同古德伦和伯金妥协，而且也不能同自己和生活妥协。他的死亡是悲剧性的，是其瓦解过程中的高潮。

在六个主要人物中，只有伯金和厄休拉幸免于生活的瓦解，这倒不是由于他们自身的优越，而是由于他们有勇气正视和解决自己的问题，彼此相互妥协。重要的是，小说回报了那些乐于妥协，乐于在爱中付出自我的人物，因为除此之外没有其他方式可以获得爱情和幸福的婚姻。同时，小说也用死亡和彻底瓦解惩罚了那些热衷于争夺支配权的人物。伯金和厄休拉最后的结合决不意味着是一个轻松的过程。毫无疑问，这是三代人连续不断艰苦努力的结果。

第七章

成婚与非婚

在《无名的裘德》（1895）和《查特莱夫人的情人》（1928）中，婚姻是一个争论的热点问题。哈代认为，婚姻不能带来幸福，不能铸就令人满意的两性关系，所以他立意要解构婚姻这种社会建制，而劳伦斯虽然意识到婚姻的艰难，但是他选择了与哈代相反的路向，即通过设法解决婚姻问题，协调两性间的相异，以期重建婚姻。因此，本章旨在探讨婚姻如何成为两性关系的终极问题和最终解决的方案，通过利用相似的婚姻模式来辨明哈代和劳伦斯何以会对婚姻问题得出相反结论的成因。

由于劳伦斯对《无名的裘德》的浓厚兴趣，尤其是对淑·布莱德赫德的浓厚兴趣，关于哈代最后一部小说对劳伦斯早期作品的影响，尤其是对《儿子与情人》的影响的评论随处可见，然而对于《无名的裘德》同《查特莱夫人的情人》之间的密切关系却论之甚少。1895 年，哈代在《无名的裘德》的序言中点明，该小说的主题之一"是灵与肉之间的一场殊死的战争，是要指明这是一场夙愿未酬的悲剧"[①]。纵观这场"战争"，不难发现哈代的

_____

① Hardy, Thomas, *Jude the Obscure*, London: Penguin Group, 1978, p. 39.

立场。尽管他的观点大体上接近劳伦斯有关人身两个中心平衡的说法，可他并不真的希望实现这种平衡，所以他在《无名的裘德》里首次情不自禁地首肯了肉与灵的对抗。这一点在他对裘德的描写时表露得很清楚："他太富于激情，很难成为一个好牧师；他最终所能期望的也不过是一种不断充满灵与肉的内心之战的生活，而前者常常败于后者。"① 劳伦斯在写给布卢斯特斯的一封信论及《查特莱夫人的情人》时表达了类似的看法。在《查特莱夫人的情人》中，他也展示了那场"殊死的战争"："如我所言，这是一部性器意识小说，或者说是一部以性器意识对抗精神意识的小说。当然，你知道我站在哪一边。对抗不是我的错，应该没有对抗。这两种东西在我身上必须获得调谐。然而现在它们却势不两立。"②

假如说哈代与劳伦斯之间不存在影响的话，那么毫无疑问，哈代和劳伦斯在小说创作方法方面有着惊人的相似。婚姻作为道德主题和社会建制出现在《无名的裘德》和《查特莱夫人的情人》中，然而在这两部小说中，婚姻并没有让丈夫和妻子感到幸福。除非对婚姻制度进行立法改革，否则就该将它废除；到那时，非婚关系便成为合乎道德之事了。的确，哈代在《林地居民》中将结婚和离婚呈现为对立面，可是在《无名的裘德》中所呈现的却并非如此。哈代的这部小说如同《查特莱夫人的情人》，所呈现的对立是灵与肉之间的对立，是法定婚姻和自然婚姻之间的对立。

在这两部小说中，婚姻模式非常的相似。在《无名的裘德》

① Hardy, Thomas, *Jude the Obscure*, London: Penguin Group, 1978, p. 25.

② Brewster, Earl & Achsah (eds.), *D. H. Lawrence: Reminiscences and Correspondence*, London: Martin Secker, 1934, p. 166.

中，裘德和艾拉白拉、费劳孙和淑构成了法定婚姻，而后来裘德和淑却背离了法定婚姻而结成自然婚姻；同样，在《查特莱夫人的情人》中，克利福德和康妮、梅乐士和伯莎构成法定婚姻，后来康妮和梅乐士也背离了法定婚姻而结成了自然婚姻。到小说结尾，两种婚姻模式的终点却大相径庭：裘德和淑最终背离了自然婚姻而回归法定婚姻，而康妮和梅乐士却将自然婚姻坚持到最后。这种差异表明：劳伦斯想要重建婚姻，而哈代则想要解构婚姻。在《无名的裘德》中，裘德和艾拉白拉、费劳孙和淑之间的官方结合以及《查特莱夫人的情人》中克利福德和康妮、梅乐士和伯莎之间的正式结合构成了民事、合法、公开和正规婚姻的基础，而裘德和淑、梅乐士和康妮之间的自由结合则构成了自然、非法和事实婚姻的基础。因此，作为一种模式，婚姻在这两部小说中的叙述进展是从不适当的同居关系和对适当的同居关系感到幻灭开始的，而后又在《无名的裘德》中变成不适当的同居关系和悲剧。裘德和梅乐士都受到低俗性欲人物艾拉白拉和伯莎的性诱惑，在他们尚未明白何为婚姻之时，便被她们巧妙地诱入婚姻关系之中；结果他们很快发现自己陷入婚姻陷阱之中，不得不同一个让他们生厌的粗鄙的妻子朝夕相处。

同样，淑和康妮各自嫁给费劳孙和克利福德时，并未了解婚姻意味着什么，直到受到他们的性欲（一个性亢奋，一个性无能）现实的打击，她们才不得不逃避丈夫，从其他男人（裘德和梅乐士）那里寻求满足。当法定婚姻破裂时，裘德和淑、梅乐士和康妮不仅终结了同他们配偶的正式契约，而且也选择了"自然"婚姻作为替代。当"自然"婚姻在这两对恋人身上证明其行之有效时，试图废除婚姻的哈代便将"命运"（小时光老人出场）引入小说情节中，最终搅乱了在裘德和淑之间形成的和谐，冷酷地将他们送回各自最初的配偶身边，终而毁灭了他们。而试图重建婚姻的劳伦斯则让梅乐士和康妮寻求同他们各自合法伴侣离婚，以期获得一种"合法"婚姻（发生在文本之外了）。在1912年的序言中，哈代不无遗憾地说："是一个男性而不是一个女性描绘了这个新人（淑·布莱德赫德），如果让女性来描写的话，是决不会让淑最后精神崩溃的。"[①] 这段表白似乎表明，若不是同艾玛的婚姻影响了他的创作，那么他有可能让《无名的裘德》像《查特莱夫人的情人》那样成为男女之间成功婚姻的范本。

一 《无名的裘德》(1895)

根据哈代的说法，《无名的裘德》既是一部婚姻小说，也是一部教育小说。就婚姻而言，裘德在淑从他那里偷书之前可以被看作小说的中心。夹在性欲的艾拉白拉和智性的淑之间，裘德，就像苔丝那样，找不到一个灵与肉完美结合的恋人来成全自己的婚姻。根据劳伦斯的看法，裘德的悲剧是"人类生活的一种原则以另一种原则为代价过分发展而导致的悲剧。这种原则全力强调男性、爱、精神、思想和意识，否定和抨击女性、法律、灵魂、感觉和感情"[②]。裘德同艾拉白拉在一起时，竭力维持自己精神的完整性；而他同淑在一起时，则竭力维持自己的性欲感。他绝望地试图保持灵与肉的一体性。事实上，淑和艾拉白拉分别体现了高贵和低俗两种本能。除非裘德能够驾驭它们，否则就会被颠覆在地，身遭毁灭。小说的结尾就证实了这一点。

---

① Hardy, Thomas, *Jude the Obscure*, London: Penguin Group, 1978, p. 43.

② MacDonald, Edward D. (ed.), *Phoenix: The Posthumous Papers of D. H. Lawrence*, London: Heinemann, 1936, p. 509.

　　婚姻和求学之间的冲突贯穿整部作品，在那段有关猪生殖器的描写中，这一冲突得到了充分展示。这种冲突意在突显裘德在情感和理智方面的分裂个性，也旨在说明他的成熟。他在玛丽格林家的路上，正当沉浸在去基督寺求学和将来做主教的崇高梦想之时（"没错，基督寺将成为我的母校，我将成为她可爱的孩子，我身在其中，她将会感到欣喜"①），一块猪的生殖器突如其来地砸在了他的头上。这一细节描写颇具象征意味，标志着裘德生活的转折。在此之前，裘德从未同任何一个女性有过性关系，也从未想过这方面的事。然而，他一见到性感的艾拉白拉，就发现她与其女伴们有所不同。作者议论道："心有灵犀一点通，双方心曲正通，只在不言中。"（第 81 页）

　　就在此时，艾拉白拉"将审视的眼光打量他"，露出"恋情的好奇"神情，裘德也是如此："这可违反他一向的意愿——简直是违背他的意志……而这一套他从前根本没有经历过啊。直到这一刻，裘德压根儿没仔细看过女人，没有像对她那样端详过谁，他以前模模糊糊地感到性什么的跟他的生活和志趣搭不上边儿，这样说决不是张大其词，他目不转睛地从她的眼睛看到她的双唇，再看她的乳房，又看她的裸露的圆滚滚的胳臂，带着水，湿淋淋的，水花一凉，显得皮肤红红白白，结实得犹如大理石一般。"（第 82—83 页）在《查特莱夫人的情人》中，对鸡笼的描写表现了梅乐士对康妮产生了性趣，尽管这有违他的本意。鸡作为一种象征（如同《无名的裘德》中猪生殖器的象征）发挥着影响，让他的内心发生了灵与肉的冲突。就像苔丝那样，艾拉白拉具有诱人的体貌特征："她的乳房浑圆凸起，双唇饱满，牙齿齐

---

　　① Hardy, Thomas, *Jude the Obscure*, London: Penguin Group, 1978, p. 80. 本节中所标页码均引自此书。

整，脸色红润鲜活，赛似交趾母鸡下的蛋"。（第 81 页）这让读者联想到了哈代对淑的具体描绘：一个没有形体的人物，只有"一张漂亮的少女脸庞"（第 124 页），强调了她的聪颖，因为"在她身上没有清晰明确的轮廓；只有紧张的动态"（137 页）；而在描述艾拉白拉的性征时，哈代则给予了充分的形体描述。我们了解艾拉白拉基于她的外形，而我们了解淑则基于她富有特色的举动，如买维纳斯和阿波罗的古希腊裸体雕像。

正是由于这段对裘德和艾拉白拉初次相遇的描写，该小说初次出版时，遭到了批评家和读者的抨击，称《无名的裘德》为"猥亵的裘德"，称作者为"堕落的哈代"。也正是迫于这种舆论压力，哈代在后来的版本中淡化了该段描写的性含义。例如，在小说第一版中，哈代是这样描写猪生殖器的："裘德伸出棍子，挑起那块晃悠的残缺不全的猪下身，眼睛瞧向别处，不一会儿，他的面颊隐隐约约地红了起来。她则瞧着另一个方向，拿起那块猪下身，仿佛全然不知自己在做什么。她暂且将它悬挂在桥的扶手上，而后，出于好奇，他们都转过脸来，瞧着那东西。"① 《意中人》中，皮尔斯顿使用棍子，《阿伦的拐杖》中阿伦使用的拐杖，而裘德使用棍子的情形不断出现于描写诱惑的文字中，按照弗洛伊德理论解释，它实际上是生殖器的替代物。裘德正是用这根棍子挑起了猪的生殖器。他初次去看艾拉白拉时，也正是用这根棍子敲开了她家的门。哈代在给戈西的信中表示，对于扔猪生殖器的描写无须做进一步解释；如果给予更多的解释，"那就会是我的败笔"②。

---

① Wright, T. R., *Hardy and Erotic*, London: Macmillan, 1989, p. 122.

② Purdy, Richard & Millgate, Michael (eds.), *The Collected Letters of Thomas Hardy*, Oxford: The Clarendon Press, 1978—1988, p. 93.

裘德的个性分裂早已存在，甚至在淑出场之前就存在了。对于艾拉白拉通过心灵感应发出的"女人对男人的无声呼唤"，可以说裘德的回应是分裂的，因为"她身上有某种东西同他身上专注文学研究和辉煌的基督寺求学之梦的一面格格不入"（第83—84页）。尽管他认识到"一个贞洁的少女决不会选择这种方式向他展开攻势"，尽管他发现了还有一条路径比他学习还具有情感引力，可他仍然无法顺从自己的本能欲望。正是艾拉白拉而不是裘德首先提出了再约会的请求："你应该在星期天来看我！"当看到裘德有点犹豫时，她说："这阵子还没人追我哪。可过一两个礼拜说不定就有啦。"（第83页）他们初次约会时，虽然裘德一开始因计划研读新约而没打算去见她，可是他后来却突然改变了主意，转而去见她了，"就好像有一只力大无比、蛮不讲理的巨手死死抓住了他一样——这可是跟迄今推动他的精神和影响的东西毫无共同之处。那只手根本不理睬他的理性和他的意志，对他的上进心置若罔闻，犹如粗暴的老师抓住一个小学生的领子，只管拽着他朝着一个方向走，一直走到了一个他并不敬重的女人的怀抱"。（第87页）再一次，理智和激情发生了冲突，激情占了上风，因为裘德不得不"服从于指挥部连续发出的指令"（第81页）。如果将此场景描写同《查特莱夫人的情人》中鸡笼的场景描写加以比较的话，就不难理解梅乐士和康妮是如何相互吸引的。

裘德屈从自己的性要求，不仅忽视了对神学的研究，而且也给艾拉白拉一个诱他落入婚姻圈套的绝佳机会。艾拉白拉听了朋友的建议："只要采取恰当的手段，任何女人都可套住他。"（第85页）艾拉白拉言听计从，琢磨出套住裘德的手段。此后不久，读者便了解到，裘德对她显示出来的关心让她更加充满信心。她并不满足于此："我想要的不只是关心我；我想要他拥有我，同我结婚！我必须拥有他。没有他，我没心思做事情。他是我渴望的那种人。我要是不能把自己完全交给他，我就会发疯的！"（第93页）于是，她下决心诱惑他。她先是将家空出来，为她与裘德单独相处创造了机会。一旦他们单独相处，她就通过解释孵小鸡的过程来吸引他。这象征了她的生育能力："女人想把生命体带到这个世界上，这是再自然不过的事了。"（第100页）

不管艾拉白拉是否真的怀孕，可以肯定，为了让裘德娶她，她谎称怀孕，因为"许多女孩子都这么做，不这么做，你想他们能够结婚吗？"（第94页）她同威尔伯特医生的偶然见面是决定性因素。她声称，同医生的见面让"情绪低落"的她"更加快乐起来"。正如潘尼·伯麦尔哈解释的那样："既然从一开始她就打算迫使裘德同她结婚，那么尚不清楚她听了医生让她假称怀孕的建议还是真的怀孕了，她吃了医生给她的'女药'。"①伯麦尔哈所提到的第一种情形也许是对，但是就一般对"女药"的理解而言（根据她的说法，"女药"是堕胎药的委婉说法），可以肯定，第二种情形缺乏足够的根据。既然艾拉白拉的意图就是要怀孕或者说假称怀孕，以便达到同裘德结婚的目的，那么她毫无必要求助堕胎来捍卫自己的性，避免怀孕的后果，至少在裘德拒绝同她结婚之前是这样，因为裘德无意结婚。此外，"女药"也有可能指的是避孕技术，这种技术在19世纪已被应用。无论如何，艾拉白拉怀孕的说法在婚姻缔结之后不久便不攻自破。

然而，在婚礼之夜，丈夫和妻子、理智和激情、外表与实际之间发生了冲突。婚仪主持人让他们立约彼此相爱、珍惜和尊重，只有死亡才能将他们分开。表面的屏障被破除，一切似乎难

---

① Boumelha, Penny, *Thomas Hardy and Women: Sexual Ideology and Narrative Form*, Brighton: The Harvester Press, 1982, p. 152.

以再遮掩。婚后，裘德沮丧地发现，艾拉白拉不是他原先认识的那个女人，而是披着她的外表的另外一个女人。她善于假冒的特性同她面对的现实之间发生了冲突：她的假发、假胸和假酒窝让裘德目瞪口呆。她谎称自己怀孕，对自己在外的行为避而不谈，例如不断同男人厮混，做酒吧女郎，不辞而别离家出走三个月等。《德伯家的苔丝》中的安玑·克莱在婚礼之夜指责苔丝的话也适用于此（"你过去是一个人，而你现在是另外一个人"——第226页）。而裘德要是对艾拉白拉说这样的话，肯定不会受到责难，因为艾拉白拉同苔丝是截然不同的两类人。

　　裘德和艾拉白拉的婚姻遭遇失败，淑和费劳孙的婚姻也遭遇了失败，这不仅是他们选择的错误，也是传统婚姻的错误。这种传统婚姻不分青红皂白地将丈夫和妻子终生捆绑在一起，即使他们并不相爱，即使他们想要离婚，也不能挣脱这种束缚。裘德认真思考了自己的婚姻究竟出了什么差错，然后替哈代讲出了这样的话："他们的生活算是毁了……他们的婚姻结合根本就是个错误：这种婚姻结合则基于因暂时的情感而缔结一个永久的契约，毫无必要地让双方厮守，忍受一生。"（第115页）后来，裘德对淑说："人们去结婚，那是因为他们无法抵御自然的力量。可是许多人都非常清楚，他们有可能用一生的痛苦买下了一个月的快乐。"（第324页）这里也表明了"暂时"和"永久"、感情和吸引之间的对立，前者指的是婚约的法律问题，而后者指的是性感觉和精神结合之间不兼容的心理问题。劳伦斯在其小说中一直孜孜不倦地协调这种对立。读者或许还会增加第三种对立，即"婚约"和"感情"的对立：男女双方怎么能够将彼此的感情永久契约化呢？正是由于法律荒谬地忽视婚姻的感情方面而使淑对婚姻制度大加抨击，呼吁彻底废除它，因为它根本无法容纳夫妻的自然感情。在淑对婚姻的抨击方面，也许最具讽刺性的是下面一段话："要是结婚仪式，包括起誓签约，说从当天起，他们双方相爱到此为止，又由于双方都成了对方的人，要尽量留在各自小天地而避免在公开场合相伴露面，那一来相亲相爱的夫妻准比现在多了。你就好好想想吧，那发了假誓的丈夫和妻子该怎么偷偷约会呀，不许他们见面，那就逾窗入室，藏身柜子，共度良宵！这样他们的爱情就不会冷下去了。"（第323—324页）

嘲讽现存的婚姻制度，是哈代小说的最常见的特征。例如，在《远离尘嚣》中，巴斯谢芭的父亲对他那个"指定的"的妻子变得越来越没有感情。他让妻子摘掉结婚戒指，举止像情人，就像未婚的情侣偷偷地瞧他，以至于他"完全沉迷于幻想，他做错了事，犯了第七罪，假装像以前那样喜欢她，他们靠着一个互爱的完美图画生活着"。[①] 同样，在《努恩先生》（1984）中，劳伦斯告诉读者：约翰娜对吉尔伯特·努恩说，她的丈夫与她做爱时，喜欢"把她想成一个他正在强暴的永久处女"。为了增强他们之间的爱情和性兴奋，埃弗拉德喜欢把自己想象成同他合法妻子一起犯罪："你看，他并不要求，也去做让他性满足的事，就好像这不过自然之事，是婚姻方面的事。他又要求它，渴望它，仿佛在某方面这又是一桩罪孽。是那种令人兴奋的、绝妙的性欲婚姻之罪：绝妙的逾法之罪。这种罪让人感到骄傲，可人们却让这罪始终处于黑暗之中。这是人们白天不愿去想而到了夜晚却渴望的一种罪。"[②]

裘德同艾拉白拉的婚姻表明，婚姻作为一种社会制度已不能满足时代的要求。他们的婚姻结果倾覆了业已存在的婚姻观

---

① Hardy, Thomas, *Far from the Madding Crowd*, London, New York: Penguin Books, 1978, p. 111.

② Lawrence, D. H., *Mr. Noon*, London: Grafton Books, 1989, pp. 242—243.

念。艾拉白拉，作为裘德的妻子，行为放荡，是一个娼妓和重婚者（在澳大利亚又与卡特莱特结婚）。淑，作为裘德的情人，是贞洁的，虽然圣洁得有点反常，但是作为费劳孙的妻子，她却犯有背夫通奸之行为。后来，或许是为了嘲弄婚姻制度，作者颠倒了这种模式，但是这种婚姻制度依然被维持。当淑同裘德过着一种贞洁的生活时，根据当时法律，她犯有通奸罪，而当她顺从费劳孙的性要求时，犹如犯有卖身之罪。裘德称她的合法婚姻为"狂热的卖身"。尽管在法律上她同费劳孙是夫妻，可她并不想对他履行性"义务"，而法律却要她随时满足丈夫的性要求，这并不比献身给穷嫖客的妓女强多少。在与费劳孙的婚姻中，最让淑感到痛苦的是，"当这个男人提出要求时，你得迎合他"（第 274 页）。

此外，淑把自己同费劳孙的婚姻关系视为通奸："我的情形就像通奸，但是却是合法的。"（第 285 页），同时又认为自己同裘德的爱情关系比起合法婚姻关系来毫不逊色："虽然用她自己的话说她就是结了婚的女人，可房东却不这么看。"（第 403 页）裘德和淑本该对各自配偶信守法律承诺，可他们眼下却像夫妻一般自由地生活在一起。他们离婚之时，既不再相信他们婚姻中的爱情，也不相信他们各自已合法离婚了："我有一种不舒服的感觉，我的自由是在虚假的借口下获得的。"（第 322 页）对婚姻的"私下"和"公开"的看法再一次发生冲突。评论者已注意到，哈代挑战公众的看法，颠覆由来已久的社会传统观念，这并非第一次了。在《德伯家的苔丝》和《卡斯特桥市长》中，哈代有意颠倒对"纯洁的女人"和"个性男人"的那种传统看法。有些人并不相信哈代是通过苔丝和亨察德来表达他反传统的看法，然而淑作为女权思想的体现者，却是极其恰当的例证。

在哈代的笔下，淑同裘德是相配的一对。他们之间的亲密关系既可说他们是表兄妹关系的事实，也可说他们是男女同体的假定①。无论属于哪种情形，都可以说，裘德和淑是极其相似的一对，许多例子可以说明这一点。费劳孙说："我一直感到惊讶……在他们俩之间有着超乎寻常的意气相投或相似。他们是表兄妹。这也许或多或少是个原因。"（第293页）费劳孙解除了淑的婚姻义务，部分原因是她与裘德之间的"不同寻常的密切关系"，这让他联想到雪莱的《伊斯兰的反叛》中劳恩和斯娜之间的精神之恋。他在信中对裘德说："你们都是为对方而存在，那些不带偏见的有年纪的人一眼就看出来了。"（第304页）裘德和淑之间的一体性在作品中随处可见。在农业展览一场描写中，他们获得了一种"完全和相互的理解"，他们"几乎成了一个整体的两部分"（第360—361页）。然而，他们的孩子们惨遭死难玷污了这种和谐："唉，我的伴侣，我们的完美结合——我们的合二为一——现在让血腥给玷污了。"（第412页）尽管裘德和淑关系极其密切，但他们之间的不同似乎也常常表现出来。例如，当裘德对淑说："在心情方面，你很像我！"淑回应道："但是在头脑方面不像，在思想方面不像！也许只在感情方面有一点像。"（第262页）

在写裘德对淑倾注感情方面，哈代检视了婚姻制度，包括性和精神上的相互吸引、结婚和离婚以及自由结合等。哈代的早期小说中，婚姻多半表现为一种个人的困境、一种男女双方的错误选择，裘德同艾拉白拉的婚姻就是如此。不过，就裘德同淑的关系而言，婚姻则被表现为一种社会问题。一方面是裘德与淑之间的公开争论，另一方面则是法律与社会之间的公开争论。哈代提

---

① Kiberd, Declan, *Man and Feminism in Modern Literature*，London：Macmillan，1985，pp. 91—96.

出了这样的问题：既然裘德已同艾拉白拉结婚，按照法律的规定和宗教的要求，他就不该再爱上淑或其他女人。裘德爱上淑，不管这种爱多么单纯，即便不算违法的婚姻，也是一种道德上的逾规。在与艾拉白拉尚有婚约时爱上淑，自然会导致离婚问题的提出。

如果离婚在当时能够容易获得的话，那么裘德很可能会同艾拉白拉离婚，无须多费周折便能同淑结婚。裘德似乎一直这么想。在淑匆匆与费劳孙结婚后，裘德对淑说："这一切都源自在我们相见之前我就结婚了，不是吗？如果不是如此的话，你就已经是我的妻子了，淑，不是吗？"（第274页）然而，将离婚作为解决婚姻问题的唯一途径将会削弱哈代通过其小说所传达的思想的重要性，即协调理智与激情的重要性。然而，当淑想要解除同费劳孙的婚约时，向费劳孙提议道："为什么我们不同意给对方自由呢？我们立了契约，也可以取消它，当然不是从法律上取消它，而是从道德上取消它。"（第285页）比起现存的婚姻法，淑的提议更加合乎情理。然而，裘德爱上淑不久，考虑同她结婚时，却失望地发现，由于种种原因，他无法同淑结婚："首要原因是他是个已婚男人，再婚并不好。第二个原因是他们是表兄妹，而表兄妹结婚也不好，即使环境对激情不再敌视。第三个原因即使他是自由的，在像他这样的家族里，婚姻通常意味着悲剧性忧伤，同一个血亲结婚将会复制那不利的条件。一种悲剧性忧伤也许会强化成一种悲剧性恐怖。"（第137页）

在《意中人》中，皮尔斯顿为其"意中人"幻想所累，直到年迈才得以结婚。《儿子与情人》中，保罗为其母的"米丽安追求的是你的灵魂"之类的话所惑而迟迟无法成就婚姻。与上述两个人物相似，裘德和淑在其爱情关系中注定要受到他们家族不幸婚姻的影响和牵连："范立家族不是为婚姻而存在的"（第116

页）。通过玩宿命牌，哈代所要证明的是，他的主要人物并非社会的代表。既然裘德和淑被塑造成性情特别、与众不同的混合型人物，既然并非每个家庭在婚姻方面都像范立家族那样受到"诅咒"，那么，难免会有人争辩道，他们难以被看作正常的社会成员的代言人。不过，对这部小说大可不必过于苛求，因为遗传毕竟在人的心理方面尤其在人的婚恋心理方面起着重要作用。劳伦斯在《虹》和《无意识幻想》中就对此进行过探索。

在小说中，艾拉白拉同不洁动物猪相联系。这种联系影响了她向裘德求爱并与之结婚的描写。与此类似，淑则同基督寺和圣洁相联系。如果说艾拉白拉是野兽，那么淑就是修女。裘德看到她在教会工作时的情形，立即将她同"天堂的耶路撒冷"基督寺视为一体，对此他印象深刻。也许由于她那种不可思议的性质，她首先作为"一个理想的人物出现在他的面前，围绕她的形象，他开始疯狂地编织奇异的白日梦"；然后，她呈现为一种"半幻影的形状"；同费劳孙结婚后，她"就像一个幻影"（第136—137页）。他越熟悉她，她就变得越发"空灵"。受了雪莱的诗歌《灵外灵》的启发，裘德称她是一个"没有实体的存在，你，可爱、甜蜜、撩人心绪的幻影——几乎无血无肉；因此当我伸出手臂拥抱你时，我都在想我的手臂会穿过你的躯体，如同穿过空气一样"。（第309页）正是由于淑同基督寺之间密切的精神联系，裘德，就像《儿子与情人》中保罗看米丽安那样，免不了将她误视为"一个幻影般的、无形体的人，一个鲜有动物激情的人"（第324页）。

在小说中，裘德的看法是主导的，而艾拉白拉的看法则是次要的，但是对如何看待淑的性倾向，艾拉白拉的看法要比裘德的看法更可信。正如《儿子与情人》中，对于米丽安的性倾向问题，克拉拉·道斯的看法要比保罗的看法更可信："她并不想与你只有灵魂上的交流。那是你自己的想象。她想要的是你这个人。"（第 276 页）同样，对淑的心理，艾拉白拉有着深刻而准确的透视。在裘德眼里，就像米丽安在保罗眼里，淑好像是一个"幻影般的、无形体的存在"，而在艾拉白拉眼里，就像米丽安在克拉拉眼里，淑是一个有血有肉的人。

艾拉白拉看法的可信性是在作品中逐步确立的，尤其体现在三个不同的场景描写中。首先，在小说结尾，当寡妇爱德琳说，淑离开裘德回到费劳孙的身边后找到了平静，艾拉白拉纠正她说："她也许跪对自己项链上的十字架发誓，直到嗓子哑了，然而这不是真的！……既然她离开了他的怀抱，她就不会再有平静了。"（第 491 页）其次，艾拉白拉从澳大利亚回来夜访淑。正是由于她的再次出现，促使淑顺从了裘德的性要求，"嫉妒促使我要让艾拉白拉远离裘德"。第二天，她敏锐地感觉到了淑的情绪变化，这体现了她的睿智。请看下面一段对话：

> "我不明白你的意思，"淑面无表情地说。"你要是为此而来的话，我告诉你，他是我的！"
>
> "昨天他还不是你的。"
>
> 她脸红了，问道："你怎么知道？"
>
> "从你在门口对我说话的样子，我就知道了。好啊，亲爱的，你很快呀。我想我昨天夜里来看你起作用了吧——哈，哈！不过，我并不想从你身边把他夺走。"（第 334 页）

最后，在威塞克斯农业展览会上，哈代对艾拉白拉对淑的个性分析大加肯定。哈代将她的分析称之为"犀利的见解"。小说中，最初，房东怀疑裘德和淑未婚同居而想将他们赶走，但后来听见他们争吵，便认定他们"真的结婚了"，并"断定，他们肯定是受人尊敬的，无须多说了"（第 364 页）。与房东不同，艾拉白拉在看到裘德和淑亲密无间地在一起散步时，却得出相反的结论："嗯，没有——我想，他们没结婚，不然他们就不会这样了。"（第 361 页）受到嫉妒心理的驱使，艾拉白拉首先从淑的复杂感情中看到了一种相互矛盾的冲动："在我看来，她并不是一个特别热心的人。她对他显示出某种关心——尽其所能的关心。如果他要试一下的话，便会让她多少感到心痛"；"她不懂爱——至少她不懂我所说的爱！"（第 361—362 页）但是不久那些花就唤醒了淑的性感觉：这些花"使她血流加速，使她眼睛闪闪发亮"。由此，艾拉白拉认定，淑是有激情的："艾拉白拉所看到的是，淑拉住裘德看花，尽管他不情愿，而她了解了各种花名，将脸俯在盛开的花中，嗅吮花香。"如果说读者对淑是否有性激情尚有怀疑的话，那么艾拉白拉则没有，因为"她瞧他并对他笑的样子，艾拉白拉便明白了"一切（第 365—366 页）。

淑的女权思想也是非常重要的，并关乎她的性行为，不过哈代将这两个问题结合在一起似乎有些勉强，也缺乏说服力。一方面，他似乎赞同淑的性羞怯，以使其符合自己对"新女性"的解释。他在序言中论及"新女性"时说，"像她这样的女人有千千万万，已引起人们的注意。她是搞女权运动的，身材瘦小、面色灰白的'单身女'，是集充满智性、思想解放和异常敏感为一体的人，这类人正是由现代社会造就出来的"（第 42 页）；而另一方面，他似乎更喜欢淑女性化，具有性激情，以便她能够通过展示自己的自然美，吸引男性。哈代在写给汉尼克夫人的信中谈及她笔下主人公时，就是这么想的："这个少女……与众不同，具有现代城市年轻女性的智性和思想解放。对她来说，你好意为她提出的婚姻生活，最终证明对她来说并无太大的魅力。"① 对此，凯特·米勒的看法颇有道理。她这样问道，淑是那种使人性冷淡的社会环境的受害者，或者是那种不能让她同时拥有灵魂和肉体、智性与性欲的文学传统的受害者？她对哈代在这方面的"不确定"态度给予了批评，并认为他应该对"把淑变成一个不可思议的人物、一个凄惨的人物、一个修女和冰山似的人物"负有责任，也应该为这一刻画人物的倾向成为现代小说的要素负有责任。②

准确地讲，正是淑性格中的这种不一致使她具有了暧昧不明的魅力。贯穿整部作品，淑先是采取了某一种态度，而后突然发生逆转，但又缺乏充足理由。她对裘德说，也许由于她"长久的推拒"，害死了她读大学时期的男朋友，可是她不愿别人说她是那种"难以取悦"的女性："正因如此，人们说我感情冷漠——毫无性趣。可我并不是这样的人。一些富有性激情的人在他们的日常生活中非常矜持自制。"（第 202—203 页）她承认，"我生性不像你那么富有激情"，"我喜爱你也许与其他某些女性有所不同"，但是如果他对她说"你缺乏真爱的能力"或"你只是在调情"，那么她便会被激怒（第 303—304 页）。即使她强烈地抗拒婚恋，至少有三次她表达了对爱的需求（即使不是对婚姻的需求）："有些女人并不因为有人爱她，她的爱情就此满足了；这样一来，常常是她爱上了人，她的爱情也还是得不到满足。结果是，她们可能发现自己对那承主教大人之命而为一家之主的人没法继续爱下去。"（第 265 页）因此，在小说中，"对裘德来说，

① Purdy, Richard & Millgate, Michael（eds.），*The Collected Letters of Thomas Hardy*, Oxford：The Clarendon Press, 1978—1988, p. 154.

② Millett, Kate, *Sexual Politics*, London：Virago Press Ltd, 1977, p. 133.

淑始终就像一个谜"（第 187 页）。

淑的不一致尽管表现各不相同，然而却是深刻而明确的。艾拉白拉利用自己身体的魅力来操控像裘德和卡特莱特这样单纯的男人，而淑则利用她的智性操纵男人，让他们服从于她的女权主义事业。她最初并不爱裘德（她本人承认这一点），可是根据"女性反复无常的规则"，她并不介意吸引裘德，哪怕会引起他的痛苦。小说中写道，在她同费劳孙举行婚礼前，她坚持要裘德同她一起预演婚礼。哈代在这里公开强调了她是如何"一次又一次施加这样的痛苦，同时一次又一次为那个受折磨者而痛苦，她的不一致表现到极致"（第 231 页）。她挽住他的胳膊，"这是她平生第一次这么做……简直就像他的恋人"，同他一起走在教堂的廊道，"简直就像一对刚结婚的情侣"。她放肆地逗弄裘德。她先是故意对裘德说："我喜欢这个样子"，然后又问裘德："你结婚时也是这个样子吗？"叙事者惊讶道："莫非淑生性如此乖僻顽梗，不惜一意孤行，不惜痛彻肺腑，要练习长期受罪，把给她和他造成痛苦，当成一种享受；又因为把他牵进去受罪而于心不忍，对他不胜怜惜？"（第 228—230 页）

当然，淑争取支配权的努力通过其性压抑清楚地表现出来，也突显出它的问题。在《虹》和《查特莱夫人的情人》中，性爱成为男女双方在婚姻内外的斗争的基础。与此不同，淑支配男人不是通过同他们发生性关系而是通过抵制他们的性欲望来实现的，而他们的性欲望则是由她唤起的。也许，她并非总能操控一切。例如，艾拉白拉突然出现后，裘德迫使淑屈从了他的性要求。淑对裘德坦承道："我担心你会回到艾拉白拉身边，而你正是利用我这种担心制服了我。要不是这样，我才不会让步呢。"（第 428 页）不过，可以肯定，她在同裘德和费劳孙权力争夺战中，总是占上风。不过，一般来说，淑相信，"一般的男人，她要是不先招惹他，哪个也不会白天黑日里、家里头外边，老纠缠她。要是她那个样儿不像说'来吧'，那他是绝不敢上来冒犯"（第 202 页）。然而，她一结婚，费劳孙便收取了她的这种权利，因为他随时都可以要求她满足他的性要求。他对她说："你不喜欢我，这可罪过呀……你发誓要爱我的。"（第 285 页）淑之所以反对婚姻，原因之一就是结婚让她失去了对自己身体的拥有权。哈代在给戈西的信中说明了淑忧惧婚礼的一个原因："她担心婚礼之后，她会辜负裘德，会抑制自己同他在一起快乐。"①

　　的确，淑懵懵懂懂地同费劳孙结了婚，可当时她并不清楚婚姻意味着什么，也不知道婚后她要面对性现实："裘德，我同她结婚前，我从未想过婚姻意味着什么。即使我知道……我敢说，许多女人有我一样的遭遇。她们只有服从，而我则抗拒。"（第 276 页）从表面上看，淑似乎只是为了某种说不出口的原因同费劳孙结了婚，如，她听说裘德结婚了，心生嫉妒，害怕流言蜚语会传到培训学校里来，会影响她的声誉。然而，其深层原因似乎是，她需要一个朋友、一个保护人、一个可以信赖的同伴和一个能够替代她父亲的人。当讨论到裘德和淑之间关系可能性时，哈代直言不讳地说道："要是他能像她那样克服自己的性意识，那么他就会成为她的绝佳同志。"（第 208 页）哈代认为费劳孙的性欲是健康的，"他并非对女人无动于衷，而是刻意学问而不得不敛情自抑，情形大概如此，所以他迄今未同哪个女人缔结良缘"（第 217 页），但是在费劳孙身上却有着某种未加说明的性怪癖。德鲁西拉姨妈曾说及他的性怪癖，"有这么一种男人，没有哪个

---

①　Purdy, Richard & Millgate, Michael（eds.）, *The Collected Letters of Thomas Hardy*, Vol. 2（1893－1908）, Oxford：The Clarendon Press, 1978－1988, p. 99.

女人能够容忍。我说的就是他"。(第 249 页) 淑也曾提及他的性怪癖:"我说不出来。是那种……我说不出口。"(第 475 页) 费劳孙虽然是性健康的,但是这并不意味着他具有性吸引力,至少对淑和德鲁西拉姨妈来说是如此。

淑误以为婚后费劳孙不会对她提出性要求,因为他毕竟年长她十八岁,并且独身生活很久了;即使他提出性要求,她也会轻易地回绝他。她把他当成父亲或密友,以此来解释她与他的关系,肯定说得过去。哈代通过大量的例子明确地引导读者从这方面来理解淑与费劳孙的关系。这些例证包括从简单的暗示,如"他是这个世界上唯一我尊敬或害怕的男人"(第 209 页),到明确的议论,如"虽然我喜欢费劳孙做我的朋友,但是我并不喜欢他。他作为丈夫同我生活在一起,对我来说,简直就是一种折磨"(第 273 页)。"父亲"一词被用于有关费劳孙的描述中〔"他年纪很大,足可以做那个姑娘的父亲了"(第 155 页)〕,也被用于有关裘德的描述中。("你是'父亲',你知道。")对于裘德的说法,叙述者说:"裘德本来可以说,'费劳孙的年纪使他有资格被称为父亲!'可是他又不想用这种话惹她不高兴。"(第 228 页)因此,从心理分析方面看,无论是裘德还是费劳孙,淑所渴望的是一个父亲的象征,一个她可以信赖和可以寄托情感的人,一个能够替待她父亲的人。德鲁西拉姨妈说过,淑也许正在遭受俄狄浦斯情结的折磨:"她是由父亲带大的,因此她讨厌母亲家的人,我就根本没关心过她。"(第 160 页)德鲁西拉姨妈的话点出了淑的故事的俄狄浦斯性质。如果说保罗·莫瑞尔从米丽安的精神中寻觅母亲的影子,那么淑则从裘德和费劳孙的精神中寻觅父亲般的呵护。这也许可以说明淑对费劳孙的性拥抱产生极端生理畏缩的深层原因。正是由于这种生理畏缩,她宁肯睡在食橱里和跳窗,也不愿与费劳孙同床。

淑对婚姻关系的看法实际上与某些现代女权主义观点非常接近。根据凯瑟琳·麦金侬的观点，婚姻就是强奸，"自愿"和"同意"在婚姻关系中已失去意义。[①] 说到同费劳孙的婚姻，淑除了讨厌他的性要求外，还对自己在婚姻中的个性失却耿耿于怀。裘德称她"费劳孙太太"，这让她感到这个称谓剥夺了她的身份特征，因此她抗议道："可是，实际上，我并不是理查德·费劳孙太太，而是一个独往独来的女人。"（第266页）早在阅读祈祷书中有关婚礼的叙述时，她便开始批评婚姻制度："根据书上有关婚仪的说法，我的新郎凭自己意愿和快乐选择我；而我却不能选择他，有人把我送给了他，就像送一头母驴或一只母羊，或其他家畜。"（第226页）对于淑对婚姻的批评，哈代给予了充分的肯定。例如，当裘德对她讲起人们主要是为了性原因去结婚时，淑禁不住将婚姻比作合法化的卖淫："我想，我开始有些怕你了，裘德。一旦你立约并盖上了政府的印章，我就归你所有了。根据有关条款，我就被准许让你来爱——哦，这多么可怕，多么肮脏！"（第323页）后来，淑对裘德讲起女人结婚不应为性的原因，而该为社会保障而结婚："喜欢结婚的女人比你设想的少得多，她们所以走这一步，不过自以为有了个身份，有时候也能得到在社会上的好处。"（第324页）显然，这突显了淑和艾拉白拉之间的主要不同：后者为了这些原因而接受婚姻，而前者也为了相同的原因拒绝婚姻。

哈代一方面肯定了淑和裘德有关婚姻问题的现代观点，另一方面也抨击了吉林汉和艾拉白拉的传统婚姻观念。论及传统社会，吉林汉不仅提出"应该扇淑的耳光，让她头脑清醒过来"（第296页），而且还劝费劳孙利用自己的权力："你必须逐渐加

---

① 鲍晓兰主编：《西方女性主义研究评介》，三联书店1995年版，第9页。

紧控制。一开始不要控制太紧，她会适时地妥协的。"（第443页）而艾拉白拉则认为，费劳孙应该驯服淑："你不该随她去……她本来已经及时地回心转意了。我们要让她回心转意。习俗也会这么要求她的！我不该随她的性子来！我应该用链条拴住她——她出轨的精神很快就会复归！什么也比不上捆绳和耳聋的监工能人驯服我们这些女人了。再说了，法律可是站在你这边。"（第389页）

　　孩子死亡悲剧发生后，淑才从女权主义者一下子蜕变成传统的女性。至此，人们能够完全理解了她早先的说法："我并不现代……我甚至比中世纪观念还陈旧。"（第187页）尽管这并不说明淑的女权主义的失败，但是这的确表明她的解放原则倒退了。淑屈从于传统的一个主要方面是她选择了基督教信仰，而此之前，她和裘德对基督教信仰一直置若罔闻。因为基督教禁止婚外性关系，她对裘德说："我想过了，我们也许太自私了，太不在乎了，甚至太不虔敬了。我们的生活是对自我快乐的徒然期冀。但是自我放弃是最高层次的道路。我们应该克服肉欲——可怕的肉欲——诅咒堕落的人类。我们应该不断地在礼拜祭坛上牺牲自己。"（第419—420页）至于她的非婚子女，"现在我对婚姻的看法不同了。从我身边夺去的孩子们对我表明了这一点。艾拉白拉的孩子杀了我的孩子便是一种审判——正确的杀死了错误的。"（第425页）

　　正是由于淑的情感崩溃，裘德不仅抨击宗教（"你让我讨厌起基督教，或神秘主义，或祭司制度，不管它叫神秘，只要它引起你的倒退，我就讨厌它"——第426页），而且也批评了淑对女权主义不合情理的认同和盲从。正如叙述者所言："那场悲剧发生后，淑和他在精神上可说是南辕北辙。这些事件扩展了裘德对生活、法律、习俗和教条的看法，然而这些事件在淑身上并没有产生类似的作用。淑已不再是独立日子里的淑了。"（第 419 页）然而，裘德同淑争论越久，他就越发相信他谴责的不应该是淑，而是他想要废除的现存的社会教条。他早先对淑说过的有关女性的话（"他们不再反抗境遇了，而是反抗男性，另一个牺牲品"——第 355 页）肯定适用于此，只不过是反用而已。"我们是谁？"裘德问淑，"想想吧，我们有可能成为先行者！"（第 428 页）对他们来说，"时代还不成熟"（第 482 页），他们既无力改变社会对爱情和婚姻的态度，也无法将对这种态度的斗争坚持下去，"不管我们的宿敌是谁"，因为他们只有顺从："我们必须遵守……同上帝抗衡是没有用的！"（第 417 页）裘德最后死去，并非败于社会传统，而是败于他无法协调自己在淑与艾拉白拉、灵与肉之间的情感冲突。这是裘德的悲剧。

哈代提出了诸多有关传统婚姻法荒谬性的问题，但是他并未提供解决这些问题的方案。也许他只是想强调自己想要废除婚姻制度的意图，正如哈代本人在小说序言中所言："《无名的裘德》只是想努力发展和凝聚一系列外观和印象。"（第 39 页）十七年后，他在小说后记中又说，在反驳玛格丽特·奥利芬特指责该小说是"反婚姻联盟"之后，"作者已经遭到了一些诚恳的记者的批评，指责他发现了问题，却又把问题留在那里，并没有指出急需改革之路"（第 42 页）。在 1896 年 6 月 1 日写给弗劳伦斯·汉尼克的一封信中，哈代否认这部小说是在"鼓吹'自由恋爱'"，接着又解释道："真的，我并没有看到任何一种两性结合的可能性设想是令人满意的。"① 然而，二十二年后，即在 1918 年 10 月 27 日写给汉尼克夫人的另一封信中，他不仅表达了自己对

---

① Purdy, Richard & Millgate, Michael (eds.), *The Collected Letters of Thomas Hardy*, Vol. 4 (1909—1913), Oxford: The Clarendon Press, 1978—1988, p. 122.

"自由恋爱"的大力赞同，而且还含蓄地表明，婚姻并非一种现代制度："在那解放的日子里，当人们不再避讳性时，如果我是个女人，那么在结婚前，我肯定要三思而后行。"①

　　而且，在小说中，裘德也表达了对婚恋社会传统的焦虑。他感到了问题的存在，但是他像作者那样却说不出这些问题是什么或如何解决它们。"我察觉到了我们的社会规则有某些问题。可是要发现这些问题是什么，就要靠那些比我的透视力还强的人。的确，他们发现了，至少是在我们这个时代发现的。"（第 399 页）裘德的主要问题是"需要两三代人来做我这一代人中所努力做的"（第 398 页）。我引用了上述引文，因为它们有共同点：它们都指向劳伦斯。从社会历史的观点来看，哈代颇具预见性。劳伦斯的出现印证了哈代的预见，尤其他塑造了厄休拉和伯金这样的男人和女人，最终能够充分说明社会的错误。读者越深入地去读哈代，就越发相信，他是劳伦斯的前辈。他影响了劳伦斯，为劳伦斯播种自己的思想提供了丰富的文学土壤。当然，哈代写《无名的裘德》时，并不知道还有像劳伦斯这样具有深刻洞察力的人会继续他对爱情和婚姻的探索，去继续他未竟的事：通过对婚姻问题提供许多颇有见地的解决方案，指出了"急需"改革之路。哈代尽管没有提出劳伦斯那样的解决方案，可是他却预见了他的恋人们在婚姻内外所遭遇的许多性问题。

　　总的来说，《无名的裘德》是哈代最著名的小说之一，这并不因为它是哈代的最后一部小说，而是因为它概括和总结了哈代对婚姻问题的诸多看法。玛格丽特·奥利芬特在《反婚姻联盟》一文中将《无名的裘德》与格兰特·埃林的《行动了的女人》

---

　　① Purdy, Richard & Millgate, Michael（eds.）, *The Collected Letters of Thomas Hardy*, Vol. 4（1909—1913）, Oxford: The Clarendon Press, 1978—1988, p. 283.

（1895）相提并论不无道理，因为哈代毕竟让爱遭受挫折，想要废除婚姻。裘德说："唉，淑！……你并不晓得婚姻到底是怎么一回事！"（第225页）这话并不错，因为作为一种社会制度，婚姻无法实现淑的期望。小说中所有的人物似乎对婚姻概念有着不同的理解。对裘德和淑来说，婚姻首先是"某种陷阱"，而后是一种"狂热的卖淫"；对艾拉白拉来说，婚姻更像"交易"；对费劳孙来说，婚姻是一种诱惑（"我利用她涉世不深"）；对德鲁西拉姨妈来说，婚姻是一种"遗传诅咒"，而对寡妇爱德琳来说，"婚礼就是葬礼"。如果《意中人》是哈代对虚构小说的告别，那么《无名的裘德》就是哈代最后对婚恋问题抒发己见。[1]

二 《查特莱夫人的情人》(1928)

根据劳伦斯本人的说法，人身上存在着两个中心，上为"理智中心"，下为"性欲中心"。劳伦斯说，在《查特莱夫人的情人》中，他的主要关注点就是，协调人身上的这两个中心。看到"精神意识"虐待"肉欲意识"，劳伦斯决心为后者主持公道。因此，他支持"性欲"反抗"理智"。在这方面，马克·金黑德-威克斯在《性欲与隐喻：劳伦斯小说中的性关系》一文中写道："老劳伦斯仍然在说'绝不该有对立双方'，但是他的小说却把'对立双方'变成了对个人'精神意识'的批判，变成了除了'性欲'之外对各种社会关系的批判。"[2] 这

---

① Millgate, Michael, *Thomas Hardy: A Biography*, Oxford: Oxford University Press, 1982, pp. 374—375.

② Smith, Anne (ed.), *Lawrence and Women*, London: Vision Press, 1978, p. 117.

已经不是第一次误解劳伦斯了,因为金黑德-威克斯的这一说法是有问题的。当劳伦斯为"性欲"对"理智"的抗衡进行辩护时,他的用意是公正的。他在小说中就是想要努力协调人身上的两个中心。在该小说的"提要"中,劳伦斯清楚地表明了他的协调哲学。他写道:"当精神和肉体处于和谐时,生活是可以忍受的,在它们中间有一种自然的平衡。一方对另一方怀有自然的尊敬。"①

劳伦斯总是按照相似的平衡模式写作。根据这一模式,劳伦斯总是为遭受压制或被低估的一方进行辩护,直到保持了双方的平衡。不过,支持一方抗衡另一方并不意味着否定另一方。正是考虑到灵与肉的平衡,劳伦斯要对梅乐士的性格进行适度的改变。通过在智性上与康妮保持平等,梅乐士维持了其个性的完整。他所要争取的就是获得完满的婚姻,以便自己能够被提升到"最终完整"的境地。

小说中最重要的问题是缺乏基本的"和谐"状况,似乎没有人对生活感到快乐和满足。劳伦斯在小说开篇说:"我们的时代从本质上将是一个悲剧的时代。"② 查特莱夫妇"处在毁灭之中",他们似乎没有恢复生机的机会,除非他们解除婚姻关系,以新的精神重新开始,因为这"对于现代对个性的崇拜、对两性的友谊来说,是再好不过的事了,而对婚姻来说,则是致命的灾难"③。这对克利福德来说,还不够。他现在丧失了生活能力,

---

① Sumner, Rosemary, *Thomas Hardy*; *Psychological Novelist*, London: Macmillan, 1981, p. 492.

② Lawrence, D. H., *Lady Chatterley's Lover*, Harmondsworth: Penguin, 1988, p. 5. 本节中所标页码均引自此书。

③ Kiberd, Declan, *Man and Feminism in Modern Literature*, London: Macmillan, 1985, p. 164.

不可能有子女。与世隔绝就是他的生活特征，因为他已经失去了与其他人"接触"的活力。他就像"一个上不着天或下不着地的人，什么也接触不了"（第 17 页）。他自身的分裂是显而易见的。在他身上，灵与肉之间毫无关联。

该小说一开始就让人联想到《少女和吉普赛人》的结尾：灾难发生，伊维特奄奄一息，正是吉普赛人温柔的救治热情，挽救了她的生命。当时，他用自己的身体慢慢地温暖着她，使她复苏过了。吉普赛本人就是一个"复活"的人。比较这两部作品非常重要，事实上，一部是另一部先行范例。考虑到肉体的重要性，读者会立刻想到克利福德的情感毁灭。与那个吉普赛人不同，克利福德无法从"灾难"中拯救康妮的生命。灾难的发生只是因为他没有具有性欲的肉体能够产生感情和温暖。甚至他连自己也拯救不了。小说一开始就预示了整个故事，因为它以《少女和吉普赛人》作为主题。

从表面上看，造成克利福德身体瘫痪的是战争而不是思想。然而，事实是，克利福德生就无能体会"接触"和感受的含义，这正是造成其性无能的主要深层原因："他曾深受伤害，结果在他内心某些东西消失了，某种感情死灭了，只有一个无知无觉的空壳。"（第 6 页）故事说：他"乘船回乡前，性对他来说就没有什么意义了"。（第 13 页）即使在度蜜月时，他的性欲也无法与康妮生机盎然的性欲相匹配。因此，他的瘫痪只是一种象征，暗示了他的性态度，呈现为一种生殖无能的形象。劳伦斯并未夸大克利福德的性无能，也未将这一象征强加于小说（在该小说的提要中，他申明了这一点）。事实上，克利福德的瘫痪自发地变成了一种象征：强调他的身体、他的阶级和他那类人的无生产力。在该小说的"提要"中，劳伦斯写道："我已经被问过多次了，我是否有意让克利福德瘫痪的，他的瘫痪是不是一种象征。我的文友说，让他完整和具有性能力并让女人离开他也许会更好。"① 在《圣莫尔》中，劳伦斯探索了类似的婚姻例子。丈夫娄和妻子瑞扣不能生育，他们遭受情感和身体生殖失败的痛苦："不久，婚姻悄悄地变得更像一种柏拉图式的友情。是婚姻，但没有性。性是破碎的，让他们精疲力竭。他们回避它，变得就像兄妹。"②

另一方面，康妮被迫同克利福德过着无性的痛苦生活。他越依赖她，她就离生活和幸福越远。尽管他们在精神上相互吸引，但是在情感上几乎是相互敌对。就他的写作和阅读而言，他们是活跃的，但是在情感上他们却陷入死局："在精神方面，他与她是一致的，但是在身体上，他们互不存在。"（第19页）根据劳伦斯的婚姻哲学，克利福德和康妮在精神上并没有结婚，因为"没有血性回应的婚姻绝不是婚姻"。③ 康妮更像一个女管家或者女主人，只是毫无兴趣地尽义务款待克利福德的那些智力型的朋友和贵族亲戚，此外便是照料孩子般的丈夫。后来，康妮病了，便将所有这些责任都留给了伊维·博尔顿太太。

由于性对克利福德来说毫无意义，因此他对性的解释也徒劳无益，就像他写的故事那样。他说婚姻亲密关系是更个人化的东西，"性只是一种偶然发生的事，或者是附带的一件事……并非真的很需要"（第13页）。后来，当迈克利斯对克利福德说起可以考虑要另一男人的孩子时，后者那种完全无视康妮的性需要的

① Sumner, Rosemary, *Thomas Hardy*; *Psychological Novelist*, London: Macmillan, 1981, p. 507.

② Lawrence, D. H., *"St Mawr" and "The Virgin and the Gipsy"*, Harmondsworth: Penguin, 1981, p. 14.

③ Sumner, Rosemary, *Thomas Hardy*; *Psychological Novelist*, London: Macmillan, 1981, p. 505.

想法让她感到震惊。克利福德对康妮说："你和我已缔结婚姻。要恪守这桩婚姻，我们应该能够安排这种事情，就像我们安排去看牙医那样。"（第 47 页）克利福德真正想要的是一个继承人，以保障其家族对太沃肖庄园的财产权，而不是一个孩子，来实现妻子的本能愿望。

如果康妮与迈克利斯之间没有性兴奋的话，也许她会认同性和婚姻的精神性。克利福德讨论要孩子的事，而她的心思却在迈克利斯身上："她知道，从理论上讲，他是对的……她怎么会知道来年自己会有什么感受呢？"（第 48 页）的确，性是不可预知的。迈克利斯在写作方面比克利福德更加成功。初次见面，他就给康妮留下了好印象，因为"他不装腔作势，对自己也无幻想"（第 24 页）。康妮的性欲望长期受到压抑，这次她的性欲望获得了释放机会，在客厅与迈克利斯发生了性关系。最初，他能够在她身上唤起"一种野性的同情和渴望，一种对肉体欲望的强烈渴望"（第 31 页），可是当她想要从他身上期望更多时，他却难以满足她，因为"他总是来得快，去得也快"（第 54 页）。就像《虹》中的斯克利本斯基，他也变成了一个微不足道的人，因为他只是"在展示虚无方面"强于克利福德。与厄休拉不同，康妮执意要求获得满足。

在《虹》或其他作品中，劳伦斯对权力之争格外关注，而这种权力之争就体现在性行为方面①。然而，在《查特莱夫人的情人》中，劳伦斯加强了在此方面的关注，即探索这种权力之谜，探索在性爱过程中一方是如何征服了另一方而又能使其中的激情和温柔平和共存的。他坦言道，如果女人想要对男人行使权力，

---

① Smith, Anne（ed.）, *Lawrence and Women*, London: Vision Press, 1978, pp. 101－121.

那么她所需做的一切就是"在性爱过程中维持自控",按照自己的意愿操纵性爱进程,"把男人变成她的工具"(第 8 页)。康妮和她姐姐赫尔达年轻时在德国对一些男孩就曾行使过这种权力:"她可以屈从于一个男人而自由的内在自我决不会屈从。"(第 7 页)

在同迈克利斯的私情方面,康妮并不想控制自己,就像她过去在德国所做的那样,因为那是"某一生活篇章的结束"。如果康妮年轻时的性经验是根据弗丽达写的,那么劳伦斯就会对康妮更了解,而无须在小说中对她进行探索。康妮同她丈夫之间的关系是一种无果和无性的关系,因此她不再要求她的权力。然而,当看到迈克利斯"几乎是刚开始就结束了"的时候,康妮就"学着"将他拥入体内。可是她无意迫使他,这就是为什么在他们做爱后他会有"一种骄傲和满足的好奇感"的缘故。读者并没有将康妮的"自信"和"轻微的傲慢"看成是虚荣的表现。实际上,他们都相信,康妮在同残疾的丈夫虚度了这些年后仍然具有旺盛的性活力。即使后来她发现迈克利斯在性方面"没有激情,甚至死亡"时,也无意要毁灭他。后来她被迫这么做,因为她发现他无法让她获得性爱满足。

因为迈克利斯在性爱方面显得很无助,于是他就想要求同康妮结婚而设法将自己的意志力强加于她。他问她:"我们为什么不结婚呢?我想结婚。我知道,结婚,过一种正常的生活,这对我来说再好不过了。"(第 55 页)在《虹》中,斯克利本斯基在其性无助后也提出要同厄休拉结婚。这是劳伦斯小说中的一个重要模式:受到性压制的男人总是寻求同压制者女人结婚,这倒不是想要屈从她,而是想要把自己的意志力强加于她,征服她的智性。既然劳伦斯笔下的人物大都是非传统型的,那么在他们获得真爱和合适的伴侣之前总是要遭受爱情和婚姻方面的痛苦。

迈克利斯尚未认真考虑爱情或婚姻的真意便想娶有夫之妇康妮。这并不奇怪，因为劳伦斯本人的婚姻就是如此。但是迈克利斯的情况有所不同，他结婚的目的是非常个人化的。既然他无法在性方面同康妮竞争，那么他就试图从精神上控制她。可是康妮并不乐于让他做自己的丈夫。迈克利斯的智性主义立即让康妮抽身而退。他的智性主义泯灭了她身上的某些东西，泯灭了"她对他或对那晚崩溃了的男人的整个性感觉"。这就是劳伦斯所说的思想对肉体的征服。

梅乐士在自己生活中也曾经历过性幻灭。当康妮问他为什么同伯莎·考茨结婚时，他披露了自己与女人的性爱历史。他初次性爱经历是同一个校长的女儿。她喜爱诗歌和阅读，不愿同他发生性关系。第二次是同一位拉小提琴的教师。她喜爱"一切与爱有关的事物，但是性关系被排除在外"（第209页）。被这两位女性的精神性所困惑，他喜欢上了具有性魅力的伯莎·考茨："这是我想要的女人，一个想要我同她做爱的女人。"（第209页）婚后不久便发现，他同伯莎的性爱并不和谐。

达莱斯基将伯莎·考茨同康妮在做爱时的自主性相比较肯定是不恰当的，因为康妮并不需要自淫式的性行为而梅乐士的妻子总是需要自淫才能达到高潮，即使她丈夫性力很强①。伯莎总是坚持"自己的意愿"，有意阻遏对方。她总是等他先完成，然后利用他及其"被动性"作为一种工具，来操控他。对劳伦斯来说，这是性虐待。另一方面，康妮在性行为中并不我行我素，除非不得已而已。读者记得，迈克利斯如何在做爱刚开始时便结束了而康妮如何"学着"让对方适时地达到高潮。如果这要归咎某

---

① Daleski, H. M., *The Forked Flame: A Study of D. H. Lawrence*, London: Faber and Faber, 1965, p. 288.

一方的话，那应该是迈克利斯，因为他的"阳气"不足。

达莱斯基说，在某些方面，康妮和伯莎的原型是弗丽达[1]。他的说法也许有道理，不过，这一说法不应该作为证据来表明康妮在性爱自主性方面与伯莎相同。显然，劳伦斯谴责迈克利斯和伯莎的非人性的残忍，将他们逐出小说。相比之下，康妮和梅乐士得到了劳伦斯的赞赏。他们都受到过去性经历的伤害。劳伦斯在展示良好的性行为之前，需要先告诉我们什么是不良的性行为。

随后，康妮同梅乐士在树林里相会，彼此都怀有敌意。在此之前。他们几乎有八个月没说过话。在那林中小屋里，"温柔"温暖了康妮的心，让他们第一次走到了一起。这在劳伦斯的小说中是最好的"温柔"情景的描写。一种温柔的激情而不是强烈的激情将这一对恋人吸引到一起，融化了两颗充满敌意的心，这样的描写确实不同凡响。尽管他们对爱和性各有态度，但是温柔的影响的确让他们走到了一起。康妮看到鸡在草地上戏耍，感动得流泪。而此时梅乐士处于两种不同的冲动之中：要么遵从他的不与人接触的原则，要么顺从自己的自然本能，回应康妮。值得强调的是，梅乐士并不是一般的猎场看守人。他做此工作有其特殊原因：避开人们，主要是避开女人。他的遁世具有一种崇高的意义。除了他的温柔，这也是他值得肯定的一个特征。梅乐士的温柔激情胜过了他的遁世，使他对康妮的眼泪作出了回应。梅乐士的自发激情是其性情中的一个重要元素，这是劳伦斯将他称为"动物"，并将他同树林相联系的缘故。

虽然"温柔"具有将康妮和梅乐士在林间小屋吸引到一起的

---

[1]　Daleski, H. M., *The Forked Flame: A Study of D. H. Lawrence*, London: Faber and Faber, 1965, p. 290.

力量，但是它还无法消除过去经历带给他们的负面影响。这一对恋人不得不经过一个渐变过程来树立对自己和另一方的信心，而后他们才能找到真爱。因此，作者在小说中巧妙地安排了一段性爱描写。这段性爱描写的重要性在于，它表明了在这一对恋人身上及其理解和表达真爱和性激情方面的变化过程。初次性爱并未让康妮达到高潮："他有行动，他有高潮，他做了一切；而她作出更多的努力。"（第122页）这不应该归咎于梅乐士，因为他始终"充满激情"，一种"健康的激情"。他对她的温存，是她从未体验过的（第127页）。

第二次做爱也没有让康妮极度兴奋之感，因为她仍坚持自己的独立，并不让步。不过，她也未坚持要达到高潮，就像她同迈克利斯做爱时要求的那样，因为梅乐士的活力与迈克利斯不同。梅乐士成功地表达了他对康妮的温柔激情，向她显示了自己的性能力，而迈克利斯却做不到。与克利福德一样，梅乐士有着自己的性哲学，这反映了劳伦斯对在小说中间部分对"死"与"活"的看法："我相信，如果男人能够热诚地去做爱，那么女人也会热诚地接受，一切都会顺利。一切心冷的做爱只有导致毁灭，是一种愚蠢的行为。"（第215页）

只在他们第三次性爱中，康妮才平生第一次感受到了真正的圆满："当时，我们一起达到了高潮……有这样的情形太妙了。大多数人过了一辈子，也从未有过这样的情形。"（第140页）也只是到了生活的这一时段，康妮才意识到自己有了一种"渴望"。不过，她对此并未感到高兴，而是有些担心。根据劳伦斯在《虹》中阐发的婚姻理论，一对恋人在获得圆满前，分离的自我一定会沉没。这似乎涉及劳伦斯在小说中所说的"死亡"和"再生"或"身体的复活"。康妮最担心的是在"死亡"和"再生"的过程中丧失自我。她认为自己"想必会变成一个奴隶"（第141页）。

　　理解了这一点，可以肯定，康妮先前在性行为方面的自主性，尽管与伯莎·考茨有所不同，但一直是她为消除失去自我的担心所采取的一种自为性策略。在这里，爱和性携手作业。康妮越爱梅乐士，她就越容易顺从他。他越有激情，她就变得越顺从。的确，他们是先有性后有爱，但是爱的确在他们之间激越地发展。特别是在他们相互达到高潮后，康妮从梅乐士身上感受到一种新的爱情激情。梅乐士身上那种特有的性吸引力加深了康妮的担心，因为这对她个性的完整构成了威胁。她不想失去自己的个性，可是她很清楚，她不可能永远这样把持自己。梅乐士的同情唤醒了她。她不想再行使她的权利了，因为这"显然不会有收获和新生"（第141页）。现在，她准备失去自己，"沉浸在新生活的沐浴之中"（第142页）。再一次，梅乐士的温柔赢得了康妮的顺从。

　　虽然《虹》是第一部宣扬自为和爱之间关系的小说，但是直到《查特莱夫人的情人》的问世，我们才看到它们之间的真实关系。这两部小说的不同标志着劳伦斯在探索自我和爱之间的重要联系方面所付出的努力。在《虹》中，劳伦斯将两性关系理解为"二合一"。在此关系中，男人和女人先应该通过灵与肉的平衡确立各自的个性特征，而后再相遇，并期望获得婚姻的圆满。虽然这一理论似乎恰到好处地包容了自我和爱，但是在《虹》中，三对恋人之间在这方面并未获得令人信服的成功，因为对在爱的行为中完全失去个性特征的担心根本就没有被消除。这就是恋人之间的性行为具有暴力特征的缘故。

　　在《恋爱中的女人》中，对在爱情行为中失去自我的担心转移到了伯金身上。伯金宣称了另一种关系理论，名为"分离中的和谐"，坚持婚姻中的独立性。而《阿伦的拐杖》中的阿伦不仅坚持自己的孤独以保持自己的个性，而且也坚持自己的男性主导性，要求女性顺从，实践他的"一上一下"的理论。然而，在

《查特莱夫人的情人》中，消除对在爱情中失去自我的担心的不是先前的理论，而是"身体的复活"或"接触的民主"。达莱斯基将该小说中这一理论看作"二合一"（"two in one"），就此，他认为《查特莱夫人的情人》是"回归而不是进步"①。对此，笔者难以苟同，理由很多。首先，"二合一"不能让一对恋人消除担心，如《虹》里的厄休拉和伯金的情形就是如此。其次，虽然"接触的民主"涉及"二合一"中的一个重要元素："死亡和再生"，然而是温柔的激情将一对恋人更加紧密地吸引到一起，尽管他们担心失去自我和抑忍。这正是《查特莱夫人的情人》中的性爱描写更加温柔和富于激情的原因。第三，劳伦斯认为，《查特莱夫人的情人》中的性更有收获，能够导致圆满（在《虹》的结尾，厄休拉虽然维持了她的个性，但并未获得满足）。最后，"二合一"使男女双方必须相互服从，融为一体，而"接触的民主"既涉及相互顺从，也保持了自我的完整。据此，笔者认为，《查特莱夫人的情人》是一种"进步"而不是"回归"。

圆满未必要达到高潮。在第三次性爱描写中，康妮并未遭遇危机，也未克服她的担心。这使得他们的第四次性爱中对爱与自我概念的发展变得更加重要。为了理解"温柔"在这次性爱描写中如何起作用的，有必要考虑就在做爱前对家庭气氛的描写。那天，康妮来到梅乐士的小屋，举止就像一个家庭主妇。她不仅为梅乐士煮茶，而且还在他吃饭时从旁伺候。这看起来也许很平常（当康妮看着梅乐士半裸着擦洗身体，作者也对我们说，这很平常）。但是考虑到康妮是一个贵族夫人，做这些事便显得不寻常了。由此可见，这里的描写是多么富有激情。

---

① Daleski, H. M., *The Forked Flame：A Study of D. H. Lawrence*, London：Faber and Faber, 1965, pp. 294－296.

就像夫妻一样讨论要孩子的事，康妮发展了两种预示性行为复杂性的感情："怨恨他，一种由他弥补的渴望。"（第 177 页）在该情景描写的第一部分，康妮开始时是担心和痛苦；她"生硬地抵抗"，把性行为看成一种"令人难堪和滑稽可笑的表演"。当做爱结束时，她开始哭泣："我想要爱你，可是我做不到。这让人感到害怕。"她是为了自己的分裂而哭泣，这显示出她对自己的深刻的透视。她以一种"出奇的力量"缠附在梅乐士身上，为了不让"自己内心的愤怒和抵抗"控制了自己（第 179—180 页）。梅乐士又凭借温柔的冲动同康妮发生了第二次做爱。

这种性爱让人联想到《阿伦的拐杖》中阿伦同侯爵夫人的性爱。读者还记得阿伦是如何用拐杖在与侯爵夫人的较量中赢得了侯爵夫人，而后他挫败了她的傲慢，在性爱中使她变成了一个"乖女孩"（"她就像一个偎依在他怀里的孩子"[①]），最后彻底顺从了他。梅乐士同康妮之间的性爱和阿伦同侯爵夫人之间的性爱有明显的相似之处，然而结果却并不相同。阿伦和侯爵夫人在一起缺乏梅乐士和康妮之间的那种同情与温柔。他们的性爱更像一场竞赛。此外，重要的是，康妮是心甘情愿地顺从梅乐士，这一点与侯爵夫人不同。

该情景描写的第二部分肯定了康妮的顺从。忽然间，"抵抗消失了，她开始融化于奇妙的宁静之中"（第 180 页）。然而，如果梅乐士最后变得无情无义，行为就像阿伦那样，结果会怎样呢？毫无疑问，只有死路一条，而不会有再生："一切听由他了，她身体颤抖，如死了一般。她向他敞开了一切。呵！假如他此刻不为她温存，那该多么残酷啊，因为她向他敞开了一切，变得很无助！那种强力无情地向她的进入，是如此奇异可怕，她重又颤

---

① Lawrence, D. H., *Aaron's Rod*, Harmondsworth: Penguin, 1987, p. 305.

抖起来。也许他的来势像利剑那么刺入她温柔敞开的肉体里，那时她便要死了。她在一种骤然的、恐怖的忧苦中，紧紧地抱着他。但是，他的来势只是一种缓缓的、和平的进入，幽暗的、和平的进入，一种有力的、原始的、温情的进入，这种温情是和那创造世界时候的温情一样的，于是恐惧在她心里消退了。她的心平静了，随心所欲。她敢于释放一切，释放整个自我，随波逐流。"（第 180—181 页）

这次性爱的结果很奇妙。康妮不仅达到了性高潮，而且也感到了圆满。在随后的性爱中，梅乐士仍激情不止，温存有加。康妮的担心消失了。在温存的性爱中，康妮感受到了"温柔的死亡与再生"，成为了一个全新的女人。为了成为一个全新的女人，她必须放弃抵抗，消除担心。在第一次性爱中出现在她意念中的男性生殖器和性行为的丑陋形象也消失了。现在，她能够享受她的生活快乐。在性爱的间歇，她依附在梅乐士怀中，喃喃地说："亲爱的！亲爱的！"（第 182 页）这正是她感情的自然流露。最终爱情在他们之间落地生根。

根据劳伦斯的婚姻哲学，康妮和梅乐士完成了获得个性和圆满的过程。他们所需要做的就是结婚，保证他们的结合。然而，《查特莱夫人的情人》受到"接触的民主"理论的影响。根据这一理论，一对恋人中两个自我必须在结合和分离中获得圆满，因此他们仍需经历另一个净化过程。在这方面，伊尔·英戈索尔写道："为了对追求'真正婚姻'加以肯定，有必要经历另一个阶段。在《查特莱夫人的情人》中，这一新阶段就体现为另一著名情景的描写——'性激情之夜'。"①

---

① Ingersoll, Earl, "The Pursuit of 'True Marriage': D. H. Lawrence's *Mr Noon and Lady Chatterley's Lover*", *Studies in the Humanities*, 14: 1, 1987, pp. 39—40.

这次性爱场景的描写非常重要，原因如下：首先，这次性爱描写不同于以往，它的驱动因素不是温存而是"性激情"。劳伦斯明确地说："这是一个性激情之夜。"（第257页）对于这两次激情在该作品内外都给予了探索。在轮椅场景的描写中，读者能够记得，康妮抚摸和亲吻梅乐士的手，结果复苏了他的四肢，"力量的焰火沿着背腰而下，复苏了他"（第199页）。读者也会联想到《少女与吉普赛人》中对那个温柔场景和那个吉普赛人的描写。当时，吉普赛用自己身体的温柔激情挽救了伊维特的生命，也复苏了他们之间的温暖。因此，温柔的激情是一种恢复性力量。另一方面，性激情也是一种毁灭性力量，它有能力烧掉羞耻，毁掉"尘世的惶惑"。劳伦斯在《爱》一文中说："在感情的交流中，我被爱熔炼成一个完整的人，而在纯洁的、激烈的性摩擦中，我又被烧成原先的自我。我从溶合的基质中被赶了出来，进入高度的分离状态，成为十足单独的我，神圣而独特的我……随后在热烈的性爱中，在具有破坏性的烈焰中，我被毁了，贬低为她那个自我。这是毁灭性的欲火，世俗意义上的爱。但唯有这火才能使我们得到净化，使我们从混杂的状态中分离出来，成为独特的、如宝石一般纯净的个体。"①

除此之外，性行为对于纯化康妮的激情，"消除羞耻"也是十分重要。既然整个一段描写就是灵魂提升的过程，因此它被描述为"死亡与再生"。康妮的担心和勉强与她先前担心失去自我和自制无关，因为她已经顺利地经过了那一阶段。她担心的不是梅乐士的粗暴对待而是该过程。就像正在接受手术的病人，当梅乐士像医生那样"采用他的方式，行使他的意志"时，康妮不得

---

① ［英］劳伦斯著：《性与可爱》，姚暨荣译，花城出版社1988年版，第99—100页。

不"像奴隶一样被动承受"。这样的手术非常痛苦，她"觉得自己快死了，不过，这是一种令人刺激的、奇妙的死亡"。当这种性的感觉把"灵魂烧成火种"，"将体内最沉重的矿石熔成纯物质"时，她"感到了胜利"，由此，梅乐士烧掉了康妮最后的羞耻残余。快乐让她感到，克利福德和迈可利斯是"多么低下，多么令人感到羞耻"，而梅乐士则"敢于这么做，并无羞耻和罪孽感"（第 257—258 页）。达莱斯基在解释这段描写时说："劳伦斯似乎在设法表明，男女之间的爱应该表现为既是'纵性的'又是'温柔的'。……他的这种看法并不能让人信服，因为他尚未能够实实在在地表现出：'纵性'是爱的体现。我们能够清楚地看到，同一个男人有可能既是'温柔的'也是'纵性的'。可并不能让我们相信，这个男人所爱的女人也是如此。我认为，劳伦斯无法让我们信服这一点，因为事实上他也在设法协调'男性'的纵性和'女性'的温柔。虽然从本质上来说，这两者也许有可能进行协调的，可是他的性情使他无法最终实现这样的协调。"① 达莱斯基的说法是缺乏根据的。在头一个例子中，梅乐士令人信服地证明，他对其所爱的女人既"纵性"又"温柔"。康妮也坦承这一点。她对希尔达说："你根本不知道什么是温柔，什么是纵性。你要是知道的话，体现在同一个人身上，就会发现两者是多么不同。"（第 264 页）康妮在性爱之后的快乐反应也说明了这一点。

从表面上看，劳伦斯似乎并未在设法协调"男性"的性力与"女性"的温柔，因为他这么做，就会解构他在该小说前半部分确立的一切。但是深入地研读该作品，不难发现，劳伦斯能够实现这样的协调。须知，梅乐士的温柔曾赢得了康妮的顺从，而意

---

① Daleski, H. M., *The Forked Flame: A Study of D. H. Lawrence*, London: Faber and Faber, 1965, p. 309.

大利式的性爱让这对恋人获得了各自的"本质"和"宝贵的独立性"。对梅乐士和康妮来说,这些都是令人快乐的经验。将这两次场景描写联系起来看,显而易见,梅乐士和康妮使顺从与独立、"男性"的性力与"女性"的温柔实现了协调。劳伦斯在《查特莱夫人的情人》中实际上强调的是,男女双方能够自愿地相互顺从,同时又能保持各自的个性。

不管怎样,从表面上,劳伦斯让梅乐士代表了温柔的激情,并充满信心支持这种激情,以反对那个麻木不仁的物质世界:"我赞同人与人间的肉体意识的接触和温情的接触。她是我的伴侣。这是同金钱、机械以及这个世界的呆滞理想的荒唐进行的一场战斗。多谢上帝,我得了个女人了!我得了个又温柔又了解我的女人,和我相聚!"(第 290 页)劳伦斯对性激情保持缄默,原因如前所述。然而,他同时又能够协调自我与爱的关系,实现灵与肉的和谐,而不必涉及性激情。这是这一对恋人获得完满的两个方面之一。这多少符合了达莱斯基的"二合一"的说法,然而这并不完全符合实情。如果细想爱的另一方面"温柔"的话,那么该小说肯定体现了"接触的民主"的理论。

最后值得考虑的一点是劳伦斯的"男性"和"女性"的元素问题。讨论劳伦斯自身的心理冲突需要参考梅乐士的性格。梅乐士被视为劳伦斯式人物。就此而言,"生殖官能意识"解决了劳伦斯身上的某些问题。这些问题之一就是女性抵触和撤退原则。伯金从行动世界中的撤退和阿伦的抵触反映了劳伦斯对女性支配欲的担心,也反映了他性格中厚重的女性元素。如果这一说法成立的话,那么相比之下,在《查特莱夫人的情人》的结尾,梅乐士的成功也就表明了劳伦斯在自己的内心已建立了和谐。康妮对自己的深刻透视能力则证明了劳伦斯有能力发现自己的心理冲突。有必要强调,梅乐士从外部的物质世界撤身并非受到他内在女性感情的驱使。与《恋爱中的女人》中的伯金不同，梅乐士的撤身是有原则的："我不信任这个世界，不信任金钱，也不信任进步和我们文明的未来。如果人类有未来的话，那一定与现在大不相同。"（第288页）在这方面，梅乐士也与裘德不同。裘德在《无名的裘德》的结尾只表达了对改变的类似要求，而梅乐士则有能力解决自身的某些问题。

　　小说一开始，梅乐士就从物质世界撤身了，做了一名守林人，这实际上突显了他的个性。他并非常人，拥有自己的原则。由此可见，他对物质化世界的厌恶和排斥。他的"男性特征"是显而易见的。他说："人家一向说我的女人气太重，其实并非如此。我不喜欢射杀鸟儿，也不喜欢弄钱或往上爬，这并不能说明我女人气重。我在军队里要往上爬本来是很容易的，但是我却讨厌军队，虽然我很可以驾驭男人们，他们也喜欢我，可当我发起脾气来，他们便要怕神怕鬼似的怕我。"（第287页）劳伦斯感到有必要突出梅乐士的男子气，并明确无误地表明了这一点："他意识到，进入她的身心，这是他必须做的事，得到她的温柔抚摸而又不失自己的骄傲和尊严或一个男人的完整性。"（第290页）这段话表明梅乐士的撤退是自愿的，应该被视为对腐败的现代文明的抗议，而不应该被视为是受其女性冲动的驱使所为。

　　就"生殖官能意识"而言，梅乐士能够通过各种各样的性爱行为来表明自己的"男性特征"。在小说显示了他本人及其性活力之后，他就不可能还存有任何"女性"特征，否则整个故事就会失去意义。因此，笔者无法认同达莱斯基的观点：在梅乐士身上，女性特征占优势；劳伦斯未能成功地协调自身的"男性"和"女性"元素。

　　对梅乐士和康妮之间真正婚姻的追求是《查特莱夫人的情人》的结尾描写的重心。他们在结婚之前，首先需要与各自伴侣离婚，需要解脱自己，就像他们将自己的身体从灵魂的束缚下解脱出来一样。确立了灵与肉之间的和谐，生活变得可以"忍受"了。劳伦斯最后克服了长期伴随他的问题：协调自我与爱，发现自身的男性和女性因素的平衡以及婚姻中男女双方的平衡。《查特莱夫人的情人》不仅是劳伦斯最后的小说，而且也是他全部小说的结论之作。如果说《无名的裘德》写的是婚恋的最终失败，那么《查特莱夫人的情人》写的则是婚恋的最终成功。

第八章

启示与结论

　　笔者在 1989 年为基思·萨格的《劳伦斯的生活》中译本写的译后记中就曾简要提及了哈代与劳伦斯之间的关联[①]，这是基于笔者对这两位作家的阅读和理解所获得的印象：两位作家的创作所传达的思想和观念都具有超前性和挑战性，尤其体现在婚姻和两性关系的探索方面。自那时起，笔者有意从性爱和婚姻的角度，对这两位创作于世纪之交承先启后的作家进行关联性研究。随着阅读的广泛和研究的深入，他们在性爱和婚姻关系方面的关联越来越明晰，更加清楚地认识到，性爱和婚姻关系的探索是贯彻并连接这两位作家小说创作的重要主题，越发意识到，在当时社会背景下，他们从事这方面的探索，其胆识和勇气实难能可贵。因此，他们的贡献不只是在文学方面，更是在社会观念方面。

　　从哈代的第一部主要小说《绿林荫下》（1872）到劳伦斯最后一部小说《查特莱夫人的情人》（1928），婚姻完整地走了一个

　　① 基思·萨格著：《劳伦斯的生活》，高万隆、王建琦译，山东友谊书社 1989 年版，第 273 页。

圈。在他们所有的作品中，婚姻在这两部经典作品中是最成功的。尽管范茜在小说结尾有一个"秘密"不能对狄克说，康妮同克利福德的婚姻遭遇失败，可是哈代和劳伦斯还是将婚姻表现为一种相互兼容的结合，虽然尚不尽如人意。如果说范茜选择丈夫主要限于阶层、教育、财富、雇佣和年纪等社会因素，那么康妮的选择则在心理上夹在空洞智性的克利福德和真实感性的梅乐士之间。

随着社会的发展和日益复杂化（用哈代的话说是"现代主义的痛苦"），对待婚姻的态度，由原先着眼于婚姻的社会建制到现在着眼于它的社会心理层面，也经历了发展和复杂变化。到 19世纪最后十年哈代创作《德伯家的苔丝》和《无名的裘德》时，公开和私下对于婚恋的看法已大不相同。这一变化的起因部分是越来越多的人支持女性反对两性不平等的运动。苔丝、裘德和淑不再太在意男女关系方面的旧社会习俗：他们太忙了，无暇顾及他们的个性完整和同他们的伴侣的相会兼容问题。直到《虹》（1915）和《恋爱中的女人》（1920），社会和心理方面的问题、公众和私下的原则、法律和自然才结合起来，追求真正的婚姻。厄休拉根本不可能同那个体现腐败文明的男人斯克利本斯基结婚，古德伦也不可能接受体现腐败的社会化个性的杰尔拉德的求婚。只有伯金和厄休拉在拒绝了赫尔米奥娜和斯克利本斯基，挣脱了同衰败的现代世界的联系之后才实现了婚姻结合，取得了相对成功。

为了追求乌托邦梦想，《卡斯特桥市长》（1886）中的亨察德和《阿伦的拐杖》（1922）中的阿伦不得不脱离他们的妻子和子女，寻求新的土地，获取财富。尽管他们获得了物质上的成功，可最终他们失败了，原因之一是他们未能将婚姻看作男女平等相伴的机制，原因之二他们未能理解并承认他们自己性格中的"女性"成分。哈代使用"几匹马相互爱抚地交颈相摩"和"一只金翅雀的尸体",象征了亨察德的情感失败。同样,劳伦斯使用一个炸弹炸飞了阿伦的拐杖,象征了他的失败:"这损失对他来说是象征的。这同他灵魂中的某种东西齐响共鸣:那炸弹,那破碎的笛子,那结局。"①

那个 19 世纪的标志性话语:"他们结婚了,从此他们幸福地生活在一起",对这两位作家来说,不再是一个令人满意的结局,因为哈代和劳伦斯是第一批意识到婚姻关系有问题并须认真加以看待的英国小说家。正因如此以及他们自己同父母和妻子的经历,哈代和劳伦斯聚焦于婚姻主题的探索。前者欲废除作为社会概念的婚姻,而后者则欲通过不断构建自己的理论,试图发现解决男女相异的有效办法,来重塑婚姻。早在《还乡》(1878) 和《儿子与情人》(1913) 中,哈代和劳伦斯就辨明了婚姻是一场维护完整自我的斗争,斗争的对象不仅是伴侣,而且也是母亲。克林和保罗,如同他们的创造者,无论在恋爱还是婚姻方面,并未被他们的恋人从外部分裂;事实上,他们从内部撕扯于母亲和情人之间,撕扯于俄狄浦斯情结和性欲之间而无力自解。

尽管哈代对劳伦斯的影响是显而易见的,但是正如本研究所表明的,唯有劳伦斯能够解决出现于他的不同生活阶段的婚姻问题。裘德说过:"我想,我们的社会模式的某些地方出了毛病。毛病是什么?只有那些见识比我还高的人才能发现它。"② 这不仅是哈代对婚姻问题说的最后的话,同时也是劳伦斯解决婚姻问题的最初线索。如果母亲影响下的家庭教养能够说明他们对思想

---

① Lawrence, D. H., *Aaron's Rod*, Harmondsworth: Penguin, 1987, p. 331.

② Hardy, Thomas, *Far from the Madding Crowd*, London, New York: Penguin Books, 1978, p. 399.

的专注和定见，那么他们同妻子的婚姻关系则能够说明他们的不同。他们之间的主要不同是：尽管在从婚姻内外探索男女之间性关系方面，他们都不拘传统，但是劳伦斯坚信忠诚和婚姻，而哈代对着它们常常缺乏信任。当哈代同艾玛的婚姻遭遇麻烦时，他等不到严格的婚姻法放松或完全废除的日子，而劳伦斯则对自己同弗丽达的婚姻感到满意，因此他不断寻找新途径，让自己和妻子能够更加幸福。

在本研究的过程中，三个要点融合在一起。首先，虽然哈代的小说具有心理探索的特征，但是较之劳伦斯的小说，还不能算是心理小说。哈代的小说从根本上说似乎从一开始描写的就是维多利亚时期的生活，而劳伦斯的小说则深入探索了人对爱、性和婚姻的心理和态度。但是这并不是说，哈代只是一位社会小说家而劳伦斯则是心理小说家，因为在这里两位作家之间有许多结合点和交叉点。其次，就婚姻问题而言，笔者发现，哈代的观点和态度变得越来越具悲观性，而劳伦斯则变得越来越乐观，因为劳伦斯总是通过自己的有效理论反复解释婚姻，设法获得一种完美的男女关系。

最后，本研究表明，哈代和劳伦斯都可以被视为女权主义者，根据他们的大部分作品，尤其根据那些从女性观点写的作品，他们并不是像凯特·米勒所说的那种政治上的女权主义者。他们的女权主义问题受到时间、地点和形势等历史因素变化的影响。在哈代的小说中，婚姻和女权主义之间有着直接联系：女性遭受压制和争取解放的意识越强，她们拒绝婚姻这一社会建制的意愿就越强。而在劳伦斯的小说里，则存在着另一种关联：女性越多地获得解放和个性，婚姻就变得越成功。尽管在其小说中，劳伦斯并未很好地确立这种关联，但它始终是劳伦斯创作的终极目标。

如果《无名的裘德》被认为是哈代小说中婚姻的最后失败，那么从那时到《查特莱夫人的情人》，正如本研究表明的那样，婚姻已经开始出现相对的繁荣，也趋于成功，至少在劳伦斯的处理下是这样。既然对劳伦斯来说，事情在变好之前总是会有一个糟糕的过程，那么《儿子与情人》也可以被看作婚恋的另一次失败，不过这次失败是一种探索而不是目的。与哈代不同，即使婚姻最终失败，劳伦斯也决无消解婚姻概念之意。他的意图就是分析婚恋失败的原因以便他能在后来的小说中解决这一问题。事实上，克拉拉和巴克斯特·道斯走到一起是劳伦斯重构婚姻的初次尝试。通过介绍不同的哲学和心理学方面的婚姻理论来协调男人和女人的相异、理智与激情，也通过修改《菲德拉斯》中战车驾驭者这个柏拉图人物和两匹马，劳伦斯认真地重构了婚姻。

总的看来，本研究已形象地说明哈代和劳伦斯在婚姻问题方面的相互联系，也显示出在 1870 年至 1930 年期间迅速发展的社会习俗是如何反映在哈代和劳伦斯的小说当中的。考文垂·帕特莫在 1887 年曾预言："1987 年的学生，如果想要真的全面了解我们，只有通过我们的小说家，而不是通过我们时代的诗人、哲学家或议会辩论。"① 事实证明，帕特莫的预言是正确的。

---

① Cox, R. G., *Thomas Hardy：Critical Heritage*, New York：Barnes and Noble Inc., 1970, p. 147.

主要参考书目

英文参考书目

Acton, William, *The Fuction and Disorders of Reproductive Organs in Childhood, Youth, Adult Age and Advanced Life Considered in Their Physicilogical Social and Moral Relations*, Sixth edition, London: J. A. Churchill, 1857.

Banks, Oliver, *Faces of Feminism: A Study of Feminism as a Social Movement*, Oxford: Basil Blackwell, 1981.

Bennett, Arnold, *These Twain*, London: Methuen, 1916.

Bennett, Arnold, *Our Women: Chapters on the Sex Discord*, London: Cassell and Company Ltd., 1920.

Blake, Katherine, "Sue Bridehead, 'The Woman of the Feminist Movement'", *Studies in English Literature, 1500 — 1900*, 18:4, 1978.

Blathwayt, Raymond, "Chat with the Author of *Tess*", *Black and White*, No. 27, 1982.

Boulton, James, et al (eds.), *The Letters of D. H. Lawrence*, Vol. 1 — 5, Cambridge: Cambridge University Press,

1979—1989.

Boumelha, Penny, *Thomas Hardy and Women: Sexual Ideology and Narrative Form*, Brighton: The Harvester Press, 1982.

Brewster, Earl & Achsah (eds.), *D. H. Lawrence: Reminiscences and Correspondence*, London: Martin Secker, 1934.

Buitenhuis, Peter, "After the Slam of A Doll's House Door: Reverberations in the Work of James, Hardy, Ford and Wells", *Mosaic*, 17:1, 1984.

Carpenter, C. Richard, "The Mirror and the Sword: Imagery in *Far from the Madding Crowd*", *Ninteenth-Century Fiction*, 18:4, 1964.

Carpenter, Edward, My Days and Dreams, London: Allend Unwin, 1916.

Casagrande, Peter, *Unity in Hardy's Novels: "Repetitive Symmetries"*, London: Macmillan, 1982.

Cathorne-Hardy, Robert (ed.), *Ottoline at Garsington: Memoirs of Lady Ottoline Morrell 1915 — 1918*, London and New York: Routledge, 1988.

Chambers, Jessie, *D. H. Lawrence: A Personal Record*, London: Frank Caves and Co., 1935.

Corke, Helen, *In Our Infancy: An Autobiography Part One: 1883 — 1912*, Cambridge: Cambridge University Press, 1975.

Cox, R. G., *Thomas Hardy: Critical Heritage*, New York: Barnes and Noble Inc., 1970.

Daleski, H. M., *The Divided Heroine: A Recurrent Pat-*

tern in Six English Novels, London: Holmes and Meir Publishers, INC. , 1984.

Daleski, H. M. , *The Forked Flame*: *A Study of D. H. Lawrence*, London: Faber and Faber, 1965.

Delavenay, Emile, *D. H. Lawrence*: *The Man and His Work*, London, 1972.

Dix, Carol, *D. H, Lawrence and Women*, London: Macmillan, 1980.

Freud, Sigmund, *On Sexuality*, Vol. 7, the Pelican Freud Library, 1922.

Gittings, Robert, *The OlderHardy*, London: Heinemann, 1978.

Gittings, Robert, *Young Thomas Hardy*, London: Heinemann, 1975.

Green Martin, *The Von Richthofen*, *Sisters*: *The Triumphant and the Tragic Modes of Love*, London: Weidenfeld and Nicholson, 1974.

Gregor, Ian, *The Great Web*: *The Forms of Hardy's Major Fiction*, London, Faber and Faber, 1974.

Hardy, Florence Emily, *The Life of Thomas Hardy*, *Vol. 1 1840 — 1928*, London: Macmillan, 1930.

Hardy, Florence Emily, *The Life of Thomas Hardy 1840 — 1928*, London: Macmillan, 1962.

Hardy, Thomas, *A Pair of Blue Eyes*, London: Macmillan, 1912.

Hardy, Thomas, *Desperate Remedies*, London: Macmillan, 1912.

Hardy, Thomas, *Far from the Madding Crowd*, Harmondsworh: Penguin, 1985.

Hardy, Thomas, *Hand of Ethelberta*, London: Macmillan, 1986.

Hardy, Thomas, *Jude the Obscure*, Harmondsworth: Penguin, 1988.

Hardy, Thomas, *Return the Native*, Harmondsworth: Penguin, 1986.

Hardy, Thomas, *Tess of the D'Urbervilles*, Oxford: Oxford University Press, 1988.

Hardy, Thomas, *The Mayor of Casterbridge*, Harmondsworth: Penguin, 1978.

Hardy, Thomas, *The Woodlanders*, Harmondsworth: Penguin, 1988.

Hough, Graham, *The Dark Sun: A Study of D. H. Lawrence*, London: Duckworth, 1956.

Howe, Irving, *Thomas Hardy*, London: Macmillan, 1967.

Ingersoll, Earl, "The Pursuit of 'True Marriage': D. H. Lawrence's *Mr Noon and Lady Chatterley's Lover*", *Studies in the Humanities*, 14:1, 1987.

Ingham, Patricia, "The Evolution of *Jude the Obscure*", *Review of English Studies*, Vol. 27, 1967.

Ingham, Patricia, *Thomas Hardy*, Hempstead: Harvester Wheatsheaf, 1989.

Jordan, Mary Ellen, "Thomas Hardy's *The Return of the Native*: Clym Yeobright and Melancholia", *American Imago*, 39, 1982.

Kiberd, Declan, *Man and Feminism in Modern Literature*, London: Macmillan, 1985.

Kramer, Dale, *Thomas Hardy: The Forms of Tragedy*, London: Macmillan, 1975.

Langbaum, Robert, "Hardy and Lawrence", *Thomas Hardy Annual*, No. 3, London: Macmillan, 1985.

LaValley, Albert J. (ed.), *Twentieth Century Interpretations of Tess of the d'Urbervilles*, Englewood Cliffs, N. J. Prentice-hall, 1969.

Lawrence, D. H. , *Aaron's Rod*, Harmondsworth: Penguin, 1987.

Lawrence, D. H. , *Fantasia of the Unconscious and Psychoanalysis and the Unconscious*, London: Heinemann, 1971.

Lawrence, D. H. , *Kangaroo*, Harmondsworth: Penguin, 1988.

Lawrence, D. H. , *Lady Chatterley's Lover*, Harmondsworth: Penguin, 1988.

Lawrence, D. H. , *Mr. Noon*, London: Grafton Books, 1989.

Lawrence, D. H. , *Phoenix: The Posthumous Papers of D. H. Lawrence*, London: Heinemann, 1936.

Lawrence, D. H. , *Phoenix II: Uncollected, Unpublished and Other Prose Works*, London: Heinemann, 1968.

Lawrence, D. H. , *Selected Short Stories*, Harmondsworth: Penguin, 1988.

Lawrence, D. H. , *Sons and Lovers*, New York: Bantam Books, 1985.

Lawrence, D. H. , *"St Mawr" and "The Virgin and the Gipsy"*, Harmondsworth: Penguin, 1981.

Lawrence, D. H. , *Studies in Classic American Literature*, Harmondsworth: Penguin, 1971.

Lawrence, D. H. , *The Rainbow*, Harmondsworth: Penguin, 1981.

Lawrence, D. H. , *Three Novellas: "The Ladybird", "The Fox" and "The Captain's Doll"*, Harmondsworth: Penguin, 1987.

Lawrence, D. H. , *Twilight in Italy*, Harmondsworth: Penguin, 1971.

Lawrence, D. H. , *Women in Love*, Harmondsworth: Penguin, 1988.

Lawrence, Frieda, *"Not I but the Wind..."*, London: William Heinemann, 1935.

Leavis, F. R. , *Thought, Words and Creativity: Art and Thought in Lawrence*, London: Chatto and Windus, 1976.

Lewis, Jane, *Women in England 1870 — 1950: Sexual Division and Social Change*, Sussex: Wheatsheaf Books, 1984.

Liebman, Samuel (ed.), *Emotional Forces in the Family*, Philadelphia: Lippincott, 1959.

MacDonald, Edward D. (ed.), *Phoenix: The Posthumous Papers of D. H. Lawrence*, London: Heinemann, 1936.

Macleod, Sheila, *Lawrence's Men and Women*, London: Heinemann, 1985.

Meyers, Jeffrey, *D. H. Lawrence: A Biography*, London: Macmillan, 1990.

Miles, Rosalind, "The Women of Wessex", *The Novels of Thomas Hardy*, ed. , Anne Smith, London: Vision Press, 1979.

Millett, Kate, *Sexual Politics*, London: Virago Press Ltd, 1977.

Millgate, Michael, *Thomas Hardy: A Biography*, Oxford: Oxford University Press, 1982.

Moi, Torill, *Sexual/Textual Politics: Feminist Literary Theory*, London: Methuen, 1985.

Moore, Harry T. , *Priest of Love: A Life of D. H. Lawrence*, Harmondsworth: Penguin, 1974.

Morgan, Rosemary, *Women and Sexuality in the Novels of Thomas Hardy*, London: Routledge, 1988.

Nehls, Edward (ed.), *D. H. Lawrence: A Composite Biography*, Vol. 3, Madison: University of Wisconsin Press, 1957—1959.

Page Norman, ed. , *D. H. Lawrence: Interview and Recollections*, Vol. 1, London: Macmillan, 1981.

Page, Norman, "The Collected Letters of Thomas Hardy, Volume II", *Thomas Hardy Annual*, No. 3. 1982.

Page, Norman, *The Thomas Hardy Journal*, VI: 2, 1990.

Pankhurst, Christabel, *The Great Scourge and How to End it*, London: Lincoln's Inn House, 1913.

Peters, John D. , "The Living and the Dead: Lawrence's Theory of the Novel and the Structure of *Lady Chatterley's Lover*", *D. H. Lawrence Review*, 20: 1, 1988.

Preston, Peter & Hoare, Peter (eds.), *D. H. Lawrence and the Modern World*, London: Macmillan, 1989.

Purdy, Richard & Millgate, Michael (eds.), *The Collected Letters of Thomas Hardy*, Oxford: The Clarendon Press, 1978—1988.

Reise, Ema, *The Rights and Duties of English Women: A Study in Law and Public Opinion*, Manchester: St Ann's Press, 1934.

Roberts, W. & Moore, H. T., *Phoenix II: Uncollected, Unpublished and Other Prose Works*, London: Heinemann, 1968.

Showalter, Elaine, "The Unmanning of *The Mayor of Casterbridge*: The Bisexual Identity", *Critical Approaches to the Fiction of Thomas Hardy*, ed. Dale Kramer, London: Macmillan, 1979.

Simpson, Hilary, *D. H. Lawrence and Feminism*, DeKalb: Northern Illinois University Press, 1982.

Smith, Anne (ed.), *Lawrence and Women*, London: Vision Press, 1978.

Spencer, Herbert, *The Study of Sociology*, London: Kegan Paul, 1897.

Stubbs, Patricia, *Women and Fiction: Feminism and the Novel 1880—1920*, Brighton: The Harvester Press, 1979.

Sumner, Rosemary, *Thomas Hardy; Psychological Novelist*, London: Macmillan, 1981.

William, Merry, *Women in the English Novel 1800—1900*, London: Macmillan, 1984.

Wright, T. R., *Hardy and Erotic*, London: Macmillan, 1989.

中文参考书目

鲍晓兰主编：《西方女性主义研究评介》，三联书店 1995 年版。

冯季庆著：《劳伦斯评传》，上海文艺出版社 1995 年版。

基思·萨格著：《劳伦斯的生活》，高万隆、王建琦译，山东友谊书社 1989 年版。

蒋炳贤编选：《劳伦斯评论集》，上海文艺出版社 1995 年版。

蒋承勇等著：《英国小说发展史》，浙江大学出版社 2006 年版。

哈代著：《德伯家的苔丝》，张谷若译，人民文学出版社 1957 年版。

哈代著：《还乡》，张谷若译，人民文学出版社 2004 年版。

哈代著：《卡斯特桥市长》，侍桁译，上海译文出版社 1981 年版。

哈代著：《无名的裘德》，张谷若译，人民文学出版社 1957 年版。

哈代著：《远离尘嚣》，傅寰等译，人民文学出版社 2004 年版。

劳伦斯夫人著：《不是我，而是风，英国作家劳伦斯的一生》，辛进译，三联书店 1992 年版。

劳伦斯著：《查特莱夫人的情人》，赵苏苏译，人民文学出版社 2004 年版。

劳伦斯著：《儿子与情人》，何焕群、何良译，花城出版社 1986 年版。

劳伦斯著：《虹》，苟锡泉、温列光译，花城出版社 1992 年版。

劳伦斯著：《虹》，马志刚、齐元涛译，中国文联出版公司1994年版。

劳伦斯著：《恋爱中的女人》，沈国清译，贵州人民出版社1994年版。

劳伦斯著：《劳伦斯读书随笔》，陈庆勋译，三联书店1999年版。

劳伦斯著：《劳伦斯诗选》，吴笛译，漓江出版社1988年版。

劳伦斯著：《劳伦斯文艺随笔》，黑马译，漓江出版社1991年版。

劳伦斯著：《性与可爱》，姚暨荣译，花城出版社1988年版。

刘宪之等编：《劳伦斯研究》，山东友谊书社1991年版。

穆尔著：《劳伦斯传》，耕白、郑利华译，湖南文艺出版社1993年版。

聂珍钊著：《悲戚而刚毅的艺术家：托马斯·哈代小说研究》，华中师范大学出版社1992年版。

祁寿华、摩根编著：《回应悲剧缪斯的呼唤：托马斯·哈代小说和诗歌研究文集》，上海外语教育出版社2001年版。